KB236592

신랑 급구
YEWONBOOKS ROMANCE STORY
육수진 장편 소설

신랑급구

초판 1쇄 찍은 날 | 2013년 9월 9일
초판 1쇄 펴낸 날 | 2013년 9월 13일

지은이 | 욱수진
펴낸이 | 예경원

편집 | 유경화

펴낸곳 | 예원북스
등록번호 | 제396-2012-000132호
등록일자 | 2012. 7. 25
YRN | 제1-0039호

주소 | 경기도 고양시 일산동구 무궁화로 8-28 삼성메르헨하우스 712호 (우) 410-837
전화 | 031-819-9431 팩스 | 031-817-9432
http://cafe.naver.com/yewonromance
E-mail | yewonbooks@naver.com

ⓒ 욱수진, 2013

ISBN 978-89-98102-46-3 03810

신랑 급구

YEWONBOOKS ROMANCE STORY

욱수진 장편 소설

CONTENTS

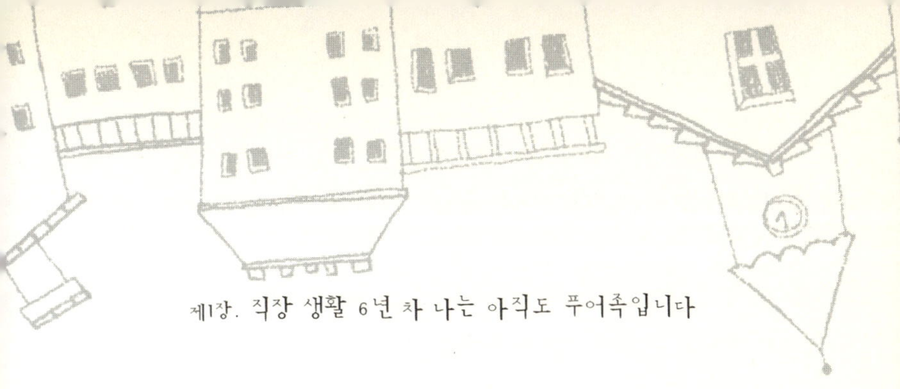

"아주 그냥 죽여주는구먼."

레이스 달린 샤랄라 원피스를 입고 하트를 그리고 서 있는 여사원의 모습이 담긴 사내보 표지 포스터 앞에 선 50대 중년 남성이 입맛을 다시며 말하자 뒤에서 지켜보고 있던 여사원들의 등에는 소름이 한줄기씩 좌악 돋아 곧 닭이 될 판이었다. 사원들은 포스터의 주인공이 자신이 아님을 하늘에 감사해하고 있었다. 그걸 아는지 모르는지 껄껄 웃으며 노골적인 시선으로 포스터를 감상하고 있는 남성은 CU패션 전략기획부 최복만 부장이었다. 부서 내 권력을 쥐고 있는 회사 실세라 여사원들은 그저 메스꺼움을 꾹꾹 눌러 참으며 고개를 푹 숙인 채 자기 할 일만 하고 있을 뿐이었다.

"이 사내보 표지를 보니 예 대리가 생각나는군. 6년 전 이맘때

인가 예 대리도 이 포스터의 주인공이었지. 아마 예 대리가 사내보 사원모델 1호였을 거야. 얼굴은 물론 몸매도 참 죽여줬는데 말야. 전략기획부의 자랑! 그때 참 고왔는데.”

최 부장은 문득 6년 전을 떠올렸다. 입사한 지 한 달도 안 된 신입사원을 사내보 모델로 밀어붙일 만큼 그녀의 외모는 수려했다. 6년 전 예 대리라는 사원의 포스터가 떠올라서 흐뭇한 건지 아니면 당시 인사부 부장과 사내보 표지 주인공을 놓고 기싸움이 팽팽하던 그때 당시 자신을 승리로 이끈 예 대리에 대한 신뢰도 때문인지 그는 흐뭇하게 웃음을 짓고 있었다.

“늦어서 죄송합니다!”

사무실 문이 급하게 열리며 상의는 화이트 셔츠, 하의는 블랙 스커트를 정석대로 입은 평범한 오피스 걸이 등장했다. 아니, 평범하다고 하기에는 그녀의 몸골이 비범했다. 최 부장은 과거 회상의 마침표를 찍기도 전에 산통을 깨며 들어온 예진이 대리를 쩝쩝거리며 위아래로 훑어보았다.

“부장님, 일찍 나오셨네요?”

어제 야근하다 눈이 충혈되는 바람에 렌즈는 잠시 버려두고 대신 뿔테 안경을 낀 진이를 보고 최 부장이 흠칫 놀랐다. 그녀가 어쩌다 이렇게까지 변한 것일까? 생각하던 최 부장은 자신의 밑에 깔린 수많은 업적들에는 그녀의 노고가 있었음을 깨닫고는 왠지 모르게 그녀가 측은하게 느껴졌다. 대한민국 명실상부 최고 기업 CU그룹의 매출에 엄청난 지분을 행사하고 있는 CU패션의 핵심인 이곳 전략기획부에 예진이 대리는 보석과도 같은 존재였다.

　상념에 젖어 있던 최 부장은 잠시 생각을 접어두고 연신 고개를 숙이며 죄송합니다를 연발하는 예진이 대리를 바라보며 아버지 같은 심정으로 말했다.

　"예 대리, 어제 또 야근한 거야? 예 대리가 항상 열심히 해줘서 나야 고맙지만 꼴이 그게 뭔가. 혼기도 이제 꽉 찼는데 연애도 좀 하고 그래. 예 대리라면 일 설렁설렁해도 내가 특별히 눈감아줄 테니."

　"신경 써주셔서 감사합니다. 하지만 아직까지는 일이 더 좋습니다."

　예진이. 입사 6년 차. 과장 승진을 앞두고 있는 혼기 꽉 찬 31세의 여자는 입에 침을 바르지 않고도 거짓말을 잘했다. 순간 진이는 충혈된 눈이 뻑뻑해서 안경을 벗고 눈을 마구 비벼댔더니 곧 눈물이 쏟아질 지경이었다. 결국 두 눈을 껌뻑이자 닭똥 같은 눈물 두 줄기를 뚝뚝 떨어뜨렸다. 화들짝 놀란 최 부장이 당황스런 얼굴로 뒷걸음질을 쳤다.

　"예 대리, 지금 우는 거야? 연애하라는 말이 그렇게 스트레스였나? 나는 예 대리를 위해서 한 말인데."

　"그게 아니고요. 제가 지금 안구건조증이."

　예 대리가 운다고? 강심장 예 대리가? 로봇 예 대리가? 사무실 책상에 머리 박고 있던 사원들이 두더지처럼 튀어 오르기 시작했다.

　진이는 당황스럽기도 하고 괜히 노처녀 히스테리 부린다고 오해할 것 같은 기분이 들어 연신 손사래를 치며 소매로 눈물을 벅벅 닦아냈다. 그런데 아니나 다를까 최 부장은 물론 사원들의 애잔한 눈빛이 진이에게로 꽂혔다.

"아직 늦지 않았어. 예 대리한테 꼭 맞는 남자가 어딘가 반드시! 있을 거야. 어이, 배 대리!"

최 부장의 부름에 머리통 하나가 튀어 올라왔다. 180이 넘는 키에 서글서글한 눈매 그리고 나 아무것도 모릅니다. 하고 천진난만한 미소를 짓는 배태준 대리는 진이와 입사동기였다.

"네. 부장님!"

"하나밖에 남지 않은 입사동기가 아직 시집도 못 가고 있는데 그동안 뭐 했어."

"네?"

최 부장이 농담조로 그를 나무랐지만 태준은 진심으로 혼이 나는 사람처럼 화들짝 놀란 표정으로 되물었다. 그러자 더 세게 나가는 최 부장.

"소개팅이라도 해주라고! 예 대리 이렇게 일만 하다가 늙어서 나중에 결혼 못하면 배 대리가 책임져야 돼! 엉? 빨리 대답하지 않고 뭐 해?"

"네? 네……."

"네에? 분명 대답했어! 예 대리! 내가 남편감 하나 잡아놨으니까 이제 울지 마."

태준은 어설프게 미소를 지으며 최 부장 뒤에 선 진이를 바라보았다. 아침부터 농담 따먹기에 기분이 많이 상했는지 굳어진 표정의 그녀와 눈이 마주친 태준의 얼굴에도 미소가 점차 사라져 가고 있었다. 최 부장의 말은 점점 도를 지나쳐 안드로메다로 향하고 있었지만 진이는 꾹꾹 눌러 참았다.

“부장님, 모닝커피 아직이시죠?”

진이는 이를 악물고 최 부장에게 미소를 건넸다. 얼마 뒤면 인사이동이 있고 진이는 과장 승진을 기다리고 있는 인물 중 하나였기 때문이었다.

“모닝커피 좋지. 역시 예 대리야.”

비위 좋게 미소를 날리는 진이를 보며 사원들은 그녀의 사회성에 엄지를 치켜세울 수밖에 없었다. 그런데 그때 또다시 사무실 문이 열리며 진이와는 달리 주말에 백화점 한 바퀴를 돌았는지 노란색 꼬까옷 초미니 원피스를 곱게 차려입고 새빨간 킬 힐을 신고서 한 손에는 별다방 커피를 들고 은수민 대리가 들어왔다. 진이와는 직급은 같지만 그녀는 이번에 막 대리를 달은 신참 그러니까 입은 옷처럼 아직은 햇병아리에 불구했다.

“호호. 부장님, 모닝커피 아직이시죠?”

“역시 은 대리! 과연 예 대리 2세 타이틀이 딱 어울려.”

“어머. 과찬이십니다. 감히 제가 예 대리님을 어떻게 쫓아가겠어요.”

아! 저 하이톤의 목소리 듣기 싫어 죽겠다. 진이는 미간을 찌푸렸지만 최 부장은 마냥 그녀의 잘빠진 다리가 좋은 건지 쓸모없는 웃음을 퍼붓더니 뭔가 하려던 얘기가 생각났는지 자리로 돌아가려다가 멈춰 섰다.

“다들 주목.”

마누라가 고등학교 교장이라더니 여기가 무슨 교실인가? 주목은 무슨. 오전부터 공개적 사담이 길어져 심기가 불편했던 진이는 억지 미소를 흘리며 최 부장 쪽을 바라보았다.

"다음 분기에 우리 브랜드 명품관 입점이 진행되고 있는 건 다들 아는 사실일 테고. 입점과 관련해서 획기적인 이벤트나 프로젝트가 필요한데. 도전해 보고 싶은 사람 없나?"

"저요!"

"역시 예 대리."

덤덤한 표정으로 올곧게 손을 들고 서 있는 진이를 보며 최 부장은 당연하다는 듯 고개를 끄덕였다. 일단 하나 낚았고.

"부장님, 저도 참여하겠습니다!"

은수민은 진이보다 자신이 먼저 손을 들지 못한 것을 후회하며 재빨리 손을 들었다.

"은 대리까지. 이상 두 명인가?"

그녀의 손에서 나온 기획은 매분기마다 히트를 쳐서 기획의 달인이라 불리는 예진이와 말재주가 뛰어나서 PT에서 관객들을 홀리는 기술을 보유한 은수민까지 나섰으니 다른 사원들은 선뜻 손을 들지 못하고 있었다. 어차피 저 두 명이 있는 한 자신의 기획안이 통과될 리가 없다고 믿었기 때문이었다. 그래. 니네 둘이 먹고 떨어져라! 아침부터 패배감으로 하루가 시작되게 생겼군. 사원들은 혀를 내찼다.

"아차차. 이번 건은 성과급과도 연관되어 있네만."

"부우자앙님! 저요. 저 김중섭이도 하겠습니다!"

컴퓨터로 바둑을 두던 김중섭 만년 과장이 벌떡 일어섰다. 승진은 예전에 물 건너갔고 이번에 명예퇴직을 앞두고 있던 그가 일어서자 최 부장이 미간을 찡긋거렸다.

"김 과장님이요?"

"네!"

"흐흠. 그래요. 그러면 이상 세 명?"

탐탁지는 않지만 자신보다 나이가 많은 김 과장에게 그 머리에서 무슨 프로젝트 그것도 명품관과 관련된 아이디어가 나오겠습니까! 라고 면박을 주기도 뭐해서 일단 알았다고 하고 물러나려던 최 부장 뒤로 깨알 같은 목소리가 들려왔다.

"저요."

사원들은 물론 진이와 은수민도 도대체 누가 겁도 없이 우리와 경쟁을 하겠다는 거야? 하며 무섭게 뒤를 돌아보았다. 사무실 구석에서 그녀의 목소리만큼 조용히 손 하나가 느리게 올라왔다.

"거기 자네는 누군가? 일어나 봐! 얼른!"

사원들도 저 자리에 누가 앉았더라? 생각에 잠겼다. 자리에서 일어난 사람은 바가지 머리에 안면홍조증이 있는지 아니면 사람들에게 주목을 받아서 쑥스러웠는지 양쪽 볼이 벌겋게 달아오른 앳된 외모의 듣보잡 신입 여사원이었다.

"자네는 처음 보는 얼굴인데 이름이 뭐지?"

처음 보는 얼굴이라는 최 부장의 말에 듣보잡은 울먹거리는 목소리로 자기소개를 했다.

"저는 우연희입니다."

"그래 우연희 씨. 잘할 수 있겠어? 그 목소리로 PT나 제대로 할 수 있을는지."

"P…… PT요?"

우연희가 화들짝 놀라자 은수민은 저 듣보잡 따위는 경쟁자가 아니군! 옳다구나! 하며 진이를 견제하기 시작했다. 은수민의 견제 눈빛을 느꼈는지 진이는 태연한 척 최 부장의 말에 귀를 기울였다.

"아무튼 그럼 네 사람. 내일모레 아침 회의까지 PT 준비해 오고 그날 우리 전략기획부 상무님께서 첫 출근하는 것도 잘 알고 있지? 상무님 출근하고 첫 번째 회의이니 잘들 해야 하네. 알겠나?"

"네엡!"

누구 목소리가 더 큰지 경쟁이라도 하듯 은수민과 진이의 우렁 찬 대답 소리와 함께 오늘도 전쟁 같은 하루가 시작되었다.

진이는 오래간만에 써서 그런지 자꾸만 눈 밑으로 내려오는 뿔 테 안경을 치켜들고 서둘러 자리에 앉았다.

명품관 입점이라? 명품과는 거리가 먼 그녀에게 이번 미션은 참 까다로운 것이었다. 아무리 기획의 달인이라고 해도 공부 없이 는 쉽게 되지 않는 법. 그녀는 서둘러 명품관으로 향하기 위해 근 태 사이트에 출장을 올리고 자리에서 일어섰다.

"저기, 예 대리. 잠깐 나 좀 봐."

익숙한 목소리에 뒤를 돌아본 진이. 그녀의 뒤에는 태준이 어색 하게 웃으며 서 있었다.

"나 지금 엄청 엄청 바쁘거든?"

진이는 느닷없이 회사 건물 옥상으로 자신을 끌고 온 태준의 앞에서 발을 동동 구르며 얘기를 재촉했다. 그런 그녀의 속도 모르고 태준은 뭔가 고민하는 듯한 얼굴로 느긋하게 하늘만 올려다보고 있었다. 아 속 터져! 진이가 버럭 소리 질렀다.

"배태준! 할 말 있으면 빨리하라고! 나 아까 성과급 걸린 프로젝트하기로 한 거 봤어 못 봤어? 은수민 개도 눈에 불을 켜고 달려들었다고. 나 절대로 질 수 없어."

"결혼하자."

멍하니 하늘만 바라보던 태준이 이제야 고개를 돌려 진이를 바라보았다.

"무슨 그런 소리를 바빠 죽겠는 사람 붙잡고 하늘을 보면서 말해?"

기가 차다 못해 한 대 쥐어박을 기세로 태준을 흘겨보는 진이. 흠칫 놀라던 태준은 뭔가 말 못할 사연이 있는지 울먹이는 얼굴로 진이의 두 손을 꽉 붙잡고 말했다.

"지금이 아니면 내 마음이 어떻게 될 것 같아. 나 좀 붙잡아줘, 진이야."

"그게 뭔 소리야? 이봐요, 배태준 씨. 혹시 적금 든 거 있어?"

"어? 아, 아니."

"나도 없어. 울 아버지 빚 갚고 엄마 수술비 대니까 6년 동안 일해서 번 돈 다 쏟아부었는데도 아직도 모자라. 그래서 나 혼수 자금 같은 거 없다고. 그런데 무슨 돈으로 결혼을 해?"

"그런 건 걱정하지 마. 우리 집에서."

"내가 너네 집 사정 몰라? 강원도에서 감자 농사하신다며."

"그게 그러니까. 사실은…… 우리 아버지가…….."

"그러면 너 전략기획부 말고 다른 부서로 가면 할 수 있는 게 뭐야?"

"그게."

자신의 물음에 쉽게 대답을 하지 못하고 머뭇거리는 태준을 바라보던 진이는 한숨을 길게 내뱉었다. 그리고 작정이라도 한 듯 태준의 손을 뿌리치며 냉정하게 말했다.

"없잖아. 나도 전략기획부 말고 다른 부서 가서 이만큼 잘할 수 없어. 우리 사내연애 걸리는 날에는 부서이동은 불 보듯 뻔하고. 난 승진 앞두고 그런 걸로 발목 잡히고 싶지 않아."

요목조목 따져 물어서 상대방이 찍소리도 못하게 만들어 버린 그녀의 능력에 감탄하던 태준은 얼른 다시 정신을 차리고 그녀를 굳은 표정으로 바라보았다.

"넌 나보다 승진이 더 중요해?"

"또 그 소리야? 답답하다 정말. 이봐요, 배태준 대리. 당신이 이상한 거야. 남자가 권력욕심도 없어?"

"요양원에 계시는 네 어머니를 생각해 봐. 하루빨리 너 결혼하기만을 기다리시는!"

또 시작됐군. 태준의 잔소리에 왼쪽 손목에 찬 시계를 바라보던 진이가 얘기를 종결시키려고 버럭 소리쳤다.

"누가 안 한대? 단지 지금은 아니라는 거지. 현실적으로 좀 생각해!"

역시 현실이라는 말에 태준은 녹다운되었는지 입을 굳게 다물어 버렸다.

"갔다 와서 얘기해. 나 출장 늦었어."

서둘러 뒤를 돌아 달려나가 버리는 진이의 뒷모습을 보고 서 있던 태준은 가느다랗게 한숨을 내뱉으며 자책하듯 혼잣말을 내뱉었다.

"나도 늦었어. 이제 내 마음을 나도 어쩔 수 없어."

잠시 후 혼잣말을 중얼대던 태준의 뒤에서 따뜻한 감촉이 느껴졌다. 가지런히 내려놓은 그의 두 팔 사이를 파고 나온 여자의 손은 등 뒤에서 그를 꼭 안아 맞잡았다.

손의 주인공이 누구인지 뒤를 돌아보지 않아도 알겠는지 태준의 얼굴에 잠시 잠깐 미소가 자리 잡았다가 문득 옥상에서 회사 정문 쪽을 내려다본 그의 표정이 어두워졌다.

회사 정문에서 택시를 잡아 올라타는 진이를 보니 그의 마음이 착잡해졌다. 태준은 한숨을 내뱉으며 자신을 안은 누군가의 가녀린 팔을 치우며 나지막하게 말했다.

"조만간 정리할 테니까 나한테 조금만 더 시간을 줘."

"손님! 다 왔어요!"

"네?"

택시기사의 부름에 화들짝 놀란 진이는 멈춰진 택시 차창 밖 시야로 웅장한 명품관의 외관을 올려다보다가 서둘러 택시비를 계산하고 차에서 내렸다.

"미치겠네. 신경 쓰여!"

도대체 그 인간은 왜 이런 중요한 시기를 앞두고 또 사람 맘을 들었다 났다 하는지 모르겠다. 태준과 정식으로 교제한 건 1년 전 이맘때 즈음이었다. 엄마가 암 선고를 받고 휴직을 하네 마네 혼자 속앓이를 하던 그녀의 옆을 태준이 듬직하게 지켜줬고, 이 사람이라면 아버지처럼 자신을 버리지 않을 것만 같은 확신에 그를 선택했다. 변하지 않을 사람. 그래서 선택했다. 조건이니 학벌이니 다 제쳐 두고 온전히 그의 성품 하나만 보고 선택했는데 그래서 1년 동안 후회도 많이 했다. 일에 있어서도 경제적인 면에 있어서도 그가 도움이 되는 건 단 한군데도 없었다.

사람이 참 이기적이게도 엄마의 수술이 성공적으로 끝나고 마음의 여유를 되찾으니 옆을 지켜준 사람보다 내 앞길이 막막했다. 가정사에 얽매여 승진도 늦어지고 모아놓은 돈도 없고 아무것도 이룬 것 없이 결혼이라니. 이럴 때면 대책 없는 그가 답답하다 못해 그와의 관계를 이만 정리해야 하지 않나? 진지하게 생각할 정도였다.

이런저런 생각을 하며 진이는 명품관 안에 들어섰다. 들어서자마자 보이는 건 역사와 전통을 자랑하는 프랑스 명품 C사 매장이었다. 매장 앞에 디스플레이된 마네킹을 본 진이의 표정이 굳어졌다. 자사 브랜드 아이템으로만 억지로 코디를 해놓아서 그런지 아니면 MD의 안목이 이 정도밖에 되질 않았는지 마네킹에 걸쳐진 클래식한 블루 슈트에 아무 패턴 없는 역시 블루 스카프가 참 아쉬웠다. 저런 노멀한 슈트에는 모던한 프린트나 패턴의 스카프를 매치하면 댄디하고 클래식한 우아함을 뽐낼 수가 있을 텐데 말이다. 진이는 남몰래 핸드폰을 꺼내 마네킹을 촬영했다.

"저기, 지금 뭐 하신 거죠?"

"네?"

날카로운 인상의 여직원이 진이를 향해 걸어오더니 손바닥을 쫘악 펴서 내밀었다.

"핸드폰 줘보세요. 지금 촬영하신 거 맞죠?"

살짝 당황하던 진이는 표정을 숨기고 당돌하게 말했다.

"네. 그런데 무슨 문제 있나요? 제 몰골이 어떤지 셀카로 확인 좀 했는데 왜요?"

저게 말인지 개뼈다귀인지 하는 표정으로 직원은 믿지 않는 듯 뭔가 따지려고 할 때였다.

"헉헉. 헉헉헉. 저기요!"

달려왔는지 거친 숨을 몰아쉬며 여직원의 소매 끝을 잡아당기는 남자. 직원은 그 숨소리가 거슬렸는지 날카롭게 뒤를 돌아보더니 깔끔한 블랙 슈트를 입은 남자의 베이비 페이스가 마음에 들었는지 1초도 안 돼서 상냥한 미소로 재정비하고 남자를 바라보며 나긋한 목소리로 말했다.

"손님, 뭐 필요한 거라도 있으신가요?"

뒤에 서 있던 진이는 병풍이 된 지 오래였고 그녀는 이때다 싶어 서둘러 앞에 있는 매장 안으로 도망가 버렸다.

"여기 다섯 번째. 저 마네킹에 있는 거 고대로 포장해 주세요!"

남자는 진이가 촬영한 마네킹을 가리키고 있었다.

앞 매장에서도 남자의 수다스러운 목소리가 들려오자 진이는 고개를 절레절레 흔들었다. 보는 안목이 저렇게도 없어서야. 진이는 마침 매장을 둘러보다가 조금 전에 본 블루 슈트와 어울릴 만한 스카프를 발견하고는 뭔가 좋은 아이디어가 떠올랐는지 다시 남자가 있던 곳을 바라보았다. 남자는 여직원이 포장한 선물용의 긴 박스를 품에 안고서 매장을 나가던 중이었다.

진이는 서둘러 그를 뒤따라 달려나갔다.

"저기요! 잠깐만요!"

남자는 뒤에서 들려오는 여자의 목소리에 뒤를 돌았다.

"네? 저요?"

남자가 어리바리하게 나 말고 뒤에 누구를 부른 건가? 하며 뒤를 두리번거리더니 다시 진이를 보며 검지로 자신을 가리켰다.

"실례가 안 된다면 몇 가지 묻고 싶은 게 있는데요."

"실례가 될 것 같아요! 제가 지금 늦으면 해고당할지도 모르거든요. 그럼 이만."

차 조수석에 상자를 실으며 말하는 남자의 표정은 정말 지금 당장 숨이 넘어갈 듯 급해 보였다.

"그 옷. 누구한테 선물하시려는 건가 봐요?"

"아니요. 제 상사가 당장 이 옷을 가져오라고 명령을 내렸거든요."

"그래요? 그렇다면 더더욱 제 말을 들어보세요. 그러면 상사에게 예쁨받으실 거예요."

예쁨받는다? 라는 말에 남자의 귀가 팔랑거리기 시작했다.

일주일 전 CU그룹 본사 회장님의 수행비서로 채용되었던 그는 갑자기 CU패션 전략기획부 상무의 비서로 파견을 나가게 되었는

데 그 상무라는 작자의 성격이 보통이 아니어서 요즘 여간 힘든
게 아니었다. 이 여자 내 맘을 어떻게 알았지? 정말이지 그 까다로
운 상사에게 예쁨받아서 편하게 직장 생활하고 싶다고! 상사의 총
애가 절실했던 그였기에 진이의 제안은 꽤 솔깃했다.

"그, 그게 뭔데요?"

남자가 두 눈을 껌뻑이자 진이가 답했다.

"그 옷에 스카프는 에러예요. 그건 빼고 V사 매장 오른쪽 여섯
번째에 진열된 스카프를 가져가 보세요."

"하지만 제 상사는 마네킹 그대로……."

"왜요?"

"그거야 모르죠."

"상사분께서 패션에 대해 문외한이신가요?"

"아마도 그건……."

그건 아닐 거라고 말하려던 남자가 흠칫 놀라 자신의 입을 막았다.

자신의 상사는 CU패션의 상무로 첫 출근을 앞둔 31세의 젊고
패셔니스타 뺨치게 스타일이 좋은 남성이었다. 게다가 본사에서
들은 바로는 그룹 내에서는 최연소로 상무 자리에 앉았고 우리나
라 최고대학 S대를 다니다가 미국으로 건너가 하버드를 졸업한
수재이며 게다가 외모까지 출중했다.

아무튼 그러한 그가 패션에 대해 문외한이라니 그가 여자의 이
발언을 들었다면 아마 불같이 성질을 내며 여자를 찾아내 자신이
알고 있는 패션 관련 지식은 모조리 자신의 뇌 구석구석에 숨어
있는 것까지 남김없이 끄집어내어 여자의 그 말을 번복하게 만들

었을 것이다.

남자의 속마음과 달리 진이는 그 상사는 분명 패션에 문외한이거나 타고난 안목이 갖춰지지 않은 패션테러리스트가 분명하다고 확신을 하며 역시 자신의 예측이 맞았다는 직감에 밝게 미소를 지으며 남자에게 인사를 건넸다.

"실례가 많았네요. 그럼 고민해 보시고 상사에게 예쁨받기를 건투를 빌게요."

진이는 뒤이어 정차한 택시에 올라탔다.

"아저씨, CU패션이요."

목적지를 말하고 난 뒤 진이는 뒤를 돌아보았다. 차 문을 열었다 닫았다 고민하던 남자가 결국 명품관 안으로 달려들어 가는 모습을 본 진이는 밝게 웃으며 몸을 다시 앞으로 돌렸다.

"이 비서, 지금 내 눈이 잘못된 건가?"

이제 막 샤워를 마치고 나와 샤워 가운을 두른 채 자신이 오전에 보던 카탈로그와 자신의 수행비서로 일주일 전에 본사에서 파견 나온 이민혁 비서가 들고 서 있는 옷을 번갈아 보던 그의 표정이 일그러졌다.

"내가 이 카탈로그에 있는 그대로 가져오라고 했던 것 같은데."

경은 민혁이 들고 있는 옷걸이에 걸린 옷을 훑어보다가 스카프를 들어 그의 얼굴에 들이밀며 말했다.

"근데 이 비서, 이건 뭡니까?"

민혁은 아까 전 뿔테 안경을 쓴 여자의 말발에 속아 넘어간 자신을 탓하며 울상을 지으며 얘기했다.

"그게 사실은 말입니다. 그 카탈로그에 매치된 스카프보다 이 스카프가 더 잘 어울린다고 해서요. 카탈로그 그대로 사는 건 패션에 대해 문외한이나 하는 거라고."

"무뇌아?"

"아니, 문.외.한.이요."

문외한이라고? 내가? 패션을 모른다고? 경의 표정이 붉으락푸르락 변하기 시작했다.

"감히 누가 그런 소리를…… 누굽니까!"

"그게 저도 잘…… 처음 본 여자가…….."

"이 비서는 처음 본 여자의 말은 듣고. 상사의 말은 개똥으로 알아듣는 사람이군요. 본사 전화번호가."

경은 테이블 위에 있는 핸드폰을 들어 주소록을 검색하고 있었다.

"죄, 죄송합니다! 당장. 당장 바꿔오도록 하겠습니다!"

민혁은 경이 들고 있는 스카프를 휙 뺏어 들고는 부리나케 거실을 달려 현관문을 열고 사라져 버렸다.

도어락이 잠기는 소리가 들리고 경은 소파 위에 앉았다. 테이블 위에 가득 쌓인 카탈로그들을 물끄러미 바라보던 경의 귓가에 계속해서 '카탈로그 그대로 사는 건 패션에 대해 문외한이나 하는 거라고.' 민혁의 말이 윙윙 울려대고 있었다.

급기야 스멀스멀 떠올리고 싶지 않았던 기억의 한 조각이 떠오르고 있었다.

'너같이 패션센스 엉망에 촌스러운 남자는 내 이상형이랑 너무

거리가 멀다고. 그러니까 넌 너랑 어울리게 그냥 공부나 열심히 해.'

학교에서도 특히 미인이 많기로 소문났던 무용학과 여학생들도 올킬시킬 정도로 퀸카였던 그녀는 당시 시골에서 막 상경한 것 같이 촌스럽기 그지없었던 경을 매몰차게 차버렸다. 당시 기억이 떠올랐는지 경은 테이블 위에 쌓여 있던 카탈로그를 바닥에 엎어버리기 시작했다.

"으아아악!"

그동안의 노력이 한순간에 물거품이 되어버린 것만 같은 기분이었다. 지금의 완벽한 모습을 갖추기 위해 그가 얼마나 노력했는가. 스타일과 관련된 전문서적은 모조리 독파했고, 개인 스타일리스트까지 고용했던 전적까지 심지어 외국에서 유학하던 근 몇 년간 세계 4대 패션위크를 매년 빠짐없이 순회하기까지 했다.

"아니야. 난 완벽해. 완벽해야 돼."

그는 속으로 자기최면을 걸며 자신이 어지럽혔던 바닥이 거슬렸는지 상체를 숙여 정리를 하기 시작했다. 그리고는 공기가 답답했는지 창문을 활짝 열었다. 아직은 매서운 4월의 봄바람이 세차게 불어와 그의 코끝을 찡하게 만들었다.

"이게 뭐예요?"

사무실 책상에 머리를 박고 기획안 작성에 열을 올리던 진이의 노트북 모니터 앞을 편의점 봉지가 허공에서 내려와 가리고 있었다. 그녀가 휙 가재미눈을 뜨고 고개를 들어 머쓱하게 서 있는 김중섭 과장을 바라보자 그가 숱도 얼마 없는 머리를 긁적이며 말했다.

"먹으면서 쉬엄쉬엄하라고."

진이는 서둘러 작성하던 기획안 파워포인트 창을 내리고 노트북을 닫아버렸다.

"염탐하러 온 건 아니구요?"

"예 대리, 나 좀 도와주라."

둥근 몸에 험악한 인상과 어울리지 않게 갑자기 두 손을 모아 비비며 울먹이는 김 과장을 보던 진이의 미간이 찌그러졌다.

"뭘 도와줘요?"

"아이템 하나만 던져 주라. 내가 말이야 그 은혜 평생 잊지 않을게. 퇴직하고 사업 하나 하려고 구상 중인데 자금이 모자라. 명퇴할 때 마지막 성과급이라도 넉넉히 받아야 도움이 되지 않겠어? 가게 오픈하면 예 대리는 무조건 공짜! 그러니까 제발 이번 한번만 예 대리가 좀 도와줘."

"김 과장님 형편을 생각해 줄 정도로 저도 그렇게 넉넉하지 않거든요? 뇌물이라면 도로 가져가세요."

진이는 그가 책상 위에 올려둔 편의점 봉지를 들어 김 과장 품에 안겼다. 뻔뻔도 하셔라. 지금까지 입안에 떠먹여 준 게 몇 개인데 내가 무슨 전략기획부 소녀가장이라도 되는 줄 알아.

"예 대리!"

"넵! 부장님!"

사무실 중앙 상석에서 들리는 소리에 진이가 벌떡 일어나 서둘러 최 부장이 있는 쪽으로 향했다. 그녀의 인정머리 없는 행동에 김 과장은 입맛을 다시면서 편의점 봉지를 도로 안아 들고 자리로

돌아갔다. 그 모습을 힐끔 보던 진이는 뭔가 마음이 불편했지만
애써 생각을 떨쳐 내고 최 부장 앞에 섰다.

"부르셨어요?"

"다름이 아니라. 이번에 육아휴직 한 민혜 씨 대신 우리 부서 총
무 좀 맡아줬으면 하는데 괜찮겠지?"

"총무요?"

신입이나 막내가 맡는 총무를 지금 대리급인 나보고 하라는 거
야? 진이는 한껏 굳어진 표정으로 사무실에 앉아 있는 사원들을
훑었다. 그러자 사원들은 재빨리 샤사삭 그녀의 시선을 피해 머리
를 숨겼다.

"아무래도 우리 부서에서 총무가 가장 잘 어울리는 게 예 대리니
까. 요즘 젊은 애들은 부탁하기도 영 어렵고. 예 대리가 해줄 거지?"

"네에. 그러엄요."

한 글자 한 글자 또박또박 어금니를 악물고 답하는 진이의 표정
에 최 부장은 이제 진짜 본론을 꺼냈다.

"이번에 새로 오시는 상무님 환영회부터 예 대리가 총무를 맡
아줬으면 하는데."

영 마뜩지 않은 표정으로 고개를 끄덕이며 대답하는 진이에게
최 부장은 낮은 목소리로 그녀에게만 들리게 속삭였다.

"이번 인사권 말이야. 새로 온 상무에게 달려 있으니까 명품관
기획안 그리고 회식까지 잘해서 점수 좀 따봐. 내가 예 대리 아끼
는 거 알지?"

최 부장에게 그런 깊은 뜻이 있었다니! 진이가 심기일전하여 호

흡을 가다듬고 대답했다.

"부장님! 저 명품관 기획안도 총무 일도 다 잘해내겠습니다!"

"그래. 암 그래야지. 그럼 이만 돌아가 봐."

그것은 악마의 속삭임이 분명했다. 하지만 진이는 다시금 최 부장에게 충성을 맹세하며 자리로 돌아가 앉았다.

"부장님이 뭐라고 하셨어요?"

진이가 의자를 바짝 당겨 앉자마자 은수민이 의자와 함께 굴러 왔다. 은수민이 진이의 행동을 살피며 날카로운 눈초리로 말했지만 진이는 은수민을 깡그리 무시하고 노트북을 열어 회사 근처 맛집을 검색하기 시작했다. 노트북 화면을 본 은수민은 깔깔깔거리며 웃기 시작했다.

"뭐예요. 결국 예 대리님이 총무 맡은 거예요? 그렇지 않아도 아까 예 대리님 출장 갔을 때 서로 안 한다고 난리도 아니었는데."

뭐라고? 저년이! 진이가 휙 고개를 돌려 은수민을 흘겨보자 은수민이 흡! 하고 자신의 입을 가렸다.

"자리로 돌아가시죠, 은수민 씨."

"저 이제 대리 달았거든요! 직함으로 불러주세요."

"알았어, 은 대리."

제발 이년아. 언니 바쁘니까 자리로 가라. 성질 건드리지 말고 엉? 진이는 마음속 말들을 꾹꾹 눌러 담으며 검지로 아주 손쉽게 은수민의 의자를 멀리 밀어버렸다.

"어어? 으어어."

의자가 멀리 저 멀리 데굴데굴 굴러가자 멀미라도 나는지 은수민이 기겁을 하더니 자리로 돌아가 앉아 키보드를 사정없이 두드리기 시작했다. 그에 질세라 진이도 닫아두었던 파워포인트 창을 다시 열어 아까 명품관에서 찍었던 마네킹 사진을 전송해서 붙여넣기를 시작으로 기획안 작성에 열을 올렸다.

얼마나 지났을까 시간을 확인한 진이는 야근멤버를 확인하기 위해 사내 메신저 창을 열었다. 오늘도 야근멤버는 어제와 동일했다. 은수민과 예진이. 그리고 김중섭? 웬일이래? 김 과장님이 정말 이번만큼은 성과급에 목숨을 걸은 건가? 의아한 눈길로 진이는 스트레칭도 할 겸 일어나서 김 과장 자리 쪽을 확인했지만 김 과장은 쿨쿨 숙면을 취하고 있었다. 고작 초과근무수당으로 퇴직금에 보탬하려는 심산인 듯했다.

고개를 절레절레 흔들며 시선을 거두던 그녀의 시선이 태준의 빈자리에 머물렀다. 칼퇴가 신조라던 그는 역시나 오늘도 자리에 없었다. 여자친구는 몇 푼 더 벌겠다고 매일을 초과근무에 퇴근해서도 잠도 제대로 못 자는데. 나쁜 놈, 너는 천하태평이구나.

진이는 조용한 핸드폰에 시선을 한번 두었다가 이내 무언가 포기하는 듯한 표정으로 한숨을 내뱉고는 다시 기획안 작성을 위해 노트북에 코를 박았다.

"일단 기획안 틀은 잡았고 집에 가서 세부적인 내용 정리해서 집어넣고 내일 파워포인트 디자인하고 오타 점검하고 발표 내용 간추려서 외운 다음에 저녁에 화면이랑 맞춰보면 끝. 그리고 아맞다. 맞다. 회식 장소! 그리고 또 뭐가 있더라. 내가 내일 해야 할 일이 또 뭐였더라.”

　바로 이런 게 직업병이라고 남들은 말하기도 한다. 전략기획부에서 6년을 일하다 보니 진이는 늘 머릿속에서 계획을 세우는 게 습관이 되어버렸다. 오늘도 마찬가지였다. 야근을 끝내고 버스를 타고 집 앞에서 내려서 편의점에 들러서 소주 한 병과 콜라 한 캔을 사서 들어가는데 45분 소요. 집에 가서 씻는데 20분. 술과 안주를 준비하고 컴퓨터 앞에 앉으면 12시.

　지금부터 2시간 동안은 일을 하자 일!

　진이는 맥주잔에 소주를 3분의 2정도 붓고 남은 자리만큼 콜라를 부었다. 그리고 마지막으로 젓가락 하나를 들어 ‘탕!’ 하고 맥주잔 밑바닥을 경쾌하게 때렸다. 그러자 소용돌이를 일으키며 기가 막히게 소콜(소주와 콜라)이 완성되었다. 잔을 들어 원샷을 한 진이의 입에서는 탄성이 쏟아졌다.

　“그래 이거야, 이거. 자 이제 일을 해볼까!”

　지금부터 2시간 후면 슬슬 취기가 올라올 것이고 일을 성공적으로 마무리 지은 후 그 힘으로 잠을 푹 잘 생각이었다. 그런데.

　쾅쾅쾅! 쾅쾅!

　에티켓은 어디다 팔아먹었는지 현관문을 마구 두드려 대는 누군가. 진이는 자신의 완벽했던 계획을 망가뜨리려는 작자가 누구인지 확인하기 위해 현관문을 거칠게 열었다.

　“예진이 너는 안에 있으면서 왜 이렇게 늦게 문을 열어!”

　집주인의 허락도 받지 않고 무작정 머리를 들이밀고 2살짜리 엉덩이가 토실토실한 여자 아기를 안고 들이닥친 여자는 다름 아

닌 홍시연. 태준과 함께 진이의 입사동기이기도 했고 진이와는 같
은 대학교 과동기이기도 했다. 입사하자마자 결혼을 하는 바람에
퇴사하고 지금은 완벽하게 아줌마로 빙의되어 비비적거리며 살지
만 그래도 나름 학부 때는 S대 태. 혜. 지 중 한 명이었다. 아직도
누가 태희고 혜교고 지현인지 가지고 술만 먹으면 언쟁을 벌일 땐
웬수 같지만 그녀는 진이에게는 현재 유일하게 남은 친구였다.

"나 좀 재워줘."

"찜질방 가라."

"이 야박한 년아. 애를 안고 이 시간에 찜질방을 어떻게 가니?
너 일하는 데 방해 안 하고 그냥 조용히 잠만 잘게! 엉?"

이 원룸에서 벌써 짜증이 가득 실린 곧 울기 직전인 아이를 안
고 잠만 잔다니. 오 마이 갓. 시연은 벌써 한가운데에 이불을 깔고
아이와 함께 곱게 누워 버렸다.

"왜 너희 부부가 싸우는데 나도 같이 스트레스를 받아야 하지?"

"한번만 봐주라. 나 그 인간 꼴도 보기 싫다구. 그리고 내가 친
정이 있니 뭐가 있니. 여기가 유일한 마음의 안식처랄까. 나 신경
쓰지 말고 하던 일 계속해. 정말이야. 나 신경 쓰지 마."

그래 봤자. 10분도 채 지나지 않아 친구가 지금 승진을 앞두고
일생일대 가장 중요한 프로젝트 기획안을 작성하든지 말든지 넌
너대로 할 일을 하거라 난 떠들 테니 할 게 분명했다. 진이는 일단
침착하게 2시간 안에 기획안을 끝내야 한다는 사명감에 불타오르
며 컴퓨터 앞에 앉았다.

"너 생각나?"

대답하지 말자. 신경 쓰지 말자. 진이는 미친 듯이 키보드를 두
드리며 기획안의 세부 내용을 적어 내려가기 시작했다.

"그 오리농장 아들 말이야. 네가 헤어지자고 했는데도 너 죽자
고 쫓아다니던…… 걔가 법학과였나?"

오리농장 아들? 더벅머리에 뿔테 안경에 아버지 바지만 한 통
이 넓은 촌스러운 기지바지에 원색의 셔츠. 잊을 리가 없었다. 대
학 시절을 떠올리면 항상 그가 먼저 생각났으니까. 그건 당연한
거였다. 뒤를 돌아보면 언제나 내 뒤에 그가 있었으니까.

"이름이 황보경? 맞지?"

"아니지. 황보 경이지."

"맞다. 맞다. 그래서 우리가 맨날 갱이라고 불렀잖아."

이제야 진이가 대꾸를 해주자 신이 났는지 애가 자고 있는데도
불구하고 벌떡 일어나 더 큰소리로 수다를 시작하는 시연.

"축제 때 우리 동아리 패션쇼 이후로 걔 자퇴하고 사라졌었잖
아. 법학과 다니는 애가 너 짐 들어준다고 의상학과 동아리를 들
지를 않나. 완전 헌신남이었잖아. 헌신짝처럼 버려져도 상관없다!
끝까지 예진이를 사수한다! 푸하하."

"야! 홍시연. 나 진짜 일해야 하거든?"

"알았어. 알았어. 근데 나 한마디만 하면 안 될까?"

"그래, 해라 해."

"넌 그 갱을 잡았어야 했어! 이년아, 걔네 오리농장이 그냥 평범
한 농장이 아니었나 봐. 갱이 얼마 전에 학교에 왔었는데 거기서
강사로 일하는 성민이랑 마주쳤나 봐. 걔 완전 머리부터 발끝까지

죄다 명품이었대. 예전의 갱이 아니더랜다!"

한 마디가 열 마디 되고 백 마디가 될 핕이었다. 듣다가 도저히 안 되겠는지 표정을 굳히고 시연을 바라보며 진이가 말했다.

"얘기 다 끝났어?"

"화났어? 알았어. 미안해. 근데 넌 정말 일할 때 너무너무 무섭 단 말야. 이런 널 회사에서 맨날 보고 있을 태준 씨가 참 불쌍하다 불쌍해. 아무튼 이제 입 닥치고 조용히 잘게."

시연은 아직 털어야 할 수다가 남아 있는지 아쉬움에 입맛을 다 시며 자리에 누워 이불을 스윽 덮었다. 이제야 조용해지자 진이는 다시 키보드에 손을 올렸다.

타닥타닥타다다닥.

적막이 흐르는 방 안에 키보드 눌리는 경쾌한 소리가 들려왔다. 그리고 한참이 지난 후 정말 참기 힘들었는지 시연이 다시금 입을 열었다.

"갱이 성민이한테 너 소식 물었대. 예진이야. 설마 복수가 시작된 거 아닐까? 니가 걔 아주 뻥~ 걷어차 버렸잖아. 오죽하면 자퇴를 하냐고. 나 정말 이제 아무 말도 안 하고 잘게. 안녕. 잘 자, 친구."

그 후로 정말 시연은 말 대신 코를 골며 꿈나라로 향했고.

파워포인트 위에 복수. 라는 단어 뒤로 커서만 깜빡일 뿐 그녀 는 아무런 단어도 적어내지 못하고 있었다.

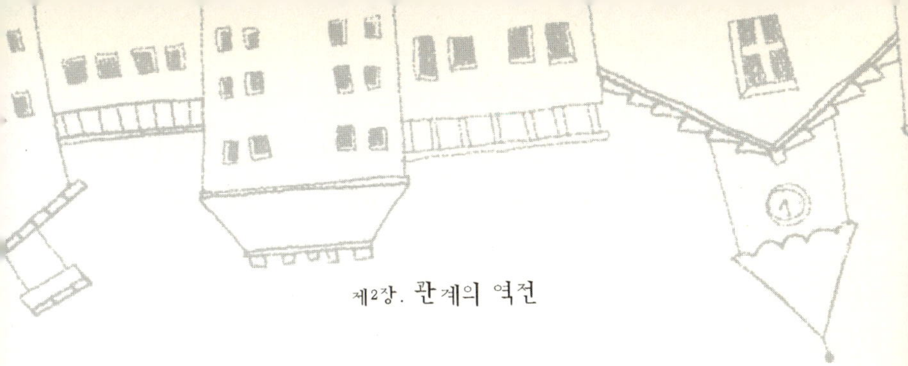

제2장. 관계의 역전

CU패션 사장실 비서 프런트 앞 소파에 다리를 꼰 채 앉아 있던 경의 아래턱에 점점 힘이 들어가기 시작했다. 바로 옆에 서서 그의 표정을 살피던 민혁은 서둘러 프런트로 달려갔다.

"우리 상무님 벌써 10분이나 기다렸다구요!"

"저, 저…… 그게. 선임 비서님께서 휴가 중이시라 스케줄상 착오가 생겨서요. 안에 중요한 손님이 와 계셔서…… 조금만 더 기다려 주시면 안 될까요?"

얼굴을 붉히며 신입 비서가 꼬여 버린 스케줄표를 보며 울먹였다. 어쩔 줄 몰라 하는 두 사람의 가관인 꼴을 한심하다는 표정으로 바라보던 경은 자리에서 일어섰다. 정말 이대로 그냥 돌아갈 모양인 상사를 보며 민혁은 죽을 맛이었다. 10분이 뭐야 첫 출근을 앞두고 사장과 처음 인사하는 중요한 자리에 10시간이라도 기다려야 정상이 아닌가? 도대체 저 사람은 무슨 생각인 건지 민혁은 도통 이해할 수가 없었다.

긴 다리를 휘적거리며 프런트를 벗어나려는 경의 뒤로 인터폰 벨소리가 시끄럽게 울려댔다.

스케줄표 확인하랴 민혁에게 변명하랴 여러모로 바쁜 신입 비서가 전화를 받다가 저도 모르게 버튼을 잘못 눌러 스피커로 상대방의 목소리가 흘러나왔다.

"김 비서, 예진이 대리 관련 서류 좀 가지고 들어와. 그 친구가 작성한 브랜드 론칭쇼 기획안들도 같이."

예진이? 경의 한쪽 눈썹이 꿈틀댔다. 그 찰나를 놓치지 않고 민혁이 그의 표정을 살폈다.

신입 비서는 바깥으로 새어 나오는 배 사장의 목소리에 화들짝 놀라 수화기에 귀를 대고 알겠다고 말하고는 정신없이 서류를 찾기 시작했다. 그 모습을 본 경은 발걸음을 멈춰 세웠다. 그와 동시에 민혁도 영문도 모른 채 멈춰 섰다.

"무슨 일이세요?"

"아무래도 만나고 가야겠어."

"그렇죠? 아무렴 그래야죠! 내일 첫 출근이신데 사장님께 인사는 드려야죠!"

민혁은 이제야 한시름 놓았다는 듯 놀란 가슴을 쓸며 안도의 한숨을 내뱉었다. 그리고 그때 사장이 말한 서류를 찾았는지 비서가 걸음을 서두르며 결재판을 들고 사장실 안으로 들어갔다. 그 모습을 유심히 바라보던 경은 다시 소파에 털썩 앉았다.

예진이 관련 서류? 그녀가 작성한 브랜드 론칭쇼 기획안?

사장실에서 왜 예진이가 거론된 거지? 경은 난데없이 들려온 그녀의 이름 석 자에 심장이 쿵! 하고 내려앉는 기분이 들었다. 그리고 갑자기 속이 메스꺼웠다. 짜증이 날 정도로 답답함이 밀려왔다.

몇 분이 지났을까 비서가 사장실에 들어가서 바깥에 새로 발령받은 상무가 기다리고 있다는 소리를 했는지 비서가 중요한 손님이라던 머리가 희끗한 중년 남성과 같이 나왔다.

소파에 앉아 있던 경은 그를 유심히 살펴봤다. 그리고는 옆에서 있던 민혁에게 작게 속삭였다.

"이 비서, 저 사람 누군지 알아봐요."

"네?"

되묻는 민혁에게 경은 아무런 대답도 하지 않고 일어나 사장실로 들어가 버렸다. 그냥 닥치고 내가 시키는 대로 하라는 것이었다. 민혁은 그의 심중을 알아챘는지 방금 나간 중년 남성의 뒤를 따라갔다.

사장실에 경이 들어오자 배 사장은 보고 있던 서류를 황급히 뒤집어놓으며 경을 의식하며 자리에 앉으라고 덤덤하게 말했다. 배 사장이 뒤집어놓은 저 서류가 진이와 관련된 서류라는 건데. 경은 날카로움을 숨긴 채 무심한 듯 말했다.

"안색이 안 좋으신데. 회사에 골치 아픈 일이라도 있습니까?"

"아무것도 아닐세. 대처를 잘해놓았으니 이제 신경 쓸 필요 없네."

대처라? 경의 표정이 굳어졌다. 그리고 침묵이 흘렀다. 두 사람 사이에 알 수 없는 긴장감이 맴돌았다.

사장은 내심 탐탁지 않은 얼굴로 경을 바라보았다. 사실 지금 경이 오른 상무 자리는 배 사장이 자신의 오랜 친구이자 오른팔이었던 신씨를 내정자로 염두에 두고 비웠던 자리였다. 그런데 뜬금없이 CU그룹에서 불도저처럼 밀고 들어와 저 어린놈이 자리를 차지하다니 영 찝찝한 게 아니었다. 도대체 뒷배경에 누가 있는지 궁금해 뒷조사를 해봐도 녀석의 정보는 나오지 않았다.

"배 사장님 아드님이 우리 부서에 있다고 들었습니다만."

배 사장이 놀란 얼굴로 고개를 들었다. 녀석 역시 자신의 뒷조사를 했다는 것이었다. 배 사장은 당황한 기색을 숨기며 말했다.

"사장 아들이라고 해서 특별대우는 삼가게. 일반 직원처럼 대해주게나."

"물론이죠. 배태준 대리 평판이 참 좋더군요. 일은 못해도 자상하고 올곧고. 배 사장님과 전혀 반대적 성향을 가졌나 봐요?"

도발하는 듯한 경의 말에 약간 흔들리는 듯 두 손을 부들부들 떠는 배 사장을 보며 속으로 피씩 웃으며 경이 다음 말을 이어갔다.

"걱정 마세요. 앞으로 제 부서 사람들은 제가 알아서 잘 챙길 테니까."

능청스럽게 사장실에 진열된 고급 도자기며 한눈에 봐도 돈 꽤나 썼을 법한 인테리어들을 둘러보던 경을 어이없다는 듯 보던 배 사장은 서둘러 녀석을 쫓아내고자 자리에서 일어서서 악수를 청했다.

"누구 낙하산인지는 모르겠지만 그 얼굴에 먹칠하지 말고 회사 생활 열심히 해보게나."

좀 더 있을 생각인지 버티고 앉아 있던 경이 뒤늦게 일어나 그가 내민 손을 잡아 힘을 주며 말했다.

"열심히 할 생각은 전혀 없었는데……."

"뭐라고?"

배 사장의 얼굴이 붉으락푸르락 변하자 경이 농담이었다며 허허실실 웃기 시작했다. 그러다가 문득 표정을 굳히며 진지한 목소리로 입을 열었다.

"사장님 덕분에 열심히 해야겠다는 생각이 들었습니다. 감사합니다. 그럼 나가보겠습니다."

경은 차갑게 굳은 얼굴로 대충 목례를 하고 사장실을 나왔다. 엘리베이터 쪽으로 향한 경의 뒤로 촐랑거리며 민혁이 달려왔다.

"아까 그 남자 로얄호텔 비서실장으로 배 사장과는 친척 관계랍니다. 로얄호텔은 3년 전부터 CU패션 브랜드 론칭쇼를 담당하는 호텔로 동시에 요즘 매출이 급상승하고 있구요."

짧은 시간 안에 꽤 많은 걸 알아낸 민혁의 능력에 짐짓 놀란 경은 그를 흘끔 바라보았다.

도대체 이 자식 뭐지?

그의 눈빛을 느꼈는지 민혁은 다시 본래의 어수룩한 행동으로 머리를 긁적이며 말했다.

"사실 그 비서실장 운전기사 형님이랑 아는 사이거든요. 아까 주차장에서 만나서…… 헤헤. 저 잘했죠?"

칭찬이 듣고 싶다는 강한 열망에 사로잡힌 민혁의 간절한 표정에도 경은 어떤 생각에 사로잡혀 굳어 있었다.

배 사장이 왜 평사원 예진이를 주시하고 있을까?

"근데요, 상무님. 제가 아까 사장실 비서 책상 위에서 이상한 걸 봤는데요."

"이상한 거?"

"네. 비서가 편지 같은 걸 타이핑하고 있더라구요. 살짝 봤는데 투서 같았어요."

민혁의 말에 어디엔가 생각이 뻗쳤는지 경의 미간이 찌푸려졌다. 그리고 긴 한숨을 내뱉었다. 젠장!

"이 비서, 로얄호텔과 CU패션 거래내역. 그리고 배 사장 명의로 혹은 가족 명의로 된 부동산과 재산 내역 좀 가져다줘요."

"네?"

민혁이 화들짝 놀라 되물었다.

"다시 말해줘요?"

"아니, 그게 아니라. 출근은 내일부터인데…… 아니, 그게 문제가 아니라 상무님은 전략기획부신데 그런 건 왜……. 아니, 제 말은 그런 건 법무감사팀에서나 요구하는 자료인데 말이죠……. 헉! 상무님 설마 본사에서 보낸 스파이 뭐 그런 거세요?"

"이 비서, 그런 일 하고 싶어요?"

"아 네! 그런 중요한 임무라면 제 목숨을 바쳐서라도……."

"목숨 같은 거 바칠 필요 없으니까. 그냥 내가 하라는 거나 제대로 하세요."

"네……."

경의 직감이 맞다면 로얄호텔과 CU패션의 커넥션을 알게 된 타 업체에서 앙심을 품어 회사에 투서를 했고, 아까 사장실에서 배 사장이 대처를 잘해놓았다는 얘기는 비리를 조용히 덮을 만한 방법이 있다는 것 같았다. 그리고 그 방법은 아마도…… 그녀와 관련이 있는 게 분명했다. 예를 들어 그녀가 비리에 같이 동조한 인물이거나 비리 혐의를 대신 뒤집어쓸 인물이거나. 경이 알고 있는 그녀라면 전자보다는 후자 쪽에 가까웠다. 그의 주먹에 힘이 들어갔다.

그녀는 도대체 회사에서 어떻게 행동을 했길래 상사에게 그런 취급을 받는 건지 경은 갑자기 화가 나서 미칠 지경이었다. 당장이라도 그녀가 있는 사무실로 달려가 그녀의 얼굴을 마주 보고 날 버리더니 꼴좋다! 고 소리치고 싶었다. 그러다가 문득 그녀가 아무렇지도 않게 잘 먹고 잘살고 있었어도 이렇게 화가 났을까? 생각했다. 경은 마음속에서 일어나는 이 분노가 어디에서부터 오는 건지 알 수 없었다.

"어떡해! 나 심장 떨려서 내일부터 출근 못할 것 같아."

"그 정도로 잘생겼어? 나도 지금 보러 갔다 와볼까? 사장실에 있다고 했지?"

"사장님 아들이라는 소문이 있던데 사실이야?"

오전 내내 사장실에 인사차 방문했다는 새로 부임할 상무 얘기로 지금 저 철없는 신입들이 미쳐 날뛰고 있었다. 어제 새벽에 시연이 애가 울어대는 통에 잠 한숨 못 잔 탓인지 정신이 몽롱해서 도무지 기획안에 집중이 안 돼서 짜증이 머리털 끝까지 솟아 있던 진이는 안경을 벗어 사무실 책상 위에 던지며 자리를 박차고 일어났다.

"거기 두 사람. 사무실 혼자 써요? 잡담을 하려면 휴게실 가서 하세요."

"네? 네……."

시뻘겋게 충혈된 눈으로 쏘아보며 말하니 더욱 공포스러운 분위기가 연출되었다.

히스테리 쩐다, 우리는 저렇게 늙지 말자. 신입녀들은 구시렁대며 서둘러 휴게실로 향했다. 저것들을 콱! 내가 세 살만 어렸어도 멱살잡이를 했을 텐데. 예진이 많이 죽었다. 죽었어.

"예 대리님이랑 저 처음으로 마음이 맞았네요. 1초만 늦었어도 제가 멱살을 잡아버릴 뻔했거든요. 저것들."

진이만큼은 아니지만 얼굴이 약간 까칠해진 은수민이 자료를 복사 중인지 복사기 앞에 서서 진이를 보며 말했다.

"풉. 푸하하하."

갑자기 웃음이 빵 터진 진이를 기분 나쁘다는 듯 바라보던 은수민이 당황하며 물었다.

"왜 웃으세요?"

"그거 알아? 3년 전에 은 대리가 저 자리에 있었던 거."

“흠흠. 기억 안 나거든요?”

3년 전만 해도 아까 신입들 있던 자리에서 배태준 대리가 참 멋있다느니 영업부 박 대리와 점심 같이 먹는 게 소원이라느니 시끄럽게 떠들어대다가 진이에게 혼쭐이 나서 화장실에서 울던 모습이 떠올랐는지 은수민은 헛기침을 해대며 종종걸음으로 자리로 돌아가 앉았다.

기획안 작성이 거의 마무리가 되어가는지 진이의 얼굴에 생기가 돌기 시작했다. 오타 점검까지 완벽하게 끝낸 진이는 핸드폰에 달린 핑크색 USB에 자료를 백업해 두고 자리에서 일어나 시원하게 기지개를 켰다.

“세상에! 예 대리님. 눈에서 피가…….”

맞은편에 앉아 있던 여사원이 화들짝 놀라며 진이의 눈을 가리켰다. 호들갑스러운 그 소리에 사무실에 앉아 있던 사원들의 시선을 한 몸에 받은 진이는 재빨리 자리에 앉아 손거울을 들여다보았다. 세상에 호러도 이런 호러가 따로 없었다. 실핏줄이 터졌는지 왼쪽 눈에 피가 고여 있었다.

이러다가 실명이라도 하면 어떡하지? 눈이 안 보이면 나 이제 뭐 해 먹고살아? 잠자고 있던 그녀의 안전과민증이 고개를 기웃거리고 있을 때 누군가 쿵쾅거리며 달려와 그녀의 앞에 섰다. 놀란 얼굴의 태준이었다.

“예 대리, 괜찮아? 병원 가자!”

두 손으로 그녀의 얼굴을 잡고 이리저리 돌려보던 태준의 얼굴에 걱정이 한가득이었다. 진이는 화들짝 놀라 태준의 손을 치워내며 도리질을 치며 말했다.

"배 대리, 난 괜찮아. 그러니까 자리로 돌아가지 그래."

진이는 바로 옆에서 이 상황을 의심스러운 눈초리로 바라보고 있는 은수민을 의식하며 최대한 냉정함을 유지하며 말했다. 그러자 태준은 그녀가 왜 이러는지 알겠지만 사뭇 섭섭한 표정으로 힘없이 자리로 돌아갔다.

"은 대리! 왜 그렇게 봐? 설마 오해하는 거 아니지? 나랑 배 대리랑 절대 아무 관계도 아니거든!"

의심의 눈초리를 거두지 않는 은수민을 향해 진이는 강한 부정을 하며 손사래를 쳤다.

"알아요."

은수민의 대답은 뜻밖이었다. 시큰둥하게 대답을 한 은수민은 일어나 그녀의 책상 위에 안과 명함 하나를 툭 내려놓고는 화장실로 향했다.

"내 라이벌은 내가 지켜야 하니까요."

저설 무슨 멍내사라고 내뱉은 긴지 재는 똑똑한 척 혼자 다 하면서 가끔 참 바보 같다니까. 진이는 피씩 웃으며 은수민의 호의를 받아들여 명함에 적힌 안과 전화번호를 확인한 후 전화를 걸었다.

오늘의 점심 메뉴는 콩나물과 미나리 정도였다. 평소 좋아하던 반찬이 아니었으므로 진이는 과감하게 점심을 포기하고 예약해 둔 안과로 향하기 위해 회사를 나왔다. 괜히 근무시간에 자리를 비우면 태준이 또 설레발치며 같이 가겠다고 쌩난리를 칠 게 뻔하니 조용히 혼자 다녀올 생각이었다.

회사 앞 택시정류장에서 택시를 기다리던 진이는 눈에서 느껴지는 이물감 때문에 흐릿하고 답답한 시야로 길 건너편 태준의 뒷모습과 비슷한 남자를 보고는 뒤꿈치를 들어 두 눈을 크게 떴다.

"잘못 본 건가?"

하필 사무실 책상 위에 안경을 놓고 오는 바람에 초점이 흐릿해서 상대방의 얼굴이 잘 보이지 않았다. 진이는 서둘러 핸드폰을 꺼내 전화를 하며 길을 건너기 위해 횡단보도로 향했다. 신호음이 몇 번 가다가 툭 끊겨 버렸고, 길 건너에 있던 남자도 전화를 들어 액정을 한참 바라보더니 다시 주머니에 넣는 것이 확인되었다. 저 남자는 배태준이 확실했다.

하지만 그 남자의 옆에는 동행인이 있었는데 흐릿한 시야로 두 눈을 번쩍 뜨고 수십 번을 들여다봐도 여자가 분명했다. 얼굴은 보이지 않았지만 치마를 입은 걸로 봐서는 여자가 분명했다. 거래처 사람인가? 아니지 점심시간에 왜 거래처 사람을 길거리에서 만나? 좀 더 가까이 가서 확인을 해야겠다고 생각한 진이는 파란불이 켜지기도 전에 횡단보도를 뛰었다.

끼이익!

"이봐요! 괜찮아요?"

"네? 네! 죄송합니다. 죄송해요."

"헉. 누, 눈이!"

실핏줄이 터진 빨간 눈에서 안구건조증 때문에 눈물을 뚝뚝 떨어뜨리며 일어난 진이는 차에서 내려 자신을 부축하는 남자가 어제 보았던 상사에게 예쁨받고 싶어하던 비서였는지는 꿈에도 모른 채 남자의 호의를 무시하며 서둘러 횡단보도를 건너가 버렸다.

"어? 어제 그 뿔테 안경?"

민혁은 따지고 싶었던 게 많았는지 달려가는 진이를 붙잡으려다가 차 안에서 자신을 기다리고 있을 상사의 굳은 표정이 제 맘대로 상상이 되었는지 재빨리 운전석에 안착했다.

"죄송합니다. 출발할게요."

브레이크를 풀고 차를 출발하려던 민혁을 막은 건 경이었다.

"내려가서 저 여자가 떨어뜨린 물건 좀 가져다줘요."

"네?"

경의 말에 차창 밖을 내다본 민혁의 시선에는 여자가 넘어졌던 자리에 핑크색의 USB가 반짝이고 있었다. 재빨리 차에서 내려서 USB를 주워 경의 손에 건네며 민혁이 물었다.

"상무님이 가지시게요? 주인을 찾아줘야 할 것 같은데. 저 여자 눈에서 피 나던데……."

"피?"

"네. 피눈물을 흘리더라구요."

경은 황급히 뒤를 돌아 횡단보도 위를 달리는 진이의 뒷모습을 바라보았다.

허벅지를 간신히 덮는 미니스커트로 각선미를 마음껏 뽐내며 교정을 거닐던 그녀의 날씬하고 잘빠진 다리가 아닌 무릎까지 덮는 검정색 스커트가 세월의 흔적을 여실히 보여주고 있었다. 과거 생각에 괜스레 마음이 답답했는지 경은 목을 조여 맨 타이를 거칠게 풀어 내던져 버린 후 차창에 머리를 맞대었다.

"퀵 불러서 갖다 줘요."

"안에 뭐 들어 있는지 살짝 볼까요?"

"그럴까요?"

"넵!"

"지금 나랑 장난합니까? 손대지 말고 그대로 갖다 주세요."

"네. 죄송합니다. 근데 저 여자 누군지 아세요? 누군지 알아야 갖다 주죠."

그가 대답이 없자 민혁은 고개를 갸웃거리며 그를 바라보았다. 그의 시선은 여전히 길 건너편 그녀의 뒷모습을 향해 있었다.

횡단보도를 건넜지만 결국 태준을 놓쳐 버린 진이는 곧장 병원으로 향했고 점심시간이 끝나기 전에 무사히 회사에 도착했다. 사무실 안에 들어온 진이는 업무를 보고 있는 태준의 자리 쪽으로 향했다.

"예 대리, 내일 PT는 문제없지?"

하필이면 길목에서 최 부장과 마주친 진이가 어설프게 웃으며 답했다.

"네. 그럼요."

"그래. 예 대리만 믿겠어. 자리로 가봐."

태준의 자리로 향하려는 진이에게 최 부장은 반대편 진이의 자리를 가리켰다. 최 부장의 손짓에 영락없이 자리로 가서 앉을 수밖에 없었던 진이는 메신저로 그와 얘기할 생각에 노트북을 열었다.

그런데.

그.런.데. 진이의 가슴이 철컹 내려앉았다.

블루스크린. 몇 번을 재부팅을 해도 노트북 모니터 속 시퍼런 색깔은 도통 변할 생각을 하지 않았다. 진이는 서둘러 전산실로 전화를 걸었다.

"전략기획부 예진이 대리인데요. 네. 지금 당장 노트북 들고 찾아갈게요!"

진이는 비장한 표정으로 노트북을 들고 전산실로 향했지만 시한부 선고를 내리는 의사의 표정만큼이나 비장한 얼굴로 전산실 사원이 고개를 내저었다.

"이거 포맷해도 자료 복구가 완벽하게 될지 안 될지. 일단 꼭 복구해야 할 파일명 적어두고 가보세요. 임시로 이 노트북 가져가서 사용하시구요."

연식이 꽤 되어 보이는 노트북을 사원에게서 건네받은 진이는 지금 당장 혀를 깨물고 죽고 싶은 심정이었다. 젠장! 하필이면…… 울컥 눈물이 날 지경인 그녀는 엘리베이터 속 거울을 보며 자신의 몰골을 돌아보았다.

이렇게 살아서 뭐 할래? 예진이! 그녀는 스스로를 자책하다가 문득 오늘 오전에 USB에 백업을 해둔 자신의 행적이 떠올랐는지 미친 듯이 사무실로 달려갔다. 그리고 100년 묵은 체증이 내려간 듯한 표정으로 핸드폰을 짠! 하고 들어 올렸다. 하지만 핸드폰 끝에 달랑달랑 매달려 있는 검은색 줄 그리고 그 끝에 달려 있어야 할 앙증맞고 귀여운 분홍색의 USB는 어디에서도 찾아볼 수가 없었다.

"으아아악!"

그녀가 책상 위에 엎드려 고통 섞인 신음 소리를 내뱉자 사원들이 또 왜 저래? 하는 모양새로 슬금슬금 그녀의 주변을 피하기 시작했다.

"예 대리, 오늘도 야근할 거면 저녁 같이 먹을래? 내가 사줄게. 그러니까 아이템 하나만."

내일 오전이 PT인데 아직 기획안 초안도 작성 못한 김 과장이 그녀 주변을 알짱거리다가 그녀의 노트북 대신 전산실 라벨이 붙어 있는 노트북을 보고는 화들짝 놀라 말했다.

"예 대리, 컴퓨터 고장났…… 웁!"

진이가 황급히 김 과장의 입을 막아버리며 뒤에서 무슨 일인가 할 일이 없어서 어슬렁거리던 최 부장과 눈이 마주쳤다.

"예 대리와 김 과장 사이가 좋아 보이네?"

"네? 네."

"예 대리, 내일 PT는 차질 없는 거지?"

지금 저 말 PT 차질 없느냐는 저 말! 오늘만 해도 도대체 몇 번을 묻는 건지. 마치 내가 기획안을 통째로 날렸다는 사실을 알아버린 사람처럼. 진이는 미치고 팔짝 뛸 노릇이지만 이를 악물고 업무용 미소를 지으며 대답했다.

"네. 그럼요! 전혀 이상 없습니다!"

"그래. 그럼 수고."

최 부장이 별 의심 없이 자리로 돌아가자 진이는 김 과장의 입을 막았던 손을 야무지게 닦아내고는 죽을상을 하며 구닥다리 노트북을 열어 파워포인트 창을 열었다.

"설마 재작성 하려고?"

"원래 제 머릿속에 있던 거니까요."

"그, 그래?"

하지만 그 30장짜리 기획안이 전부 기억날 리가 없었다. 더구나 급하니까 머릿속이 하얘지면서 주제가 뭐였는지도 헷갈리고 그야말로 멘붕이 오기 시작했다.

그나저나 아까 길 건너편에 여자랑 같이 있던 남자가 설마 태준이는 아니겠지? 내가 잘못 본 거겠지? 그래. 아니야. 아닐 거야. 그가 그런 사람이 아니라는 건 내가 가장 잘 알잖아. 널 버리지 않을 거라는 확신 그거 하나 가지고 그를 선택했잖아. 믿자. 믿어주자.

"예진이 씨?"

"네?"

낯선 남자의 목소리에 진이가 고개를 들었다. 헬멧을 쓴 퀵서비스 직원이 작은 박스 하나를 내밀었다.

"퀵인데요. 여기 서명 부탁합니다."

"누가 보낸 거죠?"

진이는 서명을 한 뒤 상자를 열었다. 상자 속에는 진이가 그토록 찾던 핑크색 USB가 들어 있었다. 세상에 이럴 수가.

"그건 저도 잘······."

“네?”

아니, 요즘 같은 시대에 발신인 불명의 물건을 퀵으로 보내주는 회사가 어디 있다고? 진이가 요목조목 따져 물으려는 그때는 이미 헬멧남은 황급히 사라지고 난 후였다.

이상한 일이었지만 지금 그걸 따질 때가 아니라는 생각에 진이는 서둘러 자리에 앉아 USB를 꽂아 파일들 손상은 없는지 확인을 하고는 소리 없이 환호성을 내질렀다. 하늘이 무너져도 솟아날 구멍은 있다더니 USB를 보내준 사람이 누구인지 평생 은인으로 생각하고 살겠다고 다짐하며 진이는 막바지 PT 준비에 박차를 가했다.

“어이쿠. 예 대리 눈이 점점 심해지네? 괜찮겠어? PT 포기하고 병원에 가보지그래?”

마음에도 없는 소리를 최 부장이 내뱉었다. 그러자 은수민이 콧방귀를 뀌었다.

“부장님, 예 대리님이 승진이 달린 이 중요한 시기에 PT를 쉽게 포기하시겠어요? 안 그래요, 예 대리님?”

회의실 앞쪽 탁자에 모여 앉은 네 사람. 그러니까 예진이, 은수민, 김 과장, 여전히 이름을 모르겠는 듣보잡 신입. 그들 사이에서는 묘한 기류가 흐르고 있었다.

그때 문이 열리며 해외출장을 간 사장을 제외한 임원진들이 들어와 자리에 착석을 하였다.

“새로 온 상무가 대체 누구야?”

은수민은 기웃거리며 새로 왔다는 패션 죽이고 몸매 죽이고 얼굴 죽이는 상무를 찾기에 급급했다.

"상무님은 조금 늦으신다고 먼저 시작하라고 하니…… 그럼 예 대리부터 시작하지."

"네. 부장님."

진이는 여유로운 미소를 지으며 자리에서 일어났다. 뿔테 안경을 치켜세우며 빔프로젝트의 전원을 켰다. 그리고 회의실 불이 파바밧 꺼졌다. 순간 그녀의 눈앞이 흐릿해져 앞에 쏘아올린 자료가 잘 보이지 않는지 진이는 눈을 게슴츠레 뜨며 PT를 시작했다.

"화면에 보이는 스타일링은 저희가 이번에 입점할 명품관에서 매출이 가장 높은 C사에서 스타일링한 옷입니다."

화면에는 얼마 전 진이가 명품관에서 찍은 블루 슈트가 보여지고 있었다. 그녀가 레이저포인터를 누르자 블루 슈트 그러니까 정확히 말해 마네킹 목에 둘러진 블루 스카프 위에 빨간색의 엑스표가 박혔다. 사람들은 저게 뭔가 싶어 궁금증이 가득한 얼굴로 화면을 올려다보았다.

그리고 그 시점에 뒷문이 열리며 민혁이 들어왔고 그 뒤를 이어 경이 들어왔다. 바로 문제의 블루 슈트에 블루 스카프를 한 채 말이다. 새로 부임한 상무가 나타나자 주변이 웅성거리기 시작했다. 아직까지는 어두워서 그가 입은 것이 예진이 대리가 쏘아올린 사진 속 블루 슈트라는 것을 알아보지 못하던 이들이 이내 자신의 눈을 의심하며 상무와 화면을 번갈아 보기 시작했다.

PT에 너무 집중한 나머지, 아니, 눈이 충혈돼서 눈에 뵈는 게 없었던 진이는 PT를 계속 이어나갔다.

"C사의 블루 컬러의 슈트는 누구라도 탐낼 만한 아이템임은 분명합니다. 하지만 여기 이 스카프와 시계, 구두는 블루 슈트와는 전혀 어울리지 않는 아이템이죠. 이 마네킹이 착용한 제품의 가격은 몇천만 원대. 고가의 스타일링을 하고도 패션테러리스트가 돼버린 겁니다."

패션테러리스트? 첫 출근부터 이게 무슨 봉변이란 말인가. 경은 황당한 표정으로 자신이 입고 있는 옷과 화면 속 옷을 번갈아 보다가 사람들의 웃음이 터지기 일보 직전의 표정과 그들의 시선이 자신에게 꽂히자 속이 울렁거리기 시작했다.

"그래서 제가 기획한 것은 '오늘의 스타일링' 입니다. 명품관에 입점한 브랜드들과 협약하여 매주 컨셉을 정해 각자 어울릴 만한 아이템을 매치시키는 겁니다. 그렇게 한다면 매장들마다 매출 향상에 많은 도움이 될 것이라고 생각합니다."

화면에는 오늘의 스타일링이라는 글귀가 띄워지며 블루 슈트에 각각 어울리는 타사 제품의 스카프와 구두, 시계 등이 매치되어 보여졌다. 자사의 아이템만을 매치시킨 것보다 훨씬 세련된 스타일링이 완성되었다.

그리고 파바밧 불이 켜졌다.

웅성웅성.

"풉!"

사람들이 웅성대며 그리고 또 어디에선가 그러니까 은수민의 입에서 웃음이 터졌다.

경은 애써 여유로운 척 목에 두른 스카프를 풀러 두 주먹을 불끈 쥐며 자리에서 일어섰다. 일어서서 당당한 자태로 PT를 하던 진이와 두 눈을 마주쳤다.

진이는 순간 시야를 가리고 있던 이물질들이 모두 씻겨 내려간 듯 경의 모습이 또렷이 보였다. 차라리 보이지 말지. 그의 상처받은 눈빛이 정확히 보였다. 진이는 흠칫 놀라 뒷걸음질 쳤다. 경이 여길 왜? 설마 날 찾아온 건가? 판사복을 입고 법원이나 변호사 배지를 달고 변호사 사무실에 앉아 고상하게 법전이나 들여다보고 있어야 할 녀석이 어째서 여기에 있냐고. 제 몸을 간신히 지탱하고 있는 그녀의 두 다리가 부들부들 떨렸다.

경의 옆에 앉아 있던 최 부장은 심기가 불편해 보이는 어린 상무에게 고개를 조아리며 애써 웃음을 참으며 말했다.

"이런. 저, 괜찮으세요?"

"회의는 오후에 다시 하죠."

"네? 네!"

경은 민혁의 품에 스카프를 집어 던지고는 바깥으로 나가 버렸다. 그러자 회의는 파하는 분위기가 되었고 사람들이 하나둘 회의장을 벗어났다.

"예 대리, 설마 일부러 그런 건 아니지? 졸지에 상무님을 패션 테러리스트로 만들어 버리다니!"

최 부장이 황급히 달려와 진이에게 소리쳤다. 그러자 진이는 털썩 주저앉았다.

상무님? 그 자식이 상무라고? 내 인사권을 쥐고 있는 내 직속

상사라고?

"말도 안 돼."

하늘이 무너진 것만 같은 심정으로 넋이 나간 채 주저앉은 진이를 보며 그녀가 딱해 보였는지 최 부장이 말했다.

"뭐 그렇게까지 자책할 건 없고. 오늘 PT는 훌륭했어. 하지만 상무님 표정을 봐선 킬당할 게 분명하고. 다른 거 뭐 없어? 오후에 회의가 다시 있으니까 다시 도전해 보자고. 고생했는데 아깝잖아. 그럼 수고."

다시? 다시 하라고? 그 녀석 앞에서 비굴하게 내 PT를 채택해 주십쇼. 제발. 하고 떠들어대라고?

"예 대리님 덕분에 시간 벌었네요. 땡큐. 빨리 가서 준비해야지!"

뭐? 나 덕분에 시간을 벌어? 사태의 심각성을 전혀 모르는 은수민은 좋다고 폴짝폴짝 회의장을 뛰쳐나가고. 그 뒤를 들보잡 신입도 따라나갔다. 그리고 남아 있던 김 과장이 뭔가 꿍꿍이가 있는 듯한 표정으로 그녀에게 오더니 말했다.

"예 대리, 이번 PT는 아무래도 포기하는 게 낫지 않겠어?"

"저기 과장님. 저번부터 자꾸 저한테 포기하라 마라 하시는데 왜 그러시는 거예요?"

"뭐, 뭘 왜 그래? 나야 성과급 때문이지."

"그래요. 알아요. 근데 제가 PT 포기하면 과장님 은 대리 이길 수 있어요? 저만 없으면 꼭 이길 수 있는 사람처럼 구니까 수상해서요."

"아니, 그게……."

"저 PT 포기 안 해요. 절대."

그래 절대로 포기 안 할 거다. 떳떳하게 내 능력을 보여줄 거야. 예진이 아직 죽지 않았다는 거 보여주고 말 거라고. 진이는 이를 악물고 김 과장을 지나쳐 회의장을 나와 사무실로 향했다.

"예 대리."

익숙한 목소리에 진이가 뒤를 돌았다. 뭔가 할 말이 있는 듯한 표정으로 또 시간을 끄는 태준을 보니 울화가 치밀어 올랐다.

"나 지금 바쁘니까 나중에 얘기해."

진이는 오후에 있을 PT에서는 그에게 완벽한 모습을 보여줘야 한다는 생각에 사로잡혀 사무실 안으로 황급히 달려들어 갔다.

그녀의 뒷모습을 보고 서 있던 태준의 표정이 슬프게 구겨졌다.

"으악! 젠장! 젠장!"

입고 있던 재킷을 찢는 건지 벗는 건지 허물을 벗겨내 사무실 바닥에 내던져 버리는 경은 포효하고 있었다. 그 뒤를 따라 들어온 민혁은 냉큼 상체를 수그려 벗어 던진 그의 허물을 주웠다.

"저…… 황 상무님."

"야!"

"네?"

느닷없는 반말 세례에 화들짝 놀란 민혁이 두 눈을 휘둥그레 떴다.

"이 비서, 너 전부터 내가 참았는데 내 이름은 말이야. 황보 경이야. 황보경이 아니라."

"네에? 정말요? 푸하하, 저 지금 알았어요. 그럼 진작 말씀해 주시지 그러셨어요."

팔푼이 같은 민혁의 반응을 보고 있자니 더욱 열이 뻗쳤는지 경이 소리쳤다.

"얼마 전에 명품관에서 나한테 패션에 문외한이고 어쩌고 하던 여자가 아까 그 여자야?"

"네! 어떻게 아셨어요? 그 뿔테 안경 쓴 여자가 확실해요."

"넌 뭐야! 뭔데 왜 안 말렸어! 그 스카프 하지 말라고 날 제대로 말렸어야지!"

"아니, 저……."

지가 꼭 그거 하겠다고 난리칠 땐 언제고 저 쫌생이! 민혁은 부글부글 올라오는 화를 꾹꾹 눌러 참으며 그를 바라보았다.

"이것도 아니야. 이것도."

거울 앞에서 셔츠 단추를 풀었다 잠갔다 걷었다 내렸다 바지 안에 넣었다 뺐다 쌩난리를 치던 경은 제대로 미칠 지경이었다. 여기서 변화를 주는 것도 쪽팔리고 이대로 그냥 입고 다니는 것도 쪽팔리고. 출근 첫날부터 패션테러리스트라는 오명을 뒤집어쓰게 생겼는데 이걸 도대체 어쩌란 말인가! 이날만을 기다렸었는데 멋있는 모습으로 짠! 나타나서 그녀가 경악할 만큼 멋있는 모습으로 나타나고 싶었는데. 젠장. 다 틀렸다!

"아우!"

민혁은 식겁했다. 일주일간 보았던 경이 했던 별별 행동들도 참 이상하다고 여겼는데 지금 모습은 감히 자신이 감당할 수 없을 만큼 또라이 같았다. 아니, 지가 패션모델도 아니고 패셔니스타도 아니고 왜 저렇게 의상에 민감한지 민혁은 도무지 알 수가 없었다.

　진이는 그동안 작성해 놓았던 기획안들을 찬찬히 살펴보기 시작했다.

　그래! 이거야. 명품관 입점 시 좋은 위치를 위한 제언. 진이는 서둘러 PT를 수정하다가 문득 회의실 뒤쪽에 앉아 있던 병찐 경의 얼굴이 떠올랐다. 어쩌면 그렇게 변한 게 하나도 없는지 촌스럽고 소심한 것도. 지금쯤 미치고 팔짝 뛰고 있겠지? 그가 그럴수록 예진이! 넌 더욱더 아무렇지 않게 행동해야 돼.

　"예 대리님, 상무님 호출이요."

　"뭐?"

　리액션이 너무 컸던가. 은수민이 후훗! 웃으며 고개를 들어 주접을 떨기 시작했다.

　"어머! 새로 오신 상무님의 첫 번째 면담 주인공이 되셨네요. 호호호. 난 명품으로 칠갑한 상무님 패션 완벽하기만 하던데. 패션 테러리스트라니. 명예훼손죄로 고소당하는 거 아니에요?"

　비꼬는 은수민의 말을 잘근잘근 씹으며 진이가 자리에서 일어나 상무 사무실로 향했다.

　"저기요!"

　상무실 앞에서 선뜻 들어가지 못하고 망설이고 있던 진이를 뒤에서 누군가 불러 세웠다. 얼마 전 명품관에서 봤던 베이비 페이스의 상사에게 예쁨받고 싶다고 얼굴에 써 있던 남자였다.

"저는 이민혁이라고 합니다. 상무님 비서예요."

"네. 저는 예진이 대리라고 합니다."

"저한테 하실 말씀 없으세요?"

"없는데요?"

"예쁨받기는커녕 그쪽 때문에 저 완전 찍혔거든요?"

빠직. 그녀의 이성이 곧 끊어질 것만 같았다. 너만 찍혔냐? 지금 나도 죽을 맛이거든? 네놈이 스카프만 제대로 바꿔서 입혔어도 네 상사는 첫 출근과 동시에 패셔니스타가 되어 지금쯤 하늘을 걷고 있겠지. 그랬다면 그가 날 이렇게 부르지 않았겠지!

그녀의 눈에서 살인 레이저가 마구 쏟아져 나오자 민혁은 흠칫 놀라 뒤로 물러섰다.

"드, 들어가 보세요."

이 여자의 적수는 내가 아니구나. 성질 더러운 우리 상무에게 맛 좀 봐라. 민혁은 조용히 사무실 문을 열어 그녀를 밀어 넣었다.

얼떨결에 사무실 안으로 들어온 진이는 소파에 앉아 여유롭게 커피를 마시고 있는 그를 내려다보았다. 무결점 흰 피부와 블루 셔츠는 그와 너무나도 잘 어울렸다.

따라라 라라라라~ 마치 포카리 스웨트의 광고 속 한 장면을 보는 것만 같았다.

그래 인정. 황보경, 너 참 많이 발전했다.

진이는 문득 책장 유리창 너머로 보이는 자신의 몰골을 바라보았다. 뿔테 안경에 충혈된 눈가 주변에는 주름이 자글자글 파마한 지 꽤 된 머리는 관리가 힘들어 하나로 동여맨 그야말로 서른한 살 먹은 노처녀. 최악의 상태였다.

"왔어?"

그가 찻잔을 내려놓고 일어서서 그녀를 바라보며 피씩 웃었다. 아니, 비웃음 치는 것 같았다.

"많이 변했네."

진이는 지금 서 있는 자신의 자리가 당장 땅속으로 꺼져 버렸으면 좋겠다고 생각할 정도로 자존심이 상했다. 그녀가 이를 악물고 답했다.

"너도 많이 변했네요."

"그건 반말이야 존댓말이야?"

"상무님, 왜 부르셨습니까."

사적인 감정으로는 녀석을 상대할 수가 없을 것만 같았다. 진이는 격식을 차리며 우회를 했다. 뭔가 힘이 없어 보이는 그녀의 사무적인 태도에 경은 짐짓 당황한 표정으로 횡설수설하기 시작했다.

"그러니까 내가 왜 불렀냐면. 오후에 회의 잘해보라고."

"그럴 겁니다."

"괜히 승진 앞두고 상사 심기 거슬리게 행동해서 좌천당하지 말고."

"네. 충고 감사합니다. 하실 말씀 끝나셨으면 이만 나가보겠습니다."

어라? 이것도 아닌데. 싱거워도 너무 싱거운 그녀의 행동에 적응이 안 되는지 경이 움찔거렸다. 그녀가 90도 인사를 하고 요조숙녀 마냥 사라지고 나서도 경은 얼떨떨한 얼굴로 한참을 서 있었다. 이건 자신이 원하는 재회의 그림이 아니었다.

"이게 아닌데……."

자신을 보고도 아무런 동요도 없는 그녀의 무표정에 경은 가슴이 뜨끔거렸다. 그리고 긴 세월 동안 나 스스로도 참 많이 변했다고 생각할 정도로 과거의 나를 철저히 버렸는데도 여전히 그녀 앞에선 소심하고 못난 황보경으로 돌아가 버려서 허무하기까지 했다.

"이상 은수민 대리였습니다."

탱탱한 그녀의 피부에서 광채가 났다. 회의실 빔프로젝트 조명을 받으니 한결 더 예뻐 보였다 망할 은수민 년. 진이는 오전에 PT를 말아먹은 죄로 순서가 맨 끝으로 밀려나 있었고 은수민 다음으로 발표를 위해 종이들을 주섬주섬 챙겨서 앞으로 나가는 듣보잡을 바라보았다.

"우연희입니다."

맞다. 저 듣보잡의 이름이 우연희였지. 우연희는 생전 처음 겪는 일인지 어리숙하게 포인터를 꾸욱 눌러 PT를 시작했다.

"제가 이번에 발표할 주제는 어…… 명품관 입점 시 자리 선정이 중요한 이유입니다."

진이가 깜짝 놀라 고개를 쳐들었다. 흠칫 놀란 우연희는 진이의 시선을 피해 먼 산을 보며 PT를 이어가기 시작했다. 들고 있던 펜을 부술 기세로 주먹을 꽉 쥐던 진이의 얼굴이 벌겋게 달아올랐다.

맨 뒤에서 턱을 괴고 경청하던 경은 힐끔 맨 앞 왼쪽에 앉은 진이의 옆모습을 바라보았다. 왜 저렇게 몸을 떨어대? 얼굴은 홍당무처럼…… 어디 아픈가?

아무리 생각해도 아까의 심심한 재회가 아쉬웠는지 경은 입을 삐쭉 내밀며 신경질적으로 들고 있던 볼펜을 책상 위로 던져 상체를 뒤로 눕혀 불량한 자세로 앉았다.

"다음은 김중섭 과장입니다."

PT를 끝낸 우연희가 진이 뒤에 기가 죽은 얼굴로 앉자 무언가 꾹꾹 눌러 참던 진이가 폭발하듯 뒤를 돌아보려는 그때.

"주제는 컨템포러리 브랜드 입점 시 위치 선정에 대한 제언입니다."

저건 또 뭐야? 어이없는 표정으로 진이가 고개를 돌려 앞을 바라보았다.

우연희는 진이가 만든 PT 내용을 교묘하게 바꿔서 표절 시비를 걸래야 걸 수 없게 만들었다면 김 과장은 대놓고 베낀 셈이었다.

"김 과장님 미친 거 아니야? 저거 우연희 씨랑 똑같은 얘기잖아."

은수민이 중얼거리자 주변도 웅성웅성거리기 시작했다. 자기가 발표하는 내용이 뭔지도 모르고 떠들어대던 김 과장은 발표를 끝내고 내려와서 진이의 뒤 우연희 옆에 앉았다.

"예 대리님, 뭐 하세요? 예 대리님 차례잖아요."

뒤를 돌아 두 사람을 죽일 듯이 노려보던 진이의 옆구리를 팔꿈치로 툭툭 건드려 대던 은수민은 입사 이후 처음 본 그녀의 살기 가득한 얼굴에 화들짝 놀라 굳어 있는데 뒤에서 최 부장이 걸어왔다.

"예 대리! 뭐 하고 있어?"

"부장님……."

"왜 그래?"

김 과장이 사형선고를 기다리는 죄수처럼 두 눈을 꽉 감았다.

"제가 준비가 미흡해서요. 이번 PT는 포기하겠습니다."

"뭐?"

놀란 건 최 부장뿐만이 아니었다. 평소 빈틈없고 똑 부러지는 이미지로 많은 상사들에게 총애를 받던 예진이가 준비가 덜 되었다고 하니 모두들 혀를 내둘러 차며 하나둘씩 회의실을 빠져나갔다.

창백한 얼굴로 죄지은 사람 마냥 고개를 푹 숙이고 있는 진이의 모습을 마지막까지 자리에 앉아 의아한 얼굴로 바라보고 있던 경도 자리에서 일어나 회의실을 나가 버렸다. 그 모습을 보던 최 부장이 화가 난 얼굴로 씩씩거리며 진이를 바라보며 소리쳤다.

"예 대리, 지금 제정신이야? 준비가 안 됐으면 진작 말했어야지! 상무님도 화나서 지금 나가셨잖아! 이대로라면 승진은커녕 시말서감이야! 당장 내 자리로 따라와!"

최 부장은 콧김을 풍풍 쏘아대며 회의실을 박차고 나가 버렸다.

이제 남은 건 네 사람. 무거운 공기보다 더 무거운 진이의 목소리가 내리깔렸다.

"은 대리, 잠깐 나가줄래?"

"네? 네……."

왜 나만 따돌려요? 그냥 내 앞에서 얘기해요! 라고 평소 같았으면 그랬을 텐데 그녀의 실핏줄이 터진 붉게 충혈된 눈동자가 사정없이 흔들리자 은수민은 순순히 노트북을 들고 일어나 밖으로 나갔다. 은수민이 나가고 심호흡을 몇 번 하던 진이가 듣보잡 신입 우연희를 싸늘하게 바라보며 입을 열었다.

"우연희 씨, 그거 네 머리에서 나온 거 맞니?"

싸늘한 그녀의 음성에 기가 죽은 우연희가 답했다.

"네? 네……."

"뭐? 그렇다 치고. 그럼 그 기획 어떻게 하다가 떠올랐는데?"

"그게 저……."

"나는 말이지. 작년에 너무 힘들었거든. 엄마 병수발에 병원비 갚느라 알바도 여러 탕 뛰고. 돈도 돈이지만 시간이 너무 없었어. 그래도 명색이 패션회사 직원인데 옷은 잘은 아니더라도 깔끔하게 입어야 하잖아? 백화점이던 명품관이던 1층에 액세서리 매장이 아니라 컴템포러리룩을 전문으로 하는 매장이 있으면 효율적이지 않을까. 마침 그렇게 생각하고 있었는데 이번 우리가 명품관 입점할 브랜드 컨셉이 컨템포러리룩이더라?"

"이봐, 예 대리! 화를 내려면 나한테 화를 내. 아랫사람한테 화풀이……."

"화풀이? 지금 화풀이라고 했어요?!"

진이가 결국 화를 못 참고 소리쳤다.

"과장님은 그래도 양심은 있네요. 전산실 가서 내 노트북에 있는 자료 고대로 갖다 쓴 거 맞죠? 근데 얘는 그걸 교묘하게 편집까지 했다구요!"

"저는…… 가…… 가볼게요!"

우연희는 벌떡 일어나서 죄송하다는 말도 없이 어버버거리다가 후다닥 도망가 버리고, 그년을 잡기 위해 자리에서 일어난 진이는 이내 포기하고 멈춰 섰다. 그리고는 원망스러운 눈길로 김 과장을 바라보며 소리쳤다.

"과장님이 지금 무슨 짓을 한 줄 알아요!?"

"미안해, 예 대리. 내가 식구가 여섯인데 능력도 없이 회사 다니다가 잘리느니 명퇴하면 그나마 퇴직금 많이 준다고 해서. 선뜻 명퇴하기는 하는데 근데 그 퇴직금으로는 턱 없이 부족하니까. 성과급이라도 챙겨서…… 다 먹고살려고 그런 거니까 예 대리가 이해 좀……."

김 과장이 문득 고개를 들어 진이의 얼굴을 들여다보았다. 실핏줄이 터진 눈에서는 굵은 눈물방울이 뚝뚝 떨어졌다. 조카뻘 되는 애가 기획안 하나에 목숨 걸고 며칠을 밤샌 꼴이 안타까웠는지 그는 도대체 자신이 무슨 짓을 한 건지 무릎이라도 끓고 싶을 지경이었다.

"나도 마찬가지예요. 나도 먹고살려고 최선을 다했어요. 20대 내 청춘을 회사에 다 바쳤다구요! 누구는 명품 옷, 가방, 구두……

가지고 싶지 않았는 줄 알아요? 승진에 미친년 소리 들으면서 주
말 휴일 다 반납하고 일에만 매달렸는지 아냐고요! 으엉엉.”

진이는 급기야 바닥에 주저앉아 어린아이처럼 엉엉 소리 내어
울어버렸다.

어린 후배에게 나이 많은 고참에게 기획안을 빼앗겨서도……
이번 성과급은 물 건너갔다는 사실 때문도…… 승진에서 멀어졌
다는 패배감 때문도 아니었다.

돌이켜 생각해 보니 직장 생활을 하며 나는 많은 걸 잃었는데
그 희생의 대가로 현재 남은 건 하나도 없었다는 사실이었다.

동료도 지위도 명예도……. 아무것도 이루지 못했다. 그동안 나
는 뭘 한 걸까?

그런데 왜! 왜 하필……. 이런 엉망인 내 모습을 황보경이 보냐
고…….

예진이 네가 날 차버리고 어디 잘사나 두고 보자! 하며 이를 갈
았을 그에게 이런 최악의 모습을 보여주다니 수치스러워서 정말
미칠 지경이었다.

“우엉엉엉. 엉엉엉.”

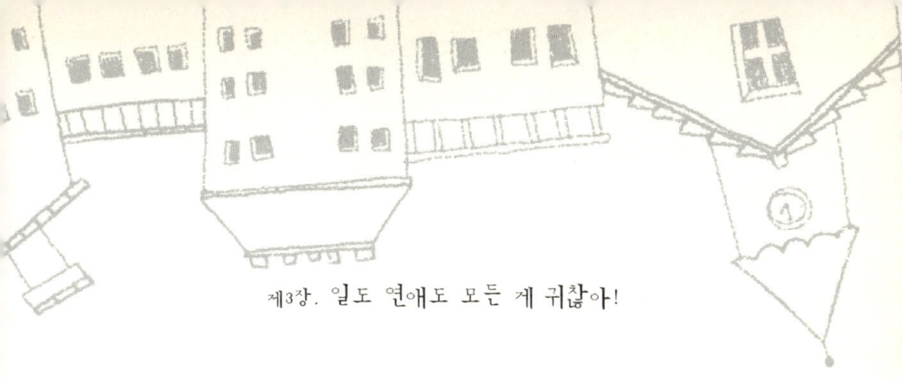

제3장. 일도 연애도 모든 게 귀찮아!

"오늘 집에 안 가면 안 돼?"

그 인간 꼴도 보기 싫다고 할 때는 언제고 남편 밥 차려준다고 황급히 자리에서 일어나는 친구 홍시연의 발목을 진이가 잡았다. 방구석 여기저기에 소주 4병과 콜라 1.5L가 굴러다니는 걸로 봐서 많이 취했는데 안 취한 척 품위를 유지하고 있는 그녀가 가여웠는지 시연이 자리에 주저앉았다.

"야. 그런 대사는 태준 씨한테 해야지. 태준 씨 불러줘?"

"죽을래?"

"예진이! 정신 차리고 그냥 태준 씨랑 결혼해서 회사 관둬! 무슨 부귀영화를 누린다고 그 대접을 받으면서 일을 해? 그냥 남편이 벌어다 주는 돈에 만족하면서 편하게 살란 말야."

“넌 만족이 돼? 네 남편 월급이.”

“당연히 안 되지.”

“그냥 너 가라. 가.”

“맞다. 근데 그 듣보잡 걔는 네 기획안 어떻게 베낀 거래?”

시연의 말에 진이의 얼굴에 어둠이 짙게 깔렸다.

“뭐야! 너 무슨 일 있지? 뭔데 말해봐!”

“그 기획안 나 말고 아는 사람이 한 명 더 있는데.”

“그게 누군데?”

“배태준.”

“켁켁. 에? 뭐야. 지금 태준 씨 의심하는 거야? 아무렴 태준 씨가 너한테 맞아 죽으려고 그 짓을 했겠냐?”

의심이 아니라 어디까지나 추측이었다. 김 과장님은 전산실에 보관된 내 노트북에서 기획안을 빼돌렸다고 시인했고, 그년은 뭐 일언반구의 변명도 없이 조퇴까지 하고 도망가 버렸으니 확인할 길이 없었다.

“너 그냥 빨리 결혼해야겠다. 그거 다 너 불안해서 생기는 일종의 의처증 같은 거야. 괜한 사람 잡지 말고. 맞다! 너 저번에 웨딩로또 응모한 건 당첨 안 됐어?”

“웨딩로또?”

시연의 말에 진이는 문득 두 달 전에 시연이네 부부와 함께 레스토랑에서 저녁식사를 한 후 태준과 함께 O웨딩에서 50주년 기념행사로 레스토랑과 연계해서 이벤트 중이었던 웨딩로또에 응모한 것이 떠올랐다.

'이거 당첨되면 나랑 결혼해 줄래?'

'공짠데 당연한 거 아니야?'

'공짜여서? 나를 사랑해서가 아니라? 가끔 나는 진이 네가 날 사랑해서가 아니라 외로워서 옆에 두고 있는 것 같아. 그런데 더 절망적인 건 난 네가 설사 그런 의도로 날 옆에 둬도 괜찮은데. 왠지 그 이유마저도 아닌 것 같아. 넌 단 한 번도 나한테 기대질 않았잖아.'

진이는 문득 그날 불안한 눈빛으로 자신을 바라보던 태준의 얼굴이 떠올랐다.

"만약 그 웨딩로또 당첨되면 어떡할래?"

"김칫국 마시는 소리 하지 마. 그런 게 쉽게 될 리가 없잖아."

"야. 근데 너 내일 당장 상무라는 사람한테 무릎 꿇고 빌기라도 해야 하는 거 아니냐? 너 그러다가 과장 승진도 못하고 좌천당하면 어떡해!"

맞다. 그 상무가 황보경이라는 사실을 말하지 않았다. 시연이가 그 사실을 알면 더욱더 수다스러워질 다음의 상황을 방지하기 위해서 진이는 입을 굳게 다물었다.

"너 쓸데없는 소리 할 거면 이만 가봐."

"갈 거거든? 아무튼 너 태준 씨한테 잘해라. 지금 그 나이에 새로운 사랑이 또 올 것 같아? 태준 씨같이 자상하고 해바라기 매너남 다시 만나기 힘들다?"

잔소리를 한가득 퍼부으며 시연은 서둘러 나가 버렸다.

식어버린 컵라면 국물을 안주 삼아 후루룩 마시던 진이는 핸드폰을 들어 태준에게 전화를 걸었다. 그가 바라는 게 이런 걸까? 지치고 힘들 때 자신에게 기대는 여자?

[여보세요? 네가 웬일이야?]

화들짝 놀란 태준의 목소리가 들려오자 진이는 뭔가 상당히 뻘쭘했다. 안 그래도 어색한데 웬일이냐고 그가 묻자 어색함은 배로 늘어났다.

"그냥."

[무슨 일 있어?]

"기억나? 시연이네 부부랑 레스토랑에서 저녁 먹은 날."

[그럼. 그때 복권 같은 것도 응모했었잖아.]

"그리고 그날 밤에 내가 너한테 기획안 하나 보여줬었는데. 컨템포러리룩 매장 위치 선정 제언에 관한. 나 그 기획안 도둑맞았어. 이름도 모르는 신입이랑 김 과장님한테. 나 너무 억울해서 미치겠거든? 그래서 내일 부장님한테 가서 다 말할 생각이야."

[저, 저기. 진이야! 처음이니까 네가 한번만 봐줘……. 넌 그 기획안 아니어도 그 이상의 것을 해낼 수 있잖아. 두 사람이 오죽했으면 그랬겠어.]

태준의 대답에 진이가 고개를 떨궜다. 이런 대답을 들으려고 그에게 전화한 건 아닌데.

"배태준! 이럴 땐 같이 화를 내줘야 하는 거 아니야? 여자친구가 기획안 빼앗겼다는데 봐주라고?"

[아니, 내 말은 김 과장님 명퇴도 얼마 안 남았고…… 그 신입도 뭘 모르고 한 일일 거야. 넌 유능하니까…….]

"무슨 말인지 알아. 알겠는데. 별로 위로가 안 되네."

[미안해…… 너한테 든든한 애인이 되어주지 못해서. 진이야…… 내일 저녁에 시간 좀 내줄래?]

"알았어. 내일 저녁 시간 비워둘게. 내일 봐."

전화를 끊은 진이는 시간이 갈수록 기분이 점점 참담해졌다. 일도 연애도 모든 게 부질없고 허무해졌다.

"싫습니다. 오늘 저녁에 약속이 있어서요."

"뭐?"

최 부장은 진이에게서 싫다는 소리를 듣기는 처음이라 화들짝 놀란 표정으로 되물었다. 너무 딱 잘라 싫다고 말한 게 내심 걸렸는지 진이는 구차하게 변명을 늘어놓기 시작했다.

"상무님 업무 인수인계를 위한 자료는 비서실에서 준비했을 거예요."

"그걸 누가 몰라? 비서실은 비서실이고 우리 부서에서도 따로 프레젠테이션을 하기를 상무님이 직접 지시를 내렸다고. 더구나, 예 대리! 어제의 실수를 만회해야지."

"오늘 중요한 약속이 있어서요."

대체 그 중요한 약속이 뭔데! 라고 소리칠 뻔한 최 부장은 화를 꾸역꾸역 눌러 참으며 분위기가 한껏 다운된 사무실을 훑어보며 소리쳤다.

"상무님 인수인계 프레젠테이션 누구 할 사람 없어?"

예 대리가 하지 않겠다고 한 데는 다 이유가 있겠지? 사원들은

수군거리며 모두들 부장의 시선을 피하기 바빴다. 그 가운데 진이에게 지은 죄가 많은 김 과장이 조심스럽게 손을 들었다.

"제, 제가 하겠습니다."

"그건 안 돼요!"

어제 그 망신을 당하고도 무슨 염치로 나서는 건지 최 부장이 혀를 끌끌 차며 은수민을 바라보았다. 네가 답이다, 제발!

"아, 네. 제가 하겠습니다, 부장님."

"그래. 은 대리! 고마워. 조금 있다가 2시에 상무님 사무실이야. 그리고 예 대리는 잠깐 나 좀 보지."

최 부장은 뒷짐을 지고 상석에 가서 털썩 앉으며 불편한 심기를 내보였다.

최 부장 앞에 뚱한 표정으로 서 있는 진이를 예의 주시하는 두 사람. 다름 아닌 김 과장과 듣보잡 우연희였다. 그들은 행여 그녀가 자신들이 그녀의 기획안을 도둑질한 사실을 상사에게 발고하지는 않을까 몸서리치게 두려워하며 숨죽여 진이의 행동을 염탐했다. 그 시선을 느꼈는지 한번 맛 좀 봐라 하고 진이가 일부러 크게 말했다.

"부장님, 저 정말 억울합니다."

"그래. 예 대리, 무슨 일 있는 거지? 그래서 그랬지?"

"네. 무슨 일이 있어요. 있는 게 분명해요."

"뭔데?

꿀꺽. 끄윽. 멀리에서도 확연히 들려오는 그들의 숨통 조여지는 소리. 진이는 두 사람의 겁에 질린 표정이라도 구경할까 싶어 무심한 듯 뒤를 돌아보았다. 그런데 그 자리에는 하필이면 태준이 화난 얼굴로 서 있었다.

저 자식 왜 나를 저런 눈으로 봐? 진짜로 확 말해 버릴라! 그녀가 굳은 표정으로 서 있는 태준을 흘겨보았다. 그러자 그는 그녀를 벌레 보듯 바라보더니 등을 보이며 사무실을 나가 버렸다.

"저기, 예 대리. 말해봐! 어서!"

"저…… 그러니까. 그……."

당황스러웠다. 처음 보는 태준의 무심한 눈빛에 진이는 어안이 벙벙했다. 반쯤 넋이 나간 진이의 표정을 살핀 최 부장은 잽싸게 밀어붙였다.

"상무님 프레젠테이션 예 대리가 맡을 거지?"

"네…… 네?"

"그래. 그럼 자리로 돌아가 봐."

"아…… 아니, 그게 아닌데."

"은 대리! 인수인계 프레젠테이션 예 대리한테 토스했다! 껄껄껄."

회사 돌아가는 사정을 은수민보다 진이가 더 잘 알고 있고 그녀가 더 잘할 수 있다고 판단했던 최 부장은 만족스러운 듯 진이를 바라보며 희한한 웃음소리를 내며 쌓여 있는 결재판에 결재를 하기 시작했다. 그 앞에 목석처럼 굳어 서 있던 진이는 쓰러질 듯 자리로 돌아가 앉았다.

띠링. 사내 메신저 쪽지 도착음이 요란하게 울렸다.

―예 대리, 비밀 지켜줘서 고마워. 내가 이 은혜 평생 잊지 않을게.

김 과장의 쪽지였다. 진이는 손가락에 힘을 주어 엑스를 눌러 쪽지를 없애 버린 후 태준의 이름을 더블클릭해서 쪽지 창을 띄웠다.

—왜 날 그렇게 생각 없는 사람 취급하는 눈으로 봐? 나도 6년 동안 같이 일한 김 과장님 때문에 꾹꾹 참고 있는 거라고! 막말로 이 문제 인사위원회에 회부할 정도로 큰 문제거든? 넌 너만 생각이 있는 줄 알아?

라고 적었다가 백스페이스키를 사정없이 눌러서 백지 상태로 원상 복구를 시켰다. 그래 어차피 오후에 만나니까 싸움은 그때 하기로 하자.

오늘도 CU패션의 노예가 되어 신나게 달려보자. 라고 마음먹기가 무섭게 사내 전화가 울려댔다.

"네. CU패션 전략기획부 예진이 대립니다."

[나 경인데.]

누구? 경희? 경이? 경이가 누구였더라.

황보경?

[아! 아 나 황보경인데. 아니, 상무인데.]

진이가 아무런 대꾸도 못하고 컥컥대고 있자 경은 재빨리 제 호칭 정리를 나섰다. 진이는 순간 그래, 갱아. 왜 전화를 했니? 라고 해야 할지. 상무님 어쩐 일이십니까? 라고 해야 할지 난감했다.

[여보세요? 아. 아. 아. 뭐야 이거. 내선번호 누르고 별표 누르는 거라며. 이 비서!]

통화가 제대로 연결이 되지 않았다고 여겼는지 경의 호들갑스러운 목소리가 들려왔다.

철컥.

급기야 아무런 말도 하지 못하고 수화기를 내려놓아 버렸다. 내가 왜 이랬지? 뭐 꿀리는 거 있어? 없잖아! 당당하게 나가자고. 뭐 죄지은 거 있어?

있지…… 있었지.

띨릴리 띨릴리.

"네. 전략기획부 은수민 대립니다. 네! 상무님! 네! 네! 알겠습니다!"

은수민 자리의 전화벨 소리에 화들짝 놀란 진이가 몸을 부르르 떨었다. 은수민은 전화를 끊자마자 심드렁한 표정으로 진이를 향해 소리쳤다.

"예 대리님, 상무님 호출이요. 상무님실로 오래요."

"왜?"

"그거야 저도 모르죠. 에잇, 근데 왜 나한테 전화를 하고 난리야. 퍼뜩 안 가요? 빨리 오라던데."

진이는 머리를 잔뜩 헝클이며 도살장에 끌려가는 소 마냥 느릿느릿 사무실을 벗어났다.

"어제 밤새셨어요? 하긴…… 서류 보실 게 많으시죠?"

핼쑥해진 경의 몰골을 보며 민혁이 묻자 그는 대답할 기력도 없는지 그에게 나가라고 손짓했다. 얼굴빛은 안 좋아도 그의 오늘 패션은 당장 이 상태로 영화 시상식이나 런웨이를 걸어도 베스트로 꼽힐 만큼 완벽했다. 훤칠한 큰 키 다부진 몸매에 딱 맞는 클래식한 매력이 물씬 풍기는 화이트 셔츠와 팬츠를 멋스럽게 연출하고 칼라에 화이트 컬러 엣지가 포인트인 블랙 재킷 그리고 로퍼로 마무리는 시크하게. 남자인 민혁이 봐도 그는 때깔이 참 좋은 남자였다. 속은 아직 잘 모르겠지만. 아마 민혁은 지금 그가 이 패션을 완성시키기 위해 밤을 샜다는 사실은 전혀 모를 것이다.

"잠깐!"

나가려던 민혁을 다급하게 불러 세운 경이 그에게 물었다.

"나 오늘 멋있냐?"

우웩. 하며 손으로 입을 막던 민혁은 그만 리액션을 굉장히 크게 해버렸다.

"지금 그건 뭐지?"

"아니. 그런 걸 자기 입으로 묻는 사람이 어디 있어요? 솔직히 아까 조금 멋있다고 생각했었는데 취소하려구요."

"왜!"

"진짜 멋있는 사람은 자기가 멋있는 줄 모르거든요."

"그러니까. 나 진짜 모르겠어서 물어보는 거잖아. 나 이 재킷에 이 브로치 오버 같지 않아? 재킷은 그냥 벗을까?"

도대체 저 인간 왜 저래? 민혁은 어안이 벙벙한 얼굴로 그를 심각하게 바라보다가 원인이 뭔지 진단을 끝냈는지 우쭈쭈 아이 달래듯이 말문을 열었다.

"패션회사 상무라는 직함 때문에 패션에 지금 굉장히 민감하시나 본데요. 라면회사 상무 중에 MSG를 혐오하는 사람도 있을 테고, 제빵회사 상무 중에는 밀가루를 안 먹는 사람도 있을 거예요. 딱 보니까 상무님 그렇게 애사심 가지고 일하는 타입은 아닌 것 같은데. 그냥 편하게 입고 다니세요. 직업이 무슨 코디도 아니고 매번 다른 스타일링하는 거 골 안 아프세요?”

청산유수. 뭐 반박할 여지도 없이 야무지게 나불거리는 민혁을 보며 경은 본사에서 왜 저 자식을 내 옆에 붙였는지 알 것만 같았다. 흥분하면 활화산같이 훨훨 타오르는 경의 정수리에 물 붓는 역할이었다. 이민혁 비서는 말이다.

“아! 그리고 말씀하신 예진이 대리 인사기록카드 책상 위에 올려뒀습니다.”

민혁의 말이 끝나기가 무섭게 책상으로 달려가 인사기록카드를 훑어보던 경은 고개를 휙 돌려 키득키득 웃어대는 민혁을 기분 나쁘다는 듯이 바라보며 시비조로 말했다.

“뭐야. 왜 웃지?”

“아, 아닙니다. 저는 이만 나가보겠습니다.”

민혁의 예상대로 예진이 대리와 상무는 아는 사이가 분명했다. 그녀는 그와 같은 학교를 졸업했고 학번도 같았다. 두 사람 어떤 관계였을까? 나름 상상의 나래를 펼치며 민혁은 상무실을 벗어났다.

민혁이 나가고 이제야 마음 놓고 인사기록카드를 코끝까지 가까이 들어 유심히 읽어 내려가는 경의 표정이 롤러코스터를 타듯 희미하게 웃을 듯했다가 미간이 험악하게 구겨졌다가 난리가 나고 있었다.

6년 전 증명사진을 보니 경의 마음 한구석이 애잔해졌다. 그래, 헤어질 때 딱 이 모습이었는데. 앞머리 없는 긴 생머리에 크고 맑은 눈동자 무표정일 땐 새침해 보여도 웃으면 그 누구라도 무장해제 시켜 버리는 청순한 얼굴.

'누구는 명품 옷, 가방, 구두…… 가지고 싶지 않았는 줄 알아요? 승진에 미친년 소리 들으면서 주말 휴일 다 반납하고 일에만 매달렸는지 아냐고요! 으엉엉.'

어제 몰래 들었던 그녀의 울음소리가 귓가에 맴돌자 경의 표정이 굳어졌다. 도대체 어떤 놈들이 그녀에게 승진에 미친년이라고 떠들어댔는지 당장 달려가 멱살이라도 잡고 싶은 심정이었다. 게다가 기획안을 도난당하고도 가만히 있어? 천하의 예진이가?

똑똑똑.

"상무님! 예진이 대리 왔습니다."

"흠흠. 들어와요."

경은 황급히 인사카드를 서랍에 쑤셔놓고는 아무 일도 없었다는 듯 자리에 앉았다.

그가 자리에 앉자마자 여전히 뿔테 안경을 쓴 채 한쪽 눈은 충혈된 보기 흉한 꼴로 진이가 들어왔다. 그가 미간을 찌푸리며 그녀의 얼굴을 들여다보았다. 진이는 그의 시선이 느껴졌는지 움찔거리며 뒤로 한 발자국 물러났다.

"부르셨어요?"

"탁자 위에 결재판 좀 가져와."

그가 턱 끝으로 테이블 위에 있는 결재서류들을 가리켰다. 진이는 이를 악물고 결재서류들을 품 안에 안고서 그의 책상 위에 올려놓았다. 두 사람 사이 간격이 좁혀졌다.

"안경은 원래 안 꼈었는데 시력이 나빠진 거야?"

남이사. 안경을 끼든 말든 알게 뭐야. 그녀가 대꾸할 가치를 느끼지 못했는지 입을 꾹 다물었다. 경은 나름 걱정해서 한 말이 씹히자 무안함을 애써 감추며 공적인 얘기로 말을 돌렸다.

"이 서류들 검토 좀 부탁해. 앞으로 수요일 2시마다 와서 하면 될 거야."

"네?"

"왜 그렇게 놀라?"

"상무님한테 올라온 서류들을 왜 제가 검토를 합니까?"

"경쟁사의 브랜드 매출현황이나 소비자 패션 트랜드 분석 같은 건 볼 줄 알아도 향후 패션 시장의 전망이라던가 경쟁사 매출현황에 따른 대비책이나 소비자 패션 트랜드에 맞는 브랜드 창출은 내가 모르겠거든. 난 네 말대로 패션테러리스트니까."

그녀가 헛웃음을 내뱉었다.

"왜 웃지?"

"대리결재 몇 번 해본 적은 있지만 그중 상무님이 최연소시네요. 기록 깨셨어요."

"뭐?"

은근 자신을 깔보는 듯한 그녀의 말투에 경은 황급히 말을 돌렸다.

"인수인계 프레젠테이션 준비는 잘 되고 있어?"

"안 그래도 그거 때문에 바쁜데 상무님께서 부르셨잖아요. 정말 대리결재 때문에 부르신 거예요?"

"승진이 왜 하고 싶어?"

그의 느닷없는 질문에 그녀가 표정을 굳히고 그를 노려봤다.

"아니, 내 말은 승진이 뭔데. 네가 자기 관리도 못하고 눈에 실핏줄을 터뜨리질 않나, 곧 죽어도 하이힐만 신던 네가 플랫슈즈라니. 게다가 몸매 관리를 안 한 거야? 아니면 그 원피스가 가리고 있는 거야? 이건 내가 알던 예진이가 아니잖아."

그녀를 머리부터 발끝까지 스캔하면서 진지한 표정으로 맞는 말만 읊어대니 진이는 화가 나지만 마땅히 반박할 말이 떠오르지 않아 얼굴만 죽을상이 되어가고 있었다. 이제야 그녀의 표정을 확인한 경은 고개를 갸웃거리며 자신이 무슨 말실수라도 한 건가 싶어 어정쩡하게 자리에서 일어섰다.

"저기 그러니까 내 말은…… 내가 승진시켜 줄게! 그러니까 일 열심히 하란 말야!"

이건 또 무슨 개소리인가. 진이는 그를 죽일 듯 노려보다가 화를 꾹꾹 발끝까지 눌러 참고 어금니 꽉 깨물고 한마디 내뱉었다.

"잘 알겠습니다, 상무님. 저 개처럼 일할 테니 잘 봐주십쇼. 그래서 저 꼭 승진시켜 주세요. 나가보겠습니다!"

쾅!

진이는 상무실 문을 부서져라 닫아버리고 나가 버렸다.

허무하게 자리에 털썩 주저앉은 경은 오늘도 '이게 아닌데…….'

를 연발하며 책상 위에 머리를 박았다.

“어머, 어머. 저기 저 모델 포스 좔좔 흘리고 서 있는 거 상무님
아니야?”

“대박. 어디 어디?”

유리문 밖에서 사무실 안을 둘러보고 서 있던 경을 본 여사원들
이 거울을 꺼내 들어 미친 손놀림으로 화장을 고치기 시작했다.
진이는 혀를 내차며 그녀들에게 한심스러운 눈빛을 내던지고는
이제 곧 2시에 있을 프레젠테이션을 위해 마지막 점검에 나섰다.

“어이쿠, 상무님! 어쩐 일로 여기까지 내려오셨습니까!”

친히 문 앞까지 마중 나가서 경을 끌고 사무실 안으로 들어오는
최 부장. 얼떨결에 그의 손에 끌려 들어오기는 했지만 딱히 볼일
이 없던 터라 당황해하던 경은 사무실을 둘러보다가 진이와 눈이
마주쳐 버렸다. 황급히 마주친 시선을 피하는 진이와는 달리 경은
그녀의 위치를 확인하자 여유를 되찾고 말했다.

“예 대리님, 프레젠테이션 준비는 끝났습니까?”

예 대리님? 저 이중인격자! 진이가 어금니를 꽉 깨물고 건성으
로 대답했다.

“네. 2시에 찾아뵙겠습니다.”

“이거 어쩌죠. 시간을 조금만 뒤로 미뤄야겠네요.”

“네?”

“제가 지금 급한 출장이 있어서요. 갔다 와서 연락드릴게요. 기
다려 주시겠어요?”

“뭐라구요? 언제 오시는데요!”

“글쎄요.”

생글생글 웃으며 내 참을성 세포를 간질간질 간질여서 이성을 못 차리게 할 심산인 건지 그가 마치 예진이 너 어디까지 참나 두고 보자 하는 듯 약을 올리는 것만 같았다.

어떡하지 나? 진이는 뒤통수를 딱 붙잡고 심호흡을 여러 번 했다. 참아야 하느니라. 6년의 직장 생활에서 얻은 갖은 노하우를 다 동원해서라도 참아야 한다. 승진을 생각해 봐. 그리고 연봉을 생각해 봐. 조금만 있으면 빚 청산하고 드디어 통장에 잔고도 차곡차곡 쌓일 거라고.

겨우 진정을 시킨 후 고개를 든 진이는 아직도 사무실에서 방황 중인 경의 뒷모습을 확인하고는 무시한 채 자리에 앉으려는데.

“이름이 뭐죠?”

이름을 왜 물어봐? 저 듣보잡 이름을 왜? 여사원들이 난리 법석을 떨기 시작했다.

진이는 무심한 척 다음 경의 행동을 살폈다.

그는 구석에 자리 잡은 듣보잡의 자리로 향하고 있었다. 그러자 듣보잡은 들릴 듯 말 듯 자기 이름을 말하는 것 같았다.

“지금 나 청각테스트 중입니까? 크게 말해요.”

“우연희입니다.”

듣보잡이 울 듯한 얼굴로 말해도 경의 표정은 얼음장같이 차가웠다. 진이는 자신에게 와는 다르게 싸늘하게 굳어진 표정과 인정이라고는 눈곱만치도 없는 말투로 아랫사람을 대하는 경의 모습이 왠지 모르게 낯설게만 느껴졌다. 내가 저 자식을 너무 만만하게 봤나? 지금 나보고 까불지 말라고 과시라도 하는 걸까?

"어제 PT 인상 깊었어요."

"가, 감사합니다."

듣보잡이 잠시 잠깐 고개를 들어 진이 쪽으로 시선을 보냈다가 재빨리 거둬 버렸다.

"김중섭 과장님."

"네, 넵!"

김 과장이 놀라 자빠질 만한 눈동자로 자리에서 벌떡 일어났다. 경은 마치 두 사람을 가지고 놀려고 작정이라도 한 사람처럼 그들의 숨통을 서서히 조여가기 시작했다.

"어제는 감사했습니다. 부임 첫날 직속 부하직원들에게 그런 선물을 받다니. 임원들 사이에서 어제 일이 계속 거론되더라고요. 어떻게 그런 뛰어난 기획력을 가진 직원을. 그것도 둘이나."

비꼬기의 달인. 저것도 머리가 따라줘야 할 수 있는 고난이도의 어법이었다. 그래, 그는 법학과 수석 입학 타고난 수재였었지. 당시 예진이를 제외하고 그를 말로 이길 수 있는 사람은 없었다.

"그래서 말입니다."

꿀꺽. 모두들 긴장된 눈빛으로 그를 바라보고 있었다. 사람들의 시선이 느껴졌는지 그가 갑자기 하얗게 질린 표정으로 등을 돌렸다.

"낱장짜리 PPT 말고 세부보고서 이번 주 내로 제출해 주세요. 검토 후에 두 분께 적당한 처분을 내리죠. 그게 뭐든 감당하실 각오는 되어 있으시죠?"

그의 표정이 궁금했다. 하지만 그는 끝내 등을 보인 채 황급히 사무실을 벗어났다.

"뭐야? 갑자기 상무님이 사무실엔 왜 온 거야? 우연희 씨는 왜 울고? 김 과장님은 왜 넋이 나가 있어?"

뒤늦게 들어와서 얘기를 전해 들은 은수민이 호들갑을 떨며 자리로 돌아왔다.

"처분? 무슨 처분?"

그러게 말이다. 정말 이상하게 내 느낌에는 그가 모든 사실을 알고 있는 것만 같았다. 두 사람이 내 기획안을 빼앗아간 것에 대한 복수를 해준 것만 같은? 벌벌 떠는 두 사람의 모습을 보니 통쾌하면서도 기분이 묘했다. 자꾸만 녀석의 뒷모습이 눈앞에 아른거렸다.

예진이 정신 차리자. 그럴 리가 없잖아. 경이 저 똑똑한 게 단지 두 사람 중 누가 기획안의 진짜 주인인지 알아내려고 수를 쓰는 거겠지. 그는 현명한 사람이니까.

"예 대리! 아까 상무님 말대로 출장 갔다가 오실 때까지 대기하고 있다가 프레젠테이션해 드려."

"네. 그렇게 하고말고요."

그래. 날 위해서 뭘 해? 대신 복수? 웃기고 자빠진다 예진이! 봐라 이게 현실이다.

상무라는 작자는 진이의 예상대로 길이 막힌다는 핑계로 퇴근 시간이 훌쩍 지나도록 돌아오지 않았고 결국 칼퇴하고 근처 카페에서 기다리겠다던 태준에게 오늘 저녁은 다음으로 미루자는 문자를 보낸 후에야 그의 비서에게서 연락이 왔다. 당장 상무실로 오라고 말이다.

"아우씨! 그래 더 이상 못 참아! 안 참는다!"

야근을 하기 위해 질끈 묶었던 머리를 풀어헤치며 잔뜩 화가 난 얼굴로 씩씩거리며 문서들을 들고 상무실로 달려가는 진이의 각오는 남달랐다. 계급장 다 떼고 덤벼서 맹렬하게 전사하리라. 누가 이기고 지든 상관없었다. 이렇게 직장 생활하다가는 제명에 못 살지 싶었다.

쾅!

본래의 화끈한 성격답게 문 여는 소리도 요란했다. 문을 열고 들어오자마자 그녀가 상사인 상무가 아닌 8년 전 자신에게 까인 황보경을 향해 꽥 소리쳤다.

"야! 너 일부러 이러는 거지?"

그녀의 우렁찬 목소리 때문에 의자 등받이에 기대 두 눈을 감고 있던 경이 피곤한 듯 억지로 눈을 떴다. 그리고 그의 잠긴 목소리가 들려왔다.

"프레젠테이션은 30분 후에 하자. 내가 요즘 너무 피곤해서 말이야."

"뭐?"

경의 말에 진이는 기가 찬 얼굴로 손에 들고 있던 문서를 거침없이 바닥에 뿌려 버렸다. 그 모습에 경은 잠이 달아난 듯 가소롭다는 듯 웃으며 그녀의 행동을 흥미롭게 바라보며 말했다.

"지금 뭐 하는 거지? 주워."

"싫어!!"

"너 내가 누군지 몰라?"

"왜 모르겠어? 내 직속상사인 분을! 아주 잘~ 알지!"

"예진이, 알았으면 주워. 혹시 나 말고 다른 상사한테도 이렇게 버릇없이 굴었어?"

경은 자리에서 일어나 땅에 내던져진 보고서를 밟으며 그녀에게 점점 다가갔다. 진이도 절대 물러나지 않고 그 자리 그대로 버티고 서 있었다. 덕분에 두 사람의 사이가 꽤 가까워졌다. 마주 보고 서 있는 두 사람.

오래간만에 서로의 눈을 응시하고 있었다. 바뀐 게 있다면 그와 그녀는 더 이상 연인 관계가 아니라는 것과. 그가 예전과 달리 만만한 상대가 아니라는 것.

진이는 그가 왜 이렇게까지 변했는지 원인을 알고 있었다. 그래서 건드려 보기로 했다.

"그때도 지금처럼 이렇게 폼 나게 살지 그랬어. 그랬다면 내가 너 안 깠을 텐데."

비아냥거리는 진이의 말에 경의 표정이 점점 굳어졌다.

"왜? 열받니? 너 말이야. 복수한답시고 이딴 쓸데없는 보고나 하라고 하고. 일부러 나 퇴근 못하게 출장 간 척. 내가 모를 줄 알아? 너! 아직도 나한테 까인 게 그렇게 억울해?"

경의 얼굴이 자신도 감당 못할 정도로 벌겋게 달아오르고 있었다.

진이가 속마음으로 걸려들었어! 를 외치며 그에게 한 방 먹인 것을 기뻐하고 있을 때였다. 경의 반격이 시작됐다. 그가 아까와는 다르게 여유로운 표정으로 말했다.

"내일 오전까지 3년간 네가 작성한 론칭쇼 기획안 정리해서 가져와. 안 그럼 너 해고야."

"해고?"

욱하는 마음에 막말을 내뱉던 진이의 입이 해고라는 말에 꿀 먹은 벙어리가 돼버렸다.

"역시. 해고는 겁나나 봐? 하긴 그 성격에 능력이라도 있어야 선자리라도 들어오지. 너 지금 하고 다니는 꼴 좀 봐. 남자들이 좋아하게 생겼나."

찔러도 너무 깊숙이 찔렀는지 진이는 표정 관리가 전혀 되지 않았다. 말 그대로 멘붕이 온 것이다. 예진이의 멘붕 마스크를 확인한 경은 더 세게 밀어붙이기 시작했다.

"예 대리, 이 회사에 계속 붙어 있고 싶으면 까불지 마."

경의 공격에 진이의 머릿속엔 온갖 가시 돋은 말들로 가득 차 있었다. 예를 들어.

'나한테 까이고 울면서 매달리던 놈이. 많이 컸다?'

따위의 말들……. 그러다가 문득 8년 전 일이 떠올랐다.

가끔씩 괜한 죄책감 때문에 꿈에 한 번씩 나오던 그 장면.

전 학과생들이 모두 지켜보던 축제 때 런웨이 위에서 상체가 벗겨진 채로 개망신을 당하던 그를 버리고 도망치던 자신의 모습. 미안해서 도망치던 자신을 줄기차게 쫓아다니던 그는 일언반구의 말도 없이 어느 날 갑자기 사라졌었고 바로 어제 8년 만에 다시 재회한 것이었다. 그것도 관계가 완전 180도 역전돼서.

아무튼 8년 전 상처받은 얼굴로 런웨이 위에 서 있던 경의 얼굴이 지금 현재 그의 얼굴에 겹쳐졌다. 그녀의 맘속에 느닷없이 미안한 감정이 꿈틀대며 올라왔다. 미안할수록 쌀쌀맞아지는 그녀의 습성이 발동되었는지 진이의 표정이 심상치 않게 변했다.

진이는 허리를 숙여 말없이 보고서를 주웠다.

그 모습을 보던 경은 '이겼다!' 속으로 쾌재를 부르며 어린아이 같은 얼굴로 씨익 웃다가 그녀가 보고서를 줍고 일어나서 고개를 들자 언제 그랬냐는 듯이 웃음기를 감추고 그녀를 노려보는데. 경과 눈이 마주친 진이가 차분한 목소리로 말했다.

"보고서 언제까지 제출하라고요?"

"어? 어! 내일 오전!"

"네. 잘 알겠습니다, 상. 무. 님. 인수인계 PT도 내일 같이하는 걸로 하죠."

경의 표정이 이게 아닌데? 즈음으로 구겨지며 돌아서는 그녀를 잡으려고 그의 팔이 들썩이기 시작했다.

"저기, 저녁……."

그가 뭔가 할 말이 있는지 망설이자 진이는 그 모습을 무시한 채 문을 쾅! 닫고 나가 버렸다. 어안이 벙벙. 그 자리에 굳어서 한참을 서 있던 경은 그녀를 따라나가려다가 말고 소파에 털썩 앉아 버렸다. 그리고 잠시 후 민혁이 노크를 하고 들어왔다.

"상무님, 어제 말씀하신 레스토랑 예약한 시간이 다 됐습니다.

지금 나가실 겁니까?"

"이 비서나 가서 많이 먹고 오세요."

그가 조용히 눈을 감고 등받이에 머리를 기대었다.

민혁은 죽을 맛이었다. 저녁에 임원들과 저녁 만찬도 미루고 신나게 회사로 들어오더니만 지금은 또 왜 저렇게 죽을상인지. 한숨이 절로 새어 나왔다.

회사 곳곳은 불이 꺼져 있었다. 진이는 복도를 지나 사무실로 미친 듯이 달려갔다.

책상 위에 잔뜩 쌓인 보고서들을 원망스럽게 바라보다가 뭐가 그렇게 열이 받는지 자리에서 방방 뛰며 억울해하고 있었다.

띠리링. 띠리링. 띠리링.

책상 위에 올려둔 핸드폰 부재중 전화 알림음이 줄기차게 울려대자 그녀가 재빨리 핸드폰 액정을 들여다보았다. 부재중 전화 35통. 발신자는 배태준. 그리고 1시간에 걸쳐 도착한 문자 4통.

「늦게라도 나와. 기다릴게.」

「문자 보면 연락해.」

「안 되겠다. 우리 이제 그만 헤어지자.」

「방금 보낸 문자는 취소. 헤어지자고 말할 수 있는 자격은 너만 가지고 있으니까.」

1년 동안 끈질기게 자신에게 구애하던 태준의 마음을 받아주기로 한 날 진이는 조건을 달았다.

'이별통보는 무조건 내가 먼저야. 후회 안 하지?'

'응. 절대로 내가 먼저 헤어지자고 하는 일 따위는 없을 거야.'

그때 말은 안 했지만 사람 일 모르는 거니까 장담하지 마. 라고 생각했던 것 같다. 우유부단한 저 성격에 헤어지자라는 문자를 보낼 정도면 천국과 지옥을 몇 번이나 건너갔다 왔을까? 진이는 씁쓸해졌다. 그리고 못된 심보에 발동이 걸렸다. 나 절대로 쉽게 헤어져 주지 않을 거야. 오랜 시간 닫았던 내 마음을 허문 대가야.

바람난 여자와 수억 원의 빚을 아내와 하나밖에 없는 딸에게 떠넘기고 야반도주한 아버지의 실체를 안 그 이후로 말만 번지르르한 사랑 따위 다시는 하지 않겠다고 다짐했건만 정작 내가 외롭고 힘들 때 찾는 건 친구도 하느님도 아닌 남자였다.

비슷한 시기에 진이에게 고백해 온 남자들은 많았다. 돈 많고 집안도 빵빵한 거래처 대표이사, 회사 근처 자상한 카페 사장, 젊고 잘생긴 회사 고문변호사 등등……. 그들을 제쳐 두고 태준을 선택한 이유는…… 그는 날 버리지 않을 것만 같았다. 마음이 연약해서 사람에게 쉽게 등을 돌릴 것 같지 않았었다. 그럼에도 그에게 마음을 온전히 주지 못한 이유는 버림받을까 봐서였다. 이 무슨 궤변이란 말인가.

내게 누구보다 다정하고 친구 같고 애인 같은 아빠였다. 그래서 엄마와 나를 버리고 도망갔다는 사실을 알게 되고 사실은 엄마가 그동안 아빠의 여자 문제로 혼자 속 썩고 있었다며 외할머니가 아빠를 향해 저주를 퍼부을 때도 믿어지지가 않았었다.

알바를 하느라 수석 입학이었던 대학을 꼴찌로 간신히 졸업해서 취업도 늦어지고 어렵게 취업해서는 남들 모르게 일 핑계 대며 초과근무 수당을 벌며 피부로 느꼈었다.

아. 아빠가 진짜 나를…… 그리고 엄마를…… 버렸구나.

그리고 촉으로 알 수 있었다. 아. 배태준도 나를 버리려고 준비 중이구나. 이유는? 그다음은 미처 생각하고 싶지 않았는지 진이는 핸드폰 배터리를 분리시킨 후 일에 집중하기 위해 노트북 전원을 켰다.

4월 초. 봄이 오는가 싶더니 겨울이 가기 싫다고 떼를 쓰는 건지 날씨는 영하로 떨어지고 급기야 폭설이 내리는 이상한 날씨였다. 덕분에 사무실 안은 그녀의 마음만큼 한기가 올라오고 있었다. 진이는 오들오들 떨며 차갑게 굳은 손을 달달달 털어내며 보고서 작성에 열을 올렸다.

"진짜 봄이 없어졌나 봐요. 이러다가 바로 여름이 오는 거 아닌가 싶어. 그런데 상무님, 퇴근 안 하세요?"

비서실에서 꾸벅꾸벅 졸다가 이제는 집에 갈 때도 되지 않았을까 싶어 들어온 민혁의 말에 차창 너머 내리는 눈을 바라보고 있던 경이 고개를 돌려 물었다.

"사원들은 다 퇴근했나?"

"당연하죠. 12시가 다 되어가는데요."

시간을 올려다본 경은 체념한 듯 외투를 챙겨 들었다. 민혁의 표정이 밝아지며 그의 마음이 변할까 싶어 차에 시동 걸고 있겠다며 서둘러 나가 버렸다.

한숨을 푹푹 내뱉으며 엘리베이터 앞에 선 경은 문득 맞은편 복도 끝에 있는 사무실에서 새어 나오는 불빛을 보고는 미간을 찌푸렸다. 그가 예상한 대로 만약 저 사무실 안에 진이가 있다면 그는 자기 자신도 제어하지 못할 것만 같았다. 그가 무섭게 굳어진 얼굴로 사무실 쪽으로 향했다.

불빛이 새어 나오는 곳. 그곳에는 역시나 그녀가 있었다.

몸을 잔뜩 움츠린 채 노트북 자판 위에 손을 올려놓고 꾸벅꾸벅 졸고 있던 그녀는 저도 모르게 옆에 쌓여 있는 보고서 뭉치 위에 머리를 쿵! 하고 박아버렸다. 다시 일어날 힘도 없는지 그녀가 그대로 두 눈을 감아버렸다.

경은 지금 이게 무식하게 뭐 하는 짓이냐고 소리라도 치려는 기세로 유리문을 열었다. 그런데 사무실 유리문을 연 경은 경악했다.

문을 열자마자 온몸을 서늘하게 만드는 냉기가 그를 덮쳤다. 사무실 안은 복도보다 더 춥고 서늘했다. 그가 황급히 사무실 안 방방곡곡을 뛰어 돌아다니며 난방기 전원을 찾기 시작했다. 그리고 구석 벽면에 붙어 있는 난방시스템을 발견하고는 신경질적으로 전원을 눌렀다. 그런데 아무리 눌러도 전원은 켜질 생각을 하지 않았다. 잠시 당황하던 경은 핸드폰을 꺼내 민혁에게 전화를 걸었다.

"이 비서, 당장 시설관리팀 연결해."

"어우~! 회사가 아니라 무슨 찜질방 들어온 것 같아!"

출근하는 사원들이 하나같이 부채질을 하며 들어왔다. 원인이 뭘까 살펴보던 여사원 한 명이 난방기가 켜져 있는 사실과 구석에서 보고서를 베개 삼아 숙면을 취하고 있는 진이를 발견했다.

"예 대리님!!"

여사원의 목소리에 악몽을 꿨는지 벌떡 일어나는 진이.

"밤새셨어요?"

"어? 어……."

"근데 난방 온도를 왜 저렇게 올려놨어요? 어제 아무리 추웠다지만 그래도 봄인데……. 부장님 오시면 한마디 하시겠어요."

"무슨 소리야? 어제 난방기 고장나서 나 얼어 죽을 뻔…… 엣취!!"

여사원은 이렇게 따뜻한 곳에서 자놓고 연신 재채기를 해대는 진이를 의아하게 보더니 자리로 돌아갔다.

진이는 여사원의 말에 잠시 생각에 잠겨 있다가 자신의 이마에 땀이 송골송골 맺혀 있는 사실을 알게 되었다. 그러고 보니 사무실 안 공기가 진짜 한증막에 들어온 것처럼 후덥지근하다 못해 갑자기 온몸에서 열이 올라오기 시작했다.

사원들은 부채질을 하며 창문을 열기 시작했다.

"맞다! 보고서!!"

진이가 머리를 잡아 뜯었다. 어제 잠에 취한 탓에 보고서를 미처 다 쓰지 못한 사실을 깨닫고는 서둘러 노트북을 열고 미친 듯이 자판을 두드리던 그녀가 갑자기 두 손으로 머리를 움켜잡았다.

디잉. 순간 머릿속이 울리며 시야가 새하얘졌다. 그와 동시에 온
몸에 기운이, 아니, 영혼이 빠져나간 듯한 기분에 그녀는 책상 위
에 엎드려 간신히 고통을 삭이고 있었다.

"예 대리 어디 있지?"

최 부장의 목소리가 들려왔지만 도저히 일어날 수가 없을 만큼
고통스러웠다. 엎드려 있던 진이가 보이지 않았는지 최 부장이 은
수민을 향해 말했다.

"은 대리, 예 대리 자리로 오면 오늘 상무님 환영회 장소 예약했
는지 물어보도록 해."

환영회? 맞다. 나 총무였지. 진이는 오늘의 할 일들을 머릿속으
로 떠올리려고 애를 썼지만 자꾸만 머릿속이 백지장처럼 하얘졌
다.

제4장. 패셔니스타 상무의 복수

"대단하십니다!"

오늘도 완벽한 패션으로 무장한 경의 모습에 민혁은 엄지를 추켜세웠다.

뭐 이 정도 가지고 후훗! 이라고 상사의 얼굴에 새겨지자 민혁은 뭔가 자신의 의도가 왜곡된 기분이었다.

사실 민혁은 그의 패션센스가 아닌 아무도 따라갈 수 없는 그의 똘끼에 엄지가 아닌 박수라도 보내고 싶을 지경이었다.

엘리베이터 앞에 선 민혁은 느닷없이 어제 일이 떠올랐는지 얼굴에 피곤이 겹겹이 쌓이기 시작했다. 어제 난데없이 길길이 날뛰며 당장 시설관리팀에 전화를 걸어 전략기획부 사무실 난방을 가동하라고 지시를 내리길래 퇴근 안 하냐고 물었더니 안 한다고 해서 민혁도 숙직실에서 철야를 해야만 했다. 그런데 새벽 4시에 갑자기 호출을 하더니 집으로 가자며 한 번 입었던 옷은 입지 않는다며 오늘 따로 스타일링해 둔 옷들이 집에 있다고 하지를 않나. 도대체 4시까지 그는 어디서 무엇을 하고 있었단 말인가.

불만이 잔뜩 실린 얼굴로 도착한 엘리베이터의 문을 잡으며 자신의 상사인 경이 올라탄 뒤 그도 뒤를 이어 올라탔다.

문득 고개를 든 경의 표정이 구겨졌다. 그의 시야로 진이의 보고서를 훔친 개미 목소리의 소유자인 여사원이 로비를 들어서 엘리베이터를 타기 위해 달려오고 있었다. 그렇지 않아도 어제 진이가 제 몸 상해가면서 일하는 꼴을 보고 꼭지가 돌 뻔했는데 저 여사원과 같은 엘리베이터를 탄다면 자신의 심기가 더욱 불편해지리라. 경은 민혁을 보며 턱 끝으로 닫힘 버튼을 가리켰다.

"네? 잡아요? 닫아요?"

버튼을 가리키는 경의 의도가 무엇인지 고민하다가 민혁은 괜한 고민을 했다는 걸 깨달았다. 저 인간이 남을 위해 문을 잡아주라는 건 아닐 테고 민혁은 얼른 닫힘 버튼을 미친 듯이 눌러댔다.

쾅!

그런데 엘리베이터 문이 닫혀가는 그 순간에 누군가의 팔이 슉! 들어와 닫히려던 문이 놀랐는지 재빨리 다시 열렸다. 민혁은 당황하며 버튼에서 손을 뗐고 경은 인상을 잔뜩 구기며 팔의 주인을 노려봤다.

"죄송합니다! 연희 씨, 빨리 타요."

태준은 경에게 고개를 숙이며 연신 죄송하다고 말하며 뒤에 오던 우연희에게 빨리 오라고 손짓을 했다. 경은 엘리베이터 안으로 냉큼 들어와 엘리베이터 열림 버튼을 누르고 서 있는 태준이 왠지 모르게 거슬렸다. 그런데 우연희까지 엘리베이터 안에 타고 문이 닫히자 경의 신경이 언제 끊어질지 모르게 팽팽하게 당겨져 있었다.

"두 사람은 어제 같이 늦게까지 야근이라도 한 모양입니다? 30분 지각이라니."

자기도 늦어놓고 갑자기 무슨 뚱딴지같은 소리를 하는지 민혁이 의아함이 가득한 눈으로 경을 바라보자 경은 자신을 놀란 토끼마냥 크게 뜬 눈으로 바라보는 태준과 우연희를 번갈아 보며 비웃음 치며 누구에게 하는지 모를 소리를 내뱉었다.

"내가 후각이 발달해서."

경의 말에 이제야 자신들의 몸에서 같은 바디워시 향과 머리에서 나는 샴푸 향이 같다는 사실을 그가 알아차린 사실을 깨닫고는 두 사람의 얼굴이 벌겋게 달아올랐다.

경은 짜증이 났다. 누구는 밤새 야근하다가 얼어 죽을 뻔했는데 저 여자는 남의 보고서를 가로채고도 양심도 없이 팔자 좋게 밤새 남자 품에서 놀아났을 생각을 하니 열이 뻗쳐 이대로 가만히 있다가는 제명에 못 살지 싶었다.

경은 차가운 눈빛으로 우연희를 바라보며 입을 열었다.

"우연희 씨라고 했던가?"

"네……."

"이봐, 우연희 씨. 내가 후각은 좋은데 청각은 별로거든."

민혁은 당사자가 아닌데도 그의 말투에 기분이 절로 나빠졌다. 저분은 선수다, 선수. 사람 기분 나쁘게 하는데 선수. 민혁이 속으로 생각하며 도리질을 쳤다.

우연희는 금방이라도 울 듯한 목소리로 아까보다는 조금 더 큰 소리로 대답했다.

"네! 상무님."

"내가 세부보고서 이번 주까지 제출하라고 했죠? 그때 PT도 같이 준비하세요."

"네?"

우연희가 화들짝 놀라 되물었다. 그것도 꼴 보기 싫었는지 경의 미간 주름이 더욱 깊어졌다.

"아. 내일모레 오전 회의 때까지 준비해 놓으세요."

"방금 이번 주까지라고……."

"그럼 내일까지."

"네?"

표정이 점점 경악스럽게 바뀌어가는 우연희. 그 모습을 지켜보던 태준이 조심스럽게 끼어들었다.

"내일까지 세부보고서와 PT까지 준비하는 건 신입사원한테는 너무 벅찬 일인 것 같아요. 상무님께서 조금만 더 시간을 주시면 저도 같이 도와서 만족스러운……."

"그쪽이 뭔데 우연희 씨 보고서를 같이 작성하죠?"

"저, 저 그게 저는 우연희 씨와 같은 부서에서 근무하는 배태준 대리입니다."

　배태준? 경은 태준의 얼굴을 가만히 들여다보았다. 전략기획부
에 배 사장의 아들이 있다는 말만 들었지 실제로 얼굴을 본 건 처
음이었다. 소문대로 눈치 없이 낄 데 안 낄 데 구분 못하고 나서는
것이 배 사장과는 상반된 성향을 가진 듯 보였다. 그나저나 배 사
장 성격에 아들이 평범한 신입 여직원과 교제한다는 사실을 아는
날에는 내가 어쩌지 않아도 저절로 저 여자 목이 날아가겠군. 잠
시 생각에 잠겨 있던 경은 태준을 가만히 노려보며 말했다.

　"같은 부서 동료면 니 꺼 내 꺼 구분 없이 보고서 갖다 쓰고 베
끼고 뭐 그래도 상관없나?"

　"네?"

　"내 말이 틀렸습니까? 우연희 씨, 대답해요."

　경의 물음에 또 꿀 먹은 벙어리 마냥 대답을 하지 않고 있자 그
가 상대방의 간담이 서늘해질 정도로 굳은 표정으로 말했다.

　"이번엔 청각 말고 내 인내심 테스트합니까?"

　우연희는 떨리는 목소리로 대답했다.

　"아, 아닙니다…… 죄송합니다."

　"그래요, 그럼. 내일모레까지 시간 주겠습니다. 우연희 씨가 제
출한 기획에 맞는 품. 격. 있는 PT를 기대하겠습니다."

　보고서는 베껴도 PT까지 베낄 수는 없으니까. 진이의 기획을
네까짓 게 감히 PT로 잘 살릴 수 있겠어? 경은 이제야 희미하게
미소를 지었다.

　사람을 가지고 노는 그의 현란한 말솜씨에 우연희와 태준은 나
란히 돌처럼 굳어버렸다.

띵.

엘리베이터 안에 있는 경을 제외한 세 사람에게 반가운 소리가 들렸다. 그리고 엘리베이터 문이 열렸다.

“예 대리? 어디 아파?”

진이를 부르는 태준의 다정다감한 목소리에 옆에 있던 우연희 그리고 뒤에 있던 경이 고개를 들어 문이 열린 곳을 바라보았다.

그곳에는 핏기 없는 얼굴로 금방이라도 쓰러질 듯 식은땀을 흘리며 충혈된 눈으로 위태롭게 서 있는 진이가 있었다. 진이는 태준과 눈이 마주치자마자 손에 들고 있던 결재판을 떨어뜨리며 그대로 태준의 품 안으로 쓰러져 버리고 말았다. 얼떨결에 진이를 안은 태준은 놀라서 소리쳤다.

“진이야! 구, 구급차 좀 불러주세요!”

태준은 옆에 있던 경에게 다급한 목소리로 재촉했지만 그는 왠지 모르게 돌덩이처럼 굳어 있었다. 경은 축 늘어져서 다른 남자 품 안에 안겨 있는 그녀를 보고 있자니 심장부터 목구멍까지 딱 막혀 버린 느낌이었다.

경은 아무 말 없이 싸늘한 표정으로 태준에서 그녀를 뺏어 안아 들었다.

태준은 자신의 품에 안겨 있던 애인을 빼앗은 상사의 돌발 행동에 아무 모션도 취하지 못하고 벙찐 표정으로 바라보았다.

“뭘 봐요?”

“네? 아니…… 예 대리는 제가 병원에…….”

“지금 둘 다 한가합니까? 출근 시간 늦었는데 사무실 안 들어가고 뭐 합니까? 병원엔 내가 데려갑니다. 이 비서!”

“네? 네! 자자. 어서 두 사람은 내리시고. 문 닫습니다!”

억지로 태준과 우연희를 엘리베이터 밖으로 밀어내고 문을 닫아버린 민혁은 황급히 비상벨을 눌러 경비에게 외쳤다.

“상무님 내려갑니다. 로비에 차 대기시켜 주세요.”

민혁은 조심스럽게 거울을 들여다보았다. 그리고 거울에 비친 경의 행동을 살피고는 두 눈을 의심했다.

축 늘어진 그녀를 조심스럽게 안고 있던 그는 애꿎은 엘리베이터 층 표시기만 원망스레 바라보며 1층에 도착해 엘리베이터 문이 열리면 당장에라도 뛰어나갈 태세를 갖추고는 발을 동동거렸다. 그러다 문득 내려다본 그녀의 얼굴에 송골송골 땀이 맺혀 있자 불면 날아갈까 조심스럽게 후— 하고 입바람을 그녀의 얼굴에 불었다. 눈을 덮었던 앞머리가 바람에 날려 그녀의 얼굴이 드러나자 그는 여전히 아름다운 그녀의 모습에 한숨이 절로 새어 나왔다. 한참을 그녀의 얼굴을 들여다보던 경은 문이 열리자마자 민혁의 예상대로 부리나케 달려나갔다.

민혁은 이제야 과거 두 사람의 관계를 알 것만 같았다. 애사심이 없는 상사가 출근 날 아침마다 집에서 패션쇼를 여는 이유도.

진이가 게슴츠레 눈을 뜨니 누군가의 그러니까 남자의 등짝이 보였다. 몸에 타이트하게 맞는 화이트 셔츠는 그의 몸태를 여실히 보여주고 있었다. 남자는 간호사와 언쟁을 벌이고 있었다. 목소리가 어디서 많이 듣던 목소리인데. 진이가 귀를 기울였다.

"눈도 같이 검사해 주세요. 얼마 전부터 피눈물을 흘리던데. 노안이랑 관계있는 건가요?"

피눈물? 노안? 그 조합이 참으로 씁쓸했다. 나는 아닐 거야. 내 얘기는 아닐 거야.

"보호자분. 그건 안과에 가서서 검사받으시고요."

"안과 예약해 주세요."

"그건 접수처 가서 하셔야 합니다."

간호사는 진짜 얼굴 봐서 참는다. 라는 표정으로 등짝남에게서 돌아섰다. 진이는 이제야 여기가 어디지? 하고 점점 눈을 크게 뜨려는 찰나에 등짝남이 뒤돌아섰다.

황보경? 그의 얼굴이 보이자 진이는 화들짝 놀라 두 눈을 감아 다시 잠든 척했다. 그의 구둣발 소리와 함께 그에게서 퍼져 나오는 은은한 향수 냄새가 기분 좋게 그녀의 코끝으로 스며들어 왔다.

"콧구멍 벌렁거리지 말고 깨어났으면 그냥 눈 떠라."

우이씨. 진이가 헛기침을 하며 눈을 떴다. 병원 응급실인 듯 손목에는 링거 바늘이 꽂혀 있었다.

"요즘 뭐 스트레스받는 일 있어?"

"몰라서 물어?"

"뭔데?"

스트레스 원인 중 한 명이 뻔뻔하게 얼굴 들이밀고 대사를 치니 미치고 환장할 지경이었다. 저 자식 지금 정말 몰라서 묻는 거야?

경은 정말 궁금하다는 눈빛으로 물었다. 열이 뻗쳐서 누워 있지도 못하겠는지 그녀가 상체를 일으키며 서 있는 그를 바라보았다. 그러다가 문득 실신하기 직전에 보았던 태준의 놀란 얼굴이 떠올랐다.

"근데 나…… 니가 병원으로 데려온 거야?"

"그럼. 내가 데리고 왔지 누가 널 데리고 와!"

갑자기 화를 버럭 내는 경의 행동을 진이가 수상쩍게 바라보자 경은 잠시 흥분을 가라앉히며 설명했다.

"다른 사원들은 일해야지 일."

"너는? 넌 일 안 해?"

"난 내 사원 챙기는 게 내 일이니까."

"아이고. 그러세요? 그래, 어쨌든 고맙다. 아니, 고맙습니다, 상무님."

말하면 입만 아프지. 진이는 심드렁한 표정으로 팔에 꽂힌 링거 바늘을 뽑으려는데 크고 뜨거운 손이 진이의 팔을 뒤덮었다.

"뭐야?"

경은 진이의 양쪽 어깨를 가볍게 툭 쳐서 다시 침대 위에 눕혔다.

"누워 있어."

경의 말이 들리지 않는지 그녀가 다시 일어나려고 하자 급기야 경이 상체를 수그려 두 손으로 그녀의 어깨를 강하게 힘을 줘서 눌렀다.

"이거 놓으시죠? 전 해야 할 일이 아주 많거든요? 누구 때문에."

"할 일이 뭔데?"

"인수인계 프레젠테이션, 3년간 론칭쇼 기획안 정리보고서. 오늘까지 지시하셨잖아요!"

"내일까지. 아니, 그냥 하지 마."

"지금 장난해? 그럼 필요도 없는 보고서 작성하라고 시킨 거야?"

"필요 없는 건 아닌데…… 그냥 하지 마. 내가 하면 되니까."

진이는 분노로 몸을 부들부들 떨었다. 그 기획안 정리하려고 어제 밤새 야근한 걸 생각하면 억울해서 팔짝 뛸 노릇이었다. 그나저나 이 자식은 왜 이렇게 얼굴을 들이밀고 있어? 그녀가 자신의 얼굴을 뚫어져라 쳐다보는 놈의 눈빛이 민망하고 어색해서 그만 머리로 그의 이마를 들이박아 버리고 말았다.

"아야!"

이마를 문지르며 뒤로 자빠져 버리는 그를 보다가 진이는 냉큼 상체를 일으켰다.

미안하다고 하기에는 자존심이 살짝 상하기도 해서 그냥 아무런 제스처도 취하지 않고 가만히 앉아 있었다. 경이 벌떡 일어서서 소리쳤다.

"너 제정신이야?"

벌겋게 자국이 난 그의 이마를 보니 괜히 미안해져서 도리어 큰소리치는 진이.

"뭐! 뭐가! 그러니까 왜…… 도대체 나한테 왜 이래!"

"너야말로 왜 이래! 왜 이렇게 열심이냐고! 회사에서 가장 불편하게 생각하는 직원이 어떤 부류인지 알아? 지나치게 열정적으로! 열심히 하는 부류야. 회사에 대해 너무 많은 걸 알고 있는! 예진이. 너 말이야…… 혹시…….”

혹시 배 사장에게 직접 업무지시를 받은 적 있었냐고 묻고 싶었다. 하지만 아무리 상사의 지시라도 옳지 않은 행동 그러니까 거짓 기획안으로 3년간 로얄호텔의 뒷배를 두둑하게 해주는 일에 그녀는 절대로 협조하지 않았을 것이다. 그녀가 그랬을 리가 없다는 건 경이 가장 잘 알고 있었다. 경이 말을 잇지 못하고 흘리고 있자 그녀가 되물었다.

“혹시 뭐!”

“도대체 무슨 정신으로 네 몸을 이렇게 혹사시키면서 일을 하냐고. 상사가 무리한 요구를 했으면 못하겠다고 하던가. 시일을 늦춰달라고 하던가.”

말을 돌리며 도무지 이해를 할 수가 없는 표정으로 경이 그녀를 바라보았다.

못하겠다고 말하라고? 내가 예진이가 황보경한테 못하겠다고 한번만 봐달라고 사정을 하라고? 이런 최악의 모습으로 마주 보고 있는 것도 쪽팔려 죽겠는데. 속상함에 진이의 표정이 구겨졌다.

“너 저번에 나보고 많이 변했다고 했지?”

“어. 너 많이 변했어.”

“그건 너도 마찬가지야. 까놓고 껍데기는 업그레이드됐는데 알맹이는 후져졌어. 옛날에 내가 그 촌빨 날리던 너랑 왜 사귀었는데. 그게 다 너의 알맹…….”

"허영심."

"뭐?"

경의 입에서 튀어나온 허영심이라는 단어에 진이가 하려던 말을 멈추고 그를 노려보았다. 그러자 그는 자신의 상처를 남 얘기하듯 읊어대기 시작했다.

"법학과 수석 남자친구라는 타이틀이 마음에 들었겠지. 네 말에 고분고분 따라주는 내가 만만하고 가라면 가고 오라면 오는 내가 편리했겠지."

"그만해."

"아니야? 대답해 봐. 너 도대체 나랑 왜 만난 건데?"

정말 몰라서 묻는 경의 물음에 진이는 아무 말 없이 화가 난 표정으로 그를 노려보고만 있었다. 그 모습에 더 환장하겠는지 경은 그녀에게 여러 차례 대답을 요구하다가 계속 말이 없는 그녀를 도무지 이길 방법이 떠오르지 않았는지 차갑게 몇 마디 내뱉고는 외투를 들고 응급실을 나가 버렸다.

"안과검진 예약해 놓을 테니까 누워 있다가 퇴근해. 너 오늘 회사에서 얼굴 보이면 진짜 해고야."

경이 나간 뒤 진이는 울컥 눈물이 났다.

허영심 때문에 자신과 사귀었던 게 아니었냐고 묻는 그가 야속했다. 오라면 오고 가라면 가서 좋았던 게 아니라 언제나 항상 나를 배려해 줬던 그가 좋았다. 당시 아빠처럼 자상한 남자가 이상형이었던 그녀에게 경은 이상형에 맞는 남자였다. 하지만 아빠가 그렇게 자신을 버린 후부터는 그의 진심이 의심되기 시작했다. 그

래서 더 못나게 굴고 어느 정도까지 나를 참아주고 봐줄 수 있는
지 확인하고 싶었는데 그게 그에게는 큰 상처를 남겼으리라.

드르륵드르륵.

그때. 진이의 재킷 안에서 핸드폰 진동음이 울렸다. 핸드폰을
꺼내 액정을 본 진이가 황급히 눈물을 닦아내고 전화를 받았다.

"네. 부장님!"

[예 대리. 오늘 회식 말인데…….]

지금 이 상황에 회식 타령을 해? 나 쓰러져서 병원에 갔다는 소
리 분명히 들었을 텐데? 진이는 욱하는 마음에 수화기에 대고 소
리쳤다.

"부장님! 지금 6년을 같이 근무한 부하직원보다 상무님 회식 준
비가 더 중요하세요? 어떻게 몸은 괜찮냐는 말보다 회식 얘기가
먼저냐구요! 저 정말 너무 섭섭합니다!"

[이봐, 예 대리! 말이 너무 심한 거 아니야?]

"저 말은 못했지만 솔직히 총무하기 싫어요. 싫다구요!"

[이 사람아, 도대체 나를 뭘로 보고. 오늘 회식은 내일로 미뤄졌
으니까 편히 쉬라고 전화했던 거라고.]

최 부장의 말에 진이는 방금 전 자신이 욱하는 마음에 내뱉은
말들이 민망해지는 순간이었다. 기가 잔뜩 죽은 목소리로 입을 여
는 진이.

"진작 말씀하시지…… 제가 오해했네요. 죄송해요. 근데……
저 때문에 날짜 옮기신 거예요?"

[그건 아니고. 상무님이 오늘은 시간이 안 되신다고 해서.]

젠장. 진이의 표정이 씁쓸하게 변했다.

회사에 굴러들어 온 지 얼마 되지도 않은 상무가 지난 몇 년간 인생 몽땅 갖다 바친 예 대리보다 중요하다 이건가? 그동안 내가 만든 기획으로 올린 매출이 얼만데?!

[회식 장소 예약은 내가 은 대리 시킬 테니까 푹 쉬고. 아! 근데 장소는 어디가 좋으려나……. 상무님이 무슨 음식을 좋아하실까.]

진이는 어금니를 꽉 깨물며 생각했다.

뭐야? 그걸 왜 나한테 물어? 나보고 그냥 하라는 건가? 맞네. 맞어.

"부장님, 그냥 제가 예약할게요."

[아니지. 예 대리는 아픈데 그냥 쉬고.]

"아니에요. 안 그래도 상무님이 좋아하는 음식 취향에 맞는 음식점을 예약하려던 중이었어요."

[그래? 그새 상무님 취향까지 파악했어? 그래, 어딘데?]

"오리집이요. 상무님이 오리고기를 좋아하신다는 소리를 들었거든요."

[오! 역시 예 대리!]

최 부장은 골칫거리 하나 해치웠다는 생각에 마냥 들떠 있는 게 목소리에서 느껴졌다.

[근데 누구한테 들었는데?]

누구한테 들었냐고요? 저한테서 들었습니다. 제 마음속 아주 깊은 곳에 뜨뜻미지근하게 깔려 있던 그와의 추억 속에서 간신히 건져 올렸지요. 그는 오리농장주 외아들로 방학만 되면 집에서 가지고 온 오리고기를 내게 선물하곤 했으니까.

진이가 그 당시를 떠올리느라 오랜 침묵이 계속되자 최 부장이 아픈데 내가 괜히 전화를 걸어 힘들게 했다며 입바른 소리를 하며 드디어 전화를 끊어주었다.

"예진이 씨 맞으시죠? 따라오세요."

"네?"

언제부터인지 모르게 옆에 서 있던 간호사는 진이가 전화를 끊기만을 기다리고 있었는지 핸드폰을 내려놓자마자 그녀의 이름을 불렀다. 진이가 의아한 눈으로 올려다보며 되묻자 간호사는 사무적인 미소를 지으며 말했다.

"3층 안과로 같이 가시죠. 저희 교수님께서 모셔오라고 하셔서요."

"교수님이요?"

간호사도 상사의 심부름에 살짝 기분이 상해 있었는지 자꾸만 토를 달며 이것저것 물어보는 진이를 억지 미소를 지으며 바라보다가 마지막으로 한 번만 더 대답할 테니 또 토를 달면 그땐 너 죽고 나 산다라는 표정으로 말했다.

"교수님께서 오늘 출근 일도 아니신데 지금 오셔서 기다리고 계세요. 혹시 황보경 씨라고 아세요? 그분이 아까 교수님 호출하셨는데."

도대체 그분이 뭔데 대한민국 최고 대학병원 안과교수를 호출하느냐는 말이다. 그것도 대리 나부랭이인 나 때문에? 그 자식 설마? 아니야 아닐 거야.

"예 대리! 회식 장소 이 비서님한테 제대로 전달한 거 맞아?"

어제 병원에서의 일을 떠올리며 넋을 놓고 있던 진이 앞에 최 부장이 얼굴을 들이밀었다. 화들짝 놀란 진이는 주변을 살폈다. 꽃단장 중이던 여사원들이 목이 길어 슬픈 기린 마냥 눈알 튀어나오게 목을 쭉 내밀며 입구만 바라보고 있었다. 이것들아 니네가 지금 그 껍데기에 속아 이러는가 본데 경의 실체를 알면 아마 삼십육계 줄행랑을 칠 거다. 진이가 시큰둥한 표정으로 최 부장에게 답했다.

"오늘 오전에 분명히 전달했는데요."

"근데 왜 이렇게 안 오시지? 허허참."

지가 주인공인 줄 알고 늦게 오는 거겠죠.

진이는 대수롭지 않은 표정으로 노심초사 안절부절못하며 상사를 기다리는 최 부장을 바라보았다.

그때 뒤에서 무언가에 의해 필터링되어 들려오는 낯익은 목소리.

"늦어서 죄송합니다."

"어이쿠, 상무님! 근데 마스크는 왜? 어디 아프세요? 일단 어서 들어오세요! 여기 앉으시고."

앞에 앉아 있던 최 부장이 벌떡 일어나 자신의 바로 코앞 자리를 가리키자 진이가 화들짝 놀라 뒤를 돌아보았다. 뒤에는 오늘도 완벽한 슈트 차림에 마스크로 얼굴을 반쯤 가린 경이 서 있었다.

노출된 흰 살결 이곳저곳엔 울긋불긋.

여사원들은 마스크에 가려진 그의 외모가 사뭇 아쉬웠는지 한숨을 내쉬며 안타까운 눈길로 그를 바라보았다. 그런 그녀들의 눈길을 의식했는지 그는 시크한 몸동작으로 터벅터벅 걸어왔다. 그가 날카로운 눈빛으로 다소 과장된 신경질적인 동작으로 진이의 맞은편에 앉았다. 뭣도 모른 채 그의 신경질을 받아내고 있는 진이의 얼굴이 화악 달아올랐다.

순간. 어제 안과진료를 받으며 의사가 자신에게 했던 말이 떠올랐던 것이었다.

'경이 그 자식이 얼마 전부터 눈동자가 충혈되는 이유가 뭐냐며 낫는 방법은 뭐고 이것저것 귀찮게 물어대더니. 진이 씨가 원인 제공자였군요? 하긴 녀석! 예전부터 좋아하는 여자라면 지 눈이라도 빼줄 기세로 달려드는 놈이니까. 경이 정말 좋은 놈이에요. 잘해보세요.'

의사는 그와 초등학교 동창이라고 말하며 지금 했던 말들은 경이 그 자식한테는 비밀로 해달라는 조건을 달며 한바탕 수다를 떨었다.

"에이~ 상무님! 잘생긴 얼굴 가리고 있는 그 마스크는 뭐예요?"

"그러고 보니 목이랑 귀랑…… 얼굴에 울긋불긋……. 어디 아프세요?"

여사원들이 앵앵거리며 그에게 묻자 그의 시선이 다시 진이에게로 꽂혔다. 그러자 사람들의 시선도 일제히 진이에게로 꽂혔다.

왜 다들 나를 봐? 내가 뭘 잘못했다고!

"제가 오리 알레르기가 있습니다. 회식 장소는 누가 정한 거죠?"

진이는 화들짝 놀라 반박했다.

"저, 저기 상무님? 무슨 소리를……. 오리고기 좋아하잖아요!"

이 자식이 오늘 나 엿 먹이려고 작정했나!

여사원들은 상무님을 마스크 쓰게 만든 원인 제공자가 총무 예 대리였어? 하며 수군수군대며 그녀를 흘겨보았다. 진이는 황당한 눈초리로 그를 바라보자 그가 말했다.

"대학 시절에 첫사랑과 헤어진 이후로 오리고기 냄새만 맡아도 구역질이 나거든요."

"아니, 무슨 일을 겪으셨기에 이렇게 멋진 상무님께 그런 트라 우마를……."

"오리 냄새가 난다고 했거든요. 저한테서."

"컥! 캑캑……."

진이가 홧김에 물을 마시다가 바닥에 뿜었다.

그런 그녀의 모습을 가만히 보던 경은 안주머니에서 손수건을 꺼내 그녀에게 내밀었다.

"닦아요."

진이는 그의 손을 무시하고 앞에 있는 물수건으로 옷을 벅벅 닦아냈다. 경은 무안해진 손을 거두고는 정말 어디가 불편한 듯 식은땀을 흘리기 시작했다.

저 자식 뭐야? 정말이야? 내가 무심코 내뱉은 말 때문에 저 모양이 된 거야?

"예 대리, 장소 섭외 실패했구만."

"아직 음식 나오기 전이니까 메뉴를 바꾸죠."

"역시 은 대리! 그럼 보쌈정식 이런 걸로 바꾸고 2차를 기대하자고."

경의 추종자인 다른 여사원들도 은수민의 말에 적극 찬성을 하며 메뉴를 바꾸고는 잠시 후 오리고기집 테이블 절반 이상에 보쌈정식이 세팅되기 시작했다.

그는 돼지고기도 별로였는지 마스크를 살짝 들어 물만 두어 잔 마시며 힐끔거리며 진이를 바라보고만 있었다.

진이는 애써 신경 쓰지 않으려고 노력하며 상추쌈을 크게 하나 싸서 입안에 넣었다. 오물오물 고기가 코로 들어가는지 눈으로 들어가는지 저 자식 눈빛에 내 얼굴이 지금 수육이 될 판이었다.

그때 술이 얼큰하게 취한 은수민이 경에게 물었다.

"상무님! 근데 그 소문 진짜 사실이에요? 사장님 아드님이라는 소문이요!"

"풉!"

진이가 먹던 음식을 뿜을 뻔했다. 오리농장 아드님보고 우리 회사 사장 아드님이 아니냐는 은수민의 드립에 도저히 웃음을 참을 수가 없었다. 진이가 갑자기 이유 없이 큭큭대며 웃자 경은 기분 나쁜 듯 그녀를 보다가 은수민을 향해 대답했다.

"사장이랑 상무는 한끝 차이인데 사장이 상무에 아들을 앉히진 않겠죠. 그 소문은 사실이 아닙니다."

“아…….”

논리 정연한 그의 대답에 매료가 되었는지 은수민이 또 입방정을 떨었다.

“그나저나 상무님 첫사랑 정말 개념 없는 거 아니에요? 어떻게 사람한테 그런 말을 할 수가 있어요? 오리 냄새가 난다라니. 근데 상무님이 오리랑 무슨 관계가 있어요?”

오리농장 아들이라 방학 때마다 농장 가서 일을 하고 서울로 상경한 그에게 오리 냄새가 나는 건 당연한 거였는데, 아니, 그때마다 오리고기를 가져오길래 그만하라는 뜻으로 말한 것이 그에게 상처가 되었다니 그 사실을 이제야 안 진이는 당혹스러웠다.

쪼잔한 놈!

그 얘기를 지금에 와서 하는 의도가 대체 무어냐! 진이는 홧김에 앞에 놓인 맥주를 원샷하고는 고개를 들어 그를 바라보았다.

그는 답답해서 도저히 안 되겠는지 마스크를 벗었다. 울긋불긋한 별거 아닌 녀석의 얼굴이 드러나자 여사원들의 탄성 섞인 소리가 들려왔다. 진이 옆에 앉은 은수민도 상무인 경의 얼굴을 이렇게 가까이서 보기는 처음인지 눈 속에 하트 백만 개는 바아놓고는 없던 관심이라도 생겨났는지 경에게 100문 100답을 하듯 끊임없이 질문을 해대기 시작했다.

시답잖은 질문에는 패스를, 아니, 질문의 반 이상을 그는 묵묵부답으로 일관했다. 은수민은 제풀에 꺾여 지쳤는지 진이에게로 화살을 날렸다.

“근데 두 사람 같은 학교 출신 아니에요? 상무님도 S대래요!

어? 그러고 보니 두 분 나이도 같고. 학번도 같지 않아요?"

"난 잘 모르겠는데."

"모르긴 뭘 몰라요! 혹시 상무님이랑 둘이 아는 사이 아니에요?"

"은 대리, 취했니?"

"아니요! 상무님! 학교 다닐 때 예 대리님이랑 서로 몰랐어요?"

저 끈질긴 년. 고주망태가 되어 큰소리로 묻는 은수민의 목소리에 끝 쪽에 앉아 레벨이 낮은 사원들과 얘기를 나누던 태준의 시선이 진이와 마주쳤다.

아무래도 여길 빠져나가야겠다는 생각에 진이는 태준을 향해 고갯짓으로 출구 쪽을 가리켰다. 두 사람의 눈 마주침을 매의 눈으로 본 경이 뭔가 도발하려는 눈빛으로 그녀를 보며 큰소리로 말했다.

"예 대리님이 아실 수도 있겠네요. 제 첫사랑이 학교에서 꽤 유명했거든요."

"네?"

"S대 태혜지라고."

"태혜지요? 아하! 태희, 혜교, 지현! 푸하하하."

은수민이 필두로 나서서 박장대소하자 주변에도 웃음꽃이 피어나기 시작했다. 진이가 이를 바득바득 갈며 시선을 돌려 경을 바라보았다. 그는 뭔가 끝장을 내보겠다는 의지가 담긴 눈으로 미소를 지었다.

"의상학과라서 패션센스도 남들과는 달랐죠."

"어머. 예 대리님도 의상학과였잖아요!"

꿀꺽.

진이의 입술이 바싹바싹 마르기 시작했다. 은수민 이년아, 제발 그만해라 제발.

상무의 첫사랑이 누구인지 밝혀내고 말겠다는 강력한 의지가 담긴 여사원들의 시선이 진이는 굉장히 부담스러웠다.

특히 태준의 시선이 제일 부담스러웠다. 그는 난처해하는 진이의 모습이 낯설기라도 한 듯 의아한 눈빛으로 바라보았다.

그건 둘째치고 경! 이 자식 마치 날 가지고 노는 것 같아서 기분이 더러웠다.

"예 대리님도 아마 잘 아시는 분일걸요?"

"상무님! 술잔이 비었네요! 제가 한 잔 따라 드릴게요."

제발 그 입 좀 다물어라! 진이는 어금니를 꽉 깨물고 그의 앞에 놓인 맥주잔에 맥주를 가득 따랐다.

"잔 비우시면 저도 한 잔 따르겠습니다."

"저두요!"

"제 술도 받아주세요!"

최 부장 이하 사원들이 술병을 들고 나타났다. 졸지에 사람들에게 삥 둘러싸인 경은 하는 수 없이 따라주는 잔마다 원샷을 하기 시작했다. 진이는 그 틈을 타 가방을 들고 일어섰다. 일어서서 끝쪽 태준에게 따라나오라는 손짓을 하자 태준이 가만히 그녀를 보다가 자리에서 일어나 진이를 따라 가게 밖으로 나갔다.

사람들 틈 사이로 그 모습을 본 경은 나란히 나가는 두 사람을 수상하게 바라보다가 모르는 척 한마디 툭 내뱉었다.

"예 대리님은 어디 가셨죠?"

"배 대리님한테 총무 인수인계하고 회사로 가시겠죠."

시큰둥한 여사원의 말에 경이 되물었다.

"두 사람 꽤 친한가 보죠?"

엘리베이터 앞에서 진이를 바라보던 녀석의 눈빛이 심상치 않았는데. 아니지, 그 자식한테는 개미 목소리가 있잖아.

"두 분 입사동기예요. 우리 배 대리님도 참 불쌍해. 예 대리님이랑 같이 일하다 보면 지칠 때가 많은데 끝까지 옆에 같이 있고. 예 대리님은 아무리 일이 중요하다지만 매번 회식 때마다 매번 혼자만 쏙 빠져나가고 너무 정이 없으셔."

탕! 하고 갑자기 잔을 내려놓는 경의 돌발 행동에 사원들이 그를 의아한 듯 바라보았다. 그러자 그가 무표정한 얼굴로 테이블 맨 끝 쪽에서 조용히 물로 목을 축이던 우연희를 보고는 낮게 깔린 목소리로 말했다.

"우연희 씨."

나 죽었다! 하는 표정으로 우연희가 대답했다.

"네!"

"PT 준비는 차질 없습니까?"

"저…… 그게."

"지금 일도 제대로 마무리 안 해놓고 회식에 온 겁니까?"

갑자기 싸해진 분위기에 경의 주변에 술병을 들고 서 있던 사원들은 우연희를 원흉이라고 여겼는지 고깝지 않은 눈으로 바라보다가 슬슬 자리로 돌아가 앉기 시작했다.

도대체 그녀는 사회생활을 어떻게 했길래 회식 자리에서 동료들에게 안주거리 씹히듯 씹히고 있는 건지 경은 답답한 마음에 자리에서 일어섰다.

"상무님! 벌써 가시려고요?"

"이 비서 보낼 테니까 회식비 걱정하지 마시고 오늘 회식 끝까지 재미있게 놀다 가세요. 저도 검토할 서류가 있어서 회사로 돌아가 봐야 돼서요."

여사원들은 상무님이 간다는 소리에 아쉬워했지만 남사원들은 회식비 걱정 말고 오늘 끝까지 달려보라는 말에 속으로 포효를 했다.

나가는 경을 끝까지 서서 마중하던 최 부장이 경이 나가자마자 이제야 살 것 같다며 한숨을 푹푹 내뱉으며 사원들이 따라주는 잔을 입속으로 들이붓기 시작했다. 그렇게 좀 전에 살벌했던 회식 자리가 다시 활기를 되찾아가고 있었다.

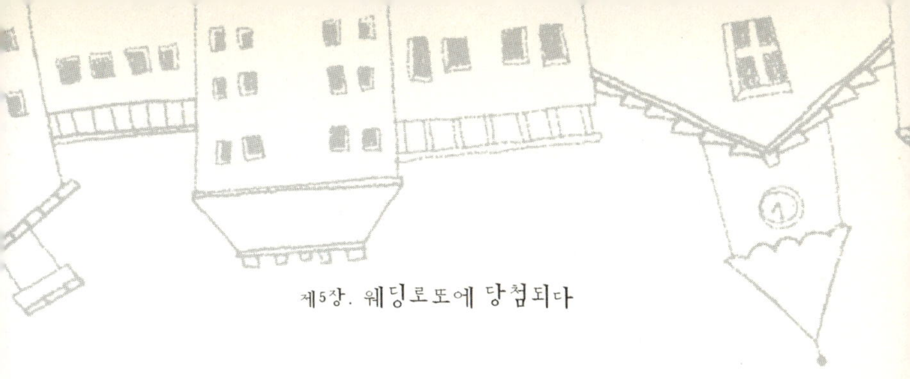

제5장. 웨딩로또에 당첨되다

"회식 끝까지 있을 거지? 부서 카드 맡길게 뒤 좀 처리해 줘."

가게 뒤편으로 나온 진이는 신용카드 한 장을 태준에게 내밀며 말했다. 태준은 카드를 받으며 그녀에게 물었다.

"회사로 가려고? 아까 보니까 별로 먹지도 못하던데."

"회사에서 보고서 정리 좀 하고 집에 가서 먹으면 돼. 그리고 너 말이야. 구석 말고 부장님이나 상무님 옆에 앉아서 같이 얘기도 좀 하고 그래."

"너야말로 회사 사람들이랑 어울려서 보고서 생각 같은 거 잠시 접어두고 편하게 식사하면 좋잖아……."

"눈에 보이는 성과가 더 중요하지. 그들이 나 승진시켜 주는 것도 아니잖아."

태준이 가느다랗게 한숨을 내뱉었다. 그녀가 왜 저렇게까지 벽을 치고 있는지 알기 때문에 더 이상 할 말이 없었다. 며칠 사이에 많이 핼쑥해진 그녀의 얼굴을 들여다본 태준이 물었다.

"몸은 좀 괜찮아?"

"일찍도 물어보네."

"저기, 진이야……."

뭔가 할 말이 있는 듯한 얼굴로 망설이고 있는 태준의 얼굴을 들여다보던 진이는 며칠 전에 그가 보낸 문자들이 떠올라서 먼저 말문을 열었다.

"정말이야?"

"어?"

"나랑 헤어지고 싶다며. 이유가 뭔데?"

"그게 그러니까…… 결혼……."

드르륵드르륵.

"잠깐만."

하필이면 이때 그녀의 가방 속에서 핸드폰 진동음이 울리기 시작했다. 정말 큰맘 먹고 말을 꺼내려던 태준은 김이 샜는지 하려던 말을 꿀꺽 삼키고는 자신을 자책하며 한숨을 돌렸다. 그녀가 그의 행동을 지켜보며 무심결에 전화를 받았다.

"여보세요."

[김명숙 씨 보호자 되시죠?]

"네. 그런데요. 말씀하세요."

[지금 어머니께서 위독하세요. 빨리 요양원으로 와주셔야 할 것

같아요!]

"네……. 지, 지금 바로 갈게요."

얼굴이 창백하게 굳어진 그녀의 핸드폰을 든 손이 가느다랗게 떨리고 있었다. 그 모습을 본 태준이 걱정스러운 얼굴로 물었다.

"무슨 일이야?"

"엄마가…… 어떡하지? 요양원으로…….."

횡설수설하는 진이의 모습에 적잖이 당황한 태준이 휘청거리는 진이를 부축했다.

"어머니 계시는 요양원이 어디랬지? 가자. 나 술 안 먹었으니까 차 가지고 올게 여기서 조금만 기다려. 정신 똑바로 차리고! 어머니 괜찮으실 거야!"

태준은 평소와 다르게 다부진 눈빛으로 그녀를 보며 말하고는 주차장 쪽으로 달려갔다.

빚을 안기고 떠나간 아버지 때문에 상심한 딸에게 자신의 병 사실마저 알릴 수 없어서 숨기며 병을 키워왔던 엄마가 이대로 가버린다면 진이는 영영 아버지를 용서할 수 없을 것만 같았다. 그녀가 세상에서 가장 믿고 사랑했던 아버지가 그랬기 때문에 그 배신감은 이루 말할 수가 없었다. 그녀가 이를 악물었다. 그때 마침 차를 끌고 나온 태준이 운전석에서 내려 그녀를 부축해 조수석에 태웠다.

"죄송해요. 갑자기 호흡곤란 증세가 와서 저희도 놀라서 보호자분께 전화드린 거예요. 지금은 안정을 되찾으셨어요. 들어가 보세요."

　의사의 이마에 맺힌 땀이 그간 긴박했던 순간들을 대신 말해주는 듯했다. 진이는 간신히 한숨을 돌리며 지끈거리는 이마를 손으로 짚었다.

　"괜찮아? 난 여기서 기다릴 테니까 들어가서 어머니 뵙고 천천히 나와."

　태준이 희미하게 미소를 지으며 말하자 진이는 말없이 고개를 끄덕이고는 병실 안으로 들어갔다. 병실에는 조금은 가파른 엄마의 숨소리가 들려왔다.

　"진이야……."

　나뭇가지 마냥 마른 손목이 들어 올려졌다. 진이는 눈물을 애써 삼키며 엄마의 가느다란 손을 잡았다.

　"몸이 안 좋았으면 진작 의사선생님한테 말을 하지 그랬어. 그걸 왜 참고 있냐? 엄마는 왜 항상 참기만 해, 왜!"

　아빠가 집을 나갔을 때도 전후 사정도 모른 채 진이는 엄마를 원망했었다.

　엄마가 아빠에게 집착하고 괴롭혀서 그가 못 견뎌서 도망간 거라고 소리칠 때도 있었다. 그녀는 자신의 딸이 아빠를 원망하며 사는 것보다 자신이 그 원망을 받는 것이 더 참아낼 수 있을 거라고 생각했던 것 같았다. 창백하다 못해 투명한 엄마의 마른 얼굴에 희미하게 미소가 번졌다.

　"미안해. 이제 정말 하나도 안 아파. 그러니까 너무 걱정하지 말고……. 진이야, 엄만 이대로는 절대 눈 못 감는다. 어떻게 널 혼자 두고 갈 수 있겠어. 이 세상에 널 혼자 두고 내가 어딜 가. 너 결혼하기 전까지는 절대로 못 가."

"결혼한다고 행복해질까? 그냥 엄마가 오랫동안 건강하게 사는 게 내가 행복해지는 거야."

"여자로서 행복 말이야. 엄마는 실패했지만 진이 너는 평생 너만을 사랑해 주는 사람 만나서 행복해지는 게 엄마 소원이야…… 그러니까 제발……."

과연 그런 사람이 있을까? 그녀가 속으로 생각했다. 나를 낳아준 아버지도 배신한 마당에. 그녀가 가느다랗게 한숨을 내뱉었다. 딸의 깊은 속을 들여다보기라도 한 듯 그녀의 엄마가 입을 열었다.

"네 아빠 너무 미워하지 마. 그 미움 때문에 네가 행복해질 수 없다면 그건 억울한 일이잖아. 그럴수록 더 좋은 상대 만나서 결혼해서 행복해져야지. 그래야 그런 시련도 의미가 있어지는 거야. 내 결혼 생활은 실패했지만 난 한 번도 그 결혼을 후회한 적 없어. 네 아빠를 만나지 않았다면 그 어려웠던 시절 혼자서 감당할 수 없었을 거야. 그리고 이렇게 너도 내 곁에 없었을 테고."

"엄마……."

나지막한 목소리로 그녀가 엄마를 불렀다. 엄마는 말없이 그녀를 바라보았다.

"엄마는 어떻게 견뎌냈어? 난 상상도 못할 것 같아…… 내가 사랑하는 사람의 마음이 변해서 날 버리고 간다는……. 가끔 엄마 병이 그래서 생긴 게 아닐까…… 그래서 아빠가 정말 죽도록 미웠어."

"진이야. 늘 한결같은 마음으로 평생 너만을 사랑해 줄 사람은 없을 수도 있어."

"……."

"그런데……."

"……."

"있을 수도 있어."

진이가 멍한 얼굴로 엄마를 바라보았다. 그녀의 엄마는 오랫동안 자신과 자신이 사랑했던 남자 때문에 고통받았을 딸을 안쓰럽게 바라보며 최대한 힘을 주어 말했다.

"그러니까 누구든 나타나면 그를 믿어줘. 분명 널 한결같이 사랑해 주는 사람…… 널 사랑해 주는 마음이 변치 않을 사람 있을 수도 있으니까. 그리고 그런 남자가 있으면 주저 말고 엄마한테 데려와. 엄마가 괜찮은 놈인지. 널 믿고 맡겨도 될 놈인지 봐줄 테니까."

"엄마가 보면 뭘 아나?"

"하긴 네 아빠 고른 게 나지."

두 모녀가 피씩 웃어버렸다. 자신들을 버린 아빠를 농담거리로 삼을 정도로 조금은 상처가 치유됐을지도 모르겠다고 그녀는 생각했다.

수면제를 먹고 간신히 잠이 든 엄마의 얼굴을 한참 동안 들여다 보던 진이는 밖에서 기다리겠다고 하던 태준이 생각났는지 서둘러 병실 밖으로 나왔다.

병실 밖 대기 의자에 앉아서 꾸벅꾸벅 졸고 있는 태준을 보자 그녀는 문득 엄마의 말이 떠올랐다.

'있을 수도 있어.'

그래. 어쩌면 태준이 그런 남자일지도 몰라서 선택한 거잖아. 올곧은 그의 성품과 인격은 그 누가 뭐래도 자신이 장담할 수 있었다.

"배태준."

그녀가 평소와는 다르게 부드러운 목소리로 그의 이름을 부르며 그의 앞에 섰다.

"나랑 결혼할래?"

쾅! 그가 화들짝 놀라 두 눈을 번쩍 뜨며 뒷머리를 벽에 부딪쳤다. 두 손으로 뒤통수를 감싸며 그가 벌떡 일어났다.

"뭐라고? 갑자기 왜?"

"싫어?"

"어? 아니, 그게 아니고…… 난 네가 나랑 결혼하기 싫어하는 줄 알았어."

"그래서 헤어지자고 한 거였어?"

"어? 어……."

그가 고개를 끄덕이자 그녀는 말없이 그를 응시하다가 입을 열었다.

"네가 결혼하자고 할 때 좋다고도 안 했지만 싫다고도 한 적 없어."

그가 두 눈을 커다랗게 뜨며 그녀를 바라보았다. 발그레 달아오른 그녀의 두 뺨. 그녀가 무척 사랑스러워 보였다.

"오늘같이 혼자서는 견뎌내기 힘들었을 시간을 같이해 줘서 고마워. 물론 오늘뿐 아니라 지난 1년 동안 그래 줬잖아, 당신이. 그런 당신이라면 평생 같이할 수 있을 수도…… 있지 않을까 생각이 들었어. 당신 생각은?"

"어? 나…… 나는……."

평소 그렇게 결혼하자고 현실성 없는 얘기만 늘어놓던 태준이 선뜻 대답을 하지 않자 진이가 미간을 찌푸리며 그를 노골적인 시선으로 바라보았다.

"뭐야? 갑자기 왜 그래?"

"아니. 네가 말한 대로 인사발표도 다가오고……."

"물론 당분간 회사에는 비밀로 해야겠지."

"나 너한테 말 못한 것도 있고……."

"뭔데?"

"그게…… 나한테 시간을 좀 줘. 정리할게 있어서……."

"뭐?"

진이가 어이없는 표정으로 그를 바라보았다.

그는 정말 말 못할 사정이라도 있는지 근심이 깊은 얼굴로 두 손으로 제 이마를 짚었다. 그녀는 짐짓 당황한 얼굴로 그를 바라보았다.

아무래도 수상한데……. 도대체 뭐지? 진이는 자존심이 상하기도 했지만 그동안 태준이 자신에게 당했던 거에 비하면 새 발에 피니 꾹꾹 눌러 참으며 별소리 없이 서울로 올라가는 태준의 차에 올라탔다.

"뭐? 6천만 원?"

[야. 그건 정말 기본만 했을 때고. 근데 갑자기 혼수 비용은 왜 물어? 너? 너! 설마? 결혼하려고? 세상에 네가 드디어 정신을 차렸구나! 하긴 오늘 토요일인데 초과근무도 안 하고 집에 있다길래 너한테 무슨 변화의 바람이 불었다고 생각하긴 했어. 상대는 분명 태준 씨겠고? 하긴 네가 태준 씨 말고 남자가 어디 있겠다만.]

"끊는다?"

[자, 잠깐!]

아주 흥미로운 일이 벌어졌다는 생각에 신바람이 나서 속사포랩을 하던 홍시연이 전화를 끊으려는 진이의 손길을 또랑또랑한 목소리로 막았다.

[야. 결혼하는데 너무 돈돈돈 하지 마. 살다 보니 있다가도 없고 없다가도 생기는 게 돈이다. 것보다 더 중요한 건 서로 의지할 수 있는 동반자가 생겼다는 거잖아. 암요. 그게 중요하지.]

"정말 그게 중요해? 과연 배태준이 6천만 원 값어치를 할 수 있을까?"

[에라이. 이 나쁜 년. 사람을 돈으로 값어치를 매기다니. 넌 정말 너무 비인간적이야. 반대로 넌? 너는 그만큼 태준 씨한테 값어치 하고 있어? 네가 애교가 있니 상냥하니 도대체 뭐가 있니?]

"끊는다!"

이번엔 정말로 끊어버렸다. 전화를 끊은 진이는 벌러덩 침대 위에 누워 버렸다.

6천만 원이라…… 있을 리가 없잖아. 로또라도 긁어야 하는 건가? 아니면 대출을 받아야 하는 건가? 아빠 빚이랑 엄마 병원비 겨우 다 갚았더니 또 빚이라니……. 말도 안 돼. 그녀가 지그시 두 눈을 감았다.

드르륵드르륵.

두 눈을 감은 채 손을 뻗어 핸드폰 통화버튼을 눌렀다.

"야. 아무래도 결혼은 무리인 것 같아. 돈이……."

[예진이 고객님 맞으신가요?]

당연히 시연이라고 생각해서 받았건만 익숙지 않은 목소리에 진이가 놀란 눈으로 핸드폰 액정을 바라보았다. 홍보성 전화인가? 그녀가 시큰둥한 목소리로 말했다.

"어디시죠?"

[네. 저희는 O웨딩입니다. 얼마 전에 H레스토랑과 연계해서 이벤트를 실시했는데요. 예진이 고객님께서 1등으로 당첨되셨습니다.]

"네?"

[아. 놀라셨죠? 먼저 간략한 이벤트 당첨 내용을 알려 드릴 텐데요. 이번에 당첨된 1등 예비부부께는 수억 원 상당의 웨딩패키지를 제공해 드립니다. 식장과 부대비용 그리고 신혼여행과 예물까지 초호화로 진행되는데요. 대신 저희 회사 홍보물에 실릴 사진과 영상 동의만 해주시면 됩니다. 자세한 내용은 시간 되실 때 본사에 방문하셔서 직접 들으시면 됩니다. 여보세요? 고객님?]

웨딩로또에 당첨됐다고? 내가?

"미쳤어! 말도 안 돼! 정말이야? 이 복도 많은 년!"

아무리 집 근처 포장마차라지만 교양 없게 큰소리로 젓가락으로 테이블을 탕탕 두드리며 만세를 외쳐 대는 친구가 부끄러웠던 진이는 그녀에게 경각심을 일깨우려고 조그마한 소리로 속삭였다.

"조용히 좀 말해."

"너무 놀라서 스피커 조절이 안 됐네. 쏘리. 아무튼 예진이 대박! 결혼할 남자 있겠다. 혼수! 것도 초호화로 대령해 주겠다. 너는 무슨 걱정이냐? 그거 나한테 왔으면 딴 놈이랑 한 번 더 갔다 올 수 있겠다."

"미친. 너 방금 한 말 다시 해봐. 고대로 녹음해서 네 신랑한테 보내게."

"그이도 아마 나랑 똑같은 생각할걸?"

"내가 이런 부부 생활의 실체를 다 알면서도 결혼을 해야 할까?"

"그럼. 물론! 지금 태준 씨도 부르자. 이 기쁜 소식을 빨리 알려야지!"

신나게 핸드폰을 꺼내 태준에게 전화를 하려는 시연의 손을 진이가 재빨리 제지시켰다.

"나 하나 걸리는 게 있는데……."

"뭔데? 인사이동? 야! 지금 회사가 문제냐?"

"물론 그것도 걸리긴 해. 조금 있으면 인사이동인데 괜히 태준이랑 내 관계 회사에 알려져서…… 부서 이동되는 것도 싫고……. 그런데 그게 아니라."

"그럼 뭐? 뭔데 이렇게 뜸을 들여?"

급진지해진 시연의 물음에 진이는 말없이 소주잔을 입안에 털어버렸다. 그러니까 주말을 포함 며칠 동안 태준에게서 연락이 없었다.

그날 요양원에서 평소답지 않게 생각할 시간을 달라고 했던 그의 태도도 이상했고. 회사에서도 도통 그를 마주치지 못했다. 아니, 어쩌면 그가 자신을 일부러 피한 걸 수도 있다고 생각했다.

"네가 봤을 때 태준이 어때?"

"야. 6년을 봐왔는데 모르겠어? 좋은 사람이지."

"근데 나한테 뭔가 속이는 게 있는 것 같아."

"그게 뭔데?"

"그걸 모르겠어……."

"여자만 아니면 됐지."

일순간 진이의 표정이 굳어졌다. 동시에 시연의 표정이 어두위졌다가 애써 웃음을 띠며 말했다.

"야. 설마! 태준 씨가 그럴 사람이니? 절대 아니다. 그러니까 걱정 붙들어 매셔."

유일하게 진이의 가족사를 알고 있던 시연은 그녀가 지금 뭘 걱정하고 있는지 알 것만 같았다. 시무룩한 진이의 잔에 시연이 소주를 가득 따랐다.

"1년 전에 어렵게 마음 열고 태준 씨 믿고 시작한 거잖아. 이제 네 마음을 보여줘야 하지 않을까? 그 사람도 혼자서 얼마나 애태웠겠냐?"

진이가 다시 소주잔을 입안에 털어버렸다. 그리고 쓴맛을 잠시 느끼며 입을 열었다.

"자꾸만 불길한 예감이 들어."

"무슨?"

"내가 마음을 보여주려고 하면 떠나잖아."

"근데 너 있잖아, 그건 고쳐야 할 것 같아. 네가 표현하지 않는 이상 상대방은 몰라. 예로 갱이 봐. 너 죽자고 따라다니다가 소리 소문도 없이 사라졌잖아. 근데 누가 걔 욕하는 사람 있어? 다 널 나쁜 년이라고 욕하지. 이별통보도 없이 사라진 놈이나 좋아하면서 사람 시험해 본 너나 똑같지. 하지만 갱보다 네가 더 억울할걸? 너 진짜 걔 좋아했잖아. 태준 씨도 그래서 사귄 거 아니야?"

"무슨 소리야!"

"태준 씨 하는 짓이 갱이랑 닮았잖아. 섬세하고 배려 돋는 거. 난 그래서 네가 태준 씨한테 마음 열었다고 생각했는데 아니었어? 아무튼 갱이 놓치고 울면서 후회했던 거 생각해서라도 태준 씨한테는 그러지 마라. 내일 당장 웨딩로또 얘기하고. 엉?"

시연은 진이가 또 어물쩍거리다가 제 짝을 놓치고 후회할 것만 같은 기분에 확답을 받아내리라 다짐하며 재차 묻기 시작했다.

진이는 난데없이 튀어나온 자신의 흑역사 공격에 머리가 어질 거려 서둘러 이 자리를 벗어나기 위해 고개를 끄덕이며 소주를 한

잔 더 입속에 털어내며 과거를 떠올리지 않으려고 애를 썼다.

그 와중에 진이의 핸드폰을 뺏어 들어 열심히 문자를 적어대던 시연의 행동을 뒤늦게 알아차린 진이가 화들짝 놀라 자신의 핸드폰을 뺏어 들었다.

"야!"

"이미 발송했거든?"

띠링. 문자 알림음이 반짝이고 시연이 환호했다.

"오! 보내자마자 답장이! 얼른 봐봐. 내가 내일 저녁 7시에 S호텔 커피숍에서 중요하게 할 말이 있으니 보자고 문자 보냈어."

태준에게서 온 답장을 확인하던 진이의 표정이 썩 좋아 보이지 않자 시연은 빠른 손놀림으로 다시 핸드폰을 채갔다.

"그래, 우리 내일은 꼭 보자. 나도 할 얘기가 있어. 뭐야? 이 비장한 말투는? 혹시 프러포즈하려는 거 아니야? 예진이 드디어 시집가는 건가요!"

그간 태준의 행동을 직접 보지 못한 시연의 눈에는 그의 비장함이 담긴 문자가 좋은 의미로 해석이 되었는지 좋다고 날뛰고 있었지만 진이는 영 께름칙했다.

그가 할 얘기라는 게 도대체 뭘까?

알딸딸한 정신으로 집으로 간신히 들어간 진이는 쉽게 잠을 이루지 못했다.

모두가 부러워할 행운에 당첨이 되고도 나는 왜 행복하지 않은 걸까?

마치 이 웨딩로또가 자신을 시험하는 것만 같은 기분이 들었다.

"어머! 예 대리님. 오늘 선보러 가세요? 너무 예뻐요!"

뿔테 안경 대신 렌즈 그리고 오래간만에 생머리를 길게 늘어뜨리고 드라이까지 했다. 블루 컬러의 원피스를 입고 핑크색 힐을 신은 진이가 사무실에 들어서자 사원들의 시선이 그녀에게로 꽂혔다. 그런 시선들이 부담스러웠는지 진이가 재빨리 자리에 가서 앉았다.

"진짜 선보러 가세요?"

은수민은 위기의식이 가득 찬 눈으로 진이를 위아래로 스캔하며 물었다. 진이는 노트북을 꺼내 전원을 켜며 자신감 가득 찬, 아니, 넘쳐흐르게 대답했다.

"이게 원래 내 모습이거든?"

바로 내가 사내보 표지모델 사원1호 타이틀을 가진 사람이라고. 은수민의 약을 올리려고 더욱 허세를 부리던 진이는 예상대로 은수민이 잔뜩 약이 올라 자리로 돌아가자 흐뭇하게 웃으며 오늘의 일정들을 스케줄러에 입력하며 하루를 시작했다.

"예 대리, 커피 마셨어?"

언제부터 서 있었는지 파티션에 매달려 캔 커피를 흔들고 서 있는 김 과장. 진이는 기획안 도난사건 이후로 그에게 감정이 좋지 않은 터라 입을 다문 채 그를 무시하고는 하던 일을 계속했다. 그런데도 끈질기게 앞에서 알짱거리던 김 과장이 사정했다.

"예 대리, 그러지 말고 내 얘기 좀 들어봐."

"말씀하세요. 듣고 있으니까."

"사실 저번 주에 상무님께서 세부보고서를 제출하라고 해서 난 찾아가서 이실직고를 했거든. 예 대리 거 갖다 쓴 거라고."

"뭐라구요?"

그녀가 하던 일을 멈추고 고개를 들어 김 과장을 원망스럽게 바라보았다. 그러자 김 과장은 흠칫 놀라 그녀에게서 한 발자국 물러섰다.

당신이 뭔데 그 자식 앞에서 날 동료들한테 보고서나 도둑맞는 멍청한 여자로 만들어 왜! 진이는 갑자기 울컥 무언가 올라올 것만 같았다.

"그래서요?"

"근데 말야. 우연희 씨는 끝까지 발뺌할 생각인가 봐. 그 세부보고서를 낸 모양인데…… 그게 또 반려당해서 오늘도 그 보고서 작성하느라 사람이 다 죽어가. 예 대리가 좀 말려봐. 새로 온 상무가 보통 독종이 아니더라고. 저러다가 사람 잡겠어."

진이는 어이가 없어서 헛웃음이 흘러나왔다. 우연희라는 애는 도대체 어떤 애길래 남의 보고서를 훔치고도 미안하다고 말하기는커녕 세부보고서를 작성해?

"그게 무슨 말이에요? 나 다 들었어요!"

건너편에서 가만히 귀를 기울여서 엿듣고 있던 은수민이 가재미눈을 하고는 벌떡 일어나 두 사람에게로 달려왔다.

"누가 누구 보고서를 베껴요? 우연희 그년 미친 거 아니야? 어떻게 감히 예 대리님 기획안을! 내가 가만 안 둬!"

"이봐, 은 대리! 조용히! 예 대리도 가만히 있는데 왜 은 대리가 나서!”

“김 과장님! 과장님도 그러는 거 아니에요. 어떻게 그러실 수 있어요? 예 대리님! 가만히 계실 거예요? 이건 예 대리님이 혼자 덮어주고 용서할 문제가 아니라구요!”

갑자기 망둥이처럼 날뛰는 은수민을 김 과장이 막아섰다.

분명 평소 같았으면 저 밉상은 왜 저렇게 오버하고 난리야! 했을 텐데 갑자기 왜 이렇게 눈물이 날 것 같지?

눈물을 글썽이는 자신의 우상 예 대리를 보자 은수민은 기필코 우연희를 가만두지 않으리라 김 과장의 팔을 사정없이 뿌리치고는 당당히 우연희의 자리로 향했다.

진이는 말릴까 말까 심각하게 고민하다가 어차피 한번은 터져야 할 일이었으므로 게다가 지금은 최 부장님도 없고 몇몇 사원들은 출장을 간 관계로 큰일이야 나겠어? 라는 생각으로 그냥 지금의 이 사태를 방관했다.

“우연희 씨!”

은수민의 새빨간 입술에서 앙칼진 목소리가 뿜어져 나왔다.

잘한다, 잘한다, 잘한다! 은수민의 날카로운 인상에 제압당한 우연희가 백치미 얼굴을 들이밀며 자리에서 일어나 수줍게 대답했다.

“네?”

“보고서 작성은 잘돼가?”

“아…… 네…….”

“아. 네? 우연희 씨 진짜 양심도 없구나? 남의 기획안 훔친 주제에 그걸로 세부보고서를 써? 것도 그 보고서로 상무님 앞에서 PT를 하겠다고? 세상에 뭐 이런 게 다 있어? 예 대리님이 우연희 씨 신입사원이고 하니까 넓은 마음으로 아량을 베풀어줬더니 이 게 겁도 없이 날뛰네.”

학창시절 껌 좀 씹었는지 은수민은 별 위협적인 말도 없이 상대 방을 주눅 들게 만들었다. 급기야 우연희의 눈에서 눈물이 쏟아지 기 시작했다. 그 꼴이 보기 싫었는지 은수민이 더 큰소리로 그녀 를 몰아붙이려는 그때.

“은수민 대리. 그만해요.”

“배 대리님?”

“우연희 씨 진정하고 나가요.”

외근 갔다가 돌아왔는지 태준이 우연희의 어깨를 잡아끌었다. 은수민이 황당한 표정으로 밖으로 나가려는 태준과 우연희의 뒷 모습을 보며 소리쳤다.

“배 대리님, 지금 누구 편이에요! 예 대리님이 쟤한테 어떤 수모 를 당했는지 알아요?”

수모…… 그래, 수모가 맞다. 누구 말대로 새로운 아이템은 많 고 다시 생각해 내면 되니까 쿨하게 넘기려고 했지만 절대로 그냥 넘어가서는 안 될 일이었다.

결국 못 참고 폭발한 진이가 자리에서 일어나 태준과 우연희 앞 을 막아섰다.

“우연희 씨, 나랑 할 얘기 있지?”

“다음에 해.”

"배 대리가 우연희 씨야?"

"예 대리…… 사람들 다 보는 앞에서 꼭 이래야 했어?"

너야말로 사람들 다 보는 앞에서 어린애 편들어주면서까지 내 체면 깎아내리고 있잖아.

진이가 입술을 앙다문 채 태준을 노려보았다. 태준이 진이의 어깨를 살짝 밀어 길을 트고 우연희를 끌고 밖으로 나가 버렸다.

"어머. 뭐야. 배 대리님 우연희 씨랑 사귀는 거 아니야? 어떻게 저럴 수가 있어?"

여사원들이 수군대기 시작했다.

"예 대리님, 괜찮아요? 내가 이거 부장님 오시면 다 말할 거야."

"그만둬."

"네?"

"고마워…… 여기까지만 하자."

그녀가 힘없이 은수민의 어깨를 토닥이고는 사무실을 나가 버렸다.

그녀가 나간 후 한동안 사무실 안은 우연희를 향한 비난과 예 대리님이 보기와는 다르게 은근히 마음이 약하다는 동정표가 더해지고 있었다.

오늘의 할 일.

새로 론칭할 브랜드 행사 기획안 초안 작성. 세부 기획에 필요한 자료조사와 현장조사 플랜 작성. 아……. 예진이. 지금 뭐 하니? 이 순간에도 일 걱정인 거야?

태준이가 우연희를 끌고 어디를 갔을까?

태준이가 왜 그녀를 두둔했을까?

오늘 그가 내게 꼭 해야 할 말이란 건 뭘까?

뭐 그런 것들에 대한 대비책이라도 마련해야 하지 않을까?

하지만 나는 너무도 잘 알고 있었다.

인생은 계획대로…… 만들어놓은 기획안처럼…… 작성해 놓은 보고서의 목차처럼…… 순차적으로 되지 않는다는 것을.

업무처리 전에 플랜을 짜놓는다면 일은 순조롭게 진행되겠지만 인생은 플랜을 짜놓을수록 복잡하고 어려워지고 엉망진창이 되어 버린다. 왜냐하면 인생이란 어디로 튈지 모르니까. 차선책을 천 가지를 만들어놓아도 천한 가지쯤의 일이 생길 수도 있고 그건 그 때가 오지 않는다면 갈 수 없는 길이니까.

그녀가 이런저런 생각을 하며 비상계단을 오르락내리락하고 있었다. 어느새 지하주차장까지 내려왔다. 이제 다시 올라갈 일만 남았다. 올라가기엔 너무 기운이 없었던 그녀는 지하주차장 엘리베이터로 향했다. 버튼을 누른 후 엘리베이터를 기다리고 있던 그녀는 비상구 문이 열리는 소리가 들리자 고개를 들었다.

젠장. 하필 왜 하필이면 이 지하 5층까지 있는 주차장 중에 저 놈은 3층에 차를 주차한 거냐고. 경은 오늘도 완벽한 패션으로 무장한 채 비상구 문을 열고 들어왔다. 진이와 눈이 마주친 경은 그녀를 위아래로 훑어보더니 미간을 구겼다.

뭐야 사람 기분 나쁘게? 진이가 휙 고개를 돌려 그를 외면했고 그는 터벅터벅 그녀 옆에 섰다. 그에게서 좋은 향기가 났다. 왠지 모르게 마음이 편해지는 알 수 없는 향기였다.

엘리베이터 문에 비친 그녀를 보며 경이 말했다.

"웬만하면 그냥 안경을 끼지그래? 안경이 훨씬 어울리더라. 그리고 나이를 생각해서 구두는 자제하고."

"뭐?"

그녀가 앙칼진 목소리로 고개를 돌려 그를 올려다보며 흘겼다. 흠칫 놀란 그가 제 마음을 들킬까 무심한 척 말했다.

"어디 가냐?"

"남이사."

"남 이사를 왜 찾아. 난 상무거든."

안 웃네…… 그녀가 웃지 않았다. 그는 제 발등을 스스로 찍고 싶을 만큼 쪽팔렸다.

신은 그에게 안목과 유머러스함을 주지 않으셨나 보다.

"내가 말을 말아야지."

입을 꾹 다문 진이는 엘리베이터가 하루빨리 오기를 오매불망 기다리고 있었다.

그때 어색한 침묵 사이로 그가 그녀를 보며 진지하게 물었다.

"배태준 대리랑 무슨 관계야?"

그녀가 화들짝 놀란 얼굴로 옆을 돌아보았다. 그 표정을 마주한 경은 자신의 예감이 틀리지 않았음을 깨닫고는 가느다랗게 한숨을 내뱉었다.

"그 자식이랑 정리해."

"직장상사가 왜 부하직원 사생활까지 간섭하는데?"

"난 지금 내 전 여자친구 사생활에 간섭하는 건데."

"그러니까. 그건 더더욱 안 되지!"

안 된다는 그녀의 말에 경은 잠시 멈칫했다.

왜 안 된다는 거지? 나보고 네가 딴 여자랑 바람난 놈과 어울려 다니는 꼴을 보고만 있으라고? 그가 주먹을 불끈 쥐었다. 사실을 말하면 그녀는 울까? 화를 낼까? 오늘은 왜 저렇게 예쁜 거야……. 그 자식 만나러 가나? 젠장…….

띵. 그때 엘리베이터 문이 열렸다. 그가 생각이 정리가 되지 않았는지 말없이 올라탔다.

그녀는 말없이 그 자리에 가만히 서 있었다. 그녀의 행동이 몹시 거슬렸는지 그가 인상을 찡그리며 말했다.

"안 타?"

"먼저 올라가세요, 상무님."

무표정한 표정과 사무적인 말투로 말하는 그녀를 경은 화가 난 얼굴로 바라보다가 그녀의 가느다란 손목을 낚아채 잡아당겼다.

"으아악!"

괴상한 소리를 내며 엘리베이터 안에 입성한 그녀가 지신의 우스꽝스러운 모습이 부끄러웠는지 괜히 큰소리로 화를 내기 시작했다.

"뭐 하는 짓이야! 안 탄다니까!"

"너 하나 때문에 CU패션 전력이 낭비되는 꼴은 내가 못 보겠거든."

그가 자신이 잡은 그녀의 가느다란 손을 한참을 들여다보더니 허공에 떨어뜨렸다.

"너 몇 킬로야?"

쟤 또 뭐래니. 뜬금없이 몸무게를 왜 물어봐. 저 매너 없는 놈.

"너 거울은 보고 다녀?"

"야!"

"밥 좀 먹고 다녀라. 얼굴에 살이 없으니까 더 늙어 보이잖아."

아, 혈압 올라. 진이는 두 손으로 두 볼을 가린 채 소리쳤다.

"늙어 보이는 게 아니라 늙은 거다!"

"목청은 안 늙었네."

그가 피씩 웃었다. 아니, 비웃었다! 그래, 이 자식은 상대를 하지 말아야지. 상대해 주면 신나서 날뛰니까 그냥 조용히 무시하는 게 상책이야. 그녀가 굳게 입을 다물자 한동안 침묵이 흘렀다. 그 침묵을 깬 건 역시나 경이었다. 사뭇 진지한 표정으로 그가 입을 열었다.

"도대체 뭐 때문에 이렇게 목숨 걸고 일하는 거야? 혹시 그 자식 아버지 때문이야? 인정받고 싶어서?"

"무슨 말이야?"

아무것도 모른다는 얼굴의 진이를 바라보던 경은 자신이 헛다리 짚었다는 사실을 깨닫고는 한숨 섞인 목소리로 말했다.

"그것도 아니면…… 그동안 무슨 일 있었어? 도대체 왜 이렇게 아등바등 살아? 뭘 그렇게 참고 사냐고. 예진이답지 않게."

그의 자상한 말투. 진이는 울컥 눈물이 쏟아질 것만 같아 입술을 질끈 깨물었다. 그녀의 눈에 눈물이 차올라 반짝거리자 경은 당황하며 어쩔 줄을 몰라 초조한 눈빛으로 그녀를 바라보았다. 울어도 소용없다. 그녀를 위해서 말해야겠다! 그가 조심스럽게 말을 꺼냈다.

"우연희 씨 말인데."

"상무님."

"어? 어. 왜요."

그가 당황하며 반말 존댓말에 정신을 못 차리기 시작했다.

"우연희 씨 그만 괴롭히세요. 제 일이니까 제가 알아서……."

"그게 왜 예 대리 일입니까?"

갑자기 미간을 구기며 버럭! 소리 지르는 경.

공격적인 그의 목소리에 화들짝 놀란 진이가 되물었다.

"네?"

"내 부하직원이 기획안 도둑맞아서 임원들 앞에서 발표도 못하고 그동안 쌓아놓은 신뢰가 한순간에 무너졌는데 지깟 게 뭔데 널 그렇게 만들어? 감. 히."

진이는 너무도 살벌한 그의 표정에 주춤거리며 한 걸음 물러섰다.

"게다가 그 여자, 아니, 우연희 씨가…… 됐다. 그만하자."

경은 우연희와 배태준의 관계를 폭로하려다가 말고 입을 닫았다. 진이는 더는 우연희 얘기를 하고 싶지 않았는지 조용히 넘어갔다.

"저번에 말한 보고서는?"

"무슨 보고서요?"

"론칭쇼 정리."

"그거 필요 없다면서요!"

"내가 언제? 필요한데 안 해도 된다고 했지. 내가 하려고 했는데 바빠서 말이야. 예 대리가 오늘까지 정리해서 내 방으로 가져오세요."

어쩜 타이밍도 죽이지. 그의 말이 끝남과 동시에 띵! 소리와 함께 엘리베이터 문이 열리며 그가 내렸다. 그리고 그녀의 시야에서 그의 뒷모습이 점점 사라졌다.

이 엘리베이터를 타는 게 아니었어! 아니, 처음부터 비상계단을 오르락내리락하는 게 아니었어. 근데 내가 왜 비상계단을 오르락내리락했지? 아 맞다. 배태준…….

그래 잠시 접어두자. 보고서 작성하다 보면 잊혀질 거야. 진이가 사무실로 들어서자 사원들이 안쓰러운 눈길을 보냈다. 진이는 아무렇지 않은 척 자리로 돌아가 앉았다.

"개 월차 내고 집에 갔어요. 뭐 집에 가면 땡인가? 개 진짜 정신머리가 어떻게 된 거 아니에요?"

"은 대리, 일 좀 하자."

"네. 칫. 어울리지 않게 왜 당하고만 있냐구요."

애써 잊고 있던 일들을 은수민이 주저리주저리 하는 바람에 새록새록 그때의 분노가 솟아오르기 시작했다. 진이는 은수민을 자리로 돌려보내고 업무에 열중하기 시작했다.

띠링.

그때 핸드폰 문자음이 울렸다. 그녀가 핸드폰 액정을 확인했다.

「오늘 약속 잊지 않았지?」

태준의 문자였다. 재차 확인하는 거 보니 오늘 정말 중요한 얘기를 하긴 할 모양이었다.

「응. 만나서 얘기해.」

진이는 재빨리 답장을 보내고는 핸드폰을 엎어두고 경이 말한 보고서 작성에 열을 올렸다. 시간이 얼마나 흘렀을까 고개를 드니 퇴근 시간이 10분이나 지나 있었다. 벌떡 일어나 태준의 자리를 확인하니 그는 이미 칼퇴를 하셨고. 진이는 서둘러 자료를 프린트한 후 결재판에 꽂아 상무실로 향했다. 진이는 마침 상무실 앞 비서실에서 나오던 민혁과 마주쳤다.

"상무님 안에 계세요?"

"출장 가셨는데요."

"네? 언제 들어오시는데요?"

"이제 오실 때가 됐는데."

민혁이 시계를 올려다보며 말했다.

"안에 들어가서 기다리실래요?"

"아니요. 여기서 좀 기다리죠 뭐."

"커피라도 한잔?"

"아니요."

무슨 여자가 저렇게 찬바람 쌩쌩이야? 민혁은 심드렁한 표정으로 그녀를 위아래로 살피다가 할 말이 생각났는지 주절대기 시작했다.

"오늘 선보러 가세요? 아하! 그래서 이렇게 서두르시는구나?"

"아니거든요? 그리고 저 좀 조용히 있고 싶거든요?"

저 혼자 상무실 앞에서 뻘쭘할까 봐 말 좀 걸어줬더니 저 여자가! 민혁은 입을 삐쭉 내밀고는 비서데스크에 앉았다.

몇 분이 흘렀을까 인터폰이 시끄럽게 울려대기 시작했다. 그가 손을 뻗어 수화기를 들었다.

"네. 황보경 상무님 비서실입니다."

[지금 상무님 올라가십니다.]

수화기 너머로 1층 프런트 직원의 목소리가 들려왔다. 전화를 끊은 민혁은 일어서서 상무실 문을 열고 그녀를 바라보았다.

"올라오신다니까 들어가서 앉아 계세요. 지금 구두 신어서 다리 무진장 아프죠?"

당한 지 얼마나 됐다고 민혁이 또 주둥이를 나불거리기 시작했다. 진이는 하는 수 없이 그의 노력이 가상해서 상무실 안으로 들어섰다.

오전에 그에게서 나던 향기가 방 안 가득 퍼져 있었다. 왠지 모르게 몸이 나른해지며 긴장이 풀리는 것만 같았다. 그녀는 가운데 테이블 앞 소파에 앉았다. 그리고 주변을 살펴보다가 테이블 위에 놓인 아주 익숙한 보고서 뭉치를 발견했다.

그녀가 덜덜덜 떨리는 손으로 보고서를 들어 한 장 한 장 넘겨

보기 시작했다.

이리 봐도 저리 봐도 보고서는 자신의 것과 비슷했다. 아니, 자신의 것이었다. 이 보고서 표지까지 자신의 것과 일치했다. 헷갈릴 리가 없었다. 이 표지는 자신이 직접 디자인한 표지였으니까. 그런데 왜 껍데기에 '만든이 우연희'라고 적혀 있는 것일까?

보고서를 든 그녀의 손이 부들부들 떨리기 시작했다.

"예진이."

그녀의 뒤쪽에서 중저음의 목소리가 들려왔다. 그녀가 일어서서 휘청거리며 뒤를 돌아섰다.

경이 안절부절못하는 얼굴로 그녀를 바라보았다. 진이가 울지 않으려고 아랫입술을 꽉 깨물었다. 그녀가 금방이라도 울 듯한 얼굴로 자신을 바라보자 경은 미칠 것만 같았다.

그가 싸늘한 음성으로 말했다.

"내가 어떻게 해줄까?"

이어 그가 어이가 없어서 헛웃음을 내뱉었다. 감히 겁도 없이 지금 누구한테 누구 보고서를 훔쳐다 제출해? 경은 오전에 민혁에게서 보고서를 전해 받았을 때의 황당함이 아직까지도 생생했다. 이 보고서 표지는 경에게도 익숙한 표지였다. 그녀가 대학교 때부터 리포트 제출용 표지로 써왔던 거니까.

"상무님."

"어."

"이 보고서 잠깐만 빌려주세요."

"용도는?"

"나답게. 안 참으려고."

"뭐 그런 거라면."

그가 후하게 인심을 쓰듯 고개를 끄덕였다. 그와 동시에 그녀는 보고서를 돌돌 말아 들고는 상무실을 뛰쳐나가 버렸다.

그는 그녀가 가져왔다가 놓고 간 결재판을 들었다. 결재판 안에는 그녀가 3년간 작성했던 로얄호텔 론칭쇼 세부기획안과 그리고 그때마다 같이 제출했었던 10여 군데 호텔들의 론칭쇼 기획안도 같이 정리되어 꽂혀 있었다. 어느 호텔의 기획안을 보더라도 이 호텔에서 론칭쇼를 하고 싶게 만들 만큼 호텔의 장점에 맞게 기획되어 있었다. 역시 자신의 예상이 맞았다는 걸 확인한 경의 얼굴에 미소가 번졌다. 정말 못 말리겠다 예진이.

결재판을 들여다보며 히죽거리는 경의 모습을 본 민혁은 조심스레 입을 뗐다.

"상무님, 오늘 바이어랑 저녁 약속 있……."

"취소해요."

"네? 정말 어렵게 일주일 전부터 잡아놓은 스케줄인데요?"

"난 8년 전부터 잡아놓은 약속입니다. 오늘은 이 비서 혼자 퇴근해요."

"중요한 스케줄이세요? 어디로 가세요? 제가 모셔다 드리겠습니다!"

민혁의 말에 대꾸도 없이 황급히 사무실을 빠져나가는 경의 뒷모습을 민혁은 당황스러운 얼굴로 보고 서 있을 수밖에 없었다.

커피숍으로 올라가는 엘리베이터에 몸을 실으며 그녀는 들고 있던 돌돌 말린 보고서를 가방 안에 쑤셔 넣어버렸다. 그리고 문이 열리고 맞은편에 앉아 있는 태준의 얼굴이 보이자 분노로 이글거리던 눈빛을 가리고는 애써 침착한 모습으로 그의 앞에 앉았다.

"늦었네?"

"상무님한테 중요한 보고서 결재 맡느라. 할 얘기란 게 뭐야?"

태준이 뭔가 머뭇거리다가 입을 열었다.

"어…… 그게. 우리 저녁식사부터 할까?"

"그럴까? 저녁 먹고 나서는 차 한잔 그러고 나서는 집에 데려다 준다는 핑계로 집 앞에서. 그러다가 내일로 미루겠지. 내일이 되면 주말쯤?"

"저……."

"도대체 할 얘기라는 게 뭔데?"

그녀가 싸늘하게 식은 눈동자로 그를 바라보며 말하자 그가 당황하며 그녀를 바라보았다.

"진이야……."

"내가 먼저 얘기할게."

"어? 어……."

"결혼하자."

"뭐?"

그가 화들짝 놀라며 되물었다. 진이는 이를 악물며 말했다.

"귀먹었어? 결혼하자고. 다른 여자 생긴 거 아니면 나랑 결혼하자. 당장 다음 달에."

"진이야······."

"내 이름 그만 부르고. 대답을 해. 왜 대답이 없어? 그렇게 결혼하자고 졸라대던 사람이."

태준은 엉덩이에 뿔이라도 났는지 안절부절못하며 그녀의 말 틈새를 공략하려고 타이밍을 재고 있었지만 속사포 랩처럼 떠들어대는 그녀의 말과 표정에 압도당해 한마디 말도 꺼내지 못하고 물컵만 만지작거리고 있었다.

"여자라도 생겼니? 뭐 상관없어. 어차피 사랑해서 결혼하는 사람이 몇이나 되겠어. 나도 너 그렇게 목맬 만큼 좋아하지도 않았어. 그냥 적당한 상대라서 그래서 선택한 거지."

자기 자존심 세우자고 마음에도 없는 말을 내뱉어 버렸다. 그게 상대에게 빌미를 제공하고 말았다는 사실을 진이는 다음 태준의 대사에서 알 수가 있었다.

"그럴 줄 알았어. 네가 날 그 정도로밖에 생각하지 않는다는 거 알고 있었어. 사람한테 쉽게 마음 주지 않는 거 네 단점으로만 여겼어. 그 단점 내가 고쳐 주고 싶었고. 근데 그게 아니었어. 넌 나한테 처음부터 마음이 없었던 거였어."

가해자가 피해자 코스프레한다는 우스개 댓글이 여기 현실화가 되어버렸다.

"그래서. 결혼을 하겠다는 거야 말겠다는 거야?"

억지라는 건 나도 잘 알고 있었다. 하지만 비련의 여주인공처럼 처연하게 고개를 떨구거나 눈물을 보이고 싶지 않았다. 자신에게서 엄마의 모습이 오버랩되게 하고 싶지 않았던 진이는 혀를 꽉 깨물고 죽는 한이 있어도 절대로 울지 않을 거라고 다짐하며 두 주먹을 꽉 쥐었다. 난 엄마처럼 속이 문드러지게 참지 않을 거다. 그런데 그때.

"결혼은 저랑 할 거예요!"

고딩처럼 아프다는 핑계로 조퇴 달고 토꼈던 우연희가 태준의 옆자리에 털썩 앉음으로써 그토록 바라던 삼자대면이 이뤄졌다.

태준이 짐짓 당황하는 눈초리로 우연희를 바라보았다. 우연희는 회사에서 보았던 순진한 얼굴이 아닌 야무지고 당돌한 여우 같은 상을 하고는 앙칼진 눈으로 진이를 노려보았다.

"너네 둘 뭐야?"

진이가 우연희를 싸늘하게 바라보며 한마디 내뱉었다. 태준은 그녀의 눈빛에서 살기를 느꼈는지 우연희에게 그만 가보라고 속삭였다.

"왜요? 저 안 가요. 그리고 배 대리님…… 저 정말 대리님 사랑해요. 진심이었어요! 그러니까 헤어지자고 한 말 취소해 주세요. 정리해야 할 쪽은 예 대리님이잖아요."

"연희 씨, 제발…… 이만 돌아가. 니 진이랑 얘기 중이잖아……."

"무슨 얘기요? 배 대리님이 그랬잖아요. 예 대리님이랑 있으면 직장상사랑 있는 기분이라고 그래서 힘들다고……."

"연희 씨! 그만해."

신파드라마 찍고 앉아 있네. 진이의 꽉 쥔 두 주먹이 부들부들 떨렸다.

"엄마야!"

더 이상 참지 못하고 진이가 가방에서 보고서를 꺼내 우연희의
뺨을 내리쳐 버렸다.

쫘아아악.

찰진 소리가 들리며 우연희의 뺨이 벌겋게 달아올랐다. 보고서
는 사방으로 흩어져 바닥으로 내려앉고 있었다. 두 손으로 자신의
뺨을 감싸 안으며 울먹이는 우연희를 보던 태준은 놀란 얼굴 다음
에는 미안함이 가득 담긴 표정으로 진이를 바라보았다.

"왜? 너도 맞고 싶냐?"

"진이야……."

"그래서 그랬어? 내가 보고서 도둑맞았다고 하니까 참으라고?
쟤 때문에? 내 보고서 네 짓이지? 내 노트북에서 빼간 사람 너
지?"

"그게 아니라……."

"아니요. 제가 그랬어요. 배 대리님 USB에 있길래 제가 갖다
썼어요."

"뭐?"

두 눈 크게 뜨고 당돌하게 할 말 다하는 우연희를 진이가 힘없
이 바라보며 물었다.

"왜?"

"지금 같은 일 만들려고요. 태준 씨가 예 대리님 무서워서 헤어
지자고 말도 못하고 계속 끌려 다니니까."

"무서워서…… 끌려 다녀?"

"네. 그래서 저한테도 몇 번이고 그냥 헤어지자고 했어요. 우리

둘은 정말 진⋯⋯."

"배태준. 네가 얘기해. 너도 지금 이런 일⋯⋯ 의도한 거야?"

그가 고개를 숙인 채 묵묵부답으로 쩔쩔매며 앉아 있었다. 그러자 우연희가 또 한 번 입을 열었다.

"예 대리님 잘못이 커요. 일하는데 정신 팔려서 눈치도 없이 애인 바람난 줄도 몰랐잖아요. 제가 그동안 힌트를 얼마나 많이 줬는데?"

분노로 이를 악물고 자리에서 벌떡 일어난 진이가 앞에 놓인 물이 가득 채워져 있는 물컵을 들었다. 그리고 그대로 우연희의 얼굴에 뿌리려는 순간! 태준이 재빨리 일어나 진이의 손목을 꽉 붙들었다.

"놔!"

"진정해!"

진정하라고? 지금 내 턱밑에서 나를 비웃는 저년의 얼굴을 보고도 나보고 지금 진정하라는 말이 나와? 진이는 태준에게 꽉 잡힌 팔을 빼내려고 안간힘을 썼지만 역부족이었다. 그 바람에 그녀가 들고 있던 물컵에 담긴 물이 출렁이며 아슬아슬하게 넘쳐흐르고 있었다.

그런데 그때. 누군가가 진이가 꽉 쥐고 있던 물컵을 뺏어 들었다. 그녀가 누군가의 얼굴을 확인하려고 고개를 돌렸다. 그곳에는 경이 무표정한 얼굴로 서서 그녀를 물끄러미 바라보고 있었다. 그가 그녀와 시선이 마주친 그 순간 아무 표정 변화 없이 느긋하게 그녀에게서 뺏어갔던 물컵을 들어 올려 태준의 정수리에 물을 들이부었다.

콸콸콸콸.

무표정한 얼굴과는 다르게 물컵을 꽉 쥔 그의 손이 분노로 부들부들 떨리고 있었다. 금방이라도 깨질 것 같은 텅 빈 물컵을 테이블 위에 쾅! 하고 내려놓으며 경은 태준이 잡은 진이의 손목을 바라보며 말했다.

"그 손 놔."

옆에 앉아 있던 우연희가 저승사자라도 본 사람 마냥 기겁을 하고 일어서서 티슈로 태준의 젖은 얼굴을 닦아주며 경을 향해 소리쳤다.

"지금 뭐 하시는 거예요!"

직장상사가 갑자기 나타난 것도 황당한데 그에게 물세례까지 맞은 태준의 유리멘탈을 노린 진이는 괴력을 발휘해 태준의 손을 쳐내 버렸다. 이번엔 황당한 표정의 태준이 경과 진이를 번갈아 보다가 경에게 물었다.

"상무님이 여긴 어쩐 일이시죠?"

경은 서 있는 진이를 안쪽으로 밀어 소파에 털썩 앉았다. 그리고 진이의 손을 끌어당겨 그녀도 자리에 앉혔다. 진이가 지금 뭐 하는 짓이냐고 소리치려는 찰나에 경은 태연하게 다리를 꼬고 앉아 우연희와 태준을 올려다보며 싸늘한 음성으로 말했다.

"상사로 이 자리에 온 건 아닌데. 이왕 이렇게 된 거 상사로서 충고 하나 할까?"

"……."

"두 사람은 앉을 필요 없이 그대로 나가는 게 좋을 거야. 우연희 씨는 회사에서 해고당하면 다른 일자리를 구해야겠지? 먹고살려면 말야. 근데 그거 소용없을 거야. 내가 불의를 보면 못 참는 성격이라. 그쪽 같은 부도덕한 인재를 다른 회사에서 채용하는 꼴은 못 보겠거든. 감히 누구한테 겁도 없이 훔친 기획안을 제출해?"

우연희의 양어깨가 부들부들 떨리고 있었다. 그녀가 엄살을 떨며 쓰러질 듯 태준의 팔에 몸을 기댔다. 그 모습을 이를 악물고 지켜보는 진이와 눈이 마주친 태준은 눈치를 보며 어정쩡하게 우연희의 몸을 잡았다.

"그리고 배 대리. 그쪽한텐 남자로서 충고 하나 하지."

"……."

"앞으로 내 눈앞에 띄지 마."

살벌한 그의 음색에 놀란 건 태준과 우연희뿐이 아니었다. 진이도 놀란 얼굴로 고개를 돌려 그의 옆얼굴을 바라보았다. 난생처음 보는 얼음장같이 차가운 그의 얼굴에 진이는 손끝이 저려왔다.

우연희는 자신을 협박한 경의 눈치를 보며 태준의 소매를 잡아끌었다. 태준은 자신이 저질러 놓고도 노저히 지금 무슨 일이 벌어지고 있는지 둔한 머리로는 이해가 되지 않는지 가만히 서 있다가 우연희에게 이끌려 레스토랑 바깥으로 사라져 버렸다.

"여긴 왜 왔어?"

화살이 경에게로 날아왔다. 경은 예상이라도 한 듯 굳어 있던 표정을 풀고 가볍게 대응했다.

"네가 제출한 기획안 8페이지 세부보고서가 필요해. 내일까지

할 수 있겠지?"

"지금 이 와중에 보고서 타령이야? 너 지금 나 놀려?"

"잊으라고. 네가 좋아하는 일 하면서 저 자식 머릿속에서 지우라고."

"위해주는 척하지 마! 여기까지 따라와서 훔쳐보니까 어때? 재밌었어?"

"재밌을 줄 알았는데 기분이 아주 별로야."

그는 하마터면 테이블을 엎어버릴 뻔했다. 그녀가 보고서로 우연희 뺨을 내리칠 때까지는 통쾌하고 세상에 이런 재미있는 드라마는 없을 것만 같았는데.

어느 순간부터 입도 벙긋 못하고 꿀 먹은 벙어리 마냥 놈에게 손목이 잡힌 채 서 있는 그녀의 뒷모습을 보고 있자니 미칠 것만 같았다.

"비켜."

자리에서 일어선 그녀가 무표정한 얼굴로 가방으로 그의 긴 다리를 툭툭 쳤다. 그가 다리를 접어줄 생각이 없는지 가만히 있자 그녀는 무식하게 테이블을 드르륵 소리를 내며 밀어내고는 유유히 레스토랑을 빠져나갔다. 그가 황급히 일어나 그녀의 뒤를 뒤쫓아 달려갔다.

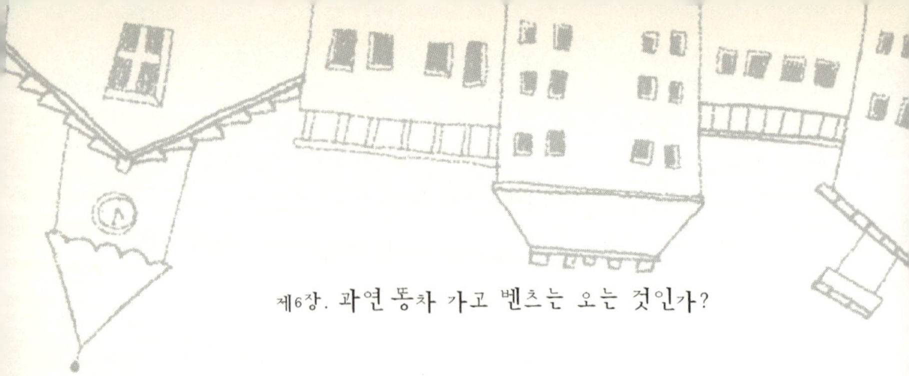

제6장. 과연 똥차 가고 벤츠는 오는 것인가?

쾅!

벌써 여섯 잔째였다. 맥주잔에 소주와 콜라를 비율에 맞게 타고는 젓가락으로 맥주잔 바닥을 무식하게 때렸다. 소용돌이를 치며 둘은 한 몸이 되어가고 있었다. 진이의 정신도 순간 소용돌이가 불어 분노가 올라오기 시작했다.

"넌 뭐야!"

같은 테이블 맞은편에 다리를 꼬고 앉아 있던 경이 화들짝 놀랐다.

"깜짝 놀랐잖아. 왜 가만히 있다가 갑자기 소리를 질러?"

모르겠다. 분노가 울컥울컥…… 꿈틀꿈틀…….

"너 자꾸 거기 앉아서 내 신경 거슬리게 하지 말고 빨리 집에 가라고."

"나 신경 쓰지 말고 하던 거 계속해."

그가 시큰둥한 표정으로 말하자 그녀가 아까 제조해 놓은 술을 원샷해 버렸다.

"여전하네. 술꾼."

"너는 여전히 술 약하지? 으히히."

"갑자기 왜 웃어?"

술에 취했는지 느닷없이 웃어대는 그녀를 바라보던 경의 얼굴에 미소가 번졌다. 그런 그의 얼굴을 본 진이가 옛날 생각이 났는지 실실거리며 주절거리기 시작했다.

"동아리 엠티 때 내 흑기사 한다고 네가 내 술 다 뺏어먹었잖아. 그거 알아? 나 일부러 너 흑기사시키려고 게임에서 계속 진 거다."

"뭐? 왜?"

"너 기절시키고 나 술 먹으려고. 으하하하."

열받지? 열받지, 이놈아!

"그게 지금 자랑이라고 고백하냐?"

당시 술자리마다 찾아다니던 진이에게 금주령을 내린 경을 피해 술을 먹을 방법은 그것밖에 없었다.

"그럼 나도 고백 하나 해볼까?"

또 무슨 수작을 부리려고! 진이가 게슴츠레 눈을 뜨고 그를 바라보았다.

경은 앞에 놓인 소주병을 따고 입속에 콸콸콸 들이붓기 시작했다.

"뭐 하는 거야!"

소주 한 병을 생수 마시듯이 원샷하고 빈 병을 내려놓은 경이 올곧은 눈으로 말했다.

"술은 건강을 위해서 안 먹는 거야."

"뭐야…… 너 그럼 그동안…… 취한 척한 거야? 왜?"

"너 술 먹고 싶어하니까."

"헐……."

진이는 경악했다. 뭐지 저놈은……?

"뭐야 30대 입에서 고딩 말투가 왜 튀어나와? 안 어울리게."

곰곰이 생각해 보니 대학 시절 엠티 가서 그렇게 취해서 뻗은 놈이 다음날 아침이면 어김없이 자신의 옆에 누워 있었다. 아마 뻗어서 어디서 굴러다니고 있던 자신을 그가 힘들게 끌고 와 옆을 지켰으리라. 문득 날아갔었던 당시의 컷컷들이 떠오르기 시작했다. 진이는 돌아갈 수도 없는 옛 생각에 속 시끄러워질 것을 방지하기 위해 고개를 절레절레 흔들었다.

"진이야."

부드럽게 자신의 이름을 부르는 그의 목소리에 진이는 자신의 귀를 의심하며 경을 바라보았다.

"정말 그 자식이랑 결혼하려고 했어?"

"어."

그의 눈이 가늘어졌다. 그가 원래의 모습으로 돌아와 퉁명스럽게 물었다.

“왜?”

가만히 바라보는 그를 보며 진이가 중얼거렸다.

“왜? 그야…… 결혼할 나이가 됐으니까.”

“단지 그 이유 때문이야? 그 새끼 사랑한 건 아니고?”

“사랑?”

사랑했냐고? 사랑하려고 했어. 했는데……. 근데 내가 왜 이런 걸 너한테 옛 남친한테 말해야 하지? 진이는 말없이 다시 술병을 들어 잔을 채웠다.

“난 어때? 나도 결혼할 나이가 돼서 결혼할 생각이었는데.”

“너랑 장난칠 기분 아니야.”

진이는 경을 흘기며 술잔을 들어 입술에 갖다 대었다.

후루룩 마시려는 찰나에 그녀의 팔목이 커다란 그의 손에 잡혀 들어가 그녀의 입속으로 그의 아랫입술이 들어왔다. 그리고 알콜로 소독된 그의 뜨거운 혀가 그녀의 입술 안을 파고들어 왔다. 격한 입술의 움직임과 다르게 부드러운 혀 놀림과 함께 그는 그녀가 들고 있던 잔을 뺏어 들어 테이블 위에 올려놓고 그녀의 목을 감싸 안았다.

“흐읍!”

순식간에 벌어진 일이라 당황하던 그녀가 화들짝 놀라 두 눈을 크게 떴다. 그리고 그를 있는 힘껏 밀쳤다.

“헉헉…… 뭐…… 하는 짓이야!”

그녀가 헉헉대며 물었다. 그가 약간 벌겋게 달아오른 얼굴로 말했다.

“몰라서 물어?”

“그, 그래!”

“나 솔직히 오라는 회사 많았어.”

저 근자감 쩌는 놈. 그래서 뭐 어쩌라고. 진이는 입술을 벅벅 닦아내며 그를 노려보자 그가 만족스럽다는 듯 자신의 재킷 속에서 손수건을 꺼내 자신의 입에 묻은 그녀의 립글로스를 닦아내며 입을 열었다.

“나 패션 개뿔 몰라. 보는 눈도 없고. 잘할 자신도 없고.”

갑자기 웬 겸손? 그녀는 점점 다음에 있을 그의 대사가 두려워지기 시작했다.

그가 충분히 밑밥을 깔았다고 생각되었는지 노골적으로 그녀를 바라보았다.

“나 이 회사 일하러 온 거 아니야.”

“이봐요, 상무님. 회사 사장님이 알면 기함을 토하겠네요. 회사에 일하러 온 거 아니면 뭐 하러 왔는데?”

“너 만나러.”

“뭐?”

순간. 진이는 당황스러웠다.

쿵쾅쿵쾅.

그녀의 심장이 미친 듯이 뛰기 시작한 것이다. 혼란스러웠다…… 갑자기 왜 이러지?

그래. 예진이! 너 많이 취했다. 취해서 그런 거야.

그게 아니면 저 발그레한 볼. 수줍어하는 경의 저 얼굴. 저놈이 귀여워 보일 리가 없어.

"참고로 난 안 취했어."

독심술! 마치 진이의 마음을 읽은 듯 남자답게 한마디 내던지는 경.

진이는 간신히 정신을 차리고 그를 경계하는 눈초리로 흘겨보며 말했다.

"너 나한테 갑자기 왜 이래? 혹시 나한테 앙심 품고 나 꼬셨다가 뺑 차버릴 계획이야?"

엉뚱한 진이의 물음에 경은 허탈하게 웃어버렸다.

"꼭…… 지 같은 말만……."

하지만 그녀로선 의심할 수밖에 없는 상황이었다.

진이는 8년 전 자신이 그에게 무슨 짓을 했는지 과거 기억을 더듬었다.

아버지를 향한 미움과 증오를 그에게 몽땅 풀었던 것 같았다. 오리 냄새 발언 같은 말로 수도 없이 상처를 줬고 제멋대로 연락처도 바꾸고 그가 원하지 않고 하지 말라는 일만 더 했었다. 그래. 이 정도까지 했는데도 경은 날 버리지 않았어. 경은 아빠와 달라. 마지막으로 한번만 더 확인하자. 그래서 결국 그날 일이 터져 버린 것이었다.

학교 축제에서 동아리 주최로 열린 패션쇼에서 진이는 경에게 자신이 만든 의상을 입고 모델로 서달라고 부탁을 했었다. 평소 남들 앞에 나서는 걸 싫어하던 경이 자신을 위해 무대 위에서 멋있게 워킹을 한다면 그의 자신감도 되찾아주고 자신도 그가 더 좋

아질 것만 같았다. 한사코 무대에 서기를 거부하던 그가 결국 당
일 날 아침 진이를 찾아와 그녀를 꼭 안아주며 무대에 서겠다고
했다.

하지만 그날따라 하지 않던 실수를 하는 바람에 무대 위에서 경
이 입고 있던 그러니까 진이가 만든 옷이 벗겨지고 말았다. 무대
위에서 많은 사람들에게 우스운 모습을 보인 경을 두고 진이는 그
런 끔찍한 실수를 한 자신을 용서할 수가 없어서 그대로 도망쳐
버렸다. 무대 위에서 도망가는 그녀를 안타깝게 바라보던 경의 눈
빛…….

끔찍했다. 도저히 진이는 얼굴을 똑바로 들 수가 없었다.

아마 위에 나열한 것보다 더하면 더했지 덜하진 않았을 것이다.
내가 잊고 있는 무언가를 그는 몽땅 다 기억하고 있을 텐데…….
그런 생각을 하니 진이는 경의 행동이 더욱 의문스러웠다. 자신을
미워하고 원망해도 조금도 이상하지 않을 관계였다.

그런데 도대체 8년이나 지난 지금. 상무나 되는 미친 스펙을 갖
추고 나타나서 지 좋다고 달라붙는 젊고 어린 여사원들 다 놔두고
별 볼일 없는 나를 왜? 현실적으로 말이 되지 않았다.

"뭘 그렇게 고민해? 너한텐 선택권이 없는데."

"뭐? 너 진짜 계속 장난칠래? 나 방금 차인 여자야. 기분 진짜
별로라고."

황급히 일어서는 진이의 손목을 경이 진지한 눈빛으로 잡아끌
었다.

"네 기분 살펴가면서 내 마음 추스르는 단계는 이미 끝났어. 이

제부터는 내 맘대로 할 거야. 싫으면 사표 쓰던지.”

“이봐요, 상무님. 아니, 황보경. 내가 아무리 남자가 없어도 넌 절대 안 돼!”

“왜?”

“몰라서 물어?”

그녀가 소리쳤다. 그러자 그가 굳어진 표정으로 그녀를 올려다보며 말했다.

“어. 모르겠어. 내일까지 보고서 작성해 와.”

뜬금없이 무슨 보고서? 진이는 영문을 모르겠다는 듯 그를 바라보며 거칠게 그의 손을 뿌리쳐 버렸다.

“나는 왜 안 되는지. 보고서 작성해 오라고.”

이 자식이 진짜. 그놈의 보고서 타령!

“싫어! 싫다고!”

“봐서. 성과급에 반영할 테니까.”

“뭐? 성과급?”

개인적인 일을 가지고 성과급에 반영해? 술에 취해서 감정 조절이 안 되는지 소리를 죽어라 질러대는 진이와는 달리 차분한 얼굴로 또박또박 말하며 그가 일어섰다. 그가 그녀의 얼굴을 가만히 들여다보았다.

“뭐, 뭘 봐!”

“내일부터 안경 꼭 껴라. 너 너무 예뻐서 나 미칠 것 같거든.”

뒷문장은 속으로 했어야 했다. 그는 스스로를 자책했다. 오래간만에 술을 마셔서 간에 무리가 간 걸까? 내가 취한 걸까? 겉으로는 아무렇지 않은 척했지만 지금 손발이 오그라들다 못해 사라져 버릴 지경이었다.

어색하게 변해가는 그녀의 얼굴을 보니 민망해서 죽을 것만 같았다. 경은 황급히 뒤를 돌아 최대한 빠른 걸음으로 포장마차에서 사라져 버렸다.

그가 시야에서 사라지자 진이는 다시 자리에 주저앉아 버렸다.

취한 걸까? 심장이 미친 듯이 뛰기 시작했다.

예뻐서 미칠 것 같다는 말을 하던 그의 표정이 너무 진지해서 진짜인 것만 같았다. 그가 내게 복수하려고 하는 거짓말이 아니라 진짜였으면 좋겠다고 문득 생각이 들었다. 나는 취한 게 분명했다. 그렇지 않고서야 4시간 전에 남자한테 배신당하고도 또 다른 남자의 말 한마디에 가슴이 떨리니 미친 게 분명했다.

이럴 때 시연이가 있었다면 분명 젓가락으로 테이블로 난타공연을 펼치며 이렇게 외쳤을 것이다.

'갱 잡았다! 야! 갈아타~ 인생 뭐 별거 있냐? 똥차 가고 벤츠 왔구만.'

그녀가 피씩 웃었다. 내가 벤츠를 탈 자격이 있는가? 자신 있게 말할 수 있었다.

자격 같은 게 내게 있을 리가 없잖아!

맨정신으로는 도저히 버틸 자신이 없었던 그녀는 라스트로 소주 한 병을 더 나발 불고는 비틀거리며 집으로 향했다.

불도 켜지지 않은 방 한가운데 대자로 뻗은 채 누워 있던 진이는 습관처럼 엉금엉금 기어서 노트북을 켰다. 알콜에 마비된 모가

지가 자꾸만 꺾어지기는 했지만 어질거리는 시야를 단단히 붙잡고 워드 창을 열었다.

끼익—

회사 건물 앞으로 쏜살같이 달려온 택시 한 대가 급브레이크 밟으며 요란하게 멈춰 섰다. 곧이어 어제 과음한 탓인지 다소 초췌한 얼굴과 노트북 자판을 베개 삼아 잔 탓에 달궈진 배터리에 벌겋게 익은 그녀의 왼쪽 볼때기가 안쓰러워 보였다. 머리는 제대로 말리지도 못해서 물이 뚝뚝 떨어진 채로 헐레벌떡 택시에서 내리는 예진이.

그녀는 구두를 신고도 엄청난 속도로 회사 안으로 달려와. 막 문이 닫히던 엘리베이터를 잡아 올라탔다.

"헉헉……."

숨이 차서 헉헉대다가 뒤에서 누군가의 인기척이 들려 돌아보았다. 언제나 이 슬픈 예감은 틀린 적이 없었다. 어김없이 경이 서 있었다.

"한번 마시면 끝장을 내는 버릇…… 고치라니까. 니 간이 아직도 싱싱한 줄 알아? 간은 안 늙냐?"

아침부터 진짜! 저 웬수. 진이는 똥 씹은 표정을 하고 그를 무시한 채 고개를 돌렸다.

그러다 문득 어제 일이 생각났다.

'너 만나러.'

꿈이었나? 머릿속이 혼란스러워지기 시작했다. 진이는 머릿속을 쥐어짜기 시작했다. 그러다 문득 고개를 들자 거울로 된 엘리베이터 문을 통해 자신을 아련하게 보고 있던 그와 눈이 마주쳐버렸다.

뭐야? 저 아련아련 열매를 먹은 듯한 눈빛은? 그녀가 떨떠름한 표정으로 그를 바라보았다. 그러자 그는 마치 자신의 본 모습을 들킨 마냥 놀란 표정으로 재빨리 고개를 돌려 그녀를 바라보며 퉁명스럽게 말했다.

"안경 왜 안 껴?"

흠칫. 이번엔 그녀가 놀라 뒷걸음질 쳤다.

'내일부터 안경 꼭 껴라. 너 너무 예뻐서 나 미칠 것 같거든.'

꿈이 아니었다. 어젯밤 그의 대사 하나하나가 모조리 몽땅 생각이 났다. 이 망할 놈의 기억력. 평소엔 건망증 환자처럼 메모 없이는 살 수가 없는데 왜 어제 일은 왜 그리도 생생한지.

"어? 상무님. 출근하셨습니까!"

"예 대리님도 안녕하세요!"

그때 마침 고맙게도 닫히려던 문이 열리며 사원들이 무더기로 올라탔다. 사원들이 하나둘씩 올라타며 공간이 좁아지는 바람에 뒤로 밀려난 진이의 몸이 경과 밀착되었다.

쿵쾅쿵쾅.

경의 심장이 미친 듯이 뛰기 시작했다. 그 소리는 고스란히 진이의 귓가에 전해졌다.

이게 무슨 소리지? 그녀가 곁눈질로 그를 올려다보았다. 고개를 옆으로 돌린 채 헛기침을 하던 그의 이마에서는 삐질삐질 식은

땀이 흐르고 있었다.

진이는 긴장한 그의 얼굴을 홀린 듯 바라보다가 어느 순간 자신의 심장도 그와 함께 뛰고 있다는 사실을 깨닫고는 얼른 고개를 숙여 버렸다.

사원들이 떠들어대지 않았다면 다소 민망한 상황이 연출될 뻔했다.

진이는 이 상황을 어떻게든 빠져나가 보자 하는 마음으로 사원들의 대화에 동참했다.

"오늘 점심 메뉴 아시는 분?"

"예 대리님, 오늘 사내식당 메뉴 완전 대박입니다. 스파게티에 치즈수프, 감자튀김까지!"

사내식당 메뉴판을 달달 외우고 다니는 점심시간이 유일한 직장 생활의 낙이라고 생각하는 남사원의 말이 끝나기가 무섭게 사람들이 우웩! 을 외쳤다.

진이도 마찬가지였다. 갑자기 속이 뒤집어졌다. 우웩! 을 외친 것은 어젯밤 밤새 술로 달렸던 남사원 몇 명과 그중 유일한 여사원인 진이였다.

"꼭. 술 먹은 다음날엔 메뉴에 국이 없더라…… 아. 속 쓰려. 예 대리님도 어제 술 드셨나 봐요? 메뉴 듣기만 해도 몸서리를 치시네요?"

"아…… 네……."

다슬기 해장국.

갑자기 미친 듯이 다슬기 해장국이 먹고 싶어졌다. 그래야만 이

속이 풀릴 것 같은데. 배를 움켜지며 속 쓰려 하는 진이를 힐끔 보던 경은 문이 열리자마자 진이를 밀쳐 내고는 엘리베이터 밖으로 튀어나가 버렸다.

"상무님이 바쁘신 일이 있으신가?"

사원들이 황급히 나가 버리는 상사의 뒷모습을 의아한 듯 바라보다가 다시 수다를 떨기 시작했다. 진이는 기분이 썩 좋지 않았다. 갑자기 사람을 밀치고 인사도 없이 가버리다니.

도무지 속을 알 수가 없는 자식이야.

쾅!

경은 가슴을 움켜잡고 뭔가 굉장히 괴로워하는 얼굴로 미친 듯이 사무실 문을 박차고 들어갔다. 그 뒤를 따라 민혁이 화들짝 놀라 따라 들어왔다.

"어디 아프세요? 가슴? 심장이 안 좋으세요?"

들어오자마자 소파에 발랑 누워 버리더니 급기야 얼굴이 발그레 달아오른 상사를 보며 민혁은 걱정스레 그를 내려다보며 다시 물었다.

"119 부를까요? 안색이 안 좋으세요!"

"아우씨, 쪽팔려!"

"네?"

생각만 해도 소름 끼칠 정도로 쪽팔렸다. 그녀를 훔쳐보다가 거울 문으로 들통난 거 하며, 미친 듯이 뛰어대던 이놈 때문에!

경은 자신의 심장을 주먹으로 거칠게 한 번 팡 치고는 소파에서 벌떡 일어나 앉았다. 반쯤 정신이 나간 듯한 상사의 얼굴을 내려다본 민혁은 정말 이 사람이 왜 이러는지 미치도록 궁금했다.

"왜 뭐가 쪽팔리시는데요? 가끔 혼잣말 많이 하시는데 사람 옆에다 두고 혼잣말하면 옆에 사람이 얼마나 궁금한지 아세요?"

경이 미간을 찡그리며 올려다보았다. 너 언제부터 있었냐? 하는 듯한 눈빛으로 그를 바라보자 민혁이 가느다랗게 한숨을 내뱉었다. 내가 벽이랑 대화를 하고 말지.

"이 비서, 사내식당 좀 연결해 줘."

"네? 왜요?"

시설관리실에 이어 이번엔 사내식당이란다. 저 상사의 뇌를 해부해 보고 싶다. 분명 남들과는 다른 무언가가 있는 게 분명해! 민혁은 방금 전 그에게 당한 것을 잊었는지 또다시 되물었다. 궁금해 죽겠는 민혁을 무심하게 바라보며 경이 일어서며 대답했다.

"먹고 싶은 게 있어서."

"그럼 외부에서 사 먹으면 되잖아요."

"이 비서."

"네. 상무님!"

"중요한 일이니까 토 달지 말고 사내식당 연결하거나 하기 싫으면 본사 인사팀 연결해."

"사내식당 연결하겠습니다."

본사 인사팀이라는 말에 민혁이 납작 엎드려 고개를 숙이고는 상무실을 종종걸음으로 벗어났다. 민혁은 행여 해고라도 당할까 싶어 나가자마자 초스피드로 사내식당을 연결했는지 상무실 전화벨이 요란스럽게 울렸다.

그가 좋다고 헤벌쭉 웃으며 황급히 달려가 전화를 받았다.

일도 손에 안 잡히고 속도 안 좋고. 진이는 지금 딱 죽을 맛이었다.

어젯밤에 그렇게 당하고도 자신의 왼쪽 뺨의 홍조가 노트북에서 나온 열 때문이었다는 사실을 몰랐는지 진이는 또 노트북을 베개 삼아 책상 위에 누워 있었다. 그 모습을 본 은수민이 지나가며 혀를 끌끌 찼다.

"그렇게 속상하면 뺨이라도 날리지 그걸 참다니. 간이 무슨 죄예요? 이제 뭐 어떻게 하지도 못하게 생겼잖아요."

우연희 얘기인 것 같았다. 은수민은 자신의 일도 아닌데도 다시 생각하니 또 울화가 치밀어 오르는지 다 죽어가는 진이를 안타깝게 바라보며 얘기를 이어나갔다.

"우연희 퇴사했대요. 그렇게 쉽게 꺼질 거면서 사람 속은 왜 뒤집어놓고 난리야."

갑자기 웬 퇴사? 어제 경의 협박이 그렇게 무서웠나? 퇴사……
퇴사라……. 아…… 억울해.

뺨이 아니라 그년을 바닥에 내리꽂아야 했는데.

진이는 두 눈을 꽉 감아버렸다.

은 대리, 있잖아. 나 보고서만 뺏긴 게 아니라 애인도 뺏겼다고. 그 듣보잡 신입한테. 갑자기 심장이 벌렁벌렁 화가 꾸역꾸역 밀려 올라오기 시작했다.

그녀가 심호흡을 여러 번 하며 마인드 컨트롤을 하기 시작했다.

띠링!

그때 사내 메신저 쪽지 알림음이 요란하게 울렸다. 하필이면 스피커 옆에 엎드려 있던 진이는 깜짝 놀라 벌떡 상체를 일으켰다.

신경질적으로 노트북을 열어 무슨 쪽지인가 게슴츠레 눈을 떠서 확인했다. 사내식당에서 보낸 전체 쪽지였다.

―오늘 부득이한 사정으로 메뉴가 변경되었음을 알려 드립니다. 오늘의 메뉴는 다슬기 해장국입니다.

쪽지를 확인한 진이의 표정이 밝아졌다.

동시에 아까 엘리베이터에서 만났던 어제 술로 밤새 달렸던 남사원들이 웅성거리며 '대박!'을 외치고 있었다. 안 그래도 점심은 밖에서 사먹느니 마느니 점심값을 건 사다리를 타느니 마느니 시끄럽더니.

마찬가지로 점심은 거르려고 했던 진이도 점심 메뉴가 해장국이라는 말을 듣기만 해도 속이 한결 편해진 것 같았다.

그때 마침 전화가 걸려왔다. 그녀가 차분해진 목소리로 전화를 받았다.

"네. 전략기획부 예진이 대리입니다."

[상무님 비서실입니다. 상무님 호출입니다.]

이 인간은 또 왜? 진이는 문득 아침에 있었던 상황이 떠올랐다.

아…… 끔찍했다. 내가 황보경을 보고 떨리다니 심장이 뛰다니! 염치도 없는 년!

시체처럼 자리에서 일어난 진이는 급하게 화장실로 향했다. 거울을 보니 답이 안 나왔다. 이 얼굴로 아침에 그와 마주 봤단 얘기지? 젠장. 젠장이다! 진이는 급한 마음에 파우치에서 안경을 꺼냈다가 그 속에서 언제 샀는지 모를 핑크색 립스틱이 눈에 띄었다.

바를까? 너무 속 보이려나? 그녀는 파우치를 마구 파헤치며 안경도 도로 집어넣고 지퍼를 잠갔다. 최대한 그 자식 의식하지 말자. 그게 상책이다. 그래야만 이 회사에서 살아남을 수 있다고.

죄인처럼 고개를 푹 숙이고 복도를 지나 상무실로 향하는 진이.

상무실 앞 비서데스크에 멈춰 선 진이가 그쪽을 살폈다. 민혁은 뭔가 바쁘게 정리를 하며 통화를 나누느라 앞에 선 진이를 보지 못한 채 통화를 계속 이어나갔다.

"상무님! 사내식당에서 반찬은 뭘로 하느냐고…… 네. 미역줄기요? 네. 알겠습니다."

전화를 끊은 민혁은 앞에 서 있는 진이를 보고 놀라 자빠질 지경이었다.

"언제부터 계셨어요?"

"아까부터요. 저…… 호출하셨다고……."

"들어가시죠. 기다리고 계십니다."

진이는 상무인 그와 사내식당과의 연결고리가 뭐가 있을까 곰곰이 생각해 보았다.

그러다.

결국 오늘 급하게 바뀐 메뉴가 평소 자신이 좋아하는 다슬기 해장국인 점과.

미역줄기는 자신이 제일 선호하는 해장국 밑반찬인 점. 이라는 것에 생각이 닿아버렸다.

상무실 문을 잡은 그녀의 손이 덜덜덜 떨려오기 시작했다.

설마 진짜? 나 때문에? 이 회사에? 복수하러 온 게 아니라? 진짜 진심인 거야?

오 마이 갓.

띠리리링 띠리링.

비서데스크에서 전화벨 소리가 소란스럽게 울러댔다. 그 틈에 정신줄 놓고 서 있던 진이의 두 눈이 번쩍 뜨였다. 도저히 문을 열고 들어갈 용기가 나질 않는다. 안 되겠다 싶어서 뒤를 돌아선 진이.

그런데.

수화기에 귀를 갖다 댄 민혁이 고대로 데스크를 나와 도망가려는 그녀 앞을 막아섰다. 민혁은 당황스러운 얼굴로 진이를 보더니 수화기를 가리키며 입 모양으로 속삭였다.

'상무님.'

진이는 고개를 절레절레 흔들며 표정으로 말했다. 제발 저 안 왔다고 해주세요!

하지만. 눈치 없는 민혁이 곧 입을 열었다.

"아! 안 그래도 지금 오셨네요. 예 대리님 지금 들어가십니다."

황급히 전화를 끊고 민혁은 상무실 문을 열고 진이를 강제로 밀어 넣었다.

저 망할 놈의 자식! 얼떨결에 상무실에 입성하게 된 진이가 문 앞에서 쭈뼛쭈뼛 서 있었다.

경은 그새를 못 참고 전화질을 했다는 사실이 들통난 게 쑥스러
웠는지 들고 있던 전화기를 조심스럽게 내려놓고 아무렇지 않은
척 그녀를 바라보았다. 어색한 침묵이 흐르고 최대한 호흡의 안정
을 되찾고 그가 말했다.

"왔어?"

경의 눈길에 진이는 그저 어색한 웃음만 흘렸다.

아무 말 없이 그녀를 한참 동안 바라보던 그가 고개를 갸우뚱하
며 일어나서 그녀에게 다가갔다. 순간 흠칫 놀라며 뒷걸음치는 그
녀의 손을 잽싸게 잡아끄는 경.

"왜 그래? 어디 아파?"

"저…… 그니까…… 너 혹시…….'"

"보고서 내놔."

"뭐라고?"

"내가 어제 말한 거."

진이는 뜬금없이 무슨 보고서 타령이야! 라고 욱해서 소리치려
다가 문득 어제 경이 자신에게 했던 발언이 생각났다.

'나는 왜 안 되는지. 보고서 작성해 오라고.'

성과급에 반영을 하네 마네. 지금 그 보고서를 말하는 건가?

진이는 순간 많은 생각들이 뒤엉켰다. 경이 내 상대로 안 되는
이유라. 보고서로 작성하라면 100장도 넘게. 프레젠테이션을 하
라면 하루 24시간 종일 할 수 있었다. 이유는 얼마든지 많았으니
까. 가장 큰 이유는 내가 그의 얼굴을 못 보겠다. 너무 쪽팔리고
미안해서.

그리고 자신도 헷갈리는 부분이 하나 있었는데. 과연 경이 상무가 아니라 동네 세탁소집 아들로 나타났어도 오늘 아침처럼 그를 보며 심장이 두근델 수 있었을까?

남자에게 차인 지 24시간도 채 되지 않은 지금 이 시점에서 우라질 같은 사랑에 대한 진정성을 따지는 것도 시간 낭비였지만. 그녀는 왠지 경에게 만큼은 신중하게 행동해야 한다고 생각했다.

그랬다. 그가 안 되는 가장 큰 이유는 나 예진이는 그를 또 한 번 상처주고 싶지 않았다.

진이는 최대한 나긋나긋한 목소리로 말했다.

"상무님, 그 보고서는 조금만 더 시간을 주면 좋겠는데요."

조심스럽게 입을 연 진이. 경은 그런 그녀를 어이없는 표정으로 보며 툭 쏘아붙였다.

"그거 뭐 어려운 것도 아닌데 아직도 못했어?"

"사람 마음이라는 게 달랑 보고서 몇 장으로 쉽게 정의 내려지는 게 아니잖아! ……요."

분위기가 이상했다. 진이의 진지한 발언에 경이 그녀를 '어디 아프냐?' 하는 표정으로 두 눈이 휘둥그레져서 바라보고 있었다.

뭔가 상황이 코믹하게 흘러가는 가운데.

"어제 니가 제출한 보고서 8페이지 그거 세부통계표 그거 달라고. 그리고 니가 어제 제출한 로얄호텔 제외한 호텔들 기획안 말야. 낱장짜리 말고 상세 기획안도 있는 거야?"

"네?"

진이의 얼굴이 벌겋게 달아올랐다. 아…… 수치스럽다. 이 자식은 회사에서 업무를 보는데 나는 옛 추억에 젖어 욕을 봤다. 젠장.

경은 갑자기 그녀가 자신을 화가 난 얼굴로 바라보는 것을 의아해하며 입을 열었다.

"그 건에 대해 할 얘기 있으니까 오늘 저녁에 시간 비워."

"상무님, 죄송합니다. 보고서는 퇴근 시간 전에 무조건 끝낼 테니까 야근은 시키지 말아주세요."

"야근 아니고 데이트할 건데."

자신이 말하고도 부끄러웠는지 그의 귀가 빨개졌다.

넌 어쩜 변한 게 하나도 없구나. 여전히 순수하고 맑고 깨끗하고 귀엽네. 보통 이런 말은 소설 속 남자주인공이 여자주인공한테 하는 말인데 진이는 이 순간 이런 생각을 하는 자신이 참 초라하게 느껴졌다.

데이트라니……. 최근에 남자와 단둘이서 밖을 걸었던 적이 언제였더라?

아…… 저번 주에 최 부장님과 외근 갔을 때? 이런 우라질. 진이는 가느다랗게 한숨을 내뱉으며 그를 바라보았다. 경은 지금의 이 정적이 괴로웠는지 헛기침을 여러 번 하며 진이의 대답을 기다리는 듯했다.

"죄송합니다."

"뭐가?"

"데이트는 사양하겠습니다."

그의 두 눈이 가늘어졌다. 곧 미간을 찡그리며 그녀를 바라보며 강압적인 말투로 말했다.

“그래요? 그럼 예 대리 오늘 야근할 준비하세요.”

“강제로 야근시킬 시 노동부에 신고할 겁니다.”

“인사발령이 언제더라?”

경이 그녀를 약 올렸다. 인사발령이라는 말에 진이는 꿀 먹은 벙어리가 된 채 입을 다물었다.

“예진이. 복이 제 발로 걸어 들어왔는데 왜 자꾸 걷어차?”

스스로를 복이라 칭하면서도 부끄럽지 않은지 녀석은 진지한 얼굴로 그녀에게 물었다. 진이는 가느다랗게 한숨을 내뱉으며 답했다.

“원하지 않았던 것이 내 것이 되었다가 사라져도 분하고 억울한데…… 내가 원하던 복이 굴러들어 와서 좋다고 잡았다가…… 그랬다가 한순간에 사라져 버리면 어떡해? 내 마음속 치유능력도 늙어서 이번엔 회복 불가능이야. 그러니까 자꾸 걸어…… 아니, 뛰어들어 오지 마.”

그녀가 복잡한 얼굴로 뒤돌아 나가 버리자 혼자 남은 경은 어안이 벙벙해져서는 혼잣말을 내뱉었다.

“원하던 복? 내가 사라질까 두렵다는 건가?”

제 맘대로 그녀의 말을 해석한 그가 피씩 웃어버렸다.

그가 마음이 한결 편해진 데는 다 이유가 있었다. 솔직히 진이에게 애인이 있을 거라고는 생각하지 못했었다. 주변인들에게 들은 바로는 매일같이 야근에 휴일에도 일을 한다고 하니 만약 사람을 만나더라도 관계가 깊진 않을 거라는 분석까지 했었다. 그런데 역시 자신의 분석이 맞아떨어졌다. 태준과는 그렇게 깊은 관계가 아닐뿐더러 녀석이 바람까지 폈으니 진이의 성격상 다시는 그 자식을 만날 일은 없을 것이다. 이제 남은 건 자신의 마음을 있는 그대로 표출하는 것뿐이 없었다.

경은 책상 앞에 앉아 쌓여 있는 서류들을 들여다보았다. 한참동안 서류를 들여다보던 경의 앞에 민혁이 결재서류를 잔뜩 안고 앞에 섰다.

"상무님, 결재가 밀렸는데요."

"두고 나가세요."

"급한 결재라던데. 하반기 디자인 컨셉안이라고."

디자인 컨셉? 경은 약간의 호기심이 발동했는지 보고 있던 서류에서 눈을 떼고 민혁이 내민 결재판을 받아 펼쳤다. 수십 벌의 의상들이 스케치되어 있는 컨셉안을 들여다보던 경에게 민혁은 말했다.

"그중 10개의 디자인을 채택해 주서야 한다고 합니다."

"뭐? 10개? 그게 그거 같은데."

"네?"

역시 그의 안목은 까다롭구나. 민혁은 새삼 놀라 존경심이 가득한 눈으로 그를 바라보았다. 경은 조금 있다가 진이에게 의견을 물어봐서 결재를 하기로 마음먹은 후 민혁에게 나가보라고 했다. 그리고 다시 서류를 보던 중 문득 의문이 들었는지 입을 열었다.

"잠깐, 이 비서. 우리 브랜드 재정비 시기가 언제였다고 했지?"

"네. 3년 전에 예진이 대리가 주도하여 전략기획부에서 총대를 멨다고 들었습니다."

또 예진이. 무슨 놈의 회사가 무슨 일이든 진이의 이름이 빠지지 않는단 말인가. 경은 골치 아프다는 표정으로 다시 물었다.

"재무회계표 보니까 브랜드 재정비로 난 수익이 꽤 되는데 이 돈으로 기존의 브랜드를 강화하지 않은 걸 보니 돈이 샌 것 같은데."

감사용도로 쓰일 0.1의 오차도 없는 완벽한 재무회계표를 보고 돈이 샜다는 건 어떻게 알았는지 민혁은 휘둥그레진 얼굴로 그가 보던 서류를 물끄러미 바라보았다. 너덜너덜해진 서류에는 그의 가지런한 필체가 빼곡하게 적혀 있었다. 무슨 업무를 고시 공부하듯 하는지, 아니, 생각해 보니 이건 그의 업무가 아니지 않는가!

"저기 상무님…… 저한테만 얘기해 주시죠."

"뭘?"

"지금 잡으려고 하는 사람이 누굽니까? 혹시…… 사…… 사장님?"

가만히 민혁의 얼굴을 바라보던 경은 아무렇지 않은 듯 그에게서 시선을 거두며 무심한 듯 대답했다.

"잡는 게 아니라 지키려고 하는 겁니다."

"사장님을요?"

"이 비서."

"네. 나가보겠습니다."

꾸벅 인사를 하고 나가는 민혁은 생각했다. 저 집요함이라면 없는 비리도 나올 판이라고. 누군지 몰라도 조만간 그에게 덜미가 잡혀 뼈도 못 추릴 거라고 장담할 수 있었다.

점심시간 사내식당 한 모퉁이에서 해장국 그릇에 얼굴을 박고 미친 듯이 흡입하고 있던 진이는 이제야 막혀 있던 체증이 모조리 내려갈 것만 같았다.

"역시 예 대리는 참 복스럽게 먹는단 말이야. 근데 왜 구석에 앉았어? 우리 부서는 항상 두 번째 테이블이잖아."

가부장적인 마인드의 최고봉인 최 부장은 식사는 무조건 부서 사람들과 함께! 라는 요즘 트랜드와 전혀 맞지 않는 사고방식을 가지고 있었다.

일부러 점심시간 시작하자마자 빨리 먹고 사라질 요량으로 구석을 택했는데 그녀의 노력은 최 부장과 은수민 이하 사원들이 식판을 들고 진이 주변에 하나둘씩 앉기 시작하면서 물거품처럼 사라져 버리고 말았다.

진이는 자신의 옆자리가 채워지지 않고 있자 불안한 마음에 은수민에게 손짓했다. 은수민은 고개를 절레절레 흔들며 최 부장 옆자리에 식판을 내려놓더니 상사님의 식전 물을 대령하러 식수대 쪽으로 총총걸음으로 달려가 버렸다. 저 망할 기집애!

"태준 씨! 여기야~"

남의 속도 모르고 남사원 한 명이 늘 함께 먹었던 부서 자리에서 방황하는 태준을 불러 세웠다. 남사원의 부름을 받고 테이블 쪽을 바라보던 태준은 조금은 난감한 기색으로 마지막으로 남은 진이의 옆자리를 향해 오고 있었다. 진이는 그 모습까지 확인하고는 낙담을 하며 다시 해장국 그릇에 코를 박았다.

털썩.

누군가 거센 바람과 함께 그녀 옆자리에 앉았다.

"어이쿠! 상무님, 오셨습니까!"

드르륵. 쿵. 쾅. 요란한 소리를 내며 진이를 제외한 최 부장 이하 사원들이 자리에서 벌떡 일어나 경에게 인사를 하고 다시 앉았다.

얼떨결에 상사가 옆에 앉았는데도 인사도 안 하는 무례한 여자가 되어버린 진이는 고개를 들어 옆에 앉은 사람의 모습을 확인했다. 이 사내식당과는 전혀 어울리지 않은 명품 타이를 맨 경의 얼굴이 그녀에게로 향해 있었다.

"안녕하세요?"

그가 넌 왜 인사 안 하냐? 라는 식으로 그녀를 노골적으로 바라보았다. 진이는 억지 미소를 흘리며 목례를 한 뒤 황급히 고개를 돌려 미역줄기만 먹어댔다.

"그쪽은 왜 그렇게 서 있어요? 어제 내가 한 말이 장난으로 들렸나?"

경의 시비조 말투에 주변이 웅성거리기 시작했다.

진이는 밥을 먹다 말고 공사 구분 못하는 경의 행동 때문에 놀라 고개를 들었다. 그가 시비를 건 주인공은 바로 순식간에 자리를 뺏겨 경의 옆에 서 있는 꼴이 되어버린 태준이었다. 평소의 태준이라면 조용히 식판을 들고 다른 자리를 찾아갔을 텐데 오늘따라 이상했다.

뻘쭘한 상황에서도 태준은 그 자리 그대로 서서 전혀 당황하지 않은 표정으로 대답했다.

"상무님, 식사는 안 가져오세요?"

그렇다. 경은 진이의 옆자리를 사수하기 위해 급하게 달려오느라 식판을 가져오지 않은 것이었다. 진이는 분명히 보았다.

경이 침을 꼴깍 목에 커다란 굴곡을 그리며 삼키는 장면을. 다소 민망한 상황이 연출되려는 순간.

"상무님! 식사 여기 있습니다!"

민혁이 달려오느라 손에 국물을 흘렸는지 뜨거워서 울상을 지으며 식판을 들고 왔다. 경은 마치 구세주를 만난 마냥 해맑게 미소를 지으며 답했다.

"그래. 고마워요."

민혁은 처음으로 그에게 칭찬을 받은 터라 감격스러워하며 경의 앞에 식판을 내려놓고 총총걸음으로 사라졌다. 이제야 제대로 된 밥상 앞에 앉은 경은 서 있는 태준에게 턱 끝으로 뒤에 구석 자리를 가리켰다.

태준은 어쩔 수 없이 뭔가 씁쓸한 표정으로 뒷자리로 이동하며 진이와 경을 의심스럽게 보며 자리에 앉았다.

진이는 온몸에 소름이 돋았다. 이거 완전 티나잖아. 일부러 저러는 건가? 진이는 행여 사람들의 의심을 살 수도 있으니 될 수 있으면 경이 있는 쪽으로 눈길도 주지 않았다.

그런데 오늘도 은수민의 백문 백답은 시작되었다. 저 끈질긴 년.

"상무님, 왜 안 드세요? 혹시 해장국도 알레르기?"

"알레르기는 아니지만 싫어하긴 합니다."

이건 또 무슨 소리야? 우리가 나눈 해장국이 몇 그릇인데. 진이는 흘끔 그를 훔쳐보았다. 그런데 하필 자신을 보고 있던 경과 눈이 마주쳐 버렸다. 뜨끔. 순간 얼굴이 뜨거워졌다. 그녀가 황급히 시선을 돌렸다.

“왜요? 혹시 첫사랑이 해장국만 먹였어요?”

“네.”

망할 놈. 그녀는 고개를 들 수가 없었다.

“푸하하. 진짜요?”

“그녀가 술을 너무 좋아해서 데이트 코스 1번은 무조건 해장국집
이었어요. 덕분에 전국에 있는 해장국 집은 아마 다 가봤을 거예요.”

“어머. 자상한 남자친구였나 보다. 상무님, 혹시 애인 있으세요?”

이 질문을 위해 앞에 밑밥을 깔았으리라. 은수민이 궁금증이 가
득한 반짝거리는 눈빛으로 그를 바라보았다. 있을 리가 없잖아.
나한테 그렇게 들이대 놓고.

“네.”

“정말요? 에이. 아까워라!”

순간 저도 모르게 들고 있던 숟가락에 힘이 들어갔다.

저 자식 감히 애인도 있는데 나한테? 저 천하의 나쁜 놈. 역시
나한테 복수를 하기 위해 찾아온 게 맞았어. 미친 예진이 거기에
또 속아 넘어갈 뻔하다니. 바보 등신! 부르르 떨리는 그녀의 손길
을 확인했는지 경이 화들짝 놀라 황급히 말을 이어나갔다.

“조만간 생길 거니까 있는 거나 마찬가지죠.”

“아……..”

은수민이 탄식했다.

“지금 그녀가 사귀던 애인이 양다리를 걸쳐서 차였거든요. 지
금 많이 힘들 건데 제가 위로해 주면서 제대로 꼬실 작정입니다.”

캑캑. 진이가 갑자기 캑캑거리기 시작했다. 이러다가 곧 해장국이 코로 나올 것만 같았다.

"괜찮아요?"

"네? 네……."

"해장국 다 비웠네요? 보기 좋아요."

경은 자신의 작품을 아주 맛나게 먹어준 그녀가 대견스러웠는지 이런 작전을 구상해 낸 자신이 뿌듯했는지 천진난만한 미소를 지으며 진이에게 손수건을 내밀었다.

그의 미소에 무장해제 되어버린 그녀가 얼떨결에 손수건을 받아 들어 해장국이 새어 나올 것만 같은 코를 틀어막았다. 그의 향기가 났다. 자신도 모르게 킁킁거리며 향기를 맡는 모습이 추해 보였는지 경을 제외한 나머지 사원들이 변태 취급을 하며 그녀를 바라보았다.

한편 그들 뒤에 앉아서 대화를 엿들은 태준의 표정이 굳어졌다. 자신에게는 그렇게 딱딱하게 굴며 조그만 틈도 보여주지 않았던 그녀가 경의 앞에서는 저토록 허술한 모습을 보여주니 뭔가 속이 뒤틀리기 시작했다. 어제 일도 그렇고 서빈에 엘리베이터에서 그녀를 뺏어간 것도 그렇고 오늘도 그녀의 옆자리에 앉으려고 수를 쓰던 상무라는 저 녀석이 내뱉은 첫사랑 얘기는 분명 자신에게 들으라고 하는 소리 같았다. 내 첫사랑은 예진이라고…… 그러니까 건드리지 말라고.

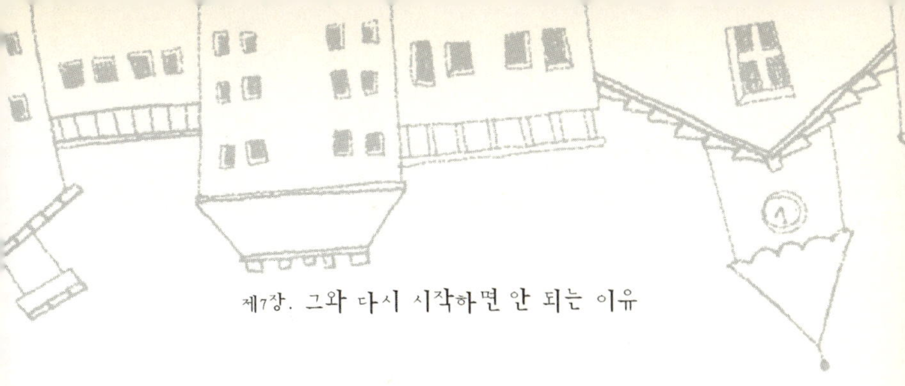

제7장. 그와 다시 시작하면 안 되는 이유

"네? 그냥 저 혼자 다녀올게요!"

화들짝 놀라 손사래를 치는 진이를 의심스러운 눈초리로 최 부장이 바라보며 말했다.

"예 대리 차 없잖아. 그냥 배 대리 달고 가지그래? 새삼스레 왜 그래. 그거 홍보물 무거워서 혼자 못 들고 온다니까. 배 대리!"

난처해하는 진이를 한참을 들여다보던 최 부장은 진이가 배 대리에게 그동안 신세를 많이 져서 부탁을 못하는 거라고 생각했는지 벌떡 일어나서 태준의 자리 쪽으로 소리쳤다.

"네."

기다렸다는 듯이 태준의 머리통이 올라왔다.

진이는 이를 악물고 그를 흘겨보며 고개를 저었다.

'그냥 못 간다고 해.'

그녀와 눈이 마주친 태준은 뚱한 표정으로 가만히 그녀를 바라보다가 최 부장을 보며 말했다.

"제가 예 대리랑 같이 다녀오겠습니다."

뭐? 같이 다녀와? 진이는 굳어진 얼굴로 최 부장을 보며 말했다.

"부장님, 그럼 저 대신 배 대리 혼자 갔다 오면 될 것 같은데요?"

중간에서 난처해진 최 부장이 도대체 이해할 수 없는 예 대리를 보며 말했다.

"예 대리! 그거 예 대리가 맡았던 프로젝트잖아. 자, 배 대리! 내 얼굴 봐서 예 대리 잘 모시고 다녀와! 내 명령이야! 예 대리, 됐지? 내가 해결해 줬다? 너무 미안해하지 마! 뭐 그런 걸로 동기끼리 예 대리답지 않게 눈치를 봐?"

해결? 지금 해결이라고 했습니까? 해결이라는 단어의 뜻은 어떤 문제나 사건 따위를 풀 거나 잘 처리하다. 부장님께서 지금 하신 행동은 배태준과 나 사이의 문제와 갈등을 더욱 심화시켰다 이 말입니다.

그녀는 목까지 차오르는 말을 꾹꾹 눌러 참으며 태준을 보며 생각에 잠겼다.

그래. 어디 한번 같이 가보자. 네가 내 성격을 아직 제대로 파악 못했나 본데 오늘 한번 제대로 보여주겠어. 진이는 이를 바득바득 갈며 외근 준비를 위해 자리로 돌아갔다.

"진이야! 나랑 얘기 좀 해."

태준은 제 몸뚱이보다 큰 박스를 품에 안고 허겁지겁 진이의 뒤를 따라가며 소리쳤지만 진이는 요지부동이었다. 그저 손안에 든 홍보물을 한 장 한 장 넘기며 글을 읽는 데 집중했다.

"제발 내 얘기 좀 들어봐."

이제는 애원하듯 말하는 태준의 말에 드디어 진이가 걸음을 멈추고 뒤를 돌았다. 반가운 마음에 태준은 박스를 잠시 바닥에 내려놓고 레스토랑에서 갑자기 경이 나타나는 바람에 차마 하지 못했던 말들을 하려고 입을 열려는 순간 그녀의 사무적인 목소리가 들려왔다.

"배 대리, 38페이지에 오타 있거든? 인쇄소 가서 컴플레인 좀 넣어야겠어."

"어?"

"2,880억 원 이상의 생산유발효과가 있을 것으로 기대되는. 여기 보이지?"

진이는 태준의 눈앞에 책자를 펼쳐 들이밀었다. 태준은 글귀를 읽었는지 고개를 끄덕였다.

"2가 하나 빠졌네. 난 분명 홍보부에 2,882억 원 이상이라고 넘겼다고. 인쇄소 가서 확인 좀 해줘. 홍보부에서 인쇄소 전달 과정에서 생긴 오타인지 인쇄소에서 편집 과정에서 생긴 오타인지 확실하게 따져 물어달라고."

"진이야…… 고작 그거 오타 하나로 일 크게 벌이지 말자……."

태준이 난처한 표정으로 말하자 진이가 아랫입술을 질끈 깨물며 말했다.

"고작 그 오타 하나? 2,882억 원 추정하는데 내가 며칠 밤을 샜는지 알아? 실수 안 하려고 확인하고 또 확인하고 넘긴 숫자야."

"진이야……."

"그저 넌 인쇄소나 홍보부 가서 안 좋은 얘기하는 게 껄끄러웠겠지. 그 성격 좀 제발 고쳐. 진짜 병신 같거든?"

병. 신? 태준이 놀란 눈을 뜨고 그녀를 바라보았다. 진이도 난생처음 태준에게 욕을 내뱉어서 당황했는지 오히려 더 큰소리치기 시작했다.

"뭘 봐!"

"고칠게."

평소엔 쭈뼛쭈뼛 못하겠다는 말도 못하던 태준의 뜻밖의 대답에 진이가 놀라 되물었다.

"뭐?"

"조금만 기다려 줘. 인쇄소 올라가서 확인하고 홍보부에도 전화해 볼게. 그다음엔 내가 하려는 말 좀 들어줘."

싫다고 말하려는 틈도 주지 않고 태준은 인쇄소가 있는 2층으로 가기 위해 비상구로 나가 버렸다. 지금 누가 누구 말을 들어줄 처지야? 레스토랑 사건만 생각하면 억울해서 자다가도 눈물이 나고 울화통이 터져 미칠 것만 같은데. 또다시 울컥 분노가 치솟자 진이는 두 주먹을 불끈 쥐고 건물 로비를 벗어나려고 뒤를 돌았다.

하지만 이 망할 놈의 애사심. 놈이 발밑에 놓고 간 홍보물이 가득 들은 박스가 그녀의 발목을 잡았다.

"상무님, 회의 가십니까?"

최 부장이 목례를 하며 엘리베이터에 올라탔다.

경은 고개를 까닥거렸다. 최 부장은 마땅히 할 말도 없고 어색하기도해서 두서없이 얘기를 꺼냈다.

"회의는 언제쯤 끝나세요?"

최 부장의 물음에 민혁이 얼른 대답했다.

"예정은 2시간 후입니다."

회의를 2시간이나 하다니……. 그 사실을 이제야 알았는지 경이 피곤한지 고개를 절레절레 흔들었다.

"잘됐네요. 저희 부서 예 대리가 지금 홍보물 가지러 갔으니까 상무님 회의 끝나는 시간이면 얼추 시간이 맞겠네요."

예 대리라는 말에 경의 미간이 찌푸려졌다.

"홍보물 그거 무거운 거 아닙니까? 왜 여사원 혼자 외근을 보냅니까?"

경이 신경질적으로 말했다. 민혁은 완전 티나는 그의 행동에 안절부절못하며 옆에서 발을 동동거렸다. 하지만 최 부장은 그렇게 썩 눈치가 좋은 인사는 아니었는지 껄껄대며 말했다.

"어휴! 당연히 혼자 안 보냈죠. 짐 들어줄 남사원도 같이 보냈습니다. 배태준 대리라고 예 대리와는 동기죠. 참 잘 어울리는 한 쌍이라 제가 엮어주려고 힘 좀 쓰고 있습니다."

민혁은 최 부장의 입을 틀어막고 싶은 심정으로 경의 눈치를 살폈다.

아니나 다를까 경의 얼굴에 경련이 일어난 듯 미묘하게 부들부들 떨리고 있었다.

"최 부장님."

"네!"

"그 홍보물 지금 당장 봐야겠습니다."

"네? 지금 당장이요? 무슨 일로?"

화들짝 놀란 최 부장의 물음에 그는 대답할 의지 따위는 없어 보였다.

"이 비서, 회의 취소해요."

"네. 네?"

이번엔 민혁이 화들짝 놀라 그를 바라보았다.

회의 불참합니다. 도 아니고 회의 취소? 임원급 회의에서 나이도 제일 어린 상무가 무슨 자격으로 회의를 취소한다고 똥배짱을 부리는지 민혁은 미칠 지경이었다. 하지만 역시 그의 얼굴에는 회의를 가려는 의지 따위는 없었다. 민혁은 그의 표정을 한번 스윽 살피더니 체념하듯 다시 상무실로 향하기 위해 위층으로 올라가는 버튼을 눌렀다.

"뭐야. 지금 어디 가는 거야!"

회사 반대 방향으로 운전대를 돌리는 태준에게 조수석에 앉아 있던 진이가 소리쳤다.

“이렇게 하지 않으면 네가 내 얘기 안 들어줄 거잖아. 나 네 말대로 인쇄소에 컴플레인도 넣고 시안 잘못 넘긴 홍보부에도 전화했어.”

“지금 뭐 그거 하고 생색이야? 그건 당연한 거야! 원래 그렇게 사회생활 하다 보면 안 좋은 소리도 하고 그래야 한다고.”

“나도 알아. 내가 잘못했어.”

끼이익.

태준이 급브레이크를 밟아 도로변에 차를 세웠다. 그리고 황급히 그녀의 손을 꽉 맞잡았다.

“생각해 보니까 네가 하는 말이 다 옳았어. 그동안 내가 너무 인생을 쉽게 살았나 봐. 이제 무조건 네 말만 들을게. 오늘 이렇게 일해보니까 나름 뿌듯하고 정말 내가 이 회사 사원 같고 그러더라. 이런 맛에 네가 일을 했나 싶고…… 네가 왜 그렇게 열심이었나 이해하게 됐어…….”

“뭐? 이해를 해?”

“앞으로도 이렇게 너랑 쭉…… 함께하고 싶어…….”

쭉…… 함께? 진이의 표정이 굳어졌다. 그녀는 엄청난 괴력을 발휘해 태준의 손을 뿌리치고 그의 뺨을 날려 버렸다.

쫘악.

경쾌한 소리와 달리 태준의 뺨은 슬프도록 벌겋게 달아올랐다. 진이는 그래도 분이 안 풀리는지 손을 부들부들 떨며 그를 노려보았다.

“너 내가 우스워?”

"그런 게 아니라. 난 애초부터 너랑 정리할 생각이 없었어. 내 잘못 너한테 사실대로 말하고 용서받고 너랑 새로 시작하고 싶었어."

"나머지 한쪽도 맞고 싶냐?"

"얼마든지 때려. 때려서 너한테 용서받을 수만 있다면 얼마든지……. 솔직히 얼마 전까지는 우연희 씨한테 한눈판 건 네가 나한테 무관심해서 그런 거라고 나 스스로 위안 삼았는데 아니었어. 다 내 잘못이었어……."

"그래서 어쩌라고?"

"결혼하자."

"미친놈."

그녀가 기가 차서 웃어버렸다.

"너 지금 네가 나한테 무슨 짓을 했는지 피부로 와 닿지 않는가 본데."

"오늘 이후로 다시는 이번 일 같은 실수는 없을 거야. 정말이야."

"나랑 왜 결혼하고 싶은데? 우연희가 아니고 왜 난데?"

"……."

"내가 알려줄까? 우연희보다 내가 어려우니까. 걔보다 날 버리는 일이 너한테는 어려운 일이었겠지. 넌 힘들고 어려운 일은 안 하려고 하는 게 습관인 비겁한 놈이잖아."

"어렵다는 건 그만큼 널 사랑한다는 뜻이야……."

진심일까? 한 번 더 믿어볼까? 이 자식 놓치면 억대 웨딩로또도 날아가는 건데…… 아니지. 지금 그놈의 웨딩로또가 문제가 아니잖아! 저 자식은 바람을 폈다고. 내가 세상에서 제일 증오하는 아버지처럼.

여러 가지 생각들로 1초가 다르게 얼굴 표정이 복잡하게 변해가는 진이의 얼굴을 들여다본 태준은 승산이 있다고 생각했는지 진심을 다해서 다시 한 번 입을 열었다.

"진이야, 내가 잘못했어. 우연희 씨랑은 정말 깨끗하게 다 정리했어."

"내가 그걸 어떻게 믿어? 네가 전부터 나한테 하려던 말이 끝내 자는 말 아니었어?"

"아니야. 내가 하려던 말은 사실은 나…… 우리 부모님…… 감자 농사한다는 말 거짓말이야."

"그래서? 그게 나랑 무슨 상관인데?"

"그러니까 사실 우리 아버지…….."

드르륵드르륵.

갑자기 핸드폰 거치대에 꽂힌 핸드폰 진동음이 요란하게 들려오자 태준은 그 소리를 무시하고 하려던 말을 계속 이어나가려고 마음먹었다.

"그러니까…….."

"지금 뭐 하는 거야? 부장님 전화잖아! 전화 받아!"

핸드폰 액정을 들여다본 진이는 호들갑스럽게 전화기를 꺼내 태준에게 내던졌다. 얼떨결에 핸드폰을 받아 든 태준은 통화연결 버튼을 누른 후 조심스럽게 전화를 받았다.

"여보세요. 네 부장님. 네…… 네? 네, 알겠습니다."

영 찝찝한 표정으로 전화를 끊는 태준에게 진이가 물었다.

"뭐라셔?"

"지금 당장 회사로 홍보물 가지고 돌아오래."

"뭐? 그럼 홍보물 잘못된 거 얘기했어야지! 내가 전화할게."

태준의 일처리가 답답했는지 진이가 핸드폰을 꺼내 최 부장에게 전화를 걸었다. 통화 연결음이 몇 번 가더니 최 부장이 전화를 받았다.

[예 대리! 지금 배 대리랑 회사로 오고 있지?]

"네. 부장님, 근데 홍보물에 문제가 생겼어요. 제가 넘긴 시안을 홍보부 쪽에서 편집을 잘못했는지 착오가 생겨서 중요한 부분에 오타를 발견했어요."

[뭐라고? 이걸 어쩌지. 상무님께서 지금 당장 홍보물 보겠다고 회의도 안 가고 저러고 앉아 있는데.]

"네? 상무님이요? 왜요?"

[그걸 내가 어찌 알겠어. 알았어. 일단 빨리 들어오고. 자초지종은 내가 상무님께 보고를 하도록 하지.]

그 자식은 또 홍보물에 이상이 있는 건 어떻게 알아서……. 귀신같은 놈.

통화를 끝마치자 진이는 태준을 재촉했다.

"빨리 출발해. 회사에서 우리 찾는데."

"왜?"

"상무님께서 홍보물 보고 싶다고 하셨대."

"진이야…… 너 혹시 황보경 상무님이랑 아는 사이야? 맞지?"

눈치도 없고 남의 일에는 관심도 없는 놈이 예리하게 경과 진이의 사이를 의심하자 진이는 당혹감을 감추지 못했다.

태준은 메뉴로 다슬기 해장국이 나온 날 사내식당에서 경의 시선이 진이에게 향해 있었던 것과 경이 환영회 자리에서 자신의 첫사랑은 S대 태혜지라는 말에 문득 레스토랑에서 와인을 먹고 취한 시연이가 자신과 진이가 한때는 S대 태혜지였다며 시끄럽게 떠들어대던 대화가 떠올랐다. 그때부터 아무래도 경이 말하는 첫사랑이 진이가 아닐까 의심했었는데 지금 진이의 당혹스러운 표정을 보자니 의심이 아니라 그게 사실이라는 것을 직감하고 말았다.

"혹시 나…… 용서해 주지 않는 이유가 상무님 때문이야?"

굳어진 표정의 태준이 진이에게 물었다. 1초의 망설임도 없이 그녀가 답했다.

"아니야."

"예 대리! 빨리 상무실로 가봐. 상무님께서 찾으시네."

태준과 진이가 사무실에 들어서자마자 그 둘 사이에 끼어든 최 부장이 그녀를 다시 바깥으로 밀며 상무실로 바로 갈 것을 명령했다. 가방을 내려놓을 시간도 없이 사무실에서 쫓겨나자 진이는 죽을 맛이었다. 도대체 무슨 큰일이 났다고 사람을……. 아 진짜 이 자식이! 진이는 이를 바득바득 갈며 엘리베이터에 올라탔다. 그 뒤를 태준이 후다닥 따라 달려와 올라탔다.

"같이 가."

"상무님이 너도 불렀대?"

"그건 아니지만……."

"그럼 그냥 돌아가. 뭐하러 둘이나 가서 안 좋은 말을 들어?"

"그러니까 같이 가려고."

"맘대로 하던가."

지옥문을 아주 자청하고 열어젖히는 태준의 행동에 진이는 뭐가 예쁘다고 말리냐며 상무한테 한번 된통 깨져 봐라 하는 못된 심보로 그를 달고 상무실로 향했다.

비서데스크에 아무도 없던 터라 태준이 상무실에 노크를 하고 문을 열었다. 진이는 그의 뒤를 따라 상무실 안으로 들어섰다. 문이 열리자마자 경은 기다렸다는 듯 고개를 들고 자리에서 일어섰다. 하지만 눈앞에는 기다렸던 진이 얼굴보다 태준의 얼굴이 먼저 들어오자 그의 표정이 싸늘하게 굳어졌다. 그가 굳은 표정으로 진이를 바라보았다.

그의 표정을 마주한 진이는 그가 홍보물 발행이 늦어진 점 때문에 화가 난 거라고 생각하고 그래도 그가 회사 상무쯤이니 화가 날 만도 하겠다며 그를 이해하는 눈치로 꾸벅 인사를 하며 사무적으로 답했다.

"늦어서 죄송합니다, 상무님."

경은 그녀의 사무적인 말투에 더 열이 뻗쳤는지 느릿느릿 두 사람이 서 있는 자리로 걸어오더니 가운데 소파에 털썩 앉았다.

"앉아요."

진이는 가느다랗게 한숨을 내뱉으며 소파에 앉았다. 그리고 그녀를 따라 태준도 그녀의 옆에 앉으려는 그때 경의 목소리가 들려왔다.

"배 대리는 나가봐요."

소파에 앉으려다가 어정쩡한 자세로 멈춰 선 태준은 경의 옆모습을 바라보며 되물었다.

"네?"

"난 배 대리를 내 방에 부른 적이 없는데."

"하지만 오늘 홍보물 건으로 예 대리를 부른 거잖습니까. 그 건은 저도 오늘 같이 외근을 나간 담당자로서……."

"그 건으로 부른 거 아닙니다."

"그럼 무슨 일로?"

"내가 그것까지 일개 사원한테 보고해야 합니까?"

진이는 유난히 오늘따라 평소답지 않은 태준의 태도로 보아서는 오늘 꼭 무슨 일이 일어날 것만 같아 두 사람의 말 사이에 끼어들었다.

"배 대리, 상무님께서 나한테 할 얘기가 있으시다잖아. 나가봐. 제발."

제발. 을 붙여가며 부탁하는 진이의 말을 거절할 수 없었던 태준은 여전히 자신에게 눈길도 주지 않고 진이만 바라보고 있는 경에게 목례를 한 뒤 상무실을 나갔다.

도대체 또 무슨 말을 하려고 저렇게 뜸을 들이며 자신을 노려보고 있는지 진이는 죽을 맛이었다. 도대체 나한테 왜 이러냐고 옆어버릴까? 싶다가도 내일이 인사이동 발표가 있는데 저놈이 홧김에 승진 명단에서 날 제외하면 어쩌지? 걱정도 되고 해고라도 하면 어떡해. 상무 정도면 충분히 가능하지 않나? 아니야. 상무가 뭐 그렇게 대단한 위치라고 인사까지 좌지우지할 수 있겠어? 그냥 확 밀어붙여?

한참 동안 정적이 흐른 후 그녀 자신도 낯선 그의 차가운 음성이 들려왔다.

"승진이 그렇게 하고 싶어?"

깜짝 놀란 진이는 고개를 들어 그의 얼굴을 살폈다. 진심으로 화가 난 얼굴……. 순간 그녀의 심장이 덜컹 내려앉는 기분이었다. 그녀가 주춤거릴 때 그의 음성이 다시 들렸다.

"대답해 봐. 그 무거운 홍보물 가져오라는 시답잖은 일도 네가 나설 만큼 승진이 그렇게 하고 싶냐고."

"네."

그녀가 이를 악물고 대답했다.

오늘 그녀가 홍보물을 찾으러 가지 않았다면 오타는 홍보물이 각 지사에 배포되고야 알았을 터였다. 그런데 그 일이 시답잖은 일로 치부되어 버리다니 진이는 화가 머리끝까지 올라왔다.

"바람 핀 전 애인이랑 출장 가는 일도 네 승진을 위해서라면 아무것도 아닌가? 싫다고 말 못해? 아니, 그럴 정도로 싫지 않았던 건가?"

뭐가 꼬여도 단단히 꼬인 그가 마치 그녀를 도발하려고 작정한 인간처럼 덤볐다. 진이는 일단 작전상 후퇴를 해야 할 것만 같았다. 왠지 모르게 후에 있을 일이 어떤 건지 느낌이 왔다. 그의 눈에서 강력한 스파크가 튀었다.

"상무님, 사적인 얘기는 삼가주세요. 이만 일어나 보겠습니다."

진이는 서둘러 자리에서 일어섰다.

"으악!"

경은 일어선 그녀의 손목을 거칠게 잡아끌어 그녀를 자신의 앞 테이블에 앉혔다.

"뭐, 뭐 하는 거야!"

그녀가 당황하며 일어나려는데 그녀의 손을 잡고 놓지 않는 그는 아까보다 더욱 얼어붙은 눈동자로 자신이 잡은 그녀의 팔목을 들여다봤다.

울긋불긋……. 아까 태준이 너무 세게 잡았던 탓일까, 그녀의 팔목에 태준의 자국이 새겨져 있었다. 그녀는 그의 눈길이 너무 뜨거워서 미칠 것만 같았다. 서둘러 손을 빼고 뒤로 감췄다.

"너 진짜 회사에서 왜 이래! 회사가 장난이야?"

"외근 나가서 그 새끼랑 손잡았어?"

"그게 너랑 무슨 상관이야!"

"그건 네가 더 잘 알 텐데?"

그의 얼굴이 점점 다가왔다. 진이는 손을 뒤로 감춘 채 상체를 뒤로 내뺐다. 허리의 힘으로 버티는 것도 정도가 있지 안 되겠다 싶어 진이는 손으로 그의 어깨를 강한 힘으로 밀어버렸다. 하지만 밀려난 건 그가 아닌 자신이었다.

"으악!"

뒤로 고꾸라지던 그녀의 허리를 그가 안아 들었다. 경은 품에 안은 그녀의 입술을 응시했다. 진이는 재빨리 고개를 돌려 그의 시선을 피했다.

"하지 마."

"뭘?"

"전부 다."

"할 건데? 전부 다."

그녀의 허리를 안은 그의 손에 엄청난 힘이 가해졌다. 아무리 강하게 몸부림쳐 봐도 그의 품을 벗어날 수가 없었다. 그리고 천천히 그의 숨결이 귓가에 닿기 시작했다. 그녀가 움찔거리며 입을 앙다물었다. 한 치의 망설임도 없이 그가 그녀의 목에 얼굴을 묻었다.

"으윽."

몸을 부르르 떨며 두 손으로 그의 어깨를 밀어봤지만 허리를 강하게 껴안은 그의 힘 때문에 그의 품을 벗어나기에는 역부족이었다. 그는 필사적으로 그녀의 입술을 향해 목덜미부터 턱…… 볼…… 을 지나 달려왔고. 그녀는 입술만은 지키려고 고개를 돌리고 뒤로 빼며 도망쳤다. 그가 안 되겠는지 손으로 그녀의 턱을 잡아 자신에게 고정시켰다. 욕정에 사로잡힌 그의 눈이 살짝 풀려 있었다. 촉촉하게 젖어 있는 그의 입술이 섹시하다고 순간 그녀는 생각했다. 그녀가 뭐에 홀린 듯 넋을 잃고 그의 얼굴을 들여다보는 동안 그녀의 입술이 살짝 열렸다.

그녀의 열린 입술을 보며 그가 예쁘게 웃었다. 정말 예쁘게. 그의 눈이 반달 모양을 그리면서 장난기 가득한 아이처럼 순수하게 웃었다.

두근두근.

세월이 그만 비켜 나간 듯 그는 여전히 순수하고 아름다운 청년이었다.

"네 입술이 하라고 해서 하는 거야."

경이 그녀의 작게 열린 입술 위에 자신의 입술을 포갰다. 그녀의 아랫입술을 베어 물자 그녀의 입술이 더 넓게 열렸다. 마치 그를 환영이라도 하는 듯…… 그의 달궈진 뜨거운 혀가 그녀의 입술 안을 헤집고 들어왔다. 그녀의 혀가 제 마음을 대변이라도 하듯 방황하고 있었다. 그는 그런 그녀를 찾아 이리저리 성급한 자신의 마음처럼 급하게 그녀를 쫓았다. 마침내 그녀의 혀를 찾아낸 그와 그녀가 엉키기 시작했다. 그가 그녀의 허리를 감싸 안은 손의 힘만큼이나 강력한 힘으로 그녀의 기를 모조리 빨아 마실 듯 그녀의 입술을 놓지 않았다.

"하악. 흐흡."

그의 힘을 견디지 못한 그녀의 호흡 소리가 빨라졌다. 그녀의 미간이 좁혀졌다. 경은 그녀가 힘들어한다는 걸 알았지만 멈출 수가 없었다. 도저히 제어가 되지 않았지만 사력을 다해 그녀에게서 입술을 떼었다.

그가 너무 거칠게 다뤘는지 거친 숨을 가다듬는 그녀의 입술이 좀 전보다 도톰해졌다. 미칠 것만 같다. 경은 저도 모르게 다시 그녀의 얼굴을 향해 돌진했다.

“그만!”

그녀가 제 입술을 두 손으로 가렸다. 덕분에 그녀의 손 등에 입술 박치기를 한 경이 뻘쭘했는지 헛기침을 하며 그녀를 안은 손을 풀고 소파에 털썩 앉았다. 이제야 그의 품에서 벗어난 진이도 서둘러 테이블 위에서 내려와 그의 옆에 서서 숨을 고르고 있었다.

“앞으로 회사건 밖이건 그 자식이랑 눈도 마주치지 마.”

그가 고개를 들어 그녀를 올려다보며 말했다. 진이는 정신이 아찔해졌다. 내가 방금 저자식이랑 뭘 한 거지? 주춤거리며 뒷걸음질 치는 그녀를 보며 경은 개구쟁이처럼 씨익 웃었다.

“그냥 인정해.”

“뭐, 뭘! 아니야. 방금 건 실수야.”

실수라는 말에 경이 자리에서 벌떡 일어섰다. 약간 골이 난 듯 그녀를 바라보자 진이는 흠칫 놀라 그의 시선을 피했다.

똑똑똑.

“상무님!”

살았다! 밖에서 들려오는 민혁의 목소리에 진이는 숨이 턱까지 막혔다가 간신히 살아난 듯 소리가 들려오는 곳을 바라보았다.

반면 경은 짜증이 제대로 솟구쳤는지 입에 욕을 가득 담고 이를 악물며 문 쪽을 바라보았다.

안에서 아무 소리도 들리지 않자 민혁이 문을 열고 들어왔다.

“어? 안에 계셨네요? 상무님! 저 1시간 후에 오라고 해서 지금 왔는데…… 어라? 예 대리님도 계셨네요? 아. 30분만 더 있다 올까요?”

두 사람이 뭘 했는지 다 꿰뚫어 보는 듯한 눈으로 그와 그녀를 번갈아 보던 민혁의 눈초리에 쫄이 팔렸는지 진이는 벌겋게 달아오른 얼굴로 후다닥 민혁의 어깨를 밀치고 상무실을 나가 버렸다.

"이 비서."

"네. 죄송합니다."

민혁은 그의 날 선 눈빛을 더 이상 견딜 자신이 없었는지 작전상 후퇴를 외치며 몸을 폴더형으로 접으며 인사를 한 뒤 상무실을 나가 버렸다.

어푸어푸.

차가운 물로 미친 듯이 얼굴과 입을 닦아냈다. 그래도 뜨겁게 달궈진 입술의 열은 식지가 않았다. 진이는 거울 속 자신을 들여다보다가 몸서리를 쳤다. 상무실에서 그의 얼굴에 취해 입술을 열고 어서 옵쇼 하던 자신의 추태가 떠올랐던 것이다.

"미친 예진이! 에라이 이런 미친!"

머리를 미친 듯이 쥐어뜯으며 괴로워하던 진이를 언제부턴가 뒤에서 지켜보고 서 있던 은수민이 수상한 얼굴로 다가왔다.

"상무님이랑 무슨 일 있었어요?"

"이, 일은…… 무, 무슨!"

"근데 왜 말을 더듬으시나?"

은수민은 콸콸콸 물을 틀어 손을 닦으며 무슨 재미있는 일이 생각났는지 히죽거렸다. 이번엔 진이가 은수민을 수상하다는 눈초리로 바라보았다. 그러자 은수민이 눈에 하트 백만 개 박으며 말했다.

"나 진짜 우리 상무님 같은 상사 한 명만 더 있으면 진짜 회사에 뼈를 묻는 건데. 예 대리님은 좋겠어요."

휴지로 얼굴에 묻은 물기를 벅벅 닦아대는 진이를 보며 은수민이 말했다.

"상무님이 예 대리님 때문에 아까 홍보부 가서 한바탕 뒤집어 놓은 거 못 들었어요?"

"그게 무슨 소리야?"

"몰랐는데 상무님 진짜 카리스마 장난 아니던데요? 우리 부서 사원이 며칠 밤을 새서 넘긴 걸 편집 과정에서 오류를 나게 하냐고 홍보부 담당자 나오라고 당장 해고라고 난리 치던데요? 속이 다 시원하더라고요. 홍보부 때문에 저번에 우리가 기획한 이벤트도 진행 미숙으로 초 쳤잖아요."

"왜 그랬을까……."

작게 읊조렸던 진이의 말이 은수민 귀에 닿았는지 그녀가 답했다.

"상사로서 당연히 부하직원 쉴드 치는 건 당연하죠. 설마 딴 맘이야 있었겠어요? 뭐야? 그 표정은? 설마 상무님한테 반한 거예요?"

"아니거든!"

"상무님은 제가 먼저 찜했어요!"

"은 대리."

갑자기 심각한 표정으로 진이가 그녀의 이름을 불렀다. 은수민은 말하라는 듯 그녀를 바라보았다.

"남자 많이 사겨봤지?"

"네? 무슨 질문이 그래요?"

"대답해 봐. 많이 사겨봤어?"

"보통 사람들보다는?"

"역시. 그럴 줄 알았어."

은수민은 진이의 뜬금없는 질문에 눈을 흘겼다.

"그중에 진짜 안 좋게 헤어진…… 그러니까 은 대리가 뻥! 하고 걷어찬 남자 있었어?"

"뭐…… 네. 하도 안 헤어진다고 난리 쳐서 그 사람 보는 눈앞에서 다른 남자랑 호텔 들어갔어요. 그 뒤로 저한테 저주를 내리던데요? 근데 그건 왜요?"

역시 독한 여자였어. 진이는 잠시 머뭇거리다가 다시 입을 열었다.

"그 남자가 8년 후에 다시 나타나서 은 대리 좋다고 하면 그건 진심일까? 오기일까?"

"흠……."

곰곰이 생각에 잠긴 은수민의 대답을 진이는 가만히 기다렸다. 좀 전과는 달리 조금은 차분해진 은수민의 목소리가 화장실 안을 울렸다.

"그 남자가 진심인지 오기인지는 예 대리님이 알겠죠."

"내 얘기 아니거든?"

"그건 연애를 많이 해본 사람이건 한 번도 안 해본 사람이건 알 수 있는 거 아닌가요? 진심은 통하는 거니까.”

울컥 눈물이 나올 것만 같았다.

다시 재회한 그날부터 20분 전 상무실에서까지 녀석의 눈빛은 줄곧 진심이었다. 아니길 바랐는데. 차라리 그가 자신을 모질게 대한 나를 미워했으면 오히려 속이 편했을까?

어두워진 그녀의 표정을 확인한 은수민이 허를 찌르는 공격을 했다.

“지금 시시하게 남자 문제로 걱정하고 있는 거예요? 예 대리님! 내일 인사발령 무슨 결과가 나오든 너무 속상해하지 말기예요.”

은수민은 진이와 같이 과장 승진 후보로 거론된 인물이었다.

진이는 확신을 떠나서 거의 과장 승진에는 자신이 확정이라고 믿고 있었기 때문에 은수민의 말에 크게 신경 쓰지 않는 듯 보였다.

“뭐예요? 그 자신감은?”

“오늘도 야근할 거지? 저녁은 내가 살게.”

“웬일? 원래 야근할 때 뭐 안 먹잖아요.”

“싫으면 관두고.”

얼굴을 닦아낸 휴지를 휴지통에 던지고 진이가 화장실을 나가 자 그 뒤를 총총걸음으로 은수민이 따라나섰다.

평소 개인적인 애기는 일절 없었던 그녀가 그것도 자신의 롤 모 델인 진이가 자신에게 개인사를 털어놓아서 좋았는지 은수민의 얼굴에는 웃음꽃이 만발했다.

야근을 하는 중에도 경의 얼굴이 떠올라 머리가 복잡한 진이는 서둘러 퇴근을 하고 집으로 돌아왔다. 간만에 회사 일은 떨쳐 버리고 오로지 내 시간을 가지려고 침대 위에 누워 있었는데 1인 1닭을 하자며 치킨 2마리와 맥주를 들고 시연이 느닷없이 방문했다.

"드디어 예 대리 과장 승진인 건가? 자~ 짠!"

시연은 유리컵에 맥주를 가득 따라 진이의 손에 쥐어주며 외쳤다.

"이번에 과장 승진하면 바로 결혼 준비 들어가는 거지? 웨딩로또 말하니까 태준 씨는 뭐래? 좋아하지?"

"말 안 했어."

"뭐? 왜?"

"그 자식 바람 폈어."

"에이, 설마."

"그것도 내 기획안 훔친 신입 나부랭이랑."

"미친…… 저, 전화기 어딨어!"

당장 놈의 목을 쳐 버리겠다는 살벌한 욕을 해대며 시연은 핸드폰을 들어 태준의 전화번호를 찾기 시작했다. 그러다가 문득 생각이 꼬였는지 하던 행동을 멈추고 고개를 들어 진이를 바라보며 물었다.

"그러면 너 태준 씨랑 쫑이야?"

"당연하잖아."

"그럼 그 웨딩로또는?"

"지금 그게 문제야?"

“몇백도 아니고 몇천도 아니고 수억이야!”

“그러니까. 사람 맘이 참 간사하더라. 그 자식이 아까 잘못했다고 다시는 안 그런다면서 빌면서 결혼하자고 하는데…… 그냥 용서하고 결혼할까? 생각이 드는 거야. 그놈의 돈이 뭐라고…… 그렇게 결혼하고 싶은 것도 아니었는데…….”

“너 잘 생각해 봐. 용서할까? 라고 마음먹었던 게 웨딩로또 때문이야? 아니면 태준 씨를 정말 사랑했기 때문이야?”

“당연히…….”

진이는 말을 잇다가 자신의 말에 확신이 없었는지 두 손으로 머리를 잡아 뜯었다. 혼란스러워하는 친구의 얼굴을 가만히 들여다보던 시연이 닭다리를 뜯으며 말했다.

“이것도 저것도 아니었구만. 이 매정한 년. 네가 얼마나 겉치레로 대했으면 태준 씨 같은 순둥이가 바람을 폈겠냐?”

“아무리 그래도 바람은 용서 못해.”

“그렇지. 당연하지. 그런데…… 난 네가 걱정돼. 태준 씨까지 그렇게 보내면 너 영영 결혼…… 아니, 남자를 못 만날 것 같아.”

정말 안타깝게도 시연은 태준을 용서하고 다시 품으라는 말을 하고 싶었다. 제 아버지도 용서하지 못한 진이에게 가혹한 말이라는 걸 알지만 그렇게 하라고 그녀에게 말해주고 싶었다. 시연의 진심 어린 눈동자를 들여다보던 진이는 저 역시도 그렇게 생각했는지 고개를 떨궜다. 그런데 정말 이상하게도 그녀의 머릿속에 광속처럼 누군가의 얼굴이 휙 지나가 버렸다. 상무실에서 참 섹시했던 경의 얼굴이었다.

"등신같이…… 심장이 뛰었어."

"뭐?"

시연이 자신의 귀를 의심하며 귀를 후벼 팠다. 진이는 시연의 눈초리를 외면했다.

사실은 태준이 바람날 동안에 자신은 다른 남자한테 휘둘리고 있었다. 그에게 당당하고 잘난 모습을 보이고 싶어서 죽어라 야근하고 그가 하는 말마다 흔들리고 그의 위로에 넋이 나갈 때도 있었고 그 위로에 기대고 싶기도 했었다. 경의 진심이 궁금했고 그게 진심이길 바라기도 했었다. 나도 심리적으로는 바람을 핀 걸까? 아니야. 아니야. 난 그런 부도덕한 인간이 아니야.

"그런데 또 어떻게 생각해 보면 네가 태준 씨한테 마음을 완전히 내주지 않은 건 다행일지도 모르겠다는 생각이 들었어. 그러니까 니가 이렇게 아무렇지도 않지. 너 예전에 황보경 사라졌을 때를 생각해 봐. 물론 네 아버지 일도 겹치고 네가 많이 힘들어서 그랬겠지만…… 죽겠다고 약도 먹었잖아. 그때 누군지는 모르겠지만 널 일찍 발견해서 다행이었지…… 하마터면…… 큰일 날 뻔했잖아."

애기의 마침표를 찍으며 시연은 진이의 얼굴을 살폈다. 어느새 진이의 표정에는 그늘이 내려앉았다. 그녀가 맥주를 한 모금 마셨다. 열변을 토하느라 김이 빠진 맥주는 밍밍했다.

어린 날의 치기였다. 그래서 가끔 그때를 생각하면 자다가도 이불을 뻥뻥 찰 정도로 내 자신이 한심하고 민망했다.

당시 경이 나를 조금만 더 참고 옆에 있어줬더라면 난 그런 선택을 하지 않았을까? 한때는 이런 생각들로 그를 많이 원망하기도 했다. 그를 도망치게 만든 건 결국 나 자신이면서도 그가 미웠었다. 그런데 그립고 보고팠다. 그래서 그를 떠나가게 만든 내가 원망스러웠다. 내가 미웠었다.

시연은 친구를 상념에 젖게 만들고 미안해졌는지 닭 뼈는 자기네 집에 가져가서 버리겠다며 봉지를 들고 집으로 가버렸다. 그녀가 가고 난 후 진이는 혼자 안주도 없이 소주 한 병을 비우고는 노트북을 열어 술의 힘을 빌려 일전에 그가 요구하던 보고서를 작성해 보기로 했다. 자꾸만 꺾어지는 모가지를 오뚝이처럼 재빨리 일으켜 화면에 코를 박아 한 글자 한 글자 열심히 키보드를 눌렀다.

주제 : 황보경이랑 다시 시작하면 안 되는 이유.
내용 : 그가 너무 좋아질 것 같다. 그래서…… 두렵다…….

제8장. 6년 차 예 대리의 파업

"뭐야? 이거 진짜 뭐 잘못된 거 아니야?"

"내 말이. 그럼 과장 진급 1순위 예 대리님이 떨어지고 누가 올라간 거야?"

엘리베이터 안이 오늘 발표된 인사발령으로 시끄러웠다. 크게 떠들어대려던 건 아닌데 유독 남사원 한 명의 목청이 남달랐기에 뒤에 있던 경의 심기가 매우 불편해 보였다.

남사원이 당장 닥치지 않으면 엘리베이터 안을 불길로 뒤덮을 모양이었다. 경이 이를 악물고 민혁을 향해 말했다.

"이 비서, 사장실로 갑시다."

"네…… 얘기 중에 죄송합니다! 사장실 층 좀 눌러주실래요?"

민혁은 일부러 목청이 큰 남사원을 향해 말했다. 남사원은 이제야 뒤에 상사의 날카로운 얼굴이 보였는지 입을 다물고 버튼을 눌렀다. 사원들이 내리고 민혁이 조심스럽게 물었다.

"사장실에 가서 어쩌시려구요."

경은 아무런 말이 없었다. 그냥 이 순간에도 조금 뒤 그녀가 이번 인사발령을 확인하고 충격에 휩싸여 괴로워하진 않을까 그게 제일 걱정이 되었다.

사장실 비서데스크로 달려간 민혁이 비서에게 사장님 안에 계시냐고 묻는 시간도 아까웠는지 경은 예의상 노크를 몇 번 하더니 사장실 문을 열고 들어가 버렸다.

닫힌 문을 놀란 눈으로 보던 민혁은 나이 어린 상무가 사장실 문을 벌컥 열고 들어가 버린 게 영 마음에 걸렸는지 저러다 잘리면 어쩌려고…… 자신의 상사 걱정에 발을 동동거렸다.

민혁의 예상대로 책상에 앉아 결재서류에 사인을 하던 배 사장은 당황스러운 얼굴로 고개를 들었다.

"자네가 웬일인가?"

"이번 인사발령에 이해가 안 되는 부분이 있어서 말입니다."

"앉게나."

배 사장이 자리에서 일어나 중앙 소파로 그를 안내했다. 그는 배 사장이 앉기도 전에 소파에 털썩 앉아버렸다. 무례한 경의 행동에 배 사장의 얼굴이 붉으락푸르락 변하기 시작했다.

"전략기획부 과장 진급 누가 장난친 겁니까?"

"고작 부서 과장 진급 건 가지고 자네가 나한테 이렇게 무례하게 구는 건가?"

"역시. 사장님께서 장난치신 게 맞군요."

배 사장이 서둘러 변명거리를 찾던 중에 싸늘한 그의 음색이 깔렸다.

"능력도 없는 배태준이 인사부 과장 진급이라? 보기보단 배포가 작으시네요. 이왕 하시는 거 파격적으로 본부장 정도로 올려주시지. 아니면 내 자리는 어때요?"

"내가 무슨 힘이 있겠나. 감히 상무 자리를 어쩌지는 못하지. 자네 뒷배에 누가 있는지는 모르겠지만 봐주는 것도 여기까지야. 건방 떨지 마."

배 사장이 그를 비꼬는 듯 말했다. 그 때문에 더 속이 꼬였는지 경이 짜증이 가득 실린 얼굴로 자리에서 벌떡 일어났다.

"전략기획부는 제 소관의 부서입니다. 과장 자리는 원래 순서대로 예진이 대리로 갑니다."

"예진이라…… 그 사원은 이번 감사 대상자라고 들었는데."

경의 얼굴이 살벌하게 굳어졌다. 그에 굴하지 않고 배 사장이 말을 이어갔다.

"그 사원 형편이 아주 좋지 않더군. 사채 빚에 어머니는 요양원에…… 월급쟁이가 그 돈을 충당하기가 벅찼겠지. 그래서 로얄호텔에서 돈을 받은 모양이야. 그 친구 재주가 있더군. 그 완벽한 기획안에 모두들 놀아났지 뭐야. 게다가 그 친구가 주도한 브랜드 재정비는 당시 잠깐 매출이 상승했으나 현재로썬 완벽하게 실패한 거나 마찬가지야. 책임을 물어야지 않겠나? 다시 한 번 말하지만 인사발령에 번복은 없네. 명심하게나."

배 사장은 절대로 질 수 없다는 눈빛으로 자리에서 일어나 그를 바라보았다. 역시 경의 예상 시나리오가 맞아떨어졌다. 그런데 도대체 이 사람이 이러는 이유가 뭘까? 경이 잠시 잠깐 생각에 잠기려던 그 찰나에 문이 벌컥 열리며 태준이 들어왔다.

"아버지! 진이한테 이러지 않기로 하셨잖아요!"

안에 경이 있었다는 사실을 모른 채 소리부터 지르며 들어온 태준은 경과 눈이 마주치자 당황해하며 표정이 굳어졌다. 배 사장도 자신의 의도가 들통이라도 난 마냥 눈동자가 흔들리기 시작했다. 헛웃음이 나왔다. 경은 어이없다는 듯 웃으며 배 사장을 바라보며 표정을 굳혔다.

"아무 죄도 없는 사람 힘으로 밟는 거 재밌습니까?"

"뭐라고? 자네 감히 내가 누군지 알고 무례하게!"

"사채 빚에 어머니는 요양원에 월급쟁이가 그 돈을 충당하려고 제 몸 상하는지도 모르고 성과급 수당 벌어보겠다고 초과근무에 특근까지. 그런 사원에게 사사로운 감정 따위로 비리 혐의를 뒤집어씌어 쫓아낼 플랜이라. 그게 CU패션 사장이 하려는 짓 맞습니까?"

"뭐?"

"그 사원 건드리면 당신도 끝이야. 나도 내가 내뱉은 말은 번복하지 않습니다. 명심하십시오."

혈압이 오르는지 뒷목 잡고 쓰러질 판인 배 사장을 뒤로하고 경은 마네킹처럼 서 있는 태준의 어깨를 강한 힘으로 쳐 버리고 사장실을 벗어났다.

진이는 에너지 음료 한 박스를 품에 안은 채 사무실에 들어왔
다. 식음료실에 박스를 놓고 나온 진이는 부끄럽지만 승진 턱이니
하나씩 먹고 하라고 말하려던 참이었다. 그런데 오늘따라 사무실
분위기가 냉랭했다. 사원들이 하나같이 왠지 자신의 시선을 피하
는 것만 같았다. 그녀가 이상하다 싶어 자리로 돌아가 뒤를 돌았
다.

"은 대리."

"으엉엉."

사무실 책상 위에 엎드려 있던 은수민의 어깨가 들썩였다. 진이
는 왠지 모를 미안함에 그녀의 어깨를 토닥이며 위로의 말을 건넸
다.

"은 대리는 아직 젊잖아. 난 이번에도 안 되면 퇴사하려고 했다
고."

진이의 퇴사 발언에 주변이 웅성대기 시작했다.

그때 은수민이 눈물에 젖은 얼굴을 들었다. 그리고는 반대로 진
이의 손을 꼭 잡고 위로의 말을 건넸다.

"예 대리님도 아직까지는 젊잖아요. 퇴사하시면 절대로 안 돼
요……."

털썩. 진이가 의자에 주저앉아 버렸다.

귀가 멍멍…… 해졌다. 이제야 사원들이 하나둘 일어서며 그녀
에게로 다가와 위로의 말을 건네기 시작했다.

예 대리님, 힘내세요. 우리가 예 대리님 열심히 하는 거 다 알아

요. 그들이 사람 볼 줄 모를 뿐이죠. 등등……. 이게 도대체 무슨 소리지?

그녀가 어안이 벙벙한 얼굴로 은수민을 바라보았다. 그래 네가 콕 집어 어디 한번 얘기해 봐.

"우리 둘 다 물먹었다구요. 홍보부 신입사원이 우리 부서 과장으로 온대요. 그 있잖아요, 이번에 사내보 사원모델……. 짜증나게 얼굴도 이쁜 년이 무슨 동아줄을 잡았길래 초고속 승진을. 젠장!"

은수민이 진이의 손을 잡으며 꺼이꺼이 울어댔다.

야속했다. 이건 말이 안 돼.

그래 일을 하자. 이런 지독한 현실을 벗어날 수 있는 건 일뿐이야! 진이가 은수민의 팔을 뿌리치고 노트북을 열었다. 열자마자 사내 메신저 공고에 인사발령 문이 팝업창으로 올라와 큼지막하게 화면을 가렸다.

쾅!

갑자기 분노가 용솟음치며 솟구쳐 올라왔고 진이는 노트북을 부서져라 닫아버렸다.

순간 주변에 위로를 하러 몰려왔던 사원들이 서둘러 제자리로 줄행랑을 쳤다. 은수민도 이제야 진이도 가만히 있는데 자신이 울 자격이 없다는 사실을 깨달았는지 울어서 번진 화장을 고치러 재빨리 화장실로 향했다.

반나절 동안 아무것도 하지 못한 채 닫힌 노트북 앞에 앉아 있던 진이가 휘청거리며 일어섰다. 영혼이 빠져나간 얼굴로 그녀가 최 부장 자리로 향했다. 오전 내내 그녀의 눈치를 살살 보며 숨어 다녔던 그가 화들짝 놀라 고개를 들어 진이를 바라보았다.

"예 대리…… 미안해. 내가 힘이 없어서."

"부장님."

"어? 어…….."

"저 조퇴 좀 쓸게요."

최 부장이 놀란 얼굴로 그녀를 바라보았다.

"왜요? 안 돼요?"

"아니, 당연히 되고말고……. 마음이 많이 안 좋지?"

"네."

그녀의 솔직한 답변에 최 부장이 주춤거렸다.

진이는 쉽게 발이 떨어지지 않는지 몇 초간 가만히 서 있다가 입을 열었다. 그녀의 떨리는 목소리가 들려왔다.

"부장님, 저요. 우리 엄마 수술 받은 날도 간병인 두고 다음날 아침 회의 프레젠테이션하러 회사 출근했어요. 위경련 일어나서 위액을 다 토해내면서도 부장님이 홍보부에서 끌어온 홍보책자 가닥 잡느라 밤새 야근했어요. 눈에 실핏줄이 터져도 회사 나와서 일했고……. 부장님…… 왜 그랬을까요? 도대체 전 왜 그렇게 살았을까요?"

주변 사원들이 그녀를 안타깝게 올려다보았다. 최 부장도 지금 껏 그녀의 노고를 잘 아는지라 마땅히 위로할 말도 생각이 나지 않았다.

어떤 위로도 그녀의 흘러간 20대 청춘을 위로하지는 못하리라.

"죄송합니다. 먼저 퇴근하겠습니다."

평소와 달리 무표정한 얼굴로 꾸벅 인사를 한 뒤 자리에서 가방을 들고 일어난 진이는 입사 이래 처음으로 병조퇴도 아닌 기분이 별로라는 개인적인 이유로 퇴근을 했다.

사무실을 나와 복도를 걷는 진이 앞을 태준이 막아섰다.

"진이야…… 괜찮아? 이번 인사발령 뭐가 잘못된 게 분명해…… 그러니까 조금만 기다려 봐……."

태준은 정말 뼈저리게 후회했다. 아버지에게 그녀와의 관계를 얘기하지 말았어야 했다. 자신 때문에 그녀가 승진에서 밀려난 사실에 미안한 마음이 들었다.

"어. 정말 이상하더라. 어째서 네가 인사부 과장으로 승진을 해? 왜?"

"진이야……."

"아무것도 안 하고! 못하는! 너도 이렇게 쉽게 하는 승진을 나는 이게 뭐야!"

"내가 다시 한 번 위에 설득을 해볼게."

"설득? 네가 무슨 힘이 있어서? 비켜. 나 너한테 위로 들을 기분도 아니고. 우리가 그럴 사이도 아니잖아."

"미안해……."

태준의 미안하다는 말의 의미를 알지 못한 채 진이는 복도 코너를 돌아 마침 멈춰 선 엘리베이터에 올라탔다.

바깥에서 새어 들어오는 유난히도 밝은 햇빛이 익숙하지가 않

았다. 그녀의 기분과는 어울리지 않게 경쾌한 엘리베이터 도착음
이 들리며 문이 열렸다. 그리고 제발 마주치지 말았으면 했던 상
대의 얼굴이 보였다.

뭔가 잔뜩 신경이 곤두세워져 있는 듯한 표정의 경이었다. 그녀
의 얼굴을 들여다보던 그의 표정이 더욱 굳어졌다.

"퇴근하는 거야? 어디 아파?"

걱정스레 묻는 그의 표정에 울컥 눈물이 터져 나올 것만 같았
다. 진이는 이를 악물고 대꾸 없이 그를 지나쳐 회사 밖으로 나가
버렸다. 택시를 잡아 올라타려는 그녀의 손을 누군가 거칠게 잡아
당겼다. 당연히 경이었다.

"태워다 줄게."

민혁에게 차를 가져오라고 전화를 하려는지 그가 재킷 속에서
핸드폰을 꺼내 들었다. 그 틈에 진이는 그의 손을 뿌리쳤다. 그 바
람에 그가 들고 있던 핸드폰이 바닥으로 떨어져 버렸다. 그가 안
타까운 눈길로 그녀를 바라보았다.

"그렇게 보지 마! 제발……."

그녀가 손등으로 두 눈을 가렸다. 가린 손등 사이로 눈물이 흘
러내렸다.

그의 한숨 소리가 들려왔다. 보지 않아도 눈에 그려졌다. 분명
우는 자신을 어떻게 달래야 할지 몰라 어쩔 줄을 몰라 하고 있을
게 분명했다.

"나 이제 손 치울 건데…… 그때 내 눈앞에 너 없었으면 좋겠어.
나 쪽팔려서 미칠 것 같거든."

승진에서 밀려났다고 우는 꼴이 너무 꼴사나웠다. 늙은 여자가 승진에 미쳐서 발악하는 꼴이 추악해 보였겠지? 진이는 부은 눈으로 그를 마주할 자신이 없었다. 그녀가 마음속으로 하나, 둘, 셋. 을 세고 가렸던 손등을 치웠다. 그녀의 예상대로 그는 사라지고 없었다. 얼마나 급하게 사라졌으면 바닥에 핸드폰도 흘린 채로 말이다.

경은 이런 남자였다. 나를 위해선 나라 법까지 개정할 수 있다고 나 예진이를 위해서는 못할 것이 없다고 했던 사람.

새벽 4시 30분.

정확하게 눈이 떠졌다. 2013년 현재 6년 차 예 대리가 쓸 수 있는 연차일 수는 17일. 어제저녁 심각하게 내린 결론은 이 연차를 다 쓰고 그래도 마음이 진정이 되지 않으면 퇴직서를 제출하기로 했다.

솔직히 그녀가 대외적인 행사에서 프레젠테이션을 하고 그녀의 기획안이 경쟁 업체에 들어가면서 스카우트 제의가 많이 들어왔었다. 하지만 그때마다 최 부장이 올해 연말에 진급과 연봉 협상에서 내게 유리하게 해준다는 말로 여러 번 그녀를 주저앉게 만들었던 것이었다.

그런데 생각해 보니 다른 곳으로 이직을 하면 달라질까? 그 회사에는 김 과장이나 듣보잡 우연희같이 남의 기획안 가로채는 동료들이 없을까? 이유도 모른 채 진급에서 밀려나는 경우는 또 없을까? 승진과 연봉을 올려준다는 꼬임으로 부려먹을 상사는? 모든 게 엉망이었다. 차라리 잠이라도 푹 자면 좋으련만 몸은 천근만근 무거운데 정신은 너무도 멀쩡했다.

'오늘 직원회의 있는 날인데. 직원회의 사회자가 나인데 내가 안 하면 누가 하지?'

'홍보물 오타는 잘 수정되어 인쇄되었을까?'

'인사발령이 났으니 다음 주부터 정식 출근하겠군. 송별회랑 환영회는 어디서 하지?'

'총무는 도저히 못하겠다고 말해야겠다.'

미친 예진이. 쉬기로 마음먹은 주제에 벌써 하루 반나절을 회사 걱정을 하고 있다니.

쾅쾅쾅.

그때였다. 문을 두드리는 소리가 들리더니 우렁찬 시연의 목소리가 들려왔다.

"안에 있지? 있는 거 다 안다! 문 열어!"

싫어. 진이는 아무 대답 없이 이불을 머리끝까지 덮어써 버렸다.

띠띠띠띠. 드르륵.

"내가 니네 집 비번 하나 모를까 봐? 그러게 사람이 예의를 갖춰줄 때 열었어야지."

당당한 자태로 도어락을 풀고 문을 열고 들어온 홍시연. 그래 너 참 대단하다.

밥을 하려는지 부엌에서 달그락 소리를 내며 분주하게 움직이는 시연의 발걸음 소리가 들려오자 진이는 배가 고팠는지 뱃속이 기대감으로 점점 고조되어 가고 있었다.

"야! 밥 먹어."

오랜 시간 기다린 끝에 시연이 진이의 이불을 거둬냈다. 진이는 억지로 일어나는 척 밥상 앞에 앉았다. 정말 별 볼일 없는 밥상이었다. 라면과 김치. 그리고 소주 한 병.

"난 뭐 대단한 음식이라도 하는 줄 알았네."

"그래도 이 와중에 배는 고픈가 보네? 최 부장님이 너랑 연락 안 된다고 나한테 전화했더라. 너 상심이 클 거라면서 만나면 쉴 수 있을 만큼 푹 쉬고 출근하라고 전하라던데?"

"출근 안 할 거야."

"뭐? 퇴사하게?"

"어. 연차 실컷 쓰다가 사직서 우편 제출할 거야. 인수인계도 안 해줄 거야."

"너 진짜 쇼크 먹었구나."

"복수할 거야."

"진심이야?"

진이는 대답 대신 라면 그릇에 소주를 들이부어 원샷했다.

"캬."

"미친⋯⋯."

시연이 놀라 입을 쩍 벌리고 있을 때 진이가 이번에는 뜨거운 라면 국물을 입속에 들이붓기 시작했다. 올라온다. 아침부터 빈속에 소주를 마셨더니 5초도 지나지 않아 알딸딸한 기운이 올라왔다.

드르륵드르륵.

그때 침대 머리맡에서 핸드폰이 울렸다.

받을 생각이 없어 보이는 진이를 위해 시연이가 무릎으로 기어가서 잽싸게 핸드폰을 낚아채 와서 통화버튼을 누른 후 진이 귀에 갖다 대었다. 얼떨결에 전화를 받게 된 진이가 수화기 너머 익숙한 여자의 음성에 귀를 기울였다.

"어디요? ○웨딩이요?"

웨딩이라는 말에 시연의 눈이 번쩍 뜨였다. 수화기 너머 여자가 뭐라고 했는지 진이는 미간을 찌푸리며 술김인지 진심인지 소리쳤다.

"안 해요! 이 와중에 무슨 놈의 결혼……. 네! 안 하니까 다른 사람한테 주던지 말던…… 읍!"

시연이 황급히 진이의 입을 틀어막고 그녀를 바닥으로 패대기친 후 핸드폰을 뺏어 들었다.

"절대 안 됩니다! 다른 사람한테 양도하다니요! 절대로 그럴 일은 없습니다. 네! 제가 본인! 신부입니다! 방금 그 사람은 그냥 취객이구요. 네. 내일모레 동의서에 사인하러 찾아뵙겠습니다. 네. 알겠습니다."

전화를 끊은 시연은 철컹 내려앉으려던 심장을 부여잡고 살았다는 안도의 한숨을 내뱉으며 바닥에 나뒹굴고 있는 진이의 등짝을 세게 후려쳤다.

"으악! 왜 때려!"

정말 아팠는지 상체를 벌떡 일으킨 진이가 소리쳤다. 시연은 진이의 어깨를 두 손으로 꽉 잡고 말했다.

"너. 내일모레 나랑 같이 O웨딩에 가서 동의서 작성해. 그리고 다음 달 안에 결혼하는 거야."

"푸하하. 결혼할 남자도 없는데 무슨 놈의 결혼이야!"

진이가 흐느적거리며 배를 잡고 실성한 사람처럼 웃기 시작했다. 정말 배꼽이 빠질 만큼 웃긴 일이 일어났다.

결혼할 남자도 없는 주제에 수억 원의 웨딩로또에 당첨된 여자.

"그건 모르는 일이잖아. 일단 동의서에 싸인 먼저 하고 신랑감을 찾아보면 되는 거지. 이왕 하는 거 조건에 맞춰서 가자. 내가 적극! 찾아볼게."

"그런 여자들 정말 한심했는데……."

"어떤 여자들?"

"사랑 없이 결혼을 도피처로 조건 맞는 남자에게 시집가 버리는 여자들 말이야. 근데 오늘은 이상하게 공감이 가네. 그냥…… 결혼이나 해버리고 싶어. 남자 등에 업혀 그에게 편승해 가는 삶을 살더라도 이제는 그러고 싶어. 일도 싫고…… 미래를 꿈꾸는 것도…… 모든 게 귀찮고…… 엉망이야……."

"그건 한심한 게 아니야. 인간의 본능이야…… 결혼해서 안정된 가정을 꾸리고픈. 그리고 너랑 다른 생각을 가졌다고 그들을 폄하하진 마. 결국 결혼을 선택한 건 그들이야. 불꽃 튀는 사랑은 없었어도 둘 사이에 다른 종류의 사랑이 있었기 때문에 선택한 일이야. 어른들이 맨날 하는 말 몰라? 연애 결혼보다 맞선 보고 일주일 만에 결혼한 부부가 더 오래 살기도 한다잖아."

"휴……."

진이가 가느다랗게 한숨을 내뱉어 버렸다. 결혼 얘기에 술기운이 단번에 날아가 버린 기분이었다.

"은 대리! 우리 아웃도어 브랜드 평가서 어디 있지?"

"그게 예 대리님이 정리하셨는데. 잠깐만요!"

은수민은 허겁지겁 진이의 책상으로 달려가 결재판을 뒤지기 시작했다. 주변 사원들도 마찬가지였다. 최 부장의 지시에 뭐 하나 제대로 전달할 수 있는 게 하나도 없었다. 최 부장은 위에서는 빨리 보고서를 넘기라고 재촉하지…… 일은 진행이 안 되고 미칠 지경이었다.

"김세미 씨! 저번에 시장 조사한 거 통계 나왔나?"

"그거 예 대리님이 하셨잖아요."

이런 씨. 최 부장의 입에서 욕이 저절로 새어 나왔다. 이럴 줄 알았으면 예 대리보고 푹 쉬라는 말은 하지 말았어야 했다. 어제 오늘 전략기획부는 전쟁터나 다름없었다. 내부뿐만 아니라 모든 부서와 상호 협력하는 게 중요한 전략기획부에서는 정말 어이없게도 타 부서의 질문에 똑 부러지게 대답해 줄 만한 사람이 없었다.

은수민은 진이가 정리해 놓은 자료를 보고도 최 부장에게 어떻게 설명을 해야 할지 막막했다. 무슨 놈의 패션전문 용어가 페이퍼 절반을 차지하다니. 경영학과 출신 은수민은 패션회사 입사 4년 차인데도 불구하고 해석이 불가능할 정도였다. 그동안 번데기 앞

에서 주름잡았던 자신의 모습에 순간 쪽팔려서 고개를 못 들 지경
이었다.

출근하는 길에 잠시 부서에 들렀던 경은 마치 시장통 같은 사무
실을 들여다보다가 진이의 자리가 비워져 있는 것을 보고는 자신
의 사무실로 발길을 돌렸다.

"오늘도 결근인가 본데요."

"이 비서."

상무실 안으로 들어가던 경이 뒤따라오던 민혁을 부르며 소파
에 털썩 앉았다.

"4로 끝나는 내 핸드폰 번호 알지?"

그에게는 1부터 5까지 끝 번호만 다른 핸드폰이 존재했다. 민혁
이 서둘러 답했다.

"네. 근데 그건 왜……."

"지금 전화 걸어서 나 지금 그 핸드폰 없어서 회사에서 잘리게
생겼다고 해."

"네?"

그 핸드폰을 가지고 있는 누구 때문에 일이 손에 안 잡혀 미칠
지경이라고. 분명 그녀가 스스로 마음을 추스르고 정리할 시간을
주기로 마음먹었지만 경은 어제오늘 걱정돼서 목구멍으로 물도
한 모금 넘어가지 않았다.

"그래. 어차피 잘됐어. 정리해 버리자."

집에서 꼼짝 없이 누워 있는 것이 더 지옥 같았던 어제의 하루

가 지나고 오늘도 그 지옥을 견디지 못하고 진이는 해가 중천에 떠 있는 시각 회사 앞에 다다랐다.

진이는 1층 엘리베이터에 올라타며 가방 안에 든 사직서를 확인하고는 배터리가 분리되어 있는 핸드폰을 꺼냈다. 바닥에 떨어져 분리된 후 그대로 전원도 켜보지 않은 채로 가방 안에 넣어뒀던 핸드폰이었다. 이걸 먼저 갖다 줘야 하나? 아님 사직서를 제출하고 가는 길에 잠깐 들를까? 그녀가 망설이며 엘리베이터에서 내려 사무실 복도를 거닐었다.

"예 대리이니임!"

하필 사무실에서 나온 은수민과 눈이 마주친 진이는 어디 숨을 겨를도 없이 은수민에게 붙잡혔다. 은수민은 울먹이는 얼굴로 진이의 두 팔을 꼬옥 잡았다.

"왜 이제야 오셨어요! 얼마나 기다렸는데. 빨리빨리 들어가요!"

은수민이 진이를 질질 끌고 사무실 안으로 입성하자 두 팔을 걷어붙인 채 동태 눈깔이 되어 허둥지둥대던 사원들이 일제히 진이를 빙— 둘러싸며 기쁨과 환희에 가득 찬 눈으로 그녀를 바라보았다.

"예 대리? 예 대리가 왔다구?"

사원들을 밀치며 이틀 만에 더 벗겨진 머리통 하나가 나타났다. 최 부장이었다.

"예 대리! 마음은 이제 진정이 되었고?"

네. 사직서 쓰니까 마음은 저절로 회복이 되더군요. 진이는 이제야 오늘 아침 컴싸로 정갈한 글씨체를 뽐내며 사.직.서.라는 세

글자를 봉투에 써 내려간 것이 떠올라 가방을 뒤적였다. 그때였다.

"예 대리, 오자마자 정말 미안한데…… 저번에 브랜드 시장조사 통계 낸 거 오늘 임원회의에서 프레젠테이션 가능할까? 이번에 홍보부에서 실수가 많았잖아. 이번 통계를 토대로 징계 먹을 수도 있다던데…… 아주 중요한 일이야. 부탁할게."

징계? 중요하긴 한 건데…… 그럼 임원회의 끝나고 사직서를 내야겠지? 지금 내던졌다가 괜히 오늘 하루 종일 나만 뻘쭘하니까.

"네. 알겠어요. 임원회의는 몇 시죠?"

그까짓 거 마지막으로 해주지. 진이는 인심 쓰듯 말하며 자리로 돌아갔다가 융단폭격을 맞은 듯한 자신의 자리를 보고 기함을 토해냈다.

"이, 이게 다 뭐야?"

결재서류며 보고서며 자리에 잔뜩 쌓여 있는 꼴을 보자니 미칠 지경이었다. 진이가 날카로운 눈초리로 주변에서 서성이던 사원들을 노려보았다. 그러자 이제야 은수민을 필두로 해서 사원들이 이실직고하기 시작했다.

"사실 오늘 프레젠테이션 제가 하기로 했었는데…… 예 대리님이 정리하신 이 페이퍼를 봐도 모르겠는 거예요. 전문용어가 너무 많아서…… 그래서 어디 따로 정리해 놓은 거 없나 뒤지다가. 죄송해요……."

"아웃도어 브랜드 평가서를 찾다가 죄송해요."

"최 부장님이 갑자기 작년에 진행했던 프로모션들 자료를 보고 싶다고 하셔서……."

그래 어차피 마지막인데 뭐. 진이는 가벼운 마음으로 자리를 정리하기 시작하며 시큰둥하게 대답했다.

"알았으니까 다들 자리로 돌아가. 나 업무 봐야 하니까."

진이는 서둘러 자리에 앉아 노트북을 열었다.

그저께 밤, 어제, 오늘 밤 합쳐서 고작 이틀 쉬었을 뿐인데 우리 부서는 물론 타 부서에서까지 밀려드는 쪽지로 사내 메신저 쪽지 알림음이 미친 듯이 울려대기 시작했다. 그녀는 하나하나 답장을 눌러 폭풍 답변을 해주고는 3시에 있을 프레젠테이션 준비에 박차를 가했다.

"이상 전략기획부 예진이 대리였습니다."

브랜드 시장조사 통계 하나로 이번 브랜드의 성적이 저조한 이유까지 한눈에 볼 수 있는 PPT와 그녀의 깔끔한 제언까지 이번 프레젠테이션은 완벽했다.

만족스러운 표정의 임원들의 얼굴을 보고 있자니 진이는 희열을 느꼈다가 곧 저들 중 누군가가 내 과장 진급을 반대했으리라 속이 부글부글 들끓기 시작했다.

노트북을 들고 나가면서 그들을 스윽 둘러보던 진이는 맨 끝에서 손으로 턱을 괴고 앉아서 자신을 뚫어져라 바라보고 있는 경의 시선과 부딪쳤다. 진이는 화들짝 놀라 서둘러 회의실을 빠져나왔다. 헐레벌떡 사무실로 들어온 진이는 이제 드디어 가방을 열어 사직서를 꺼내려는데.

"예 대리님! 아까 전화 왔었어요. 상무님께서 올라오시래요."

아 혈압 올라. 아니, 도대체 그 자식은 임원회의 하다 말고 나보다 먼저 지 사무실에 도착해서 나한테 콜을 한 이유가 뭐야 도대체. 진이는 이를 악물고 가방에서 핸드폰과 배터리를 꺼내 들고 상무실로 향했다.

"앉아."

진이가 사무실에 들어오자마자 경이 자리에서 일어나 테이블 쪽 소파를 가리키며 다가왔다. 진이의 시선이 그가 가리킨 소파가 아닌 그 앞에 테이블 쪽으로 향했다. 그러다 문득 그와 뜨겁게 입을 맞추던 그날이 떠올랐다. 그녀는 차마 소파에 앉기 민망했는지 서서 그를 똑바로 보며 말했다.

"무슨 일이시죠?"

아무런 말과 표정 없이 자신을 바라보는 그의 시선과 마주한 그녀는 경이 분명 무슨 용건이 있어서 부른 건 아닐 거라는 직감에 손에 들고 있던 핸드폰을 테이블 위에 올려놓고 그에게 목례를 한 뒤 뒤를 돌아 문 쪽으로 걸어갔다.

"나라면 그렇게 못했을 거야."

뒤에서 들려오는 그의 뜬금없는 말에 진이가 뒤를 돌아보았다.

"오늘처럼 아무렇지 않게 또 회사에서 원하는 대로 입맛대로 먹여주진 않았을 거야. 통계를 교묘하게 수정해서 다음 브랜드 출시에 똑같은 실수를 반복하게 만들거나 했겠지."

아. 그런 방법이 있었군. 내가 왜 그 생각을 못했지? 진이는 속

으로 후회했다. 그런 그녀의 표정을 읽지 못했는지 그가 말을 계속 이어나갔다.

"너 오늘 굉장히 멋있었어."

예뻤어도 아니고 멋있어라는 말에 이렇게 설레도 되는 건가? 그래, 이건 남자 대 여자로 하는 말이 아니라 직장상사로서 배신을 때릴 줄 알았던 부하직원이 백기 들고 돌아온 줄 알고 기뻐서 하는 말일 거야.

사실은 백기가 아니라 독기 품고 사직서 들고 왔는데…… 진이는 미안한 마음에 서둘러 그의 부담스러운 눈빛을 피했다. 그녀를 가만히 바라보던 그가 뭔가 단단히 각오한 사람처럼 입을 열었다.

"지금처럼만 하면서 기다려 줘. 내가 너 지켜줄게."

진지한 그의 목소리에 진이는 고개를 돌려 그를 바라보았다. 울컥 눈물이 나올 것만 같았다. 이유는 모르겠지만 심장 어딘가 한 구석이 쿡쿡 쑤셔대고 목구멍이 알싸한 게 기분이 이상했다.

쿵. 쾅. 쿵. 쾅.

정적이 흐르는 방 안에 자신의 심장 소리가 들려오자 진이는 황급히 헛기침을 하며 큰소리로 외쳤다.

"이만 나가보겠습니다!"

"잠깐!"

그가 좀 더 그녀와 마주 보고 이야기하고 싶었는지 그녀를 붙잡으려고 하자 진이는 서둘러 그에게 목례를 하고 상무실을 나가 버렸다.

오늘 사표를 내면 다시는 경을 보지 못하는 건가? 날 지켜준다고? 그건 또 무슨 소리야! 지금처럼 일 열심히 하라고? 상사로서 부탁한 건가?

진이는 복도를 거닐며 미친 듯이 머리를 헝클였다.

예진이! 마음 약해지지 말자! 회사가 너한테 어떻게 했는지를 생각해! 진이는 마음을 다잡고 사직서를 제출할 마음에 빠른 걸음으로 사무실로 향했다.

"저기, 예 대리님!"

"또 왜요, 왜!"

이번엔 누구 차례신가! 하고 사무실로 들어가려던 진이가 뒤를 돌아보았다. 사무직원이 다소 무안한 얼굴로 진이 앞으로 온 우편물을 들고 서 있었다. 진이는 감사하다는 인사와 함께 우편물을 받아 들고 사무실 책상으로 돌아왔다. 별 생각 없이 앉아서 우편물을 살펴보았다. 카드 고지서가 눈에 들어왔다. 한숨을 푹푹 내뱉으며 그녀가 고지서를 오픈했다.

"일, 십, 백, 천, 만, 십만, 백만…… 천만…… 천오백만 원?"

그녀가 두 눈을 껌뻑이며 고지서를 다시 한 번 들여다보았다. 수십 번 다시 봐도 천오백만 원 돈이 분명했다. 분기별로 정산하는 엄마가 입원해 있는 병원비와 수술비에 약값 등등…….

진이는 가방 속 사직서를 꺼냈다. 어…… 어떡하지? 난 뭐지?

그녀는 부들부들 떨리는 손으로 사직서를 서랍 안 손을 뻗으면 닿을 수 있는 곳에 넣어두었다.

하지만 이제 다시는 야근을 하지 않겠다는 생각에는 변함이 없었다.

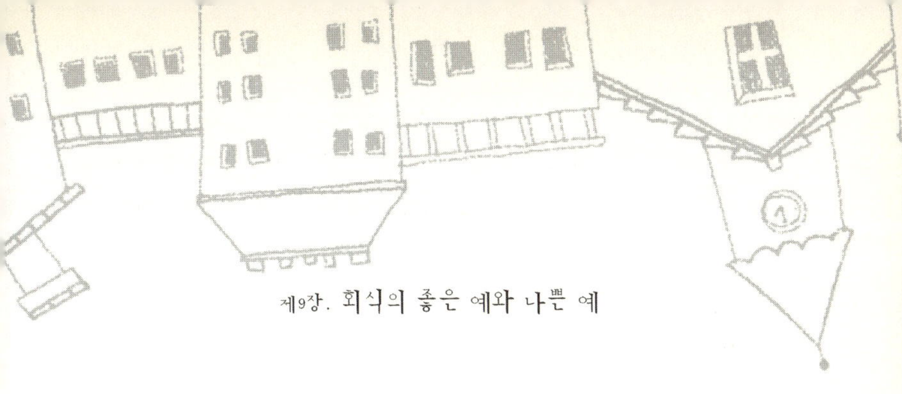

제9장. 회식의 좋은 예와 나쁜 예

"딱 한 달만 다닐 거야. 다음 달에 성과급도 나오고…… 나도 정리할 시간이 필요하고."

"그럼 그렇지."

카페테라스에 앉아 아이스 아메리카노에 둥둥 떠 있는 얼음을 오도독 씹으며 시연은 맞은편에 앉은 진이를 고개를 절레절레 흔들며 바라보고 있었다.

"이번엔 진짜야! 진짜 그만둘 거라고!"

"누가 뭐래? 근데 회사 다시 안 들어가 봐도 돼?"

"어. 조퇴했어."

"최 부장님이 순순히 허락해 주디?"

"어. 빨리 털고 일어나라고 내일부터는 열심히 하자고. 근데 이제 열심히 안 할 거야. 어제오늘 그냥 다른 사원들처럼 손 놓으니까 직장도 다닐 만하더라……. 이렇게 살아도 월급은 똑같이 받는데 난 왜 그동안 그렇게 아등바등 살았을까.”

드르륵드르륵.

주문한 케이크가 나온 줄 알고 재빨리 진동 벨을 바라보는 시연은 곧 아쉬움이 가득한 눈으로 진이의 핸드폰을 턱 끝으로 가리켰다.

“전화 왔는데? 최 부장님.”

“안 받아.”

“어쭈? 야 그래도 적당히 해라. 네가 없어서 사람들이 잠깐 불편한 거지 안 돌아가는 건 아니잖아. 지금 너 찾고 울고불고 난리 칠 때 적당히 가서 달래줘야 네가 소중한지 안다고.”

불과 며칠 전만 해도 최 부장의 전화라면 머리 감다 눈에 샴푸가 들어가도 눈물을 질질 흘리며 받았을 그녀였건만. 진이는 핸드폰을 들어 가방 속에 던져 버렸다. 그리고 가방 안에 들어 있던 서류봉투를 꺼내 내용물을 다시금 살펴보았다.

“근데 이거 진짜 잘하는 걸까? 다음 달에 당장 결혼이라니…… 게다가 이번 달 안에 혼인관계증명서 제출하라잖아.”

오늘 오전 근무만 하고 진이는 시연과 O웨딩을 찾아 동의서에 사인을 하고 이것저것 이벤트 진행 상황 설명을 들었다. 그들의 설명을 듣자니 O웨딩에서 이번 프로모션에 꽤 공을 들인 것이 확연했다.

“이러다 내가 괜히 남의 회사 이벤트 말아먹는 거 아닌가 몰라.”

시연은 이제 하다못해 남의 회사 직원들까지 걱정하냐는 눈초리로 그녀를 흘겼다.

"말아먹지 않으면 되지!"

"아…… 몰라! 앞으로 난 뭐 하지? 이직 준비를 해야 하나…… 휴…….”

"이직 준비보다 네가 먼저 해야 할 일이 있어. 주말에 CU호텔 레스토랑 7시."

시연이 뜬금없이 볼펜을 꺼내 날짜와 장소 시간을 냅킨에 적더니 진이에게 내밀었다.

"내가 네 조건에 맞는 남자를 찾았어!"

"뭐?"

"오늘 김 과장님과 배 대리님 송별회는 맞은편 사거리에 명품 갈비집입니다. 자자, 빨리 다들 일 마무리하세요!"

사내식당 식단표를 맨날 꿰고 사는 남사원이 사무실 중앙에서 크게 외쳤다. 추진력은 다소 약하지만 술을 좋아한다는 거만 믿고 최 부장이 진이가 조퇴를 한 날 강압적으로 총무를 넘겼다고 은수민이 말했다.

"예 대리님, 같이 가요!"

물론. 가고말고, 아니, 가서 다 먹어 치워줄 테다. 오늘 야근할 일도 없고 내일은 주말이니 그동안 못다 한 설움을 오늘 한 큐에 정리하리라.

"상무님은 오늘 못 오신다던데…… 회식 가기 싫다."

녀석이 안 온다니 다행이군. 눈치 볼 사람도 없고 신경 쓸 사람도 없고. 그런데 왜 이렇게 기분이 허전하고 찝찝하지?

"예 대리님 표정이 왜 그래요? 상무님 안 와서 아쉬워요?"

진이는 은수민의 말을 깔끔하게 무시한 채 서둘러 표정을 굳히고는 갈비집으로 향했다.

"어? 예 대리님. 자리 여기잖아요!"

갈비집에 도착한 진이는 자신의 지정석 그러니까 최 부장 맞은편 늘 고기를 구워 대령하던 그 자리를 버리고 구석으로 향했다.

오늘부터는 나를 위해 고기를 구울 것이니라!

진이의 돌발 행동으로 인해 최 부장이 짐짓 당황하는 눈치로 상석에 앉았다. 덕분에 진이의 빈자리는 은수민이 채우느라 죽어났다. 고기를 굽는 그녀의 서툰 손길이 참으로 안타까웠다.

회식이 이렇게 즐거운 자리였군. 진이는 끊임없이 자신이 손수 구운 고기를 흡입하였다. 혼자 동떨어진 테이블에서 이름도 모를 남사원과 고기를 먹던 진이 뒤에서 익숙한 목소리가 들려왔다.

"재형 씨, 자리 좀 바꿔줄래?"

진이의 맞은편에 앉아 있던 남사원이 자리에서 일어나 건너편 테이블로 향했다. 그리고 그 자리에 태준이 앉았다. 흘끔 고개를 들어 그를 바라본 그녀가 유리잔에 맥주를 가득 따랐다. 그리고 보란 듯이 원샷했다.

"술 못 먹잖아."

"픕."

그녀가 코웃음 쳤다. 태준은 이제야 그녀 주변에 가득 쌓인 빈 술병들이 그녀의 소행이라는 것을 알았는지 당황스럽게 그녀를 바라보았다. 약간 취기가 오른 그녀가 실실 웃으며 말했다.

"못 먹은 게 아니고 안 먹은 거야. 일해야 하니까."

"아…… 하하하."

잠시 뭔가 생각을 정리하는 듯 멍하니 있던 그가 사람 좋게 웃으며 그녀를 바라보며 말했다.

"훨씬 보기 좋다."

"뭐?"

"넌 항상 빈틈이 없어서 멀게 느껴졌었거든…… 그런데 이런 모습이 훨씬 인간적이고 좋다고. 네가 더 좋아질 것 같아."

"미친놈."

"이렇게 막말하는 것도 너랑 가까워진 것 같아서 좋아."

말을 말자. 상대를 하지 말자.

"난 네가 돌아올 때까지 기다릴 거야."

진이는 다시 맥주잔 가득 술을 따라 원샷하려다가 저도 모르게 잔 속에 담긴 맥주를 태준의 얼굴에 뿌릴 뻔했다. 간신히 참느라 잔을 들은 손이 부들부들 떨리자 태준이 움찔거렸다. 그래 너도 니가 무슨 소리를 짖어댔는지 알 거야. 아주 잘 알 것이야!

"배 대리."

"응…….""

"가는 마당에 이런 소리 안 하려고 했는데. 너 잘 가라고 다시는 뒤돌아보지 못하게 내가 얘기할게."

“무슨 얘기?”

그가 궁금함이 가득한 얼굴로 그녀의 얼굴을 들여다보았다. 그녀의 얼굴은 억지로 속 안에 있는 것들을 끄집어내는 듯 고통스러워 보였다.

“20년 동안 든든한 버팀목이고 내게 한없이 자상하던 아버지가 살면서 나한테 딱 한 번 실수를 했는데.”

“……”

“그게 다른 여자랑 바람나서 야반도주를 한 일이야. 난 아버지가 다시 돌아와서 미안하다고 수백 번 사죄해도 용서할 생각이 없어.”

처음 듣는 그녀의 가정사에 태준의 표정이 어두워졌다.

“네가 좋은 사람이라는 거 알아. 근데 네가 한 그 딱 한 번의 실수…… 그게 너무 컸어. 미안하지만 그렇다고 내가 그 실수를 용납할 만큼 널 좋아하지는 않은 것도 사실이야.”

두 사람은 한동안 말이 없었다.

진이는 계속해서 잔을 비웠고. 태준은 그녀가 비운 잔을 말없이 바라볼 뿐이었다.

“예 대리! 예 대리도 2차 갈 거야? 아님 회사로 가려나?”

어색했던 둘 사이에 김 과장이 끼어들었다. 김 과장은 다음 주에 오픈할 자신의 실내포차로 2차 회식 장소를 정했다고 했다.

2차를 가겠다고 일어선 진이를 보며 사원들이 환호했다.

“예 대리님이 2차 가는 건 거의 처음 아니에요?”

은수민이 자리에서 일어나며 고기 굽다 팔이 나갔는지 스트레칭을 하며 재빨리 진이가 있는 쪽으로 다가왔다.

"뭐야. 이거 다 누가 먹은 거예요?"

진이가 앉아 있던 테이블에 가득 진열되어 있는 빈 병들을 보며 은수민이 화들짝 놀라더니 넋이 나간 채로 앉아 있는 태준을 보며 소리쳤다.

"어머나, 배 대리님! 송별회라고 너무 무리하시는 거 아니에요? 김 과장님! 배 대리님 좀 부축해 주세요!"

술 한 방울도 마시지 않은 태준이 취객으로 오인받으며 김 과장의 부축을 받으며 일어섰다.

"전 괜찮습니다. 저는 이만 가봐야 할 것 같습니다…… 죄송합니다……."

영혼이 나간 듯한 얼굴로 한마디 내뱉고는 태준은 축 처진 어깨를 하고 갈비집을 나가 버렸다. 진이는 애써 신경 쓰고 싶지 않은 마음에 김 과장을 보며 과장된 표정으로 말했다.

"과장님, 잊지 않으셨죠?"

"어?"

"퇴직하고 창업하면 그 가게는 저의 소유나 마찬가지라고 생각하고 마음껏 먹으라고 했잖아요. 무조건 공. 짜. 라고."

오늘 당신 가게에 있는 술을 내가 바닥을 내고 말 거니까요. 그동안 알게 모르게 내 프로젝트에 야금야금 들어와 숟가락 얹고 과장이라는 이유로 인센티브 가로챈 대가입니다.

"그, 그렇지. 근데 정말 2차 가는 거야?"

"네."

평소 술을 좋아하지 않는 것 같아 보였던 예 대리에게 허세를 떨려고 했던 말이었는데 김 과장은 왠지 저 테이블에 뒹구는 술병들이 진이의 소행인 것만 같아 내심 불안했다.

하지만 그 불안은 현실이 되어버렸다. 김 과장의 실내포차에 도착하자마자 진이는 자리를 잡고 앉아 진짜 가게에 있는 술을 모조리 바닥내려고 작정한 듯 그녀의 전매특허인 소주와 콜라 소콜을 제조하여 부어라 마셔라 하고 있었다.

그녀의 말술을 견뎌내지 못한 사원들이 하나둘씩 사라지고 실내포차에는 그녀와 그녀의 숨은 추종자 은수민만이 남았다.

"예 대리니임! 너모너모 마시써요!"

진이가 제조한 소콜을 먹어본 은수민이 신세계를 경험한 마냥 해롱해롱거리고 있었다.

"한 잔 더요, 더! 네에?"

"은 대리."

"넹!"

"언니처럼 살지 마라. 응?"

평소 회사에서 언니 소리를 제일 혐오하던 진이가 흐트러졌다.

은수민은 언니라는 말에 눈이 번쩍 띄었다. 외동딸인 그녀는 어렸을 적부터 언니가 있는 친구들이 참으로 부러웠던 터였다. 예 대리님이 방금 언니라고 한 거야? 은수민은 두 손을 모으고 반짝이는 눈으로 진이의 말에 경청했다.

"사실은 말야, 나도 말야. 이렇게 사람들이랑 어울려서 밤 늦~게까지 술도 먹고 다음날 해장국도 먹으러 가구. 그렇게 놀다가도 일할 때면 같이 머리 맞대고 피 터지게 의견 조율해서 멋진 프로젝트 성공하구 그래서 또 신나서 술 한잔하구. 뭐 그렇게 즐겁게 살고 싶었어.”

“그렇게 하면 안 돼요? 히힛. 한 잔 더!”

은수민의 습득력은 대단했다. 어깨 너머로 보고 배운 소콜 제조도 알아서 척척 진이에게 잔을 내밀었다.

두 사람의 잔이 짠! 하고 경쾌하게 부딪치는 소리가 들리며 나란히 둘 다 테이블 위에 고꾸라졌다.

“예 대리! 은 대리! 정신 좀 차려봐!”

뒤늦게 정리를 하러 나온 김 과장이 착잡한 마음으로 두 여자를 흔들어 깨우기 시작했다.

일전에 그녀에게 안주 무한정 공짜라고 말한 것이 미친 듯이 후회가 되기 시작했다. 그리고 앞으로 가게 영업에 이 두 술꾼이 찬물을 끼얹을 것 같은 좋지 않은 예감이 슬금슬금 올라오기 시작했다.

술이 떡이 된 채 테이블 위에 머리 박고 엎드려 있는 두 여자를 착잡한 마음으로 내려다보고 있을 때 가게 문이 열리며 긴 다리 하나가 스윽 침범했다.

“상무님? 상무님께서 여긴 어쩐 일로 오셨어요?”

경의 느닷없는 방문에 김 과장이 놀란 얼굴로 묻자 경은 아주 익숙한 만취 상태의 진이를 힐끔 보더니 능청스럽게 대답했다.

“회식 왔는데요.”

“이거 어쩌죠. 벌써 다 파하고 집에 갔는데.”

“저 두 사람은 뭐죠?”

그가 아무것도 모른다는 듯 물었다. 그러자 김 과장이 난처하다는 눈빛으로 어떻게 하냐고 묻자 경은 기다렸다는 듯이 답했다.

“제가 처리해 드리죠.”

경은 익숙한 몸동작으로 진이를 안아 들었다. 그녀의 몸이 축 처졌다. 그대로 인사도 없이 그냥 나가려는 경을 김 과장이 황급히 잡았다.

“저기 상무님, 예 대리 말고 은 대리부터 데려다 주는 것이 나을 텐데요. 은 대리 부모님께서 걱정하실 텐데. 예 대리는 혼자 사니까 여기서 재워도 뭐…… 관계는 없을 것 같…….”

“어디서 누굴 재워요?”

“네? 아니, 가게에 남는 방도 있고.”

이글이글 타오르는 경의 눈빛에 주눅이 든 김 과장은 조용히 입을 다물고 은수민을 흔들어 깨우기 시작했다.

그 모습을 보던 경은 저쪽은 뭐 상관없다는 듯 그대로 가게를 나가 버렸다. 그리고 주차된 자신의 차 뒷좌석에 그녀를 눕혔다.

미간을 찌푸린 채 울먹이는 그녀의 술에 취한 얼굴을 보고 있자니 한숨이 절로 새어 나왔다. 경은 당연히 그녀가 오늘도 2차는 가지 않고 회사로 돌아올 거라는 계산에 아무도 없는 전략기획부 사무실에서 그녀를 기다렸다. 그런데 자정이 넘었는데도 그녀는 돌아오지 않았고 답답한 마음에 최 부장에게 전화를 걸어 회식 장소를 물어 찾아갔던 것이었다.

“아직도 많이 힘든 건가?”

꿈속에서 다슬기 해장국을 미친 듯이 퍼먹는 꿈을 꿨다. 눈을 떠보니 익숙한 천장 벽지가 보였다. 진이는 마른 입술을 적시며 상체를 일으켜 앉았다.

어제 2차로 김 과장의 실내포차에서 은수민과 부어라 마셔라까지는 기억이 나는데 집에는 무슨 정신으로 왔는지 필름이 끊겨 버렸다.

쿵쿵. 근데 이게 무슨 냄새지?

진이는 침대에서 내려와 식탁으로 향했다. 식탁에는 김이 모락모락 나는 다슬기 해장국 한 그릇이 뚝배기에 보기 좋게 담겨 있었다. 진이는 황급히 주변을 둘러보았다. 분명 침입자가 있는 게 분명해! 조심스럽게 서랍장에서 망치를 들었다. 그러다가 식탁 위에 놓인 쪽지를 보고 그만 망치를 땅에 떨어뜨리고 말았다.

쾅!

먹고 정신 차려. 월요일에 할 얘기가 많을 거 같네? ─경.

메모 속에 적힌 정갈한 글자가 음성 지원되어 진이의 머릿속에 박혀 버렸다.

"아악!"

그녀가 두 손으로 사정없이 머리카락을 헝클이며 괴로워했다.

저 자식이 우리 집에 어떻게 들어왔지? 어떻게 들어오긴! 도어락을 풀었겠지. 비밀번호를 눌러서. 절망스러웠다.

정말이지 안타깝게도 우리 집 비밀번호는 녀석의 학번 뒤 네 자리였다.

변명을 하자면 난 그저 습관이었을 뿐. 괜히 다른 번호로 했다가 잊어먹을 불상사를 미연에 방지를 하고자 했을 뿐이라고. 그가 제 맘대로 오해하고 월요일에 날 보며 이죽거릴 생각을 하니 속이 뒤집어질 판이었다. 이 와중에도 식어가는 다슬기 해장국으로 속을 풀어야 할까 말까 고민하던 진이의 정신을 핸드폰 진동 소리가 깨웠다.

"여보세요!"

[야! 오늘 약속 잊지 않았지?]

"무슨 약속?"

[이런 씨! 오늘 CU호텔에서 선보기로 했잖아! 야. 우리 시부모님 아는 사람이니까 잘해야…….]

"야! 무슨 나한테 너네 시부모님 아는 사람을 소개시켜 주냐. 너 미쳤어?"

[그만큼 괜찮은 사람이니까 그러지. 병원장 아들이래. 직업도 의사! 강남에 개업한 지는 얼마 안 됐는데 돈도 잘 벌고 성격도 좋고. 그런데.]

"그런데?"

[태준 씨가 너무 잘생긴 거지. 야. 원래 우리 나이 대에 머리 좀 벗겨진 건 감수를 해야…….]

"뭐?"

[아니, 그렇다고 머리가 벗겨진 건 아니야. 그러니까 조금 눈을

낮추고 나가란 말야. 괜히 울며불며 뛰쳐나오지 말고. 외모 뜯어 먹고 살 것도 아니고 결혼 상대자 조건에 외모는 과감하게 버리는 것이 좋을 것이야, 친구. 알겠나?]

이런 빌어먹을 웬수 같은 기집애. 정작 저는 얼굴 보고 연극 배우랑 결혼해서 그 얼굴 뜯어먹고 사는 주제에. 아, 혈압 올라.

"세상에 말도 안 돼."

민혁은 자신의 바로 뒤에서 CU그룹 회장과 와인을 기울이며 독대를 하고 있는 경의 모습을 보고도 못 믿겠는지 자신의 두 뺨을 내려쳤다.

오전에 갑자기 민혁을 부른 경은 오후에 약속이 있으니 CU호텔 최상층에 있는 레스토랑의 전석을 예약하라고 민혁에게 지시했다. 돈도 돈이지만 아무리 그래도 일개 기업의 상무 주제에 어떻게 이미 몇 주 전부터 예약이 되어 있을 레스토랑의 자리를 비우라는 말인지 저놈의 똥배짱은 알아줘야 한다고 민혁은 생각했었다.

'이 비서, 못하겠어?'

'그게 아니라…… 그건 불가능할 것 같은데요…….'

'그럼 본사 회장님 비서실 좀 연결해 봐.'

'네? 잘못했어요! 지금 제가 알아볼게요. 그러니까 본사에만은…….'

'나 지금 장난하는 거 아니거든?'

'네…….'

민혁은 잔뜩 주눅이 든 채 CU그룹 회장 비서실과 경을 연결해 줬고 경은 회장 비서에게도 민혁에게 했던 말투 그대로 레스토랑을 예약하라는 지시와 함께 전화를 끊었다.

그리고 지금 저렇게 두 사람은 독대를 하고 있다. 민혁은 문득 지금까지 그의 행적들을 되짚어보기 시작했다. 일단 자신이 경의 비서로 오게 된 출발부터가 회장님 비서실이었다. 왜 그 사실에 아무 의문도 가지지 않았었지? 민혁은 단지 자신이 어렸을 적부터 불운의 사나이라 불리었으니 이번에도 운이 나빠 경의 비서로 파견을 나간 것이라고만 생각했었다. 그러고 보니 경은 매사 꿀리는 게 없었다. 그가 배 사장을 대하는 태도를 보고 조만간 잘리지 않을까 염려했던 기억이 났다. 임원회의도 마음대로 접자고 난리를 피우질 않나. 결정적으로 배 사장의 뒤를 캐는 거 말고는 전략기획부 상무로서 일하는 꼴을 못 봤다! 오죽하면 본사에서 보낸 스파이라고 오해까지…… 설마? 정말?

민혁은 두 눈이 휘둥그레진 얼굴로 두 사람을 유심히 바라보았다.

한편, 바깥으로는 남산과 도심의 야경이 꽤 아름다운 레스토랑 한가운데 테이블에서 와인을 마시는 흰머리의 푸근한 인상의 대한민국 최고그룹 CU그룹의 회장 김욱. 와인 잔을 내려놓으며 김 회장의 입에서는 와인과는 어울리지 않는 막걸리처럼 걸쭉한 욕이 나왔다.

"뭐라고, 이놈아?"

"쪽팔려서 그랬냐고 물었는데요. CU패션 대단하던데요? 온갖 비리의 천태만상을 다 보여주더군요."

　뭔가 단단히 화가 난 경의 표정을 들여다보던 김 회장은 당장 혈압이 올라 뒷목 잡고 쓰러질 판이었다. 한데 그럴 수도 없는 지경이다. 경은 6남 1녀 중 막내딸이 남긴 유일한 핏줄이었다. 여섯 명의 아들들과 권력 다툼에 지쳐 스스로 몰락해 버린 막내 사위가 억울하게 비리 혐의를 뒤집어쓰고 교통사고로 죽자 몇 년 후 막내딸은 우울증에 걸려 스스로 목숨을 끊었다. 그게 벌써 8년 전 일이었다. 한데 녀석은 겁도 없이 CU그룹 법무감사팀으로 김 회장 모르게 입사를 한 것이었다. 경을 쫓아낸 건 김 회장이었다. 다른 곳은 다 되지만 법무감사팀은 안 된다고 김 회장이 강력히 주장하며 막아섰다.

　물론 경이 책상머리만 좋지 사회성과 순발력은 다소 떨어진다는 걸 알고 있었다. 그룹 안에서 그의 자리를 찾자면 어쩌면 법무감사팀은 그에게 어울리는 최상의 자리일지도 모른다. 하지만 손자에게 놈의 말대로 그룹 비리의 천태만상을 보여줄 수는 없는 노릇이었다. 그리고 결정적인 이유는 경을 자신의 아들들로부터 지켜내야 했다.

　"그래서 쪼르르 이 할배한테 일러바치러 왔냐?"

　"제가 법무감사팀이 안 된다면 CU패션으로 보내달라고 했을 때 순순히 보내주신 이유가 뭐예요?"

　"그러는 넌 적성에도 안 맞는 CU패션으로 가겠다고 한 이유가 뭐지? 게다가 일주일만 다녀보겠다던 놈이 꽤 버티는구나?"

　언젠가 녀석의 집에서 CU그룹 사내보가 가득 쌓여 있는 것을 본 적이 있었는데 그것도 같은 호의 것만 잔뜩! 김 회장은 녀석이 겉으로는 관심 없는 척하더니 할아버지의 존재를 자랑스럽게 여기고 있었구나 하며 속으로 내심 기뻤었다. 하지만 곧 창립 80주년 그달에 발행한 사내보의 표지모델이었던 여사원의 얼굴과 끄트머리에 새겨진 문자를 보고는 낙담했다.

끄트머리에는 '예진이 사원'이라고 쓰여 있었다.

예진이, 우리 진이, 잠꼬대하던 경 때문에 그 이름이라면 김 회장도 아주 잘 알고 있었다.

"하라는 일은 안 하고 고작 그 여자애 과장 승진 떨어진 거 항의하러 온 게냐?"

"고작이라뇨. 그게 인사 비리의 시작이라고요. 할아버지도 해보셔서 잘 아시죠? 아들이 좋아하는 여자라고 회사에서 쫓아낼 명분으로 6년을 좋은 구두 못 신고 안 먹고 안 자고 일한 사원에게 비리 혐의를 뒤집어씌울 계획이나 세우고 말입니다. 그 여자가 그런 비리를 저지를 생각이었으면 수개월 동안 자료조사하고 1,000여 장 가까운 기획안을 작성했겠어요? 이거 어떻게 해야 됩니까? 제가 다 알아버렸는데 이대로는 못 넘어갑니다."

녀석이 그룹 내 비리를 척결하겠다고 도전장을 내미니 김 회장은 당황스러웠지만 곧 표정을 굳히고 협상 테이블에 앉은 회장 마냥 제안을 하나했다.

"네가 원하는 걸 들어주면 넌 나한테 뭘 줄 테냐?"

"그동안 회장님이 알고도 묵인했던 CU패션의 비리를 낱낱이 보여 드리죠."

"그건 내가 원하는 게 아니지."

"그럼 뭘 원하시는데요?"

"CU패션에 남아 있는 브랜드 중 CU아웃도어를 살려내. 요즘 매출이 부진해서 이번 임원회의에서 철수를 결정 내릴 모양이던데. 임원회의에서 막아내면 네가 원하는 대로 법무감사팀으로 복귀시켜 주지. 그리고 그 1,000장 가까운 기획안을 작성한 여사원도 승진시켜 주마."

"네. 그 약속 꼭 지키세요."

너무나도 자신감 넘치는 얼굴로 대답하는 경을 보며 김 회장이 설핏 웃음이 새어 나올 것 같은 얼굴로 물었다.

"무슨 자신감이냐? 믿는 구석이라도 있는 게냐?"

경은 이 순간 두려울 것이 없었다. 그에게는 기획의 달인 수많은 상품들을 히트시킨 전적이 있는 예진이라는 유능한 사원이 있었다.

"네."

경의 자신만만한 대답에 잠시 생각에 잠겨 있던 김 회장이 갑자기 무슨 이유에서인지 표정을 굳히고 경의 얼굴빛을 살피다가 입을 열었다.

"왜 CU아웃도어인지 묻지 않는구나?"

"……."

"임원회의에서 CU아웃도어 못 지켜내면 두말할 것도 없이 넌 네가 원래 있던 뉴욕으로 돌아가야 한다. 알겠어?"

김 회장의 강압적인 목소리에 경은 말없이 굳어진 표정으로 와인 잔을 기울였다.

CU호텔 로비 구석에 자리한 양식집에서 스테이크를 써는 진이의 손길에 영 힘이 없어 보였다. 심지어 스테이크를 썰어 한 입 넣었는데 도통 목구멍으로 넘어가지 않아. 물을 벌컥벌컥 마시며 억지로 고기를 삼켜내고 있었다.

원인 제공자는 앞에 앉은 맞선남 때문인 걸로 확인되었다. 정수리 부분이 상당히 많이 비워져 있는 걸 보며 그녀는 생각했다.

저건 분명 유전인데.

키도 자신보다 한참 작았다. 저것도 유전인데.

손에 낀 금반지를 보니 상당한 재력가. 저것도. 그래, 저것도 유전이지.

진이는 자학 모드에 들어가기 시작했다.

정녕 내 수준이 이 정도인 건가? 그래. 하긴 내가 지금 앞에 앉아 있는 저 남자보다 나은 게 뭐야? 저 남자는 시연의 말대로 빌딩여러 채와 개업한 병원 원장이래잖아. 그에 반면 나는 마이너스통장에 만년 대리 서른한 살 악으로 깡으로 버티며 대한민국을 살아가는 여자 사람일 뿐이었다.

"이 호텔 최고층의 레스토랑을 예약했는데 갑자기 문을 닫는 바람에. 역시 여기는 맛이 별론가 봐요?"

최고층 레스토랑에 앉아 먹어도 맛은 그다지 좋지 않을 것만 같았다. 남자는 앞에서 복 없게 죽을상을 하고 먹고 앉아 있는 그녀가 못마땅한지 얼굴이 구겨졌다.

"결혼이 급하다고 들었는데."

망할 홍시연! 남자가 비꼬듯 물었다. 다음은 나이를 들먹일 차례였다. 진이는 귀를 틀어막고 싶었다. 아니, 당장 자리를 박차고 나가 버리고 싶었다. 시연의 시댁과 연관 있다고 하니 꾸역꾸역 눌러 참았다.

아…… 그놈의 웨딩로또가 뭔데 내 이상형과는 전혀 거리가 먼 이 남자와 내가 왜 식사를 하고 있는 걸까? 이 황금 같은 주말에. 진이는 그동안 자신에게 대시를 했던 수많은 남자들의 얼굴이 새록새록 떠올랐다. 아니, 하다못해. 경이 낫겠다. 라고 생각하다가. 아닌가? 그는 안 되는 건가…… 뭐 이런저런 쓸데없는 생각을 하는 사이에.

낯익은 목소리가 들려왔다.

"일어나."

누군가 진이의 손을 거칠게 잡아끌었다. 그 바람에 그녀가 들고 있던 포크가 바닥에 나뒹굴고 앞에 앉은 대머리 맞선남의 표정이 무섭게 변했다. 그랬다. 재력가답게 대머리남의 성격 또한 보통은 아니었다. 성격이 좋다던 시연의 말은 순 거짓말이었다.

진이는 대머리의 눈치를 보며 화들짝 놀라 고개를 들었다.

황보경.

비교체험 극과 극도 아니고 패셔너블한 옷차림과 슬림하고 탄탄한 바디라인 타고난 흰 살결에 오뚝한 콧날. 오징어를 보다가 봐서 그런 건가? 아니면 내 눈에 이상이라도 생긴 건가?

왜 저렇게 잘생겨 보이지?

화가 난 듯 앙다문 입술과 경의 무심한 눈빛에 순간 그녀의 가슴이 철컹 내려앉았다.

경이 저렇게 생겼었구나. 그녀가 한참 그의 얼굴을 뜯어보고 있다가 황급히 정신을 차리며 소리쳤다.

"네가 여긴 어떻게? 잠깐! 이 손 좀 놔!"

진이는 경이 잡은 손을 뿌리쳤다.

그러자 그는 진이의 다른 한쪽 손을 잡고 무작정 끌고 호텔 밖으로 나와 대기되어 있는 자신의 차 조수석에 그녀를 밀어 넣었다. 그리고는 운전석에 앉아 있던 민혁을 끌어낸 후 올라탄 뒤 차를 출발시켰다.

"야! 빨리 차 멈춰! 이렇게 그냥 나오면 안 된단 말야!"

시연이네 시댁이 얼마나 무서운데. 진이는 시어머니에게 호되게 혼날 시연을 생각하니 미안해서 고개를 못 들 지경이었다.

그때 그가 끼익! 급브레이크를 밟으며 도로변에 차를 세웠다.

"예진이."

그가 실망스러운 표정으로 그녀를 바라보았다. 그녀는 그의 눈빛에 괜히 쪽팔리고 자존심이 상해 시선을 피했다.

"피하지 말고 나 봐."

보라고 하면 못 볼 줄 알고? 진이는 약간 주눅이 든 얼굴로 그를 바라보았다. 그는 겉으로도 화를 삭이고 있는 것이 드러날 정도로 화가 많이 난 듯했다.

"왜 날 두고 엄한 새끼랑 맞선이야? 승진도 밀려났겠다 그냥 아무나 하고 결혼이나 하려고? 죽을상을 하고 억지로 앉아 있는 거 보니까. 뻔하네. 저 남자 돈 많아?”

조건 맞는 아무 남자랑 결혼이나 해버릴까 생각했었던 편협한 마음이 그에게 들킨 것만 같아 쥐구멍에 들어가 숨고만 싶었다.

그런데 생각과는 달리 그녀가 그를 보며 바락바락 소리쳤다. 목청만큼은 지키고 싶었다. 그랬다. 목청이 그녀의 마지막 자존심이었다.

“그래! 많다! 어쩔래!!”

“결혼 못해서 환장했어? 돈 많으면 다 오케이야?”

“그래! 다 오케이다!”

“너 미쳤어? 그깟 승진에서 조금 멀어졌다고 네 인생 끝장났어? 그리고 내가 너 이렇게 선이나 보고 다니라고 그냥 내버려 둔 줄 알아? 내가 기다리랬잖아! 내가 너…….”

그가 다음 말을 이어야 하나 말아야 하나 고민하는 것이 보였다.

그의 한쪽 눈썹이 씰룩 올라갔다가 제자리를 찾았다. 진이는 그의 다음 말보다는 그전 말에 가슴 한구석이 움푹 파였다.

그의 말 구구절절 옳은 말뿐이었다. 승진에서 조금 멀어진 것뿐인데 인생이 다 끝난 것처럼 굴었으니 자신이 너무 한심했다.

“돈 많으면 다 오케이라고 했지? 그럼 나도 되는 거 아니야? 나도 돈 많거든?”

“넌 안 돼.”

“왜! 도대체 왜 안 된다는 거야! 너네 집 비밀번호 그건 뭔데? 뭐가 이렇게 꽉 막혔어! 너 원래 이러지 않았잖아. 좋으면 좋다 싫으면 싫다 자기주관 뚜렷하고 그랬잖아!"

꽥! 소리 지르는 경의 눈빛이 흔들렸다.

"너…… 마음에 병이라도 걸렸어?"

그가 그녀를 진심 어린 눈동자로 바라보며 말했다.

"내가 치료해 줄게. 반드시."

"잠깐만!"

그녀의 집 앞에 차가 멈춰 서자마자 용수철 튕겨나가듯 조수석 문이 열리며 진이가 튕겨 나왔다. 줄행랑을 치는 그녀를 그가 재빨리 달려가 팔을 붙잡았다.

"물어볼 게 있어."

화들짝 놀란 진이는 그가 잡은 손을 치워내며 말했다.

"뭔데?"

그가 잠시 머뭇거렸다. 진이는 뭔가 낌새가 이상한 그를 넌지시 바라보았다. 약간 촉촉하게 젖은 눈이 심상치 않아 보였다. 무슨 일 있는 건가? 내가 선본 게 그렇게 마음이 아팠나? 별의별 생각을 하며 진이는 그를 잠자코 기다려 주었다.

마침내 그가 입을 열었다.

"3년 전에 브랜드 재정비 네가 주도했다는데 맞아?"

이건 또 무슨 시나리오야? 회사에서는 사적인 얘기로 사람 피 말리게 하더니 밖에서는 회사 얘기로 숨통을 조이고 있었다. 진이는 조금 전까지 그를 측은하게 여겼던 마음을 고이 접어 발로 뻥 차버리고는 시큰둥하게 대답했다.

“갑자기 브랜드 재정비는 왜 묻습니까, 상무님.”

“일 얘기해서 미안한데. 나한테는 중요한 일이라. 브랜드 재정
비할 때 CU아웃도어는 왜 살려놓은 거지? 네가 봤을 때 다시 살
아날 가망이 있었던 거지?”

이상하다 싶을 정도로 절박한 표정으로 묻는 경에게 진이는 대
수롭지 않게 말했다.

“CU아웃도어는 CU그룹 김욱 회장의 막내딸이 론칭한 브랜드
라며 망해도 가지고 가야 한다고 위에서 지시를 내렸어. 무조건
남겨두라고.”

“…….”

경은 낙담하듯 가느다랗게 한숨을 내뱉었다. 그 쓸쓸한 표정을
바라보던 진이는 굳이 하지 않아도 될 말이지만 그냥 주저리주저
리 떠들어댔다.

“지시가 없었어도 난 CU아웃도어 살려뒀을 거야.”

그녀의 말에 그가 별 기대 없이 고개를 들어 그녀를 바라보았
다.

“당시 살려둔 브랜드들 모두 대안을 만들어놨어. 몇 년이 지나
도 다시 살아날 수 있도록.”

갑자기 일 얘기를 하자 그녀의 눈이 반짝였다. 그녀의 확신에
가득 찬 눈을 본 경은 이제야 얼굴에 미소가 번졌다. 그의 미소를
마주한 진이는 넋을 놓고 그를 바라보다 재빨리 정신을 차리고는
버럭 소리쳤다.

“상무님! 앞으로 일 얘기는 회사에서만 하시고 회사에서는 사적

인 얘기는 절대 하지 않으셨으면 좋겠어요!"

"그래. 들어가서 푹 쉬어. 월요일부터 바빠질 것 같으니까."

바빠지긴! 이제 예진이 사전에 야근과 쓸데없이 초과근무를 부르는 프로젝트 따위를 맡는 일은 없을 거라고! 진이는 또 한 번 제 스스로 다짐을 하며 후다닥 아파트 안으로 들어가 버렸다.

제10장. 밀당을 모르는 남자

초인종을 누를 새도 없이 도어락을 풀고 쿵쾅거리며 들어온 시연은 외투도 벗지 않은 채 멍하니 침대 위에 엎어져 있는 진이의 어깨를 잡아 일으켰다.

"야! 내가 시어머니한테 얼마나 잔소리를 들었는지 알아? 솔직히 너 조건에 의사 남편 감지덕지인 거 몰라? 그런데 그걸 걷어차?"

내 조건에 CU패션 상무 황보경은 감지덕지였다. 그의 고백에 설레고, 힘들 때 그가 그립고, 그런데 그런 그를 내가 걷어차다니. 정말 그의 말대로 마음의 병이라도 걸린 걸까?

금방이라도 울 듯한 얼굴로 고개를 떨구는 진이의 이상행동을 보고는 시연의 목소리가 점차 작아졌다.

"야…… 너 왜 그래? 맞다. 근데 그 남자는 누구야? 너 끌고 나 갔다던 키는 멀대같이 크고 몸은 야리야리해서 기집애같이 생긴 놈 말야. 설마 태준 씨랑 다시 만나?"

그 오징어에게는 경이 그렇게 보였나 보다.

"누구냐니까!"

"경이야……."

"경희?"

"황보 경. 이라고."

"뭐어? 대박! 결국! 기어이! 널 찾아왔구나!"

뭐 그렇게 재미있는 일이라도 일어난 마냥 벌떡 일어나서 흥분하는 시연에게 진이는 지금까지 있었던 일들 전부를 얘기했다.

"넌 전생에 나라님을 구했니? 웨딩로또 당첨에! 기다리고 기다리던 잘난님 투척까지 해주셨는데 왜 도대체 뭐가 문제야? 진짜 갱 말대로 너 무슨 병 있는 거 아니야? 차라리 갱이 좋다고 할 때 가만히라도 있어! 싫다고 하지 말고! 그럼 어떻게든 흘러가게 되겠지."

"가만히?"

"그래! 가만히 있으면 중간이라도 간다잖아. 좋은데 싫다고 하는 것보다 가만히 있는 게 낫겠지."

나름 괜찮은 방법인 것 같아 진이가 곰곰이 생각에 잠겼다.

"안녕하세요. 김지윤입니다. 앞으로 전략기획부 과장으로서 열심히 일하겠습니다."

아침 회의는 새로 온 미니스커트 차림의 김지윤의 인사로 시작
되었다. 일부러 회의실 맨 끝 구석에 앉아 있던 진이는 부글거리
는 속을 부여잡고 고개를 숙여 버렸다.

"오늘 회의 주제는 이번 임원회의에서 있을 브랜드 재정비 관
련인데. CU아웃도어를 사장시키지 않고 살릴 수 있는 획기적인
기획안을 누가 작성을 했으면 좋겠는데 말이야. 시간이 얼마 없으
니까 여러 명이 몇 조씩 묶어서 한번 해봐도 좋고. 아, 이건 특별
히 상무님께서 지시한 거니까 모두 힘을 합쳐서 열심히 해보자고.
그럼 해볼 사람?"

최 부장의 시선이 진이에게로 향했다. 하지만 도통 진이의 손은
올라갈 생각을 하지 않고 있었다.

"서툴지만 저도 작성을 해보도록 하겠습니다."

김지윤이 손을 들었다. 그러자 은수민이 잽싸게 손을 들며 소리
쳤다.

"저도 하겠습니다! 예 대리님과 같이요!"

뭐야? 진이가 재빨리 고개를 들어 앞에서 손을 번쩍 든 은수민
을 바라보았다. 은수민이 입 모양으로 말하고 있었다.

'힘을 모아서 저 여우 같은 김 과장 뭉개 버리자구요!'

갑자기 여기저기서 하겠다는 사원들이 손을 들자 최 부장은 만
족스러운 얼굴로 수첩에 기획안을 제출하기로 한 사원들의 이름
을 적어 넣으며 회의는 그렇게 마무리가 되었다.

진이가 자리에 앉자마자 은수민이 달려왔다.

"오늘 야근하면서 같이 기획안 생각해 봐요."

“나 야근 안 할 건데?”

“네? 왜요?”

“이제 안 하기로 했으니까. 그리고 CU아웃도어 기획안도 나 한다고 한 적 없어. 은 대리가 마음대로 정한 거니까 혼자 알아서 해.”

2년 전에 브랜드 관련 프로모션 진행했다가 판매실적 압박까지 받느라 심리적으로도 참 많이 괴로웠던 시절이 생각난 진이는 이번만큼은 실적과 관련된 일은 하고 싶지 않았다. 그렇지 않아도 심적으로 불안한 상태인데 업무 스트레스까지 받는다면 나 자신에게 너무 가혹하지 않을까 염려가 되었던 것이다.

은수민의 끈질긴 설득에도 진이는 단호하게 거절했다.

“예 대리님!”

은수민보다 더 하이톤인 목소리가 들려왔다. 신경을 박박 긁는 목소리였다. 진이가 고개를 들었다. 김지윤이 파티션에 얼굴을 걸치며 싱글벙글 웃으며 말도 안 되는 소리를 하고 있었다.

“이번에 입점할 명품관을 둘러보려고 하는데요. 예 대리님이 같이 가주실 수 있어요?”

진이의 신경이 날카로워졌다. 이성의 끈이 끊어지기 일보 직전. 신입도 있고 평사원들도 있는데 나보고 자기 시중을 들어라? 초장에 내 기를 꺾겠다는 의미인 것인가? 진이는 김지윤 쪽은 눈길도 주지 않고 노트북 자판을 두드리며 성의 없이 대답했다.

“지금은 제가 하고 있는 일이 있어서요. 기다리세요. 제 할 일 다 끝나면 안내하죠.”

"저도 오후엔 바이어들이랑 미팅 있는데요? 지금 당장 갔으면 좋겠는데."

두 여자의 신경전을 두근거리며 지켜보고 있는 사원들. 그 팽팽한 긴장감을 최 부장이 어이없게 깨트려 버렸다.

"예 대리가 맡고 있는 거 은 대리가 대신하고. 예 대리! 김 과장이랑 같이 다녀와."

최 부장의 말에 지윤은 피씩 웃으며 사무실을 나가 버렸고 진이는 자리에서 벌떡 일어나 최 부장을 노려보며 소리쳤다.

"부장님!"

"예 대리가 참아. 저 나이에 과장 진급 보면 모르겠어? 분명 빽이 장난 아니야. 괜히 밉보여서 예 대리가 좋을 게 하나도 없다고."

"그래도 그렇지 어떻게 저한테 이러실 수 있으세요?"

나이도 내가 훨씬 많고 연차도 오래됐는데 나보고 저 어린 여자 뒤를 졸졸 따라다니며 매장 설명을 해줘야 하냐며 소리치고 싶은 마음이 굴뚝같았지만 진이는 꾹꾹 눌러 참고 가방을 챙겨 들고 사무실을 나가 버렸다.

진이가 나간 후 은수민도 한마디 거들었다.

"부장님이 심하셨어요. 그냥 누구 편도 들지 마시지. 너무하세요! 흥."

최 부장은 요즘 들어 여사원들의 등살에 죽을 맛이었는지 한숨을 푹푹 내뱉으며 조용히 자리로 돌아갔다.

엘리베이터 앞에 나란히 서 있는 진이와 김지윤. 지윤은 진이에게 차 키를 던져 주더니 그녀를 앙칼지게 바라보며 말했다.

"운전할 줄 알죠?"

얼결에 차 키를 받아 든 진이는 도로 차 키를 지윤에게 던져 주며 말했다.

"면허 없거든요?"

"그 나이에 면허도 안 따고 뭐했대."

"뭐?"

말문이 막혀 버렸다. 진이는 주먹을 꽉 쥐고 저걸 그냥 확! 하려는데 엘리베이터 문이 열렸다. 지윤은 엘리베이터 안으로 냉큼 올라탔고 진이는 올라갔던 손을 간신히 내려놓으며 엘리베이터에 올라탔다.

문이 닫히고. 닫혔던 문이 다시 열렸다. 태준이었다.

"운전은 제가 하죠. 저도 명품관으로 외근 나가거든요."

멀지 않은 곳에서 두 사람의 언쟁을 들었는지 태준이 냉큼 엘리베이터에 올라타며 진이를 바라봤다. 진이는 어린 상사를 모시고 다니는 꼴을 태준에게 보여주기는 정말 죽기보다도 싫었던 터라 단호하게 거절했다.

"됐어요. 배 대리…… 아니, 배 과장은 그쪽 볼일 보세요."

"왜요? 전 좋아요! 배 과장님! 차 타고 같이 가요."

갑자기 김지윤이 중간에 끼어들었다. 진이는 이를 악물고 태준을 흘겨봤다.

띵. 내려가던 엘리베이터는 3층에서 또 한 번 문이 열렸다.

황보경이다. 그의 표정이 진이를 보고 밝아졌다가 옆에 태준을 보고 순간 돌변했다.

엘리베이터에 올라탄 경은 태준과 진이 사이를 비집고 들어가 섰다.

"오빠! 어디가?"

"무슨 상관. 그리고 회사에서 반말하지 마."

오빠? 뭐지 저 친밀해 보이는 두 사람은? 진이는 저도 모르게 두 사람의 대화를 분석하기 시작했다.

"저녁에 약속 없지? 나 맛있는 거 사주라!"

"바빠."

경의 말투가 쌀쌀맞기는 했지만 그럼에도 주눅 들지 않고 대화를 계속 이어나가려는 당찬 김지윤의 태도. 왠지 모르게 무척이나 가까워 보이는 두 사람을 보니 진이는 짜증이 확 솟구쳤다. 그리고는 감정 컨트롤이 제대로 되지 않았는지 불쑥 속에 있는 말이 튀어나왔다.

"둘이 아는 사이세요?"

자기가 말하고도 놀랐는지 진이는 이를 악물었다. 내가 왜 그랬지? 왜? 경의 시선이 내 얼굴에 꽂히는 소리가 들렸다. 진이의 벌게진 귓가를 보며 경은 슬쩍 미소 지었다.

그에 반면 진이를 흘기며 김지윤이 앙칼지게 답했다.

"어머. 그건 예진이 씨가 알아서 뭐하게요?"

나이도 어린 게 예진이 씨? 진이는 '그 나이에 운전면허도 없냐.'는 발언도 그렇고 지금 이 상황도 점점 인내심이 바닥을 드러내고 있었다.

"오빠랑 저 볼 거 못 볼 거 다 본 사이예요. 됐어요? 여자한테 차이고 우는 것도 봤어요."

"야!"

당황한 경은 소리를 버럭 지르며 지윤의 입을 틀어막았지만 지윤의 날카로운 눈빛은 여전히 진이에게 꽂혀 있었다.

뭐지? 저 간단하지만은 않은 듯한 물건은? 진이는 화를 억누르며 표정을 굳혔다.

경은 자신의 치부를 지윤이 발설할까 두려웠는지 식은땀까지 흘리며 수습을 하려고 나서려는데 그런데 예상외로 진이의 표정은 아까와는 다르게 아무렇지도 않아 보였다.

진이를 자극하려던 지윤도 짐짓 당황하고 괜히 오버하며 떠들어댄 꼴이 되어버린 지윤과 경은 마네킹처럼 무표정으로 아무 반응도 보이지 않고 굳어서 있는 진이와 그런 그녀를 바라보고 있는 태준을 보더니 민망해졌는지 목소리가 작아졌다.

마침 엘리베이터 문이 열리고 네 사람이 차례로 내렸다. 태준은 두 사람을 향해 차에 시동 켜고 앞에서 기다린다는 말을 남기고 밖으로 뛰어나갔다.

결국 같이 가겠다는 거야? 진이는 가는 태준의 뒷모습을 짜증이 가득 실린 얼굴로 바라보았다. 그 모습을 본 경이 마음에 걸렸는지 지윤을 향해 물었다.

"어디 가?"

"명품관! 예 대리님이 이것저것 설명해 줄게 많다고 그래서. 같이 갈래?”

“그럴까? 이 비서한테 미팅 오후로 미뤄달라고 해야겠…….”

도저히 못 봐주겠다! 진이가 그냥 나가려던 발걸음을 멈추고 휙 돌아서서 성큼성큼 경에게 다가왔다. 경은 갑자기 자신을 향해 걸어오는 그녀의 행동에 잔뜩 긴장이 되었다.

“상무님, 미팅은 정상적으로 하시는 게 좋을 것 같습니다. 오전 미팅을 오후로 미루면 거기에 딸린 일들도 반나절 미뤄지는 겁니다. 상무님 때문에 누군가는 오늘 사랑하는 사람이나 가족들 얼굴도 못 보고 야근할지도 모른다구요. 밑에 사람 생각을 좀 해주세요!”

“어? 네…….”

갑자기 쏘아대는 진이의 옳은 소리에 경은 어리둥절한 표정으로 고개까지 끄덕이며 대답했다.

“그리고 김지윤 과. 장. 님! 우리 놀러 가는 거 아니거든요? 빨리 움직여요.”

그녀가 이번엔 이를 악물고 지윤을 보며 한마디 하고는 서둘러 바깥으로 나가 버렸다.

아무래도 뭔가 단단히 화가 난 것 같은 진이를 쫓아가야 하는지 말아야 하는지 도통 그녀를 어떻게 대해야 하는지 알 길이 없는 경은 답답해서 미칠 지경이다.

괜히 옆에 있는 지윤에게 버럭 소리쳤다.

“야!”

“뭐! 내가 뭘! 저 여자 뭐야? 어디서 시비야! 미친 거 아니야?”

"너 쟤한테 쓸데없는 말 하면 죽는다."

"쓸데없는 소리 뭐? 우리가 사촌지간인 거? 하긴 CU그룹 회장 외손자라고 하면 그냥 한 방에 넘어오겠네. 내가 도와줄까? 질투 작전 어때?"

"그딴 거 안 해."

"왜! 때론 사랑에 질투라는 양념도 필요한 거야! 밀당 몰라?"

"온 힘을 다해 당기는 것도 모자랄 판에 밀어내기는 왜 해?"

바깥으로 나가 버린 진이의 뒷모습을 걱정스레 바라보던 경은 문득 바깥에 태준과 나란히 선 진이의 모습을 보다가 다시 고개를 돌려 지윤을 보았다.

"두 사람 감시 잘해라."

"내가 왜? 그리고 난 저 여자 절대로 인정 못해!"

"나도 너 절대로 인정 못해. 지금 네가 올라간 그 자리에 부끄럽지 않게 열심히 해. 알았어?"

그가 무슨 말을 하는지 지윤도 잘 알고 있었다. 낙하산 소리 듣지 않게 열심히 하라는 소리였다. 어렸을 적부터 경은 지윤의 마음속 첫사랑이었다. 그래서 그의 마음을 독차지한 진이가 내심 마음에 들지 않아서 오늘 심통을 부린 것이었다.

로비에 혼자 남은 경은 지윤과 함께 태준의 차에 올라타는 진이의 모습을 보다가 뒤를 돌았다.

진이는 좀처럼 이 더러운 기분이 가라앉지 않았다.

지윤도 마찬가지였다. 저 여자가 도대체 뭐길래 자신의 이상형인 경이 옛날부터 그렇게 쩔쩔맸는지 도통 알 수가 없었다.

지윤은 자신보다 한 발자국 앞서 공사 중인 매장을 진지한 얼굴로 둘러보는 진이를 노려보았다.

"예 대리님!"

"왜요!"

지윤의 마치 '한판 붙자!' 하는 날카로운 목소리에 진이도 기다렸다는 듯이 '그래 붙어!' 억양으로 대답했다.

"우리 브랜드 매장 위치 선정이 잘못된 거 아니에요? 여기 완전 구석이잖아요."

"김 과장님은 외근 나오면서 최소한의 준비도 안 했군요."

그건 또 무슨 소리래? 지윤이 멘붕이 온 듯한 얼굴로 되물었다.

"뭐라구요?"

"여기가 왜 구석이에요?"

"중앙 게이트에서 한참 떨어져 있잖아요! 이게 구석이지 뭐예요."

"여기 5번 게이트 밖에 뭐가 있는지 알아요?"

"그게 무슨 상관이에요!"

지윤이 바락바락 대들었다. 반면 진이는 차분한 목소리로 말했다.

"업무지구."

큰소리 떵떵 치던 지윤의 얼굴이 굳어져 버렸다. 이에 질세라 너 한번 쪽팔려 봐라! 하고 진이가 달려들었다. 수십 수백 번의 프레젠테이션의 노하우를 여기서 뽐내리라.

"컨템포러리가 이번 론칭 브랜드 컨셉이죠. 컨템포러리 우먼과 맨들이 바로 5번 게이트로 들어옵니다. 전문적인 직업과 경제적인 능력이 뛰어난 그들은 안타깝게도 시간이 없어요. 안 그래도 시간 없어죽겠는데 여기 바로 앞에 디자인도 가격도 훌륭한 우리 제품이 있다고 가정해 보세요. 백화점 더 돌아볼 필요가 있을까요?"

결국 한 방 먹였다.

당황하는 지윤의 표정을 본 태준은 그녀들 뒤를 따라오다가 픽 웃어버렸다.

바로 저게 진이의 매력이지. 그녀는 일을 할 때 가장 빛이 나니까. 태준은 한동안 침체기였던 그녀가 다시 살아 움직이는 것이 안심이 되었는지 두 사람에게 업무가 끝나면 데리러 오겠다는 말을 남긴 채 자신의 업무를 보러 다른 쪽으로 사라졌다.

태준이 가든지 말든지 저 어린 상사가 뒤를 따라오든지 말든지 그녀는 주변 매장 디스플레이된 의상들을 살폈다.

그때 우연희한테 빙의가 됐는지 개미만 한 목소리로 김지윤이 그녀를 불렀다.

"예 대리님."

"왜요!"

진이가 뒤를 획 돌아 김지윤을 바라보았다. 지윤은 소콜을 접한 은수민의 표정 마냥 신세계를 맞이한 듯 넋이 나간 채 두 눈이 초롱초롱 빛이 났다.

"멋있어요. 너무."

여자에게 반하기는 처음이었다. 김지윤은 경이 왜 진이를 그토록 그리워하고 잊지 못했는지 이유를 알 것만 같았다. 그리고 다짐했다. 두 사람을 반드시 이어주리라!

진이는 김지윤이 자신을 놀리는 것만 같아 기분이 매우 불쾌했다.

"김 과장님? 일 똑바로 하세요. 그 자리가 어떤 자리인 줄 알면 이렇게 대충하면 안 돼요. 내가 두 눈 크게 뜨고 지켜볼 테니까 제대로 하시라고요. 알겠어요?"

김지윤이 미친 듯이 고개를 끄덕였고, 진이는 한숨을 푹푹 내뱉으며 다른 매장으로 향했다.

그렇게 외근을 갔다 온 후로부터 진이는 정말 이상하게도 김지윤이 신경에 거슬렸다. 목소리가 들리는 것조차도 머리가 지끈거릴 정도로 짜증이 솟구쳤다. 이런 진이의 마음도 모른 채 김지윤은 틈만 나면 진이를 찾아와서 사사건건 간섭질을 하기 시작했다. 심지어 퇴근하려는 진이를 막아서며 그녀의 팔을 잡아끌었다.

"예 대리님! 어디 가세요?"

"내가 퇴근하는 것까지 보고해야 하나요?"

"이번 CU아웃도어 기획안 정말 제출 안 하실 거예요? 저 정말 정정당당하게 예 대리님과 붙어보고 싶은데."

왜? 황보경에게 잘 보이고 싶어서? 진이는 문득 주말에 CU아웃도어에 대해 물었던 경이 떠올랐다. 그가 공을 들이고 있는 프로젝트임은 확실했다. 진이는 가재미눈을 뜨고 지윤을 흘겨봤다. 진이의 눈빛에 흠칫 놀라 멈칫하던 지윤은 진이가 마치 자신을 견

제하고 있다는 직감이 들었다. 그게 직장동료로서가 아닌 여자로
서인 것 같았기 때문에 재미있었는지 지윤은 진이의 신경을 살살
건드리기 시작했다.

"CU아웃도어 상무님한테 굉장히 중요한 의미인 건 아시죠? 전
이번 건 반드시 성공시켜서 울 경이 오빠를 반드시 웃게 만들 거
예요!"

중요한 의미? 알 리가 없었다. 가슴 한편이 욱신거리게 기분이
나빴다. 나는 모르는 김지윤만 아는 그의 이야기. 참 예쁘게도 눈
웃음을 치던 지윤은 어깨를 들썩거리며 진이를 지나쳐 자리로 돌
아가 뭔가 굉장히 열중하는 모습을 보였다.

그 모습을 보던 진이는 순간적으로 자신의 노트북 하드디스크
에 있던 기획안들의 목차들을 떠올려 보았다. CU아웃도어를 시장
에 다시 내놓았을 때 성공할 수 있는 기획이라. 뭐가 있었지? 그에
게 중요한 의미가 있는 프로모션이라잖아. 최고! 아니, 최고 이상
의 것을 만들어내야 해! 뭐가 있지?

"예 대리님, 또 칼퇴예요? 정말 실망이에요."

뒤에서 들려오는 소리에 진이는 뒤를 돌았다.

은수민이 며칠 밤을 샜는지 퀭한 눈으로 그녀의 어깨를 밀치고
는 사무실 안에 들어가 쓰러지듯 책상 위에 엎어졌다.

진이는 순간 고민했다. 그냥 못이기는 척 야근할까? 아니야! 그
래서 내가 얻는 게 뭔데? 없잖아. 냉정해지자, 예진이.

이내 결정을 내렸는지 그녀는 뒤도 돌아보지 않고 회사를 탈출
했다.

아…… 근데 나 이제 뭐 하지?

전년도 매출 분석…… 아니지 일 말고! 일 말고 뭘 할 거냐고. 이런 젠장 젠장! 억울해 억울해 죽겠다. 칼퇴를 하면 뭐하냐고. 제대로 된 취미생활 하나 없고 혼자 즐길 만한 문화생활도 마땅히 떠오르지 않았다. 회사로 다시 들어갈까? 아니, 그것만은 절대로 안 돼.

정처 없이 거리를 걷던 진이는 엄마가 있는 요양원으로 향했다.

그래. 내게는 못다 한 효도가 남아 있다.

진이는 마트에 들러 엄마가 좋아하는 과일을 잔뜩 사서 병실 안으로 들어섰다. 그런데 병실 안에는 낯익은 뒤통수가 엄마의 얼굴을 가리고 있었다. 엄마 앞에 앉아 있던 그 뒤통수가 화들짝 놀라며 뒤를 돌았다. 난처한 얼굴의 태준이었다.

"진이 왔니?"

엄마의 얼굴에 화색이 돌고 있었다. 아마도 딸의 방문보다는 딸과 어떠한 관계라고 자처하며 찾아왔을 태준 때문이었으리라 짐작이 되었는지 진이의 표정이 굳어졌다.

"너는 이렇게 멋진 애인이 있으면서 왜 나한테 보여주지도 않고. 자네가 고생이 많지? 애가 저렇게 무뚝뚝하다니까."

엄마는 태준의 두 손을 꼭 잡고 진이를 잘 부탁한다고 눈물까지 글썽이며 그의 손을 쓰다듬었다. 그런 엄마 앞에서 태준에게 네가 뭔데 여기를 오냐고 소리칠 수도 없는 노릇이었다. 태준은 진이의 눈치를 보며 그의 특유 상냥한 웃음을 엄마에게 마구 발산하며 앞으로 잘하겠다는 말만 되풀이했다.

진이는 이를 악물고 과일을 깎아 엄마에게 내밀었다. 태준은 참 자상하게도 포크로 과일을 찍어 엄마의 입에 넣어주는 신공까지 발휘하자 엄마는 정신을 못 차리며 즐거워했다. 저렇게 좋을까? 진이는 넌지시 즐거워하는 엄마의 얼굴을 들여다보았다.

그리고 늦은 밤 면회 시간이 끝나고 태준과 진이는 병실을 나왔다.

"오늘만 봐주는 거야. 다시는 여기 올 생각하지 마."

싸늘한 한마디를 내던진 채 진이는 태준을 앞질러 밖으로 나가 버스정류장으로 향했다. 늦은 시간이라 버스가 끊겼는지 도로에는 개미 새끼 한 마리도 보이지 않았다. 콜택시라도 부를 생각에 핸드폰을 꺼내려던 손을 제지한 건 태준이었다.

"집에 데려다 줄게."

"됐어."

"가면서 할 얘기가 있어서 그래."

태준은 무작정 그녀의 손목을 잡아끌어 주차장에 있는 자신의 차 조수석에 그녀를 태웠다.

난데없는 그의 힘자랑에 속수무책으로 당한 그녀가 당황한 표정으로 운전석에 올라탄 그를 바라보며 소리쳤다.

"너 도대체 무슨 의도로 우리 엄마를 만난 거야?"

"저번에 수술받은 데는 괜찮으신지 걱정돼서 갔다가 우연히 마주쳐서 누구냐고 물으시길래 네 남자친구라고 했어."

"뭐 남자친구? 야! 그리고 네가 뭔데 우리 엄마 걱정을 해? 네가 뭔데?"

정말 미친 거 아니냐고 녀석의 멱살이라도 쥐고 흔들고 싶은 거 간신히 참아내던 진이가 지친 듯한 표정으로 말했다.

"내가 그렇게 알아듣게 설명했잖아. 근데 너 진짜 왜 이래!"

"요즘 많이 힘들지?"

"알면 앞으로 회사에서도 밖에서도 나 아는 척하지 마."

"그럴 수 없어."

태준의 말에 진이는 기가 찬 듯 헛웃음을 내뱉었다.

"내가 널 책임져야 할 것 같아. 나 때문에 힘들어하는 널 두고 볼 수가 없어. 요새 야근도 안 하고 일도 손에 잡히지 않지?"

"어. 그건 맞는데. 너 때문이 아니거든?"

"나 때문이야."

이건 또 무슨 뜬금포 터지는 소리인가. 설마 내가 저 때문에 이별후유증 뭐 그딴 거 때문에 야근도 엎어버리고 일도 손 놔버렸다는 건가? 착각도 유분수지, 참 나. 지랄도 병이다.

"너 이번 과장 승진에서 떨어진 거 사실 나 때문이야."

"뭐?"

눈꼬리를 길게 내리며 그녀를 안타까운 눈길로 바라보던 태준은 다음 말을 이었다.

"우리 아버지가 배도석이야……."

"배도석이 누군데?"

"CU패션 사장……."

"푸하하하. 농담하지 마. 감자 농사하시는 부모님은 그럼 뭔데?"

그녀가 실성한 듯 웃어대다가 갑자기 정색을 하고 그를 바라보며 물어보자 태준은 난처한 표정으로 설명했다.

"회사에는 비밀로 하는 게 좋을 것 같아서 신입사원 환영회 때 그냥 둘러댄 거였는데……."

"전부터 네가 말하려던 게 이거였어?"

"어……."

"미안하지만. 달라지는 건 없어. 네가 사장 아들이라고 해서 널 다시 만나는 일 따위 없을 거라고. 그러니까 쓸데없는 기대는 하지 마."

태준은 알고 있었다. 그녀가 물질을 좇는 여자가 아니라는 걸. 그랬다면 농부의 아들 신분이었던 자신을 택하지도 않았겠지.

"내가 열심히 일해서 이번에 잘못된 인사 꼭 바로잡을 거야."

진이는 온몸에 힘이 빠지는 것 같은 기분이 들었다.

6년을 숨죽이며 회사에 열과 성을 다한 자신의 노력이 누군가의 개인적인 견해로 인해 한순간에 무너졌다는 사실에 새삼 권력의 힘이 무섭다고 느껴졌다.

계속해서 태준이 그러니 너무 걱정하지 말라고 그녀를 끊임없이 위로하며 차는 어느새 진이가 살고 있는 아파트 앞에 멈춰 섰다.

새벽 2시가 넘은 시각이었다.

"시간이 늦었네. 하고 싶은 얘기가 더 있는데 오늘은 이만할게. 이거 하나만 기억해 줘. 네 마음이 풀릴 때까지 난 언제고 기다릴 거야."

“아니! 제발 기다리지 마!”

진이가 버럭 소리를 질렀다. 답답해서 미칠 지경이었다. 벽이랑 얘기해도 이보단 낫겠다는 생각이 들었다. 태준은 길 잃은 강아지마냥 흔들리는 눈빛으로 그녀를 바라보았다. 반면 진이는 흔들림 없는 눈빛으로 그를 몇 초간 노려보다가 차 문을 열고 내려 아파트 안으로 들어가 버렸다.

그리고 태준은 차창 너머로 그녀의 집 창문에 불이 켜지길 기다리며 바라보고 있었다.

한참이 지난 후 태준의 차가 아파트 앞을 미끄러지듯 나갔다.

그리고 그 뒤에 주차되어 있던 벤츠 승용차에 시동이 켜졌다.

곧 출발하려던 차의 창문이 열리며 누군가의 얼굴이 드러났다.

얼어붙은 눈동자를 한 경이었다.

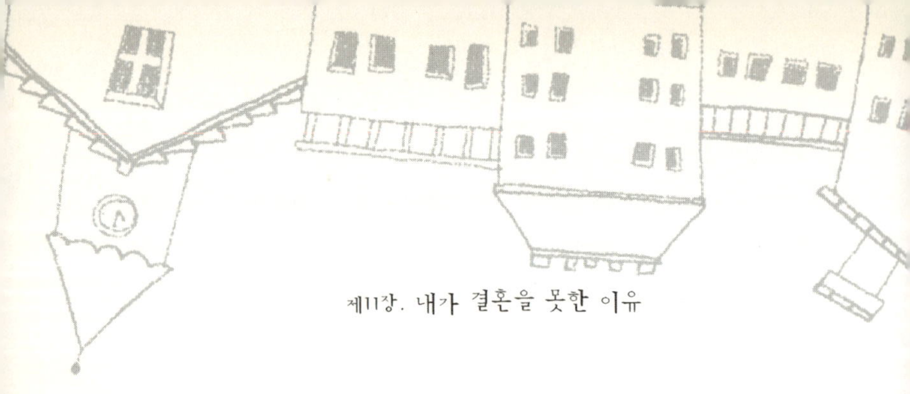

제11장. 내가 결혼을 못한 이유

"김 과장은 이게 지금 실현 가능성이 있다고 생각합니까?"

경은 오늘 오전에 보고받은 기획안들을 검토한 후 갑작스럽게 전략기획부 사무실을 방문했다. 그리고는 평소와는 달리 싸늘하게 굳은 위압적인 얼굴로 김지윤을 향해 독설을 날렸다. 영문도 모른 채 그에게 꾸중을 들은 김지윤은 울먹이며 그를 원망스레 바라보았다. 그리고 이번에는 그의 시선이 은수민에게로 향했다.

평소 사모하던 그였지만 오늘은 분위기가 전혀 달랐던지라 은수민은 제발 한번만 봐주세요! 하는 애교 섞인 표정으로 히히 웃으며 그를 바라보았다.

경은 기획안 겉표지에 적힌 이름을 확인하며 은수민을 보다가 뒤에 앉아 있던 진이에게로 시선을 돌렸다.

“예 대리, 이 기획안 은 대리랑 같이한 거 맞습니까?”

진이는 황당한 얼굴로 무슨 소리냐고 따져 물으려다가 갑자기 뒤를 휙 돌아 두 손을 모아 싹싹 빌며 제발 그렇다고 해달라고 입 모양으로 말하는 은수민을 보며 얼떨결에 대답했다.

“네.”

“어젯밤에 뭐 했습니까?”

그의 음성이 평소와는 다르게 굉장히 차가웠다. 그런데 어젯밤에 뭐 했냐는 질문에 담긴 의도가 뭘까? 그녀가 고민을 하려는 찰나 그가 말을 이었다.

“예 대리는 아직도 자신이 진급에서 떨어진 이유가 회사 탓이라고 생각합니까? 그래서 그것이 부당하다고 생각해서 손에 쥐고 있던 일들은 다 내팽개치고 제멋대로 살기로 작정한 건가?”

사원들 모두가 보는 앞에서 이렇게 망신 그것도 개망신을 주다니. 진이는 온몸에 있는 피가 거꾸로 솟는 기분이 들었다.

하지만 그가 하는 말이 전부 틀린 말도 아니니 변명할 거리도 없어 꿀 먹은 벙어리 마냥 입을 앙다문 채 시선을 내리깔았다. 그의 말에 상처받은 건 나인데 나보다 더 상처받은 듯한 그의 얼굴을 마주할 힘이 없었다.

“내가 이번 프로젝트는 나한테 아주 중요한 일이라고 분명 말했는데…… 이런 실속 없는 기획안이나 제출하고 어제 그렇게 일찍 퇴근한 건가. 예 대리한테 나는 아무것도 아닌 겁니까?”

상사가 부하직원에게 할 대사는 아니었다. 아무것도 아니냐고 묻는 경의 말에 화들짝 놀란 진이는 고개를 들어 그를 올려다보았다. 밤을 샜는지 약간 충혈된 눈동자 속에 물기가 어려 있었다. 힘들어 보이는 그의 얼굴을 보자 진이는 아차 싶었다. 저번 주말에 그는 분명 이번 브랜드 재정비 건이 자신에게 중요한 일이라고 내게 말했었다. 이유는 알 수 없었지만 그 표정이 정말 절박해 보여서 자신도 모르게 대안이 있다고 자신 있게 말했던 모습이 떠올랐다.

"죄송합니다."

"말뿐인 사과는 필요 없습니다."

"네? 저기 근데. CU아웃도어가 상무님께 왜 중요한지 여쭤봐도 되나요?"

"내일 오전 임원회의 전까지 대안 가져오세요."

왜인지는 설명도 해주지 않고 무자비하게 밀어붙이는 그를 진이는 원망스러운 눈길로 바라보았다. 그리고 이번엔 내가 반대로 묻고 싶었다. 너한테도 내가 아무것도 아니지 않느냐고. 김지윤도 알고 있는데 왜 나한테는 말을 안 해주는 거냐고. 보는 눈이 많아서 그런 거라면 따로 불러서 얘기해 줘도 되는 문제였다. 그녀가 속상한 마음에 가느다랗게 한숨을 내뱉으며 속으로 말들을 삼켰다.

"상무님, 너무하신 거 아닙니까?"

모두의 시선이 사무실 출입문 쪽으로 향했다. 태준은 사원들 사이를 지나쳐 경의 앞에 멈춰 섰다. 태준과 눈이 마주친 경은 잠시 잠깐 태준과 진이를 번갈아 보더니 어이없는 웃음을 흘렸다. 진이는 난생처음 보는 경의 인간미 떨어지는 모습에 두려웠다. 저 자식 도대체 오늘 왜 저렇게 날이 선 거지?

"방금 뭐라고 했죠?"

"너무하다고 했습니다. 전략기획부에 사람이 예 대리만 있는 것도 아니고 내일까지 기획안을 제출하라니요."

"그럼 그쪽이 대신 제출하던가. 전략기획부에 있을 때 뭐 이뤄 놓은 성과도 없이 승진했으니 그쪽 대신 승진 밀려난 다른 사원들에게 사죄도 할 겸 하면 되겠네요."

분위기가 더욱 험악해지자 사원들은 하나둘씩 사무실을 빠져나가기 시작했다. 누구 하나 말릴 수 있는 사람이 없었다. 순간 패배감에 젖어 두 주먹을 움켜쥐고 부들부들 떠는 태준의 모습이 진이의 시선에 들어왔다. 더 이상 일이 크게 번지는 것을 원치 않았던 진이는 태준의 앞을 막아서며 경을 똑바로 보며 소리쳤다.

"상무님! 말이 너무 심하신 거 아니에요? 아무리 상무님이라고 해도 그런 식으로 부하직원을 깔아뭉개는 건 잘못된 행동이라고 생각합니다. 그리고 저 CU아웃도어 건 하기 싫습니다! 제 의사도 중요한 거 아닙니까?"

"정말입니까? 하기 싫어요?"

"네? 네……."

잠시 잠깐 흔들리던 그의 눈동자를 화들짝 놀란 얼굴로 바라보던 진이가 얼떨결에 대답했다. 그러자 그는 주변에 남아 있는 사원들을 스윽 둘러보더니 한숨 섞인 목소리로 한마디 내뱉고는 사무실을 나가 버렸다.

"이번 CU아웃도어 건은 없던 일로 하죠. 다들 원래 하던 업무

보세요."

　"상무님! 임원회의가 오늘 오후로 변경됐답니다! 그리고 제 생각엔 상당수의 임원들이 배 사장의 의견에 따라갈 것 같습니다. 어떡하죠……."

　상무실에 들어온 민혁은 말끝을 흐리며 창가 쪽에 서서 밖을 바라보며 서 있는 경의 뒷모습을 바라보다가 책상 위에 널브러진 서류들을 주섬주섬 주워 정리하기 시작했다.

　경의 지친 기색이 역력한 표정이 유리창에 비쳤다.

　어쩌면 그녀가 CU아웃도어를 살려낼 대안을 내놓았다고 하더라도 무조건 자신의 뜻에 반기를 드는 배 사장과 똘똘 뭉친 임원들이 버티고 있는 한 질 수밖에 없는 게임이었다. 그래도 쉽게 포기하고 싶지 않았다. 하지만 자신의 능력으로는 역부족이었다. 그녀의 도움이 절실하게 필요했지만 질투에 눈이 멀어 모든 걸 엎어버리고 말았다. 경은 애써 침착한 얼굴로 몸을 틀어 책상 앞에 앉았다.

　"이 비서."

　"네."

　민혁은 책상 위 서류들을 깔끔하게 정리해 놓은 후 만족스러운 얼굴로 대답을 하며 고개를 들어 그를 바라보았다. 그의 입에서 뜻밖의 말이 흘러나왔다.

　"임원회의는 나 혼자 들어갈 테니까. 먼저 퇴근하도록 해."

　모든 걸 체념한 듯한 얼굴로 사무실을 벗어나던 경의 얼굴이 떠올라 진이는 아무것도 할 수가 없었다. 심지어 숨을 쉬는 것조차 목이 따끔거리는 게 많이 괴로웠다.

　그사이 출장 갔다가 돌아오는 길에 전후 사정을 전해 들은 최 부장이 머리를 헝클이며 성난 소처럼 사무실 안으로 난입했다. 최 부장은 진이가 있는 쪽으로 다가오며 소리 지르기 시작했다.

　"아니, 내가 출장 갔다 온 사이에 무슨 일이 있었던 거야! 우리 상무님께서 임원회의에서 물먹었다는 소린 또 뭐고! 게다가 예 대리는 사원들 다 보는 앞에서 상무님한테 바락바락 대들었다며! 제정신이야? 요새 정신을 어디다 팔고 다니는 거야! 내가 그동안 예 대리 기분 맞추느라 아무 말 못하고 있으니까 회사가 우습나?"

　이제야 실감이 나기 시작했다. 부하직원들 보는 앞에서 상사에게 지적질이라니. 그가 얼마나 난처했을까?

　"죄송합니다……."

　목소리가 가느다랗게 떨려왔다. 최 부장은 갑자기 울먹이는 목소리로 진이가 사죄를 하자 뻘쭘해졌는지 앞으로 잘하라고 소리치며 자리로 돌아가 앉았다.

　"죄송하다는 말은 상무님께 직접 가서 해야 하는 거 아니에요?"

　진이가 고개를 들었다. 김지윤이 입을 삐죽 내밀며 진이에게 따져 묻고 있었다.

　"상무님은 예 대리님만 믿고 이번 CU아웃도어 건 맡은 건데 이런 식으로 뒤통수를 치다니. 덕분에 상무님 입장이 얼마나 곤란해졌는지 알아요? 제가 소문으로 들었던 예 대리님은 이렇게 일에 무책임한 사람은 아니었는데 완전 실망했습니다.”

나 때문에 CU아웃도어를 맡다니? 도대체 이해할 수 없는 말들만 늘어놓는 김지윤을 바라보던 진이가 뭔가 따져 물으려고 할 때 드르륵 의자 굴러오는 소리가 들려왔다.

자리에서 두 사람의 애기를 듣던 은수민이 의자를 밀어 순식간에 진이 앞으로 굴러왔다. 그리고는 벌떡 일어나 지윤을 두 눈을 똑바로 뜨고 바라보며 말했다.

“김 과장님이 뭘 아신다고 무책임하니 실망이니 말을 하죠? 예 대리님 입장에서 한번이라도 생각해 본 적 있으세요? 우리가 무슨 일하는 기계도 아니고 감정적으로 나갈 때도 있는 거 아니냐구요!”

“아니, 은 대리가 뭔데 끼어들어요?”

“직장동료. 입니다!”

눈을 흘기며 어머 어머, 별꼴이야. 를 연발하던 지윤은 황급히 자리로 돌아가 버렸다.

“난 예 대리님 이해해요. 그리고 아까는 미안해요. 괜히 나 때문에 상무님한테 찍혀서. 나는요, 내 기획안이 완벽한 줄 알았어요. 그래서 예 대리님 이름도 같이 넣어서 칭찬받고 싶었는데. 저 신입 때 예 대리님도 그렇게 해주셨잖아요. 이번 기회에 갚고 싶었는데.”

“난 기억도 안 나는 일인데 은 대리 기억력이 좋네.”

“그럼요. 그때부터 줄곧 예 대리님을 이겨보고 싶었으니까요.”

말을 하고 나서도 쑥스러웠는지 다시 의자에 앉아 바퀴를 굴려

제자리로 돌아가 버린 은수민의 뒷모습을 보니 진이는 왠지 모르게 가슴이 따뜻해졌다. 이런 게 동료애인 건가? 기획안 채택을 두고 피 터지게 싸우다가도 불합리한 일을 겪으면 서로 감싸주고 위로해 주는…….

평온해지려는 진이의 마음이 다시금 아까 전 지윤의 말 때문에 요동치기 시작했다.

'덕분에 상무님 입장이 얼마나 곤란해졌는지 알아요?'

생각해 보니 이번 일은 경이 상무가 되고 처음 맡은 일이었다. 불현듯 충혈된 그의 눈동자가 떠오르자 손끝이 저릿저릿했다. 오죽했으면 자신을 찾아와 기획안을 내놓으라고 소리쳤을까. 임원 회의에서 많이 깨졌을까? 능력도 없는 상무라며 손가락질받은 건 아니겠지? 게다가 사장 아들이라는 배태준을 건드렸으니 혹시 잘못돼서 회사에서 쫓겨나는 건 아닐까? 사장 정도면 상무 하나 갈아치우는 건 쉽겠지? 진이는 울상을 지으며 책상 위에 엎드려 버렸다. 내가 도대체 무슨 짓을 한 거지?

"맥주 3천 더요!"

진이의 외침에 떨떠름한 표정으로 맥주를 들고 김 과장이 다가왔다. 김 과장은 자신의 가게에 있는 술을 거덜 낼 기세로 맥주를 입속에 부어대는 진이와 시연을 흘겨보며 말했다.

"오늘은 돈 내고 갈 거지?"

"어머, 진이야. 분명 김 과장님이 너는 평생 공짜라고 하지 않았어? 김 과장님! 저번에 기획안 도난사건도 그렇고 그동안 진이 등에 업혀 회사생활 잘 버텨냈으면서! 너무하신 거 아니에요? 안주 좀 더 갖다 줘요!”

“으이구. 알았다, 알았어!”

김 과장은 시연의 등살에 못 이겨 한숨을 푹푹 내쉬며 주방으로 향했다. 시연은 아까부터 말없이 술만 마시는 진이를 부담스럽게 바라봤다.

“회사에서 또 무슨 일 있었어?”

“적당히 일하고 야근도 안 하니까 좋은데…… 근데 허전해…… 마음이 텅…… 비어버린 것 같고 왜 사는지 모르겠어.”

“아이고.”

시연이 아이고를 연발하며 가슴을 두드렸다. 이 불쌍한 영혼을 어찌하면 좋을까? 시연은 고개를 절레절레 흔들며 그녀의 술잔에 맥주를 가득 따랐다.

“그니까 연애를 해.”

진이는 시연을 흘겨보다가 맥주를 입안에 모조리 부어버렸다. 그리고 손등으로 촉촉이 젖은 입가를 닦아내고는 취기가 올랐는 지 웅얼대며 입을 삐쭉 내밀었다.

“그것도 어떻게 하는지 까먹었단 말야…….”

“아이고!”

시연은 더욱 크게 아이고를 외쳤다. 그러자 진이는 시연의 리액 션에 취했는지 더욱 솔직한 마음을 내뱉어 버렸다.

“어떻게 시작을 해야 하는지 모르겠어.”

“누구? 누구랑 시작하고 싶은데?”

시연의 물음에 진이의 눈동자가 사정없이 흔들리기 시작했다. 입 밖으로 내뱉어 버리면 끝장이다. 시연은 꼭 진이의 마음을 확인하고자 하는 강한 의지가 가득 담긴 눈으로 그녀의 어깨를 잡아 흔들어댔다.

"누구냐니까?"

"누구긴 누구야. 경이지."

진이의 눈꼬리가 굽어지며 울상이 되어버렸다. 반면 시연은 그럴 줄 알았다며 그녀의 어깨를 잡았던 두 손을 거두고는 맥주로 입을 축이며 꽤 진지한 말투로 말했다.

"근데 무슨 걱정이야? 황보경도 너 만나러 이 회사 온 거라며."

"처음엔 그랬지. 근데 나한테 실망한 것 같아…… 나 때문에 중요한 일도 엎어지고……. 게다가 걔 옆에 어리고 예쁜 애가 오빠 하면서 따라다니는데 나 같아도 나한테 정 떨어졌을 거야."

게다가 한 번도 아니고 여러 번 진심을 전하던 그를 밀어내고 도망갔었다. 그렇게 하면 될 줄 알았다. 마음속 깊은 곳에서부터 꿈틀대던 미련인지 사랑인지 모를 이놈을 눌러 버릴 수 있을 줄 알았다. 그녀는 답답한 마음에 또다시 맥주를 원샷했다.

"정말 그런 것 때문에 경이 너한테 실망한 거면 네 능력을 보여 주면 되잖아! 그래서 다시 쟁취하는 거야!"

이미 CU아웃도어는 시장에서 철수시키기로 임원회의를 통해 결정이 났다.

"됐어. 다 끝났어."

"이런 미친! 또 포기하는 거야? 네 마음 표현하지도 않고 버스 아직 떠나지도 않았는데 멍청하게 다음 버스 기다릴래? 야! 내 생각에는 이번이 마지막 버스 같거든? 손을 흔들고 버스 뒤꽁무니를 따라 달리던 마지막 발악을 해보란 말야!"

마지막 발악이라도 해보라고? 이런저런 생각을 하느라 어두워진 진이의 표정을 보던 시연은 분위기 전환을 할 겸 입을 열었다.

"내가 재밌는 얘기해 줄까? 이거 진짜 비밀인데!"

"그래? 근데 그 얘기 너도 누군가에게는 비밀이라고 하면서 들었겠지."

"야! 너 얘기 안 해준다?"

별로 남 얘기는 궁금하지 않았던 탓에 진이가 시큰둥한 반응을 보이자 시연은 왠지 더 말하고 싶어 미치겠는지 스스로 입을 열었다.

"우리 외삼촌이 CU그룹에서 일하잖아. 맞다! 너네 혹시 이번 인사이동 때 완전 파격 승진! 뭐 그런 거 없었어?"

"딱히……."

"그래? 이상하다. 너네 회사에 CU그룹 회장님 손자 있다던데?"

"소문이 그렇게 왜곡되기도 하는구나……."

"뭐야? 너 뭐 알고 있어?"

시연은 두 눈을 부릅뜨고 진이에게 바짝 다가갔다. 진이는 입이 가벼운 불쌍한 중생을 어떻게 할지 잠시 잠깐 망설이다가 나 또한 비밀이라는 명목하에 말을 꺼냈다.

"CU그룹 회장 손자가 아니라 우리 회사 사장 아들이야."

“뭐야 뭐야 누군데?”

“배태준.”

“으악! 대박! 뭐야 이거 완전 초초초 대박 아니…… 읍!”

“야! 조용히!”

미친 망나니처럼 날뛰는 시연의 입을 진이가 틀어막았다. 하지만 이미 늦은 듯싶었다.

“그게 무슨 소리야? 배 대리가 사장님 아들이라고?”

뒤에서 계란말이가 담긴 접시를 들고 서 있는 김 과장이 얘기를 다 들었는지 눈을 반짝거리며 두 사람에게로 다가와 아예 테이블에 자리를 잡고 앉아버렸다. 그리고 뭔가 할 얘기가 많은지 입을 열었다.

“사실 나도 살짝 눈치를 채긴 했었어!”

“그게 무슨 말이에요?”

당시를 회상하는 김 과장을 시연이 재촉했다. 그리고 진이는 별 대수롭지 않은 듯 젓가락을 들어 계란말이를 하나 집어 입에 넣었다.

“그게 우연희 씨가 퇴사하기 전날.”

“우연희? 그게 누군데요?”

“듣보잡.”

진이가 시연의 이해를 돕기 위해 부연설명을 간단하게 했다. 그러자 시연은 흥분을 감추지 못한 채 벌떡 일어나서 허공에 삿대질을 하기 시작했다.

“아! 그 네 기획안 훔치고 태준 씨랑 바람난 미친년? 걔 이름이 우연희야? 아우씨. 김 과장님! 그래서요? 그 듣보가 뭐 어쨌는데요?"

김 과장은 배 대리가 누구랑 사귀었었어? 라고 묻고 싶은 걸 간신히 삼키고 말을 이어나갔다.

"내가 옥상 구석에서 담배 피다가 우연히 우연희 씨가 전화 통화하는 걸 들었지 뭐야. 아! 맞다 배 대리랑 우연희 씨는 사귀는 사이였나 봐."

"알아요. 아니까 빨리 다음, 다음! 통화 내용이 뭔데요?"

홍시연 너 참 남 얘기를 좋아한다. 하는 것도 듣는 것도. 진이는 그사이 또 계란말이를 입에 넣었다. 이러다가 혼자 다 먹어치울 판이었다.

"글쎄 우연희 씨가 친구인지 가족인지한테 전화하면서 태준 씨 정체 알고 사귄 거 다 들켰다면서…… 사장님이 주는 돈 받고 그냥 퇴사하겠다고……."

"어머. 대박 나쁜 년이네? 그럼 태준 씨가 사장 아들인 거 알고 접근했다가 사장한테 걸려서 그냥 돈 챙겨서 토낀 거예요?"

한 큐에 정리신공을 발휘하는 시연을 보며 김 과장은 엄지를 추켜들었다.

"태준 씨도 참 병신 같다. 한편으로는 불쌍하기도 하네. 여자한테 이용이나 당하고. 그러니까 거기서도 까이고 너한테 다시 시작하네 마네 그러…… 읍!"

이번에는 시연이 자기 스스로 입을 틀어막았다. 김 과장은 진이 눈치를 살짝 보더니 허허실실 웃으며 말했다.

“나야 뭐 이제 회사도 안 다니고 떠벌리고 다닐 사람도 없어. 걱정 마, 예 대리. 안주 더 갖다 줄게!”

김 과장은 거의 다 비워져 있는 계란말이 접시를 보더니 다시 서둘러 주방으로 향했다.

“야! 아까 하던 얘기를 이어서 하자면. 지인짜! 너 대박이다. 야! 경 찔러보다가 안 되면 태준 씨한테 다시 가! 막차가 남아 있었구만!”

“너 지금 그걸 말이라고 하냐?”

“아무튼 넌 남자 보는 눈이 졸라 없는 줄 알았는데 제일 실속 있네! 작년에 그 많던 전문직종 고소득 남자들 떨쳐 내고 농부 아들 고르더니 알고 보니 사장 아들이래. 이건 뭐…… 너 무슨 신기 있냐?”

“그만 놀리지?”

“아깝지 않아?”

“전혀.”

“하긴 지금 네 눈에 누가 보이겠어. 근데 웃기지 않아? 농부 아들에 이어 이번엔 또다시 오리농장 아들. 너 무슨 영농후계자 킬러냐?”

놀리듯 난리 법석을 떠는 시연의 말에 진이는 가느다랗게 한숨을 내뱉은 후 마지막 남은 계란말이 하나를 입에 넣어버렸다.

진이는 머리를 헝클이며 책상 위에 엎어져 버렸다. 술값을 냈어야 했다. 왠지 김 과장에게 얘깃거리를 제공하고 안주를 뇌물로 받아먹은 것만 같아 기분이 더러웠다.

출근한 지 3시간이나 지났는데도 사원들의 수다의 중심은 태준이었다. 그가 사장 아들이라는 사실이 밝혀진 것이었다. 당연지사 소문의 근원지는 김 과장이 운영하는 실내포차였다.

"그나저나 사장 아들한테 상무님은 그 난리를 쳤으니 잘리는 거 아니야?"

"그러게! 이럴 줄 알았으면 줄 잘 서둘걸. 지금이라도 배 과장님한테 연락해 볼까?"

남사원들은 줄 얘기를 하고 있었다. 순식간에 부서 내 실세는 경이 아니라 다른 부서에 있는 태준이 되어버렸다. 이 바닥 참 냉정한 세계였다.

그나저나 정말 경 그 자식 잘리는 건 아니겠지? 진이는 경의 도발에 두 주먹을 꽉 쥐던 태준이 떠올랐다. 순하던 그가 그 정도로 분노를 표출할 정도면 여간 자존심이 상한 게 아니었을 텐데. 태준을 불러서 잘 구슬려 볼까? 아니야. 괜히 불러냈다가 말만 길어지지. 이런저런 생각에 뒤늦게 점심시간을 확인하고 사내식당으로 향했다.

거의 마지막으로 배식을 받은 진이는 앉을 자리를 살폈다. 그런데 유독 주변에 아무도 없는 테이블이 눈에 띄었다. 그 넓은 테이블에서 혼자 쓸쓸히 밥을 먹는 둥 마는 둥 하고 앉아 있는 경이 보였다. 반면 건너편 테이블에는 태준을 둘러싸고 전략기획부 이하 인사부 사원들까지 그를 떠받들고 있었다.

화가 났다. 저렇게 주눅 든 그의 모습을 보고 있자니 미칠 것만 같았다. 진이는 전략기획부 테이블에서 이리 오라고 손을 흔드는 은수민을 무시한 채 경이 앉은 테이블로 걸어갔다. 그리고 그의 맞은편에 식판을 내려놓았다. 경이 힘없이 고개를 들어 그녀를 바라보았다.

"예 대리님!"

자리에 앉으려는 진이 뒤편으로 누군가의 목소리가 들려왔다. 진이가 뒤를 돌아보았다. 죽이 담긴 쇼핑백을 들고 서 있는 민혁이 말했다.

"여기 제 자리인데요?"

"네?"

어리둥절한 얼굴로 민혁을 바라보는 진이에게 민혁은 속삭였다.

"상무님 많이 아프시니까 신경 건드리지 마시고 저리 가세요. 사람들도 다 쫓겨난 거거든요."

민혁의 속삭임을 들은 진이는 어설픈 미소를 띠며 경을 바라보았다.

아…… 사내왕따가 아니라 지가 왕따시킨 거였어?

젠장. 쪽팔려. 진이가 힐끔 그의 얼굴을 살폈다. 아까는 미처 느끼지 못했지만 그의 얼굴이 창백해 보였다.

"어디…… 아파요?"

저도 모르게 내뱉은 말에 그녀 자신도 놀라 입을 닫아버렸다. 그런 그녀를 그가 올려다보며 힘없이 한마디 내뱉었다.

"어."

"약은 드셨어요?"

"이 병엔 약도 없어."

"아…… 네……. 그, 그래요…… 그래도 모쪼록 빠른 쾌유를 빌겠습니다."

주변 사람들의 시선이 뜨끔뜨끔 뒤통수에 꽂히고 있었다. 난 왜 이렇게 눈치가 빠른 걸까. 진이는 어색하게 미소 지으며 시답잖은 말들을 내뱉고서는 식판을 들고 슬금슬금 그를 지나쳐 갔다.

"가지 마."

경의 목소리가 들려왔다. 그리고 약간의 시간차를 두고 상사를 위한 민혁의 처절한 몸부림이 들려왔다.

"마징가! 다음 상무님 차례예요! 가지 마는 아까 하셨구. 다른 거~"

고작 생각해 낸 게 끝말잇기라니. 식당에서 끝말잇기 하는 상사보다 여자에게 가지 말라고 매달리는 편이 낫다고 그는 생각하지 않았을까?

나만 들었을까? 옆 테이블 사람들도 들었을까? 어떡하지? 고개를 못 들겠다. 진이는 발걸음을 재촉했다. 그리고 서둘러 뒤편 배식대에 눈물을 머금고 식판을 내려놓고 식당을 벗어나 버렸다.

"이 비서."

"네……."

"마지막까지 정말 마음에 안 들어."

경이 맞은편에 죽 집에서 사온 죽과 반찬들을 세팅하는 민혁을 보며 피씩 웃어버렸다. 민혁은 이상하게 몇 주 같이 지내지는 않았지만 힘이 든 만큼 정이 많이 들었는지 힘없이 웃어버리는 상사의 모습이 짠했다.

"정말 가시는 거예요?"

"이 비서는 본사로 발령 나도록 말해뒀으니까 걱정하지 마."

"그런 게 아니라."

잠시 머뭇대던 민혁이 주변을 의식했는지 손으로 입을 가리며 속삭이듯 말했다.

"이대로 예 대리님 포기하시는 거예요? 지켜준다면서요."

"그래서 가는 거야. 지켜주려고."

그가 가느다랗게 한숨을 내뱉었다.

그녀의 말을 빌리자면 자신은 겉만 명품 옷을 입었다 뿐이지 내면이나 능력 모든 면에서 그녀의 마음을 다시 돌릴 만큼 발전된 게 하나도 없었다. 부끄럽게도 그 사실을 모른 채 그녀 앞에 나타나 제대로 완패했다는 생각이 들자 후회가 밀려왔다.

그렇게 치열하게 살아왔음에도 좀 더 노력하며 살지 못한 자신이 한심했다. 경은 힘없이 들고 있던 수저를 내려놓고 식당을 벗어났다.

"지금 뭐, 뭐라고 하셨습니까?"

배 사장이 맞은편에 앉은 머리가 희끗한 전임사장을 놀란 얼굴로 바라보며 되물었다. 전임사장 신씨는 현재 청와대에서 고위직을 맡고 있는 인사였다. 배 사장의 물음에 신씨가 차를 들이켜며 입을 열었다.

　"김욱 회장 막내딸이 남편 그렇게 억울하게 죽고 회사에서 쫓겨난 뒤 아마 외가에 원한이 많았을 거야. 아들이 하나 있었는데 그 애를 그렇게 잡았다더군. CU그룹에 대적할 만한 인물로 키우고 싶은 열망이 강했을 테지. 내 생각인데 말이야. 그녀가 그렇게 자살을 한 이유도 다 계획이 아니었을까 생각한다네. 결과적으론 그 아이가 김 회장님의 가장 아픈 손가락이 되지 않았나? 근데 배 사장, 뭘 그렇게 놀라는 겐가? 그 아이를 몰라본 건 당연해. 김 회장님이 녀석을 철저히 보호했거든. 행여 자신의 아들들의 타깃이 되지 않을까."

　세상에 녀석의 뒷배가 바로 김 회장이라니. 배 사장은 어제 임원회의에서 무조건 그의 의견에 반기를 들었던 것이 떠올랐다. 신 씨가 돌아가고 나서도 한동안 배 사장은 어떻게 줄을 서야 할지 머리를 굴리고 있었다. 그런데 그때 마침 노크 소리가 들리고 문이 열렸다.

　"자네가 웬일인가?"

　평소답지 않게 자리에서 벌떡 일어나 자신을 맞이하는 배 사장을 탐탁지 않게 바라보며 경은 평소처럼 간단히 목례를 하고 앉으라는 소리도 하지 않았는데 소파에 털썩 앉아버렸다.

　"거래를 좋아하실 것 같아서 가져왔습니다."

　"거래?"

　"브랜드 재정비로 인한 수익들의 행방. 로얄호텔과의 커넥션."

　"……!!"

　"저는 그 두 가지를 절대로 건들지 않을 생각입니다. 대신."

배 사장이 흥미로운 듯 경을 바라보았다. 경의 담담한 어조에서 그가 얼마나 많은 고민을 했을지 느껴졌다.

"사장님께서도 이 두 가지를 절대 건들지 마셔야 합니다."

"말해보게나."

"CU아웃도어. 그리고 예진이 대리."

"알겠네."

대답이 너무 빨랐다. 경은 배 사장을 의심스럽게 바라보다가 자리에서 일어섰다.

"회장님께 내 얘기 좀 잘해주게나."

경은 배 사장이 고분고분해진 이유를 알아차렸는지 쓰게 웃으며 사장실을 벗어났다. 역시 자신의 힘으로 할 수 있는 건 아무것도 없었다는 생각에 절망스러웠다.

"예 대리님! 오늘은 야근하시려고요?"

퇴근한 줄 알았던 진이가 다시 사무실로 들어서자 은수민이 물었다. 근처 편의점에서 삼각김밥을 싹쓸이해 왔는지 진이가 들고 있는 봉투가 무거워 보였다. 진이는 말없이 삼각김밥 대여섯 개를 꺼내 은수민 자리에 올려두자 은수민이 의아한 듯 물었다.

"이게 뭐예요?"

"뇌물."

"네?"

"은 대리, 오늘 나랑 철야할래?"

진이는 뭔가 단단히 각오한 듯한 얼굴로 자신의 책상 위에 놓인 프린트 물을 은수민에게 내밀며 말했다.

"틀은 내가 다 짜놨어. 세부보고서는 나중에 작성하더라도 프레젠테이션 할 수 있는 PPT라도 만들면 승산 있지 않을까?"

"어? 이건……."

프린트 물을 살펴보던 은수민의 눈이 휘둥그레졌다. 진이는 뭔가 자신감에 가득 찬 얼굴로 말했다.

"CU아웃도어 철수 아직 주주총회에 안건 상정도 안 됐잖아. 포기하기엔 일러. 내일 임원회의 한다고 하니까 거기서 PT 들이밀면 임원들 생각이 바뀌지 않을까?"

"이거 대박인데요? 완벽한 리포셔닝이에요. 2년 차 매출 1,000억 원이 목표라니……. 이 기획안이라면 가능할 것도 같아요."

은수민은 짧은 시간에 기획안 목차만 훑어봤지만 그녀의 기획력은 역시 최고였다. 충분히 승산이 있는 게임인 것은 분명했다. 그런데 문득 갑자기 마음을 바꾼 그녀의 심중이 궁금했다.

"그런데 갑자기 왜 이러세요? 이제 야근 같은 거 안 하신다고 하셨잖아요."

"나도 잘 모르겠어."

"그런 말이 어딨어요!"

"근데 확실한 건…… CU아웃도어를 살려서 누군가 웃어줬으면 좋겠어."

"누군가는 웃겠죠. 최 부장님이."

진이는 경이 미소 짓는 모습을 상상하다가 은수민의 최 부장님이라는 발언에 상상이 와르르 무너져 버렸다.

덕분에 두 사람은 얘기를 접고 일에 몰두할 수가 있었다. 둘은 환상의 콤비답게 손발이 척척 호흡이 잘 맞았다. 기획안 작성은 생각보다 빠른 시간 안에 완성되었고 두 사람은 새벽 4시경에 무사히 퇴근을 할 수가 있었다.

진이는 집에 들어가자마자 샤워를 한 후 다시 출근을 위해 화장을 하고 옷을 갈아입었다. 그렇게 잠 한숨도 못 자고 다시 회사로 향했다.

사무실에 들어선 진이는 왠지 모르게 회사 분위기가 어수선하다는 느낌을 받았다. 분명 사원들이 수군거리는데 잠을 못잔 탓인지 집중이 안 돼 말소리가 들리지 않았다. 진이는 별 대수롭지 않게 여기며 오늘 기획안 발표를 건의하러 최 부장에게로 향했다.

"부장님, 저 말씀드릴 게 있는데요."

"왜? 설마 그만둔다는 건 아니겠지?"

뭐지? 요즘 내가 마음에 안 든다고 그만두길 바라는 건가? 진이는 최 부장을 살짝 흘기다가 다시 미소를 머금으며 말했다.

"저랑 은 대리가 기획안을 하나 만들었는데 오늘 임원회의 때 PT를 진행해서 검증을 받고 싶은데 허락해 주실 수 있으세요?"

"그으래? 그럼! 되고말고! 예 대리가 오래간만에 기특한 짓을 했구만! 기획안 당장 가져와 봐! 내가 바로 사장님께 직행할 테니까."

"네. 감사합니다."

진이는 최 부장에게 꾸벅 인사를 한 뒤 자리로 돌아가려고 뒤를 돌았다.

"아. 근데 오늘 임원회의 취소됐어. 예 대리, 아직 노트북 안 켰구나?"

그녀가 무심하게 자리로 돌아가며 최 부장에게 물었다.

"네. 근데 회사에 무슨 일 있어요?"

"어제부로 상무님 해임됐잖아."

쾅!

순간 서랍에서 노트북을 꺼내던 그녀가 노트북을 바닥에 떨어뜨리고 말았다. 최 부장 이하 사원들이 놀라서 자리에서 벌떡 일어나 그녀가 있는 쪽을 바라보았다.

"예 대리! 왜 그래! 어디 아파? 갑자기 웬 식은땀을."

"아, 아니에요……."

"기획안 좀 빨리 줘봐."

"네……."

진이는 가느다랗게 떨리는 목소리로 대답하며 서랍 속에서 기획안이 철 된 결재판을 꺼내 들었다. 결재판을 두 손에 꼭 든 채로 후들거리는 다리로 최 부장이 있는 쪽으로 걷던 진이는 몸을 틀어 사무실을 뛰쳐나가 버렸다.

손을 뻗어 결재판을 받으려던 최 부장은 무안해서 헛기침을 하며 뛰쳐나간 진이의 뒷모습을 보며 그녀가 아직은 마음을 추스르기에는 시간이 좀 더 필요하다고 생각을 했다.

"헉헉…… 헉……."

엘리베이터를 기다리고 있을 여유조차 없었는지 진이는 비상계단을 올라 상무실에 도착했다.

삭막했다. 상무실 앞에 들어서면 접대실에서 나던 커피 향이 사라졌다. 비서데스크 앞에서 항상 눈치를 보며 앉아 있던 민혁의 모습도 없었다. 그녀가 믿기지 않는 듯한 얼굴로 상무실 문을 열었다.

텅 비어 있는 상무실 안을 정처 없이 한 발 한 발 내딛었다.

털썩. 그녀가 바닥에 주저앉아 버렸다.

어떻게 이럴 수가 있지? 또…… 이렇게 인사도 없이 그냥 가버린 거야?

나한테 가지 말라고 해놓고 지가 가버린 거냐고!

툭툭. 카펫 위로 눈물이 떨어졌다. 후두둑. 사정없이 비처럼 장맛비처럼 쏟아지기 시작했다.

"엉엉…… 말도 안 돼……."

Rrrrr. Rrrrr. Rrrrr.

그때 재킷 주머니에서 핸드폰 벨소리가 울렸다. 누가 걸었는지 확인도 하지 않고 반쯤 정신이 나가 있는 그녀가 무작정 전화를 받았다.

"엉엉…… 여보세요…… 흑흑……."

[예진이 씨 맞으신가요?]

사무적인 목소리의 여자는 통곡을 하며 전화를 받는 진이의 상태가 의심되는지 목소리에 의심이 가득 실려 있었다.

[안녕하세요, O웨딩입니다. 잘 지내셨죠? 이번 달 말까지 혼인관계증명서를 제출하셔야 다음 달에 이벤트를 진행할 수가 있어

서요.]

웨딩? 그깟 게 지금 무슨 소용이야. 무슨 소용인데! 남자가 없는데. 사랑하는 사람이 없는데.

"아…… 아, 안 해요! 안 해. 안 한다구요. 다 필요 없어! 엉엉."

모든 게 허무하고 허망했다.

서른이 넘으니 많은 사람들이 내게 결혼을 왜 안 하냐고 물어왔다.

그때 나는 주저없이 돈이 없고 여유가 없고 시간이 없다고 했다.

하지만 다 틀렸다.

진짜 이유는…… 사랑하는 사람이 없었기 때문이었다.

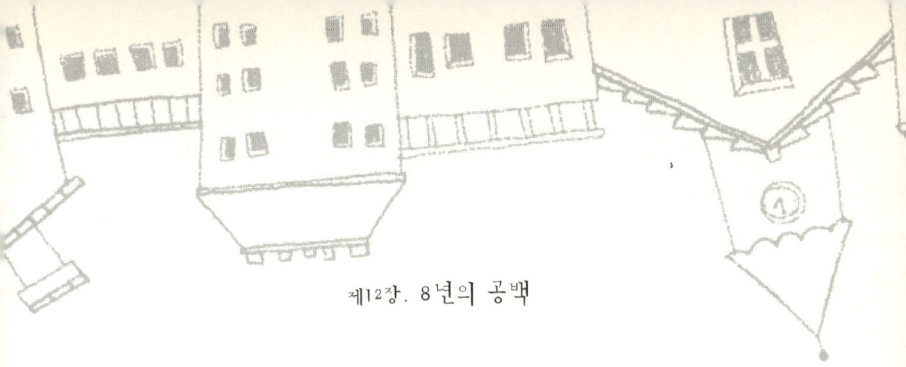

제12장. 8년의 공백

"건배~!"

은수민과 시연 그리고 두 눈이 퉁퉁 부은 진이까지 세 여자가 김 과장네 실내포차에서 건배를 외쳤다. 김 과장은 한숨을 푹푹 내쉬며 안주를 날랐다.

"김 과장님, 싫은 티 너무 내시는 거 아니에요?"

김 과장이 안주를 내려놓자마자 은수민이 젓가락을 들며 한껏 업된 표정과 들뜬 목소리로 묻자 김 과장이 떨떠름한 얼굴로 말했다.

"그나저나 세 사람은 전혀 어울리지 않는 조합이네? 오늘 모인 이유는 뭐야?"

"오늘 사장님께서 직접 저랑 예 대리님이 만든 기획안 보시고 시장에서 철수하려던 CU아웃도어 리포셔닝 맡기셨어요.”

“근데 예 대리는 어째 기분이 안 좋아 보이네?”

김 과장의 말에 은수민과 시연이 진이를 바라보았다. 그들의 눈빛이 부담스러웠는지 진이는 이를 악물고 외쳤다.

“과장님, 소주 주세요.”

“콜라도요! 오예! 예 대리님 저 오늘도 한 잔 말아주시는 거예요?”

은수민의 아양에도 진이는 묵묵히 혼자서 소주를 맥주잔에 따라 원샷을 해버렸다. 그녀를 지켜보던 시연이 걱정스레 물었다.

“야! 너 왜 그래? 은 대리! 얘 회사에서 무슨 일 있었니?”

“아니요. 오늘 기분 좋은 일밖에 없었는데요? 아…… 맞다.”

“뭔데?”

“아니, 저한테 좀…… 사적으로 안 좋은 일이 생겼거든요.”

시연은 지금 은수민의 사적인 얘기는 전혀 궁금하지 않았다. 순식간에 소주 한 병을 해치워 버리는 신공을 발휘하는 진이가 걱정될 뿐이었다. 퉁퉁 부은 눈은 운 게 분명한데 말을 안 하니 답답해 미칠 노릇이었다. 시연도 답답한 마음에 맥주를 들이켰다. 은수민도 두 여자의 스피드를 따라가느라 미친 듯이 술을 말아먹기 시작했다.

세 여자가 술이 만땅으로 취했는지 테이블 위에 나란히 머리를 박고 난리가 났다. 은수민이 중얼거리며 집에 간다고 일어섰다.

“어뜨케 한마디도 안 하냐 한마디도! 우이씨. 나 집에 갈래요!”

일어섰던 은수민은 다리에 힘이 풀렸는지 다시 털썩 주저앉았다.

“아야! 휴…… 그나저나 회사 가기 진짜 싫다. 잘생긴 상무님도 없구…….”

“뭐?”

“엉엉…….”

뭐냐고 물으며 벌떡 튀어 오른 것은 시연이었고, 뒤에 엉엉 울어 젖히는 여자는 진이였다.

테이블에 얼굴을 박고 진이는 어깨를 들썩이며 대성통곡했다.

“상무? 상무면 갱이잖아!”

“갱? 갱스터?”

“야, 은 대리! 상무가 왜 없어!”

다짜고짜 은수민을 향해 삿대질하며 묻는 시연의 말에 은수민은 입술을 삐쭉 내밀고는 답했다.

“잘렸다는데요? 에잇. 나 진짜 집에 갈래요!”

그리고는 그렇게 취객 은수민은 비틀거리며 가게를 나가 버렸다. 시연은 계속해서 엉엉 대성통곡을 하며 어깨를 들썩이며 우는 진이의 어깨를 토닥거렸다.

“괜찮아. 갱이랑 넌 인연이 아닌가 보네.”

진이가 상체를 일으켜 눈물 때문에 몽땅 젖은 얼굴로 고개를 절레절레 흔들었다.

“이게 뭐야…… 또 내가 마음을 열려고 했는데…… 또…….”

“야 이 등신아! 그러게 내가 뭐랬어! 빨리 움직이라고 했잖아!”

“이제 아무도 안 만나.”

“야. 그건 아니지. 버스 또 있을 거야.”

초초초 긍정의 여신 납셨네. 진이는 버럭 소리쳤다.

"없다며! 이번이 막차라며!"

"야! 있어야지. 너 웨딩로또 그거 다음 주까지 뭐 등록해야 하는 거 아니야?"

"그거 안 한다고 했어. 다른 사람 주라고 했어."

"뭐?!"

이번엔 시연이 버럭 소리쳤다.

"야 이 미친! 그걸 왜 안 해, 왜!"

"그걸 왜 하는데, 왜! 결혼은 혼자 해? 다 필요 없어! 엉엉…… 나 집에 갈 거야."

진이가 자리에서 일어나 가게를 나가 버렸다. 밖으로 나가 택시를 탈 동안까지도 뒤에서 시연의 욕이 들려왔다.

빈속에 소주를 병째 들이켜서 그런지 슬슬 취기가 올라오기 시작했다. 무슨 정신으로 택시에서 내려서 집까지 갔는지 모르겠지만 정신을 차려보니 내 방 침대 위였다.

언제가 마지막이었지? 그래…… 사내식당. 많이 아파 보였는데. 아픈 건 다 나았나? 약도 없다던데. 내가 그의 만병의 근원이었나? 보고 싶다…… 어떻게 하면 볼 수 있지? 내일 김지윤한테 물어볼까? 그녀는 경이 어디 있는지 알고 있지 않을까? 맞다 김지윤 지방 출장 갔잖아.

진이는 비틀거리며 침대에서 내려와 의자를 끌어다 장롱 앞에 세웠다. 그리고 의자를 밟고 올라가 장롱 위 백과사전만 한 졸업 앨범을 꺼냈다.

맨바닥에 앉아서 상체를 좌로 우로 갈대처럼 흔들거리며 졸업앨범 속에 붙여놓은 동아리 주소록을 찾아내었다. 가나다라마바사…… 하…… 황보경!

"찾았다!"

"이봐요! 아가씨! 정신 차려!"

택시기사의 소리침에 뒷좌석에 앉아 있던 진이가 흐리멍텅 눈을 떴다.

취했는지 해롱해롱거리며 여기가 어디냐고 묻는 진상 취객 때문에 택시기사는 애가 탈 뿐이었다. 택시기사는 조수석에 있는 무거운 졸업앨범을 진이에게 건네며 말했다.

"아가씨가 거기 그 황보경이네 집으로 가자며! 근데 여기가 맞는 거야? 오리농장이라더니 오리는커녕…… 말이 있는데?"

말이라니…… 무슨 소린지 모르겠다는 표정으로 진이는 차비를 건네고는 차에서 내렸다.

도시 외곽이라 그런지 풀 냄새가 밤공기와 함께 코 속으로 들어와 마음을 정화시켜 주는 기분이 들었다. 그리고 택시가 빠져나간 후 이제야 그녀가 앞에 펼쳐진 궁궐 같은 집이 시야에 들어왔다. 놀이동산인가? 정말 택시기사 말대로 울타리 너머에는 말이 어슬렁거리며 걸어다니고 있었다.

"아…… 무거워!"

온몸에 힘이 빠졌는지 졸업앨범을 바닥에 내팽개치고 그 위에 앉아버렸다. 다리에 힘이 풀려서 도저히 일어날 수가 없었다. 택시기사가 잘못 내려준 게 분명한데 정말 절망적이게도 주머니 속에 있어야 할 핸드폰이 없었다. 망했다. 저 넓은 들판을 어슬렁거리는 말에게 물어보고 싶은 심정이었다.

난 도대체 어떻게 해야 하냐고.

해롱해롱거리며 밤하늘의 별을 세고 있을 때 멀리서 자동차 불빛이 그녀의 눈을 멀게 만들었다. 택시? 진이는 벌떡 일어나 손을 흔들었다.

"택시!"

다행히도 택시는 진이 앞에 멈춰 섰고. 진이는 잽싸게 자동차 문을 열고 뒷좌석에 탑승했다. 그녀는 운전석에 앉은 택시기사에게 다급하게 외쳤다.

"오리농장. 아저씨, 이 근처 오리농장이요!"

"픕."

운전석에 앉은 누군가의 입에서 헛웃음이 내뱉어졌다.

"자네는 누군가?"

"으악!"

화들짝 놀란 진이는 옆에서 들려온 소리에 고개를 돌렸다.

진이 옆에는 할아버지 손님이 한 명 앉아 있었다. 합승인 건가? 안 되는데 합승은 위험한데. 그런데 이 할아버지 어디서 많이 본 얼굴이었다. 진이는 고개를 갸우뚱거리며 할아버지의 얼굴을 찬찬히 뜯어보다가 혼잣말을 내뱉었다.

"김욱 회장이랑 많이 닮았네? 희한하네……."

"자네는 우리 회사 창립 80주년 사내보 표지모델과 닮았군그래."

김 회장은 심드렁한 표정으로 그녀를 위아래로 훑어봤다.

바닥에서 뒹굴었는지 옷에는 흙먼지가 잔뜩 묻어 있고 술을 얼마나 마셨는지 알콜 냄새가 진동을 했다. 심지어 그녀가 갑자기 뭔가에 놀랐는지 큰 눈을 더 크게 뜨며 입을 틀어막고 딸꾹질을 하기 시작했다.

"헙. 딸꾹! ……으읍. 끅!"

진이는 할아버지의 사람을 꿰뚫어 보는 듯한 저 냉철한 눈을 보니 정신이 번쩍 들었다. 지금 자신의 눈앞에 있는 저분은 CU그룹의 최고 우두머리 김욱 회장이 분명했다.

일주일에 한 번은 꼭 인터넷 기사건 TV 뉴스에서 얼굴을 봐왔던 사람인데 내가 왜 몰라봤을까? 나 어떡하지? 진짜 잘리는 거야? 웨딩로또도 버려서 시집도 못 가게 생겼는데…… 직장도 잃고 경이도 잃고 독거노인 되는 건 시간문제구나.

김 회장은 점점 울먹거리는 진이를 보며 한심스러운 말투로 물었다.

"자네, 이 차에는 왜 올라탔지?"

"죄송합니다! 택시인 줄 알았습니다. 당장 내리겠……."

"멈춰."

당장 용수철처럼 튕겨나갈 기세로 문을 열려던 진이가 김 회장의 강압적인 말투에 차 손잡이를 잡았던 손을 내려놓고 다시 몸을 틀어 김 회장의 눈치를 봤다.

오랜 침묵을 깨고 한숨 섞인 김 회장의 목소리가 들려왔다.

"내가 딸자식을 잃고 가장 후회한 게 뭔지 아는가?"

김 회장 딸은 8년 전 음독자살을 했다고 알려졌다. 그것도 가격이 무려 1,000억 원이 넘는다는 그리스 럭셔리 초호화 요트에서 여행을 하던 중에 말이다. 이유는 모른다. 아무도 모른다.

그 무렵 나는 아버지의 외도 사실을 알았고 빚을 떠안았다. 거기에 엄마는 암 선고를 받았고 믿었던 경도 사라졌다. 앞으로 살길이 막막해 죽고만 싶었고 심지어 약도 먹었는데 그런데 그녀는 내가 갚으려던 그 빚의 1,000배나 되는 돈을 하룻밤 사이 써버릴 정도의 재력을 갖고 있으면서도 자살을 택했다.

세상에 과연 행복한 사람은 있을까? 라고 당시 그녀의 죽음을 보며 생각했었던 것 같다.

그러고 보니 CU그룹 80주년 기념행사에서 김 회장은 처음으로 공식 석상에서 눈물을 보였다는 뉴스를 접한 것이 생각이 났다.

그런데 지금 이게 꿈인 건가? 이렇게 높은 사람이 왜 나한테 이런 사적인 질문을 하는 거지? 꿈에서 깨어나면 로또를 사야겠다. 높은 사람을 만났으니 분명 운수대통일 거야. 아니다 내 운은 웨딩로또에서 끝이 난 게 분명해. 이제 불운만 찾아올 게 분명했다.

그런데 김 회장의 시선이 진이에게서 떨어질 줄을 몰랐다. 끝까지 그녀의 대답을 듣고 말겠다는 강렬한 회장님의 눈빛을 마주한 진이는 잠시 멈칫거리더니 주눅 든 목소리로 답했다.

"죄송합니다. 잘 모르겠습니다. 제가 지금 음주 대화 중이라……. 머리가 그러니까 사고회로가 멈춰 버렸습니다. 판단력이 제로예요."

이런 미친. 음주 대화라는 개소리가 지금 왜 나와! 왜! 꿈이어도 이건 너무 개드립이잖아. 진이는 속으로 제 머리채를 뜯어 잡았다. 회장은 말할 맛이 뚝 떨어졌는지 영 마뜩지 않은 듯 고개를 절레절레 흔들며 운전석에 앉은 비서를 향해 말했다.

"인질 잡고 있으니까 당장 대문 열라 그래!"

"넵! 회장님."

인질? 이게 무슨 소리지? 진이는 화들짝 놀란 얼굴로 운전석에 앉은 비서의 동향을 살폈다. 그런데 저 비서…… 얼굴이 굉장히 낯이 익었다.

누구지? 뭐…… 뭐야! 경의 비서 이민혁?

"이 비서님? 이 비서님!"

진이는 민혁을 보자 모든 근심과 걱정이 단번에 사라져 버렸다. 반면 민혁은 떨떠름한 표정으로 고개를 까딱 가볍게 목례를 한 후 어디론가 전화를 걸었다.

"상무님, 지금 문을 여셔야 할 것 같은데요……."

[싫어.]

그의 목소리였다. 민혁의 핸드폰 너머로 들려온 딱딱한 그의 목소리.

어떡하지? 핸드폰을 뺏어서 나랑 통화 좀 하게 해달라고 할까? 아니야. 아무리 꿈이어도 예의는 지키자. 회장님이 먼저 볼일이 있으신 것 같은데 회장님과 볼일이 끝나면 조용히 접선을 하는 거야. 안절부절못하는 진이와 다르게 김 회장은 절대로 문을 열지 않겠다는 경의 목소리에 혀를 내찼다.

"상무님…… 지금 저희 손에 인질 있는데요……. 닥치라고요?

인질이 예 대리님인데.”

끼이이익.

민혁의 대답이 끝나기도 전에 예 대리라는 말에 굳게 닫혀 있던 웅장한 대문이 요란한 소리를 내며 자동으로 열렸다.

“저 망할 놈의 자식.”

김 회장이 고개를 절레절레 흔들며 등받이에 머리를 기대었다.

그런데.

“지, 지금 어디…… 어디로 가시는 거예요? 이 비서님! 회장님…….”

“내가 가장 후회가 되는 건. 저 크고 넓은…… 쓸쓸한 성에 내 자식들을 혼자 둔걸세.”

“네?”

“자네는 녀석을 성에서 나오게 할 재물이 된 거지.”

진이는 뇌까지 취했는지 사고회로가 엉망으로 엉킨 건지 제 몸을 두 손으로 가리며 소리쳤다.

“호…… 혹시 성매매…… 뭐 그런 거예요? 재물이라뇨! 이 비서님! 살려줘요. 겨…… 경이한테 전화 좀 걸어줘요. 제발…… 제발!”

그녀가 취해서 울며불며 차 손잡이를 미친 듯이 철컹거리며 잡아당기는 이상행동을 보이자 민혁은 운전을 하면서 생각했다.

진짜 저 여자는 술 먹으면 안 되는 종자다.

김 회장은 의문이 생겼다. 어떻게 이런 망나니 같은 여자한테서 그 멋진 기획들이 창조되었을까. 지금이라도 진이를 재물로 데려온 것을 후회하며 다시 돌아가고 싶었지만 어느새 차는 말이 있는 넓은 들판을 지나 웅장한 성 같은 집 앞에 멈춰 섰다.

철컥.

차가 멈추자마자 누군가 밖에서 뒷좌석 문을 열었다. 문에 기대어 손잡이를 미친 듯이 잡아당기던 진이는 그대로 바닥으로 고꾸라졌다.

진이는 넘어져서 깨진 무르팍을 감싸며 괴로워하다가 눈앞에 보이는 누군가의 구두를 보고…… 천천히 고개를 들었다. 길고 잘 빠진 누군가의 다리를 따라 한참 올라가자 오늘은 왁스로 헤어스타일링을 하지 않았는지 차분한 헤어스타일 때문인지 청순해 보이는 경의 얼굴이 드러났다.

경의 얼굴이 찌푸려졌다.

"또 술 먹었어?"

경은 열린 차 문 안을 들여다보며 차 안에서 내릴 생각이 없는지 가만히 앉아 있는 김 회장을 향해 말했다.

"이게 뭡니까?"

"화해 요청."

김 회장이 헛기침을 내뱉더니 민혁을 향해 외쳤다.

"이 비서, 가세."

민혁은 운전석에서 내려 경에게로 다가왔다.

"제 메일 보셨죠? 예 대리님이 작성한 CU아웃도어 리포셔닝 기획안! 은수민 대리한테 들었는데…… 예 대리님이 누구를 웃게 하고 싶다면서 그 기획안 작성하느라 어제 철야까지 했대요! 그럼 상무님, 건투를 빌겠습니다."

민혁은 음흉한 웃음을 보이더니 뒷좌석 문을 닫고는 다시 운전석에 올라타고 차는 왔던 길을 되돌아 가버렸다.

넓은 들판 위에 그와 그녀만 남았다.

갑자기 툭 그의 발 위로 무거운 것이 내려앉았다. 경이 내려다보았다. 그녀가 그의 발을 베개 삼아 누워 잠이 든 것이었다. 경은 한숨을 픽 내뱉으며 상체를 숙여 그녀를 가볍게 안아 들었다. 그리고 집 안으로 들어가 침실에 눕혔다. 경이 떨리는 손길로 그녀의 앞머리를 조심스럽게 옆으로 넘겼다. 뽀얀 얼굴에 오뚝한 코, 앙증맞은 입술…… 보는 것만으로도 그의 심장이 미칠 듯 두근거렸다. 그가 자신도 모르게 그녀의 얼굴에 끌려 천천히 다가갔다.

경은 그녀의 입술에 자신의 입술을 포갰다. 그런데 그때 감겨 있던 그녀의 눈이 스르륵 떠졌다. 경은 화들짝 놀라 입술을 뗐다.

"미안."

민망해하던 그가 그녀에게서 떨어지려고 상체를 일으키려던 그때 그녀가 두 팔을 뻗어 그의 목을 감싸 안았다. 경은 당황해하며 그녀에게 물었다.

"취했어? 왜 이래."

경의 얼굴을 들여다보던 그녀의 눈동자가 사정없이 떨렸다.

"꿈이 아니었으면 좋겠다……."

그의 얼굴을 들여다보던 그녀의 눈에 눈물이 고였다.

"미안해…… 내가 다 잘못했어……."

그녀가 상체를 일으켜 그를 꽉 안았다. 그의 귓가로 그녀의 흐느낌 소리와 함께 뜨거운 숨소리가 닿았다.

"미치겠네……."

그의 귀가 빨갛게 달아올랐다. 그의 얇은 티셔츠에 노골적으로 닿은 그녀의 가슴 굴곡이 느껴지자 한계를 느끼기 시작했다. 그가 그녀의 양어깨를 잡아 품에서 떼어냈다. 그녀를 아무리 좋아한다고 해도 술 먹고 정신 못 차리는 상태에서 그녀를 가지고 싶지는 않았다.

"꿈 아니야. 여긴 현실이야."

"그래? 좋네……."

"왜?"

"니가 내 눈앞에 있잖아."

"내가 네 옆에 있었으면 했어? 네 옆엔 배태준이 있잖아."

그가 문득 그날 밤이 떠올랐는지 골이 난 표정으로 물었다. 그러자 그녀가 그의 가슴팍을 퍽! 하고 때렸다. 술에 취해서 힘 조절이 되지 않았는지 진짜 세게 때렸다.

"나쁜 놈."

그의 얼굴이 당혹스럽게 구겨졌다. 아파서인 것도 있었지만 그녀의 표정을 보고 있자니 내가 그녀를 괜한 오해로 밀어붙인 건 아닐까? 하는 생각이 들었다.

가만히 그녀의 얼굴을 들여다보던 그에게 그녀가 뭔가 참아왔던 것을 숨이 가쁘게 토해냈다.

"내가 제일 싫어하는 게 양다리야! 그런데 내가 너 쫌 좋아하거든? 그 이후로 배태준은 완전 아웃오브안중! 알아? 그리고 우리가 아무리 아무 사이가 아니었다고 해도 인사 정도는 하고 가야 하는 거 아니야?"

그녀의 두서없는 술주정에 그의 표정에 미소가 번졌다. 그런데 갑자기 그녀가 소리쳤다.

"아니다! 너 쫌 좋아한다는 거 취소!"

"뭐?"

경의 표정이 뭐 씹은 표정으로 구겨졌다. 그가 그녀를 눕혀 이불을 덮어주었다.

"자라 자. 제일 한심한 인간이 술 먹은 사람 붙잡고 얘기하는 인간이지."

그녀는 이불에 눕자마자 눈을 감아버렸다. 경은 피씩 웃어버리고는 일어섰다. 그런데 그녀가 그의 손을 잡았다. 그리고 중얼거리는 그녀의 목소리가 들려왔다.

"조금…… 아니고…… 많이 좋아해……."

경은 고개를 숙여 그녀가 잡은 자신의 손을 내려다보았다. 그리고 그녀의 잠든 얼굴을 살폈다. 꿈에서도 그에게 고백을 하는지 수줍어 보였다. 술 때문인지 두 볼이 발그레했다. 그녀가 참 사랑스러웠다. 저절로 그의 입가에 미소가 걸쳐지기 시작했다.

"으윽! 아…… 머리……."

진이는 두 손으로 머리를 감싸 안으며 상체를 일으켰다. 문득 꿈속에서 만난 경의 얼굴이 떠올랐다.

"휴……."

한숨이 절로 새어 나왔다. 그녀가 출근 준비를 하기 위해 애써 생각을 떨쳐 내고 침대에서 내려왔다가 기겁을 하며 발을 동동거리기 시작했다.

여기가 어디지? 호텔? 아니야 호텔 룸보다 훨씬 크잖아. 그녀는 울먹거리며 창문을 내다보았다. 넓은 들판 위를 말이 거닐고 있었다.

말…….

'오리농장이라더니 오리는커녕…… 말이 있는데?'

꿈속에서 만났던 택시기사의 말이 떠올랐다. 꿈이 아니었어? 그렇다면?

그녀가 생각을 정리할 시간도 주지 않고 문이 철컥 열리며 아침부터 운동을 했는지 트레이닝복 차림에 땀이 송골송골 맺힌 섹시한 모습의 경이 얼굴을 내밀며 시니컬하게 말했다.

"나와."

"어? 어……."

그가 너무 아무렇지 않게 말하자 호들갑을 떠는 모습을 보여주는 것보다 철판을 몇백 장 정도 까는 게 낫겠다 싶어 당당한 자태로 그녀가 거실로 나갔다.

아니, 이건 거실이라고 하기에는…… 너무 넓었다. 어제 꿈속에서 봤던 궁전의 내부인 것인가? 진이는 경의 뒤를 따르며 주변을 둘러보기 바빴다. 그가 도착한 곳은 식탁 앞이었다. 식탁 위에는 익숙한 뚝배기 그릇이 보였다. 그가 의자를 빼더니 그녀에게 턱짓으로 뚝배기를 가리켰다.

"먹어."

"어……."

뭔가 말이 굉장히 짧아진 녀석의 태도 때문에 나도 덩달아서 그
의 말을 순순히 따르고 있었다. 진이는 일단 속이라도 풀어야 살
것 같아 뚝배기에 코를 박은 채 허겁지겁 먹기 시작했다. 그러다
가 문득 맞은편에 앉아 물만 여러 차례 들이켜는 그와 눈이 마주
쳤다. 그녀가 숟가락을 내려놓으며 이제야 물었다.

"저기…… 근데 여기 어디야?"

"우리 집."

"너네 집…… 오리농장 한다고 하지 않았어? 농장주치고……
집이……."

"어제 일 하나도 기억 안 나?"

그는 난감했다. 자신이 CU그룹 외손자라고 제 입으로 말해야
하는 난처한 상황이 벌어진 거였다. 그의 물음에 그녀는 가만히
생각에 잠겼다.

그러다가 문득 그의 목에 팔을 감았던 행동과 좋아한다고 말했
던 자신의 행적들이 하나둘씩 머릿속을 스쳐 지나가기 시작했다.
진이는 뚝배기 속으로 얼굴을 파묻고 싶었다.

"조금씩 기억이 나나 보네?"

그가 이제야 미소를 보여줬다. 아…… 안 되겠다. 이러다가 미
쳐 버리겠다!

"나…… 나 출근해야 돼서!"

진이가 자리에서 벌떡 일어났다.

"오늘 주말이야."

그가 천천히 일어나며 그녀에게 물컵을 내밀었다. 진이는 얼떨결에 물컵을 받아 입을 적셨다.

"옷이 너무 더러워."

경의 말에 진이는 자신의 옷을 내려다보았다. 술이 웬수다 웬수.

"씻고 천천히 가도 돼."

"어?"

"욕실은 계단 오른쪽 맞은편에 있어."

왜 저렇게 끈적끈적하게 웃지? 내가 어제 또 무슨 실수라도 했나? 내가 녀석을 도발했나? 진이는 일단 옷에 묻은 흙을 닦아내기 위해 욕실로 후다닥 들어가 버렸다.

넓은 욕실에는 화이트 미니원피스가 옷걸이에 걸려 있었다. 칫솔부터 새 속옷까지. 이것들을 사러 아침부터 여기저기 뛰어다녔을 경을 생각하니 웃음이 새어 나왔다.

그의 노력을 헛되이 날려 버리면…… 또 그가 도망가 버릴까? 진이는 떨리는 마음으로 입고 있던 옷을 벗고 샤워부스에 들어가 물을 틀어 온몸 구석구석 닦아냈다.

그리고 경이 사다 준 원피스를 입고 진이가 욕실에서 나왔다. 허벅지 위까지 오는 원피스는 그녀의 아찔한 각선미를 여과 없이 보여주고 있었다. 게다가 민낯 투명한 피부에 머리카락에서 떨어지는 물방울이 흰 원피스를 적셔 살짝 그녀의 속살이 보였다.

처벅처벅. 물기가 남아 있는 그녀의 발이 바닥을 경쾌하게 때리는 소리를 내며 진이가 그가 앉아 있는 거실 소파 쪽으로 다가왔다. 그 소리에 경이 뒤를 돌았다. 사실 그가 의도한 모습이기는 했지만 그녀가 이렇게 매혹적일지는 몰랐는지 그가 어색하게 웃었다.

"나보고 이걸 입고 집에 가라고?"

진이는 투정하듯 입은 옷을 내려다봤다. 그녀는 알고 있었다. 보수적인 그가 이런 옷을 입고 밖을 나가게 할 리는 없었다. 그런데도 목석처럼 굳어서 꼼짝 않고 자신만 바라보는 경을 그녀는 애써 웃음을 참아내고는 그에게 다가가 옆에 앉았다. 그녀가 자리에 앉자 짧은 원피스가 더욱 짧아져 그녀의 허벅지가 거의 다 드러났다.

꿀꺽. 그가 마른침을 삼키며 자신을 바라보는 그녀의 시선을 피했다.

진이는 허벅지 스킬을 썼다. 그녀의 맨살 허벅지가 그의 탄탄한 허벅지에 닿았다. 그가 움찔. 반응을 보였다. 그가 꽤 진지한 표정으로 그녀를 바라보며 입을 열었다.

"야, 예진이."

진이가 대답 대신 그를 바라보며 웃었다.

"지금 웃을 때가 아닌 것 같은데?"

"왜?"

"나 솔직히 8년 동안 여자들 몇 명 정도 만났어."

몇 명? 수십 명은 되겠지. 그렇지 않고서야 그렇게 키스가 확늘 리가 없잖아. 반면 그녀는 경과 헤어지고 만난 남자는 배태준 고작 한 명이었다. 게다가 태준과는 바쁘다는 핑계로 섹스도 안 했다. 그러니까 진이에게 마지막 섹스는 경이었다. 물론 처음도. 이런 말을 하면 그가 비웃겠지? 그녀는 경이 여러 명의 여자를 만나 그녀들과 뜨거운 밤을 보냈을 생각을 하니 그와 어떻게 해볼

작정으로 정갈하게 씻고 나온 자신이 한심스러웠다.

"너 때문에 만났어. 너 잊어보려고."

그걸 지금 변명이라고 하고 있는 거야? 진이가 그를 흘겨봤다. 하지만 그는 계속 말을 이어나갔다.

"근데. 끝까지는 안 갔어. 아니, 솔직하게 말할게. 못 가겠더라. 너 생각나서."

"그걸 나보고 지금 믿으라고?"

"그러니까 지금 네가 웃을 때가 아니라고. 내가 그동안 얼마나 많이 참아왔는지 보여줄 테니까. 각오는 물론 했겠지?"

그녀의 얼굴을 쓰다듬던 그의 손길이 어느새 원피스 밑으로 들어와 그녀의 허벅지 안을 쓰다듬었다. 섬세한 그의 손길에 그녀의 허리가 틀어졌다. 그의 손길이 원피스 안을 한참 헤매다가 경이 행복한 미소를 지었다.

"분명 속옷도 사다 뒀는데 왜 안 입었어?"

장난기 가득한 얼굴로 경이 묻자 진이는 그가 귀여웠는지 볼에 입을 맞추며 말했다.

"마음대로 생각해."

8년 동안 온갖 에너지를 근육 만드는 데 쏟아부었는지 그의 넓고 탄탄한 등 근육이 그녀의 손길을 불렀다. 가느다랗고 긴 그녀의 손이 경의 맨살에 닿자 그가 움찔거렸다.

"풉……."

아이 같은 얼굴로 자고 있는 그의 미간이 찌푸려지자 진이는 그가 너무 사랑스러워 절로 웃음이 새어 나와 제 입을 틀어막았다.

아…… 매일 아침 이렇게 눈 뜨고 싶다. 이럴 줄 알았으면 웨딩로또…… 하루만 참을걸 내가 왜 안 한다고 했을까? 상무 해임됐으면…… 경은 이제 백수인가? 내가 먹여 살려야 하나? 집은 참 넓은데…… 오리는 어디 있지? 저번에 돈은 많다고 했는데 적금 들어놓은 게 있나? 아니면 귀농을 해야 할까?

예진이 이런 미친. 이 순간에도 앞날 걱정에 앞으로의 계획을 세우다니. 진이는 두 손으로 자신의 머리를 헝클이며 괴로워했다.

"알았어. 일어날게."

경이 살며시 눈을 떴다. 진이는 자기가 요란을 피워 그가 깨어나서 미안했는지 시트를 끌어 그의 등을 덮어주며 토닥였다.

"미안. 다시 자……."

"다시 자자고?"

"힘들지도 않아?"

"응."

그가 배시시 웃으며 몸을 움직여 그녀의 허벅지 위에 머리를 안착했다. 그녀가 그의 머리카락을 쓰다듬었다. 경은 행복함에 젖은 얼굴로 그녀의 얼굴을 지그시 바라보며 말했다.

"나 그동안은 그냥 남이 봤을 때 부러워할 만한 명품 옷…… 구두…… 가방…… 좋은 차를 사기 위해 공부했고 할아버지가 하라는 대로 했었는데. 이제 새로운 목표가 생겼어."

"뭔데?"

"너한테 어울리는 멋진 남자가 되는 거. 능력 있는 남자가 될 거야. 누구의 아들이고 손자여서 누리는 권력 말고 내 능력으로 널 지켜줄 거야."

배 사장한테 밉보여서 잘렸다더니 그 소문이 사실인 듯 권력의 쓴맛을 제대로 본 경의 얼굴에서 절실함이 보였다. 진이는 그의 손을 잡아주며 위로의 말을 건넸다.

"권력도 능력인 세상이잖아…… 어쩔 수 없지 뭐……. 우리 같은 평민들은 알면서도 당하고 모르면서도 당하고 뭐 그러는 거지. 그나저나 그럼 앞으로 계획은 있어?"

"조만간 새 직장 구할 거니까 너무 걱정하지 마."

그녀의 속을 들여다보기라도 했는지 그가 자신감에 가득 찬 표정으로 말했다. 그러자 그녀가 꽤 진지한 표정으로 고개를 끄덕거리며 말했다.

"그래. 잘 생각했어. 열심히 일해야지 앞으로 먹고살려면."

"네가 인정하니까 지금 묘하게 기분이……."

입을 삐쭉 내밀며 그가 상체를 일으켰다. 그러자 이제야 진지한 표정을 풀고 그녀가 웃어버렸다.

"풉. 농담이야."

경이 그녀를 보며 말했다.

"진이 넌 예쁘고…… 똑똑하고…… 야무지고…… 능력 있고…… 다 좋은데. 남자 보는 눈이 없는 것 같아."

"너 죽을래? 그 발언은 누워서 침 뱉기인 거 알고 있지?"

"응. 근데 넌 도대체 내가 왜 좋아?"

경은 정말 궁금했다. 학교 다닐 때도 동기 녀석들이 어떻게 예

진이랑 사귀게 됐냐고 고백은 어떻게 했냐고 비법 좀 알려달라고 길길이 날뛰었을 때 경은 아무 대답도 할 수가 없었다. 고백은 촌 놈 황보경이 한 게 아니라 S대 퀸카 예진이가 했기 때문이었다. 한때는 내가 곧 판검사가 될 거라서 그러나? 싶었는데 법 공부를 그만하고 싶다던 그에게 그녀는 '멍청이. 그럼 그동안 하기 싫은 걸 억지로 한 거야? 우리 아직 1학년이니까 더 늦기 전에 자퇴하고 다시 학교를 들어가던지 머리 좀 식히고 돌아와.' 라고 진지하게 조언하는 그녀를 보며 그는 그녀를 제멋대로 오해했다는 생각에 미안해지기도 했었다. 아마 그 뒤로는 상황이 역전되어 자신이 죽자고 진이를 따라다녔던 것 같다.

"그걸 왜 이제야 물어봐?"

그녀가 섭섭함이 가득한 얼굴로 말하자 경은 조금은 자신감이 없는 표정으로 답했다.

"네가 사실은 날 좋아하는 게 아니라고 말할까 봐."

"좋아하지도 않는 남자애한테 먼저 사귀자고 고백하고. 같이 자고 그래?"

"어?"

"억울한데? 내 처음은 다 너한테 줬는데…… 첫 사랑, 첫 키스, 첫 경험……."

아무렇지 않은 척 말하고는 있지만 그녀는 지금 굉장히 떨렸다.

과거 동기들이 그녀에게 물었다. 넌 저렇게 촌스러운 애랑 손잡고 안고 키스하고 싶은 생각이 드냐고. 그때 진이는 그렇게 말한 동기와 한동안 말을 섞지 않았던 것도 기억났다. 그를 처음 만났던 날을 말하자면 그보다 더 거슬러 올라가야 한다.

이건 절친 시연이에게도 말하지 않은 비밀이었다.

고등학교 3년 내내 대학입시 스트레스 때문에 그녀는 90킬로에 육박하는 거구가 되었다. 수능 전날도 밤새 공부를 하느라 정신줄을 놓는 바람에 도시락을 미처 챙겨가지 못했다. 당연히 점심시간에 당이 떨어져서 어지럽기까지 했다. 진이는 육중한 몸을 끌고 바깥으로 나갔다. 살인적인 추위였다. 요점 정리를 한 페이퍼를 여러 장 들고 나온 진이는 손을 부들부들 떨며 머릿속에 내용을 집어넣고 있었고, 수능을 망친 남학생들이 점심시간 망나니처럼 날뛰며 바깥으로 뛰어나왔다. 문 앞에 서 있던 그녀를 짓궂은 남학생들이 툭툭 치며 지나갔다. 그들을 피해 옆으로 발을 옮기던 진이는 그대로 앞으로 고꾸라져 버렸다. 페이퍼는 허공에 날아다니고 남학생들은 '돼지가 구른다!' 하며 도망가 버렸다.

망할 놈의 새끼들. 내가 수능 끝나고 살 빼면 네까짓 놈들 쳐다도 안 볼 거다! 그녀가 이를 악물고 뒤뚱거리며 여기저기 퍼져 있는 페이퍼를 줍기 시작했다.

그때 누군가도 페이퍼를 같이 줍기 시작했다. 진이가 고개를 들어 상대방을 바라보았다. 안경 낀 남자가 이렇게 멋있어 보였던 것도 처음이었다. 단정한 교복 차림의 선한 인상이 꽤 인상 깊었다. 그리고 자상한 목소리가 들려왔다.

"예쁘다……."

여중 여고를 나왔기 때문이었을까? 단 세 글자에 가슴이 후끈 달아올랐다. 그녀의 얼굴이 발그레해졌다.

“글씨가 예쁘다.”

생각해 보니 그때도 경은 약간 눈치가 없긴 했었다. 진이는 그 말에 빈정 상해 그가 들고 있던 페이퍼를 뺏어 들었다. 그러자 그가 아쉬운 듯 생글생글 웃으며 말했다.

“나 그거 잠깐만 보여주면 안 돼? 대신 내 것도 보여줄게.”

그가 자신이 들고 있던 노트를 그녀에게 건넸다. 진이는 그의 노트 속이 궁금하기도 해서 선뜻 자신의 페이퍼를 건네고 그의 노트를 건네받았다.

이럴 수가. 노트 속 내용은 자신이 정리한 것과 거의 흡사했다. 그도 느꼈는지 피씩 웃으며 다시 페이퍼를 진이에게 건넸다.

“역시 내가 틀리지 않았네……. 아…… 이제 안심이 된다. 사실 이번에 S대 못 가면 우리 엄마가 죽어버리겠다고 했거든.”

그가 쓸쓸하게 웃었다. 그의 엄마가 죽어버리겠다고 했다는 말이 꼭 진짜인 것 같이 그는 많이 지치고 힘들어 보였다.

“고마워.”

그렇게 한마디를 남기고는 그는 쓸쓸히 뒤돌아 학교 안으로 들어갔다.

진이는 수능이 끝나고도 집에서 그의 쓸쓸한 웃음과 노트 속 정갈했던 그의 글씨가 떠올랐다. 수능은 잘 봤으려나? 웃는 게 너무 예쁜 남자였어.

그렇게 상사병에 시달리던 그녀는 S대 합격발표가 있는 날부터 죽음의 다이어트를 하기 시작했다.

그리고 그렇게 두 사람은 대학교 입학식에서 전체수석 대표와

과수석 대표로 다시 만났다.

"사실…… 난 예전보다 지금 네가 더 좋아. 한결같이 계속 날 사랑해 줘서 그런 네 순수한 마음이 좋아. 난 말이야. 네 마음에 배신하고 싶지 않고 네가 원하는 거라면 다 해주고 싶고 웃게 만들어주고 싶어."

첫눈에 반했다는 말은 하고 싶지 않았다. 진이의 말을 들은 경은 그녀를 신기하게 바라보았다. 그녀가 예쁘게 웃으며 그를 바라보았다.

"역시. 내가 남자 보는 눈이 있단 말이지."

경은 뭐에 홀리듯 그녀의 얼굴에 다가가 입술을 포갰다. 그게 시발점이 되어 그와 그녀의 오후 타임이 시작되었다.

토요일 일요일 주말 동안 그녀의 몸 어디에도 그의 손길이 닿지 않은 곳이 없었다. 만지고 깨물고 그는 이제 죽어도 여한이 없을 정도로 그녀를 안았다.

그가 자신의 품에 안겨 있는 그녀에게 물었다.

"힘들지?"

"아니. 전혀."

"목청만 안 늙은 줄 알았는데……."

"야!"

"풉. 근데…… 내일 가면 안 돼?"

그렇게 하고도 부족했는지 그가 그녀를 설득하기 시작했다. 하지만 진이는 끝끝내 일어나 입고 왔던 옷을 찾으러 돌아다녔다.

"내일부터 새 브랜드 론칭쇼 준비 때문에 바빠질 거야. 오늘 가서 내일 회의 준비해야 돼. 근데 내 옷 어딨어?"

"버렸어."

"에? 왜?"

"너 못 가게 하려고."

흰 슬립 차림의 그녀가 그를 흘기며 그의 얼굴에 이불을 뒤집어 씌웠다.

"캑캑! 야! 왜 이래!"

그가 간신히 이불 속에서 나와 그녀를 보며 소리치자 진이는 경의 양 볼을 잡아 쪽! 하고 입을 맞췄다.

"어쩌다 이렇게 애가 되어버렸을까? 우쭈쭈쭈."

"이렇게 키스 잘하는 애 봤어?"

그가 저돌적으로 그녀를 침대 위에 눕혀 그녀의 혀를 뽑아버릴 정도로 빨아들였다.

딩동. 딩동.

그때 벨소리가 들려왔다. 경은 벨소리의 주인공이 누군지 알 것 같은지 신경질적으로 상체를 일으켰다. 그리고는 스스로 두 눈을 감고 심호흡을 하며 진정시키더니 그녀의 이마에 짧게 입을 맞추고는 잠깐만 있으라는 말과 함께 방을 나갔다.

누굴까? 혹시 가족? 그가 가족과 같이 사는 건 생각도 못했던 진이는 화들짝 놀라 자신의 차림을 확인했다. 이런 차림으로 여기 있다가 가족들이 들어오기라도 하면 어떡해? 진이는 서둘러 방 안 옷장을 열어 입을 만한 옷들을 찾다가 그의 트레이닝복이 눈에 들어왔다. 크긴 했지만 억지로 몸을 꿰어놓고 한숨 돌린 후 옷장 문을 닫으려는데 그녀의 눈에 액자 하나가 눈에 띄었다.

진이는 천천히 손을 뻗어 옷장 밑바닥에 깔려 있는 액자를 들었다. 액자 속 사진을 들여다보던 진이의 표정이 순식간에 엉망으로 구겨졌다.

사진은 CU그룹 일가가 창립 80주년을 맞아 찍은 사진인 듯 뒤에 크게 플랜카드가 붙어 있었다. 김욱 회장을 필두로 줄을 선 사람들 중 유독 기럭지와 얼굴이 튀는 한 사람. 경이었다. 싸늘하게 식은 눈동자와 표정 없는 얼굴이 왠지 그녀가 알고 있는 경인 것 같지 않았다.

이게 도대체 어떻게 된 일이지? 하다가 도저히 답이 나오지 않는지 방문을 열고 밖으로 나왔다.

방문을 한 사람은 다름 아닌 민혁이었다. 진이는 민혁의 얼굴을 보자 꿈이라고 치부했던 기억의 조각들이 맞춰지기 시작했다.

"이 비서, 내가 내일 오라고 했잖아."

"오늘 오나 내일 오나 그게 그거죠 뭐. 이번엔 카탈로그에 있는 그대로 가져왔습니다."

민혁은 양손에 가득 든 쇼핑백들을 상체를 숙여 바닥에 내려놓으며 말했다. 그리고 상체를 일으켜 그에게 목례를 하고 돌아가려다가 뒤에 방문 앞에서 어안이 벙벙한 얼굴로 서 있는 진이와 시선이 마주쳤다.

"어? 예 대리님!"

변죽 좋게 웃으며 눈인사를 건네는 민혁과 마주 보고 있던 경이 뒤를 돌아 방문 앞에 서 있는 그녀를 바라보았다. 그녀의 표정이 좋지 않은 것을 보고 그가 그녀에게 달려갔다.

"그럼 두 분 마무리 잘하시고 내일 뵙겠습니다!"

민혁은 분위기가 심상치 않자 서둘러 현관문을 열고 줄행랑을 쳤다. 민혁이 나가고 경이 진이를 걱정스레 바라보며 물었다.

"왜 그래?"

"내가 꿈에서 CU그룹 김욱 회장을 만났었는데…… 그게 꿈이 아니었나 봐."

"아……."

그가 난처한 얼굴로 그녀를 들여다보자 진이는 손에 들고 있던 액자를 들어 그의 눈앞에 들이밀었다.

"이게 뭐야?"

"아……."

"부모님께서 오리농장…… 하신다고……."

"미안해…… 김욱 회장이 내 외조부야. 진이야, 내가 속이려고 한 게 아니라…… 그때는 내가 이 집안사람이라고 내세울 수도 없는 상황이었고……."

서둘러 변명을 하는 경을 진이는 안타깝게 바라보았다. CU아웃도어는 김 회장의 죽은 막내딸이 론칭한 브랜드라는 사실을 진이도 알고 있었다. 경에게 CU아웃도어는 자신의 엄마가 만든 브랜드였던 것이었다. 난 그런 줄도 모르고…….

"여기…… 너 혼자 사는 거야?"

그가 고개를 끄덕였다.

"미국에서 돌아온 지 얼마 안 돼서…… 여기는 가끔……. 원래는 잘 안 와."

　서울에 오피스텔이 있고 이곳은 가끔 그가 한국에 들를 때 머물던 곳이었다. 이 큰집에서 엄마와 단둘이서 갇혀 지냈던 기억이 있던 그에게는 그다지 좋은 장소가 아니었다.

　쓸쓸한 표정의 경의 얼굴을 마주한 진이는 문득 꿈속에서 김 회장이 했던 말이 머릿속을 스쳐 지나갔다.

　'쓸쓸한 성에 내 자식들을 혼자 둔걸세.'

　그동안 이 넓은 집에서 혼자였을 그를 생각하니 문득 그를 처음 만났던 날 '어머니가 죽어버린다고 했거든.' 이라고 말하던 소년의 모습이 떠올랐다. 김욱 회장의 막내딸은 8년 전 자살을 했다. 그러니까 그 자살을 한 막내딸이 경의 어머니였다. 아들에게 공부를 강요하고 권력을 이어받을 것을 자신의 목숨을 담보로 수없이 강요했을 어머니 밑에서 컸을 그가 가여웠다.

　그리고 그 힘들었던 시간을 옆에 있어주지 못해서 미안했다.

　"앞으로 잘할게……."

　그는 변명을 하는 대신 다짐을 했다. 진이도 과거를 파헤치는 대신 말없이 그를 안아주었다. 그의 등을 토닥여 주었다.

　토닥토닥.

　오래간만에 느껴보는 따뜻함에 경은 가슴이 뜨거워졌다. 그가 상체를 숙여 그녀의 어깨에 얼굴을 묻었다.

　두 사람은 8년의 공백을 단 이틀 만에 메웠다.

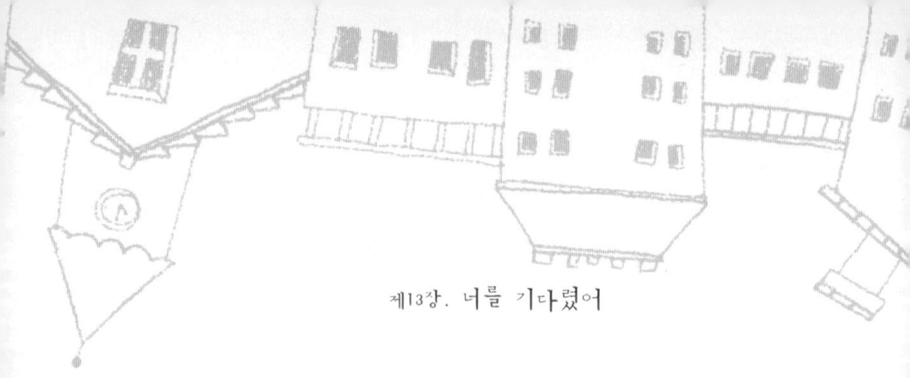

우아한 매력을 발산하는 명품 C사의 블랙 원피스를 입은 진이가 방에서 쭈뼛쭈뼛 나오며 그에게 칭얼댔다.

"아무래도 진짜 이건 아닌 것 같아."

"왜? 예쁜데."

경이 다가와 그녀의 머리카락을 쓸어 넘기며 능청스럽게 말했다.

"왜긴 왜야! 이 원피스 입은 송혜교 사진이 회사 근처 명품관 앞에 대문짝만 하게 걸려 있거든? 너 또 카탈로그 보고 그대로 가져왔지?"

"송혜교보다 네가 더 예뻐. 정 걸리면 내가 명품관에 전화해서 광고 내리라고 할게."

“푸하하하.”

“갑자기 왜 웃어?”

그녀가 갑자기 그의 옷차림을 살펴보다가 박장대소를 하며 웃어버렸다. 그가 난처한 표정으로 자신의 옷차림을 스윽 내려다보았다.

도대체 뭐가 문제지?

클래식하면서도 고급스러운 짙은 그레이 컬러의 투 버튼 체크 슈트를 입은 그의 몸매는 슬림하면서도 단단해 보였다. 거기에 레드 넥타이로 포인트를 줬고 그린 컬러의 행커치프로 세련된 분위기가 물씬 풍겼다. 완벽하다 못해 슬림하고 댄디한 멋을 한껏 살려주는 최고의 의상이었다.

하지만 문제는 이 또한 출근길에 늘 보았던 드라마 광고 포스터에서 조인성이 입고 있던 것과 100% 일치했다. 무슨 조인성 코스프레하는 것도 아니고.

아예 그 봄, 바람이 분다. 를 찍자고 하지? 진이가 배꼽을 잡고 박장대소했다.

경은 왜 그러냐며 팔짝팔짝 뛰었다. 그가 귀여웠는지 진이는 웃음을 머금고 물었다.

“드레스 룸이 어디야?”

“왜?”

“앞으로 이 비서님한테 카탈로그 던져 주면서 가져오라고 하지 말고 나한테 말해. 한 달어치 코디 제안서 만들어줄 테니까.”

그녀가 멋쩍은 얼굴로 말하며 그를 바라보았다. 그러자 경이 그녀의 팔에 매달렸다.

"겨우 한 달? 평생 어때?"

"너 하는 거 봐서."

시크한 척 한마디 내뱉고는 그녀는 드레스 룸으로 향했다. 그녀
의 뒤를 경은 쫄랑쫄랑 따라 들어갔다.

"두 분 어디 시상식 가십니까?"

집 앞에 대기 된 차에서 내린 민혁은 안에서 나오는 경과 진이
를 보며 놀라 묻자 진이는 자신이 생각해도 그에게 완벽한 모습을
보이려 한 과욕이 욕을 불러일으킨 것 같아 민망해서 헛기침만 여
러 번 했다. 난처해하는 진이의 표정을 확인한 경이 진이를 차에
태우며 민혁을 흘겨봤다.

"이 비서."

"네. 알겠습니다. 입 다물고 운전이나 하겠습니다."

출랑거리며 민혁은 운전석에 안착했고 시동을 걸어 들판을 지
나 도로를 질주했다.

"아 맞다! 예 대리님! 이거 예 대리님 거 맞죠?"

민혁이 조수석에 실어놓은 흙먼지가 잔뜩 묻은 졸업앨범을 가
리켰다. 진이는 그것을 확인하고는 시치미를 뚝 뗐다.

"아니요. 제 거 아닌데요."

"뭐가 아니에요! 금요일 날 술에 쩔어서 이거 깔고 노상하고 있
었잖아요."

민혁의 말에 경이 킥킥거렸다. 그래 내 거다 내 거! 진이는 이를

악물고 차창에 머리를 박았다. 그런데 나는 출근한다 쳐도 경은 왜 따라나온 거지?

"경."

"응?"

"넌 어디 가?"

"나 너 데려다 주러."

그가 씨익 웃었다. 그런데 그때 분위기를 깨고 민혁의 출랑거리는 목소리가 침입했다.

"아닌데? 상무님도 오늘 첫 출근이신데요."

"뭐? 그게 무슨 소리야?"

경은 저도 모르는 첫 출근이라는 소리에 민혁을 바라보았다.

"상무님께서 원래 가시려고 했던 자리로 가시면 된다고 하셨어요. 회장님께서."

"잘됐군. 앞으로 조심하시라고 전해 드려. 기업 이익을 위해 허위 기획이나 비도덕적인 전략 같은 건 절대 용납 안 한다고."

진이가 궁금한 듯한 눈으로 경을 바라보았다.

"원래 가려던 자리?"

"CU그룹 법무감사팀. 원래 미국에서 돌아온 이유도 스카웃 제의가 와서 온 거였는데. 회장님이 허락을 안 하셨었어."

"너 거기서는 일 꼭 열심히 해. 넌 CU패션에서 전략기획 상무로서 한 게 하나도 없잖아."

또 돌직구를 날리는 진이의 말에 경이 어깨를 으쓱하며 피씩 웃어버리자 민혁이 끼어들었다.

"우리 상무님이 한 게 없다니요! 예 대리님 비리 혐의 뒤집……."

"이 비서! 나 한 거 없잖아! 그래서 월급도 반환했어! 이 비서 맞지?"

"네. 암요."

민혁의 말을 황급히 가로채며 경은 룸미러 속 민혁을 보며 고개를 절레절레 흔들었다. 민혁은 그녀가 비리 혐의를 뒤집어쓸 뻔한 것을 경이 배 사장의 뒷덜미를 잡아 간신히 구해낸 일을 입도 뻥긋 못하고 입을 다물어야 했다.

경과 민혁의 사이에 미묘한 기류가 흐르자 뭔가 떨떠름한 표정으로 진이는 경을 위아래로 훑어보았다.

아우씨. 내가 이놈을 누굴 보여주겠다고 이렇게 멋지게 입혀놨지? 첫 출근부터 여자들 꼬이는 거 아니야? 회의실에서 인사라도 하며 얼굴이라도 보여주는 날에는 은수민이나 김지윤 같은 애들이 덕지덕지 꼬일 텐데.

"근데…… 오늘 첫 출근인데 패션이 너무 요란한 거 아니야?"

"상무님! 완전 멋있는데요? 오늘 전체회의 시간에 소개할 때 여사원들 환호가 장난이 아니겠어요!"

진이가 어금니를 꽉 깨물고 민혁을 노려봤다. 룸미러로 그녀의 눈빛과 마주친 민혁이 서둘러 앞을 바라보며 운전에 열중했다.

"이 비서, 내가 회의 시간에 소개 같은 걸 할 것 같아?"

"아 맞다. 근데 상무님. 왜 매번 회의 때 마지막으로 들어가거나 사람들 앞에 서는 걸 싫어하세요?"

민혁의 날카로운 질문에 경은 당황했다. 하지만 애써 아무렇지

않은 척 그녀를 보며 웃었다. 진이는 그 웃음이 무척 마음에 걸렸
다.

"예 대리님! 주말에 백화점 한 바퀴 돌았어요? 이거 C사 신상
원피스잖아요!"

집에서 옷을 갈아입고 올걸……. 은수민의 호들갑에 사원들이
하나둘 자리에서 일어나 진이가 있는 쪽으로 삥— 에워쌌다.

진짜 사람이 달라 보인다. 예 대리님에게 이런 기품이 있을 줄
이야. 역시 돈이 최고야. 등등 온갖 잡소리에 진이는 어서들 자리
로 돌아가 일하라고 빽! 소리치고는 자리로 돌아가 앉았다.

자리에 앉자마자 결재판을 들고 서성이던 김지윤이 주위를 두
리번거리더니 결재판으로 입을 가리며 속삭였다.

"예 대리님! 울 오빠랑 잘돼가요?"

울 오빠? 그 말에 진이는 신경이 바짝 곤두섰다.

그래, 남자는 자고로 옆에 이렇게 알랑방귀 뀌며 접근하는 여자
가 있으면 그냥 넘어간다고. 아예 싹을 자르자! 진이도 주변을 두
리번거리다가 김지윤에게 한 글자 한 글자 또박또박 말했다.

"네. 아주 잘되고 있어요. 그러니까 김 과장님! 빨리 노선 갈아
타세요."

"힝…… 뭐야. 오빠가 내 얘기 안 했어요?"

"누가 니 오빠야?"

진이는 지윤의 멱살이라도 잡을 기세로 달려들었다. 임자 있는
남자한테 꼬리 치는 기집애를 나는 증오한단 말이야! 제2의 우연

희가 나오질 않기를 바라는 마음에서 진이는 다시 한 번 강조했
다.

"황보경은 내 남자야. 접근하면 죽는다!"

지윤이 웃을 듯 말 듯한 얼굴로 뒷걸음질 치다가 줄행랑을 쳤
다.

진이는 두 손을 탁탁 털며 오늘도 즐겁게 일을 시작하려 노트북
을 열었다.

"너 지윤이한테 나한테 접근하면 죽여 버린다고 했다며? 푸하
하하."

점심시간에 회사 근처 카페로 불러낸 경의 부름에 냉큼 달려오
는 게 아니었다. 그는 김지윤과 사실 사촌지간이며 지윤은 수많은
사촌 중 서열 1위라고 설명하며 김 회장이 가장 애정하는 손녀딸
이라는 부연설명까지 붙였다. 젠장……

"너 계속 웃으면 나 진짜 간다?"

"아, 알았어!"

경이 일어나려는 진이의 손목을 낚아채며 다시 앉혔다.

"외근 나가서도 지윤이 괴롭혔다며?"

"너 진짜!"

"좋다. 네가 질투하는 게."

경은 그녀를 사랑스럽게 바라보며 말했다. 그의 표정에 녹아 진
이도 민망함을 꿀꺽 삼켜 버렸다.

"퇴근 시간 맞춰서 회사 앞에서 기다릴게."

"안 되는데?"

"왜?"

"오늘 새로 오신 상무님 환영회야."

경의 미간이 흐트러졌다.

"또 술 먹을 거야?"

"아니거든! 론칭쇼 준비 때문에 바빠서 다시 회사로 들어갈 거야."

"그래. 술보단 일이 낫지."

"내가 언제 술을 그렇게 많이 마셨다고! 아 맞다! 나 오후에 회의 있어서 준비하러 빨리 들어가 봐야 해! 내가 연락할게. 간다."

갑자기 시계를 보더니 허겁지겁 일어나며 카페를 뛰쳐나가 버리는 그녀의 뒷모습을 경은 그러려니 하며 보며 여유롭게 앉아 커피를 마셨다.

드르륵드르륵.

그때 테이블 위에 놓인 핸드폰 진동음이 울렸다.

"하여간⋯⋯."

그가 정신없이 뛰쳐나간 그녀의 핸드폰을 내려다보며 피씩 웃었다. 받을 생각은 없었다. 하지만 끈질기게 울리는 전화를 뭔가 불길한 느낌이 들어 액정을 들여다보았다. 무슨 급한 일이길래 계속 울리는지 경은 따져 물으려고 전화를 받았다.

"여보세요."

[고객님! O웨딩입니다.]

"그게 뭔데요?"

경은 알 수 없는 표정으로 사무적인 목소리의 여자의 말에 귀를 기울이다가 점점 자세를 바로 하고 전화기 너머 소리를 경청하기 시작했다.

"주 상무님을 위하여!"

진이는 열심히 최 부장 앞에 앉아 오리고기를 구웠다. 이제야 그녀가 제자리를 찾은 게 기뻤는지 최 부장은 진이에게 맥주를 한 잔 건넸다.

"예 대리! 고기 그만 굽고 좀 먹어~ 예 대리 오리고기 좋아하잖아. 주 상무님! 우리 예 대리가 말입니다. 어찌나 성실하고 다른 직원들에게 모범이 되는지…… 이번 론칭쇼 기획이랑 CU아웃도어 리포셔닝을 은 대리랑…… 은 대리!"

최 부장이 입에 침이 마르게 진이를 애정 가득한 눈빛으로 바라보며 칭찬하다가 은수민의 칭찬으로 넘어가는 길목에서 은수민 쪽으로 시선을 돌렸다. 따분한 표정으로 진이 옆에 앉아 있던 은수민을 최 부장이 큰소리로 불렀다.

"은 대리!"

"네!"

은수민이 뒤늦게 정신을 차리고 고개를 들었다. 최 부장은 그렇게 사원들 자랑을 마치고 이번 상무와는 죽이 잘 맞는지 벌써 단짝이 된 듯 술잔을 주거니 받거니 하고 있었다.

진이는 그 틈을 타 오리고기를 흡입했다.

"맛있어요?"

맛있게 먹는 진이를 향해 은수민이 물었다. 그녀가 말없이 먹으며 고개를 끄덕였다.

"잘생긴 상무님 없으니까 진짜 회식 지루하네요. 아…… 상무님은 오리고기 싫어했는데…….."

"저기, 은 대리……."

얘한테 말을 해야 하나? 진이가 한참을 망설이고 있을 때 옆 테이블에서 이미 술이 만땅으로 취했는지 잔을 들고 비틀거리며 김지윤이 나타났다.

"예 대리님! 아니, 올케 언니!"

김지윤이 진이 옆에 안착했다. 올케라는 말에 은수민이 화들짝 놀라 물었다.

"올케? 예 대리님 김 과장님네로 시집가요?"

"그게, 은 대리. 시집까지는 아니고."

"누군데요? 잘생겼어요? 돈 많아요?"

"그냥…… 뭐……."

진이는 난처함이 가득한 얼굴로 그냥 고개만 끄덕거렸다.

"그냥? 경이 오빠한테 이를 꼬야! 울 오빠 대따 잘생겼는데? 돈두 뭐 나보다는 아니지만 많～ 아!"

"저기, 김 과장님? 많이 취하셨네요."

"우어엉엉…… 울 오빠 그동안 많이 힘들었거든여…… 언니가 잘해주세요……. 근데 예 대리님이 진짜 S대 태혜지 중 하나예요? 셋 중 누구?"

은수민은 지윤의 태혜지 발언을 시큰둥하게 듣고 넘기려다가 불현듯 바로 얼마 전 이 자리에서 자신의 첫사랑이 S대 태혜지였다! 라고 우스갯소리를 내뱉었던 경이 떠올랐다.

그런데 그때 마침 오리고기집 유리문 너머로 바깥에서 서성이는 누군가의 완벽한 바디핏이 보였다. 남신이 강림하셨네! 경이었다. 그런데 그는 진이를 향해 환하게 웃으며 손짓하고 있었다.

"세상에……."

은수민의 입에서 기함하는 소리가 들려왔다.

"은 대리, 당분간 비밀로 해줘."

"네…… 그럼요. 암요, 암요. 아…… 내 님은 어디 있나……."

은수민은 비틀거리며 일어섰다. 그녀는 애써 태연한 척하며 눈물을 머금고 화장실로 달려갔다. 진이는 계속 술잔을 내미는 지윤을 바라보며 진지하게 물었다.

"경이 많이 힘들었어요?"

"그렇죠. 고모가 안 좋게 돌아가셨잖아요……."

지윤은 진이에게 내밀었던 술잔을 거두어 자신의 입속에 털어버렸다.

"오빠 기다리는데 안 나가봐요?"

지윤은 밖에서 코를 막고 서성이는 경을 가리켰다. 진이는 그런 경을 보다가 나지막한 소리로 지윤에게 물었다.

"혹시…… 경이 사람 많은 곳에 서는 걸 싫어하는 이유가 뭔지 아는 거 있어요?"

일식집 안 은은한 조명 덕에 테이블 위에 상다리가 부러지게 차려진 형형색색의 초밥들의 색감이 끝내줬다. 경은 만족스러운 표정으로 초밥들을 둘러보다가 왠지 힘이 없어 보이는 그녀를 보며 걱정스레 물었다.

"안 먹고 뭐 해? 너 초밥 좋아하잖아."

그의 물음과 동시에 정신을 차린 그녀는 고개를 들어 울긋불긋한 경의 얼굴을 들여다보다가 속상한 마음과 미안함 마음이 뒤엉켜 희미한 미소를 지었다. 그리고는 시선을 내리깔아 앞에 놓인 초밥을 바라보며 말했다.

"얼굴이 그게 뭐야. 나한테 이쪽으로 오라고 전화를 하지."

"어떻게?"

그는 물음과 함께 주머니에서 그녀의 핸드폰을 꺼내 내밀었다. 어쩐지 뭔가 허전하더니만 진이는 민망한 마음에 허둥지둥 핸드폰을 집어 가방 속에 던져 버렸다.

"가끔 보면 넌 허술한 구석이 많아. 하긴 그게 매력이긴 하지. 차분하고 냉정해 보여도 욱하면 아무도 못 말리는 폭탄에 술고래에 덜렁이."

지금 포인트에서 그는 배시시 천진난만한 어린아이처럼 곱게 웃고 있겠지? 하지만 진이는 아까 전 지윤에게서 들은 말들이 떠올라서 도저히 고개를 들 수가 없었다.

'이건 내가 술 취해서 하는 얘기니까 듣고 흘려주세요. 고모 장례식 이후부터였어요. 비공개였는데도 기자들이 찾아와서 카메라를 들이밀며 오빠한테 잔인할 만큼 질문 세례를 퍼부었어요. 솔직히 전 항상 올곧고 듬직했던 오빠가 그 상황도 잘 이겨낼 수 있을 거라고 생각했어요. 그런데 그때 오빠가 무너지더라구요. 처음 봤어요. 그런 모습……. 그때 그 자리에서 실신하고 그 뒤로 공식 석상에서 다시는 오빠를 볼 수 없었죠. 사람들에게 주목받는 게 두려운 이유는 고모를 지키지 못했다는 죄책감 때문이 아니었을까요?'

그리고 어쩌면 축제 때 무대 위에서 받았던 무대공포와 어머니의 죽음 이후 받은 스포트라이트가 결합되어 그를 더욱 지옥으로 몰아넣은 건 아닐까?

그런 그를 첫 만남에서 임원들에게 패션테러리스트라고 망신을 주었다. 난 정말 경에게 석고대죄를 한다고 해도 용서받을 자격이 없었다.

"뭐야. 나한테 얼굴 안 보여주려고 작정했어?"

가느다랗게 한숨을 내뱉으며 그가 말하자 진이는 떨리는 목소리를 감추며 여전히 고개를 푹 숙인 채 초밥을 응시하며 말했다.

"난…… 너 배고프다고 해서 온 건데……. 왜 내가 좋아하는 것들만……."

경이 좋아하는 음식이 뭐였지? 뭐였더라? 생각이 안 나! 이 망할 놈의 기억력.

"난 우동 국물. 여기 있잖아."

아 맞다. 경은 우동을 좋아했었지. 아니, 우동 국물……. 그래서 항상 탄수화물 중독자인 난 우동 면발을 건져 먹고 녀석은 국물만 마셨었다. 그게 이제야 기억이 나다니.

"잠깐! 나 손 좀 씻고 올게."

갑자기 경이 자리에서 일어나 황급히 바깥으로 달려나갔다. 진이는 이제야 고개를 들어 경이 앉았던 자리를 바라보았다.

그가 먹던 우동 그릇이 눈에 들어왔다. 손을 뻗어 만져 보니 다 식었다. 진이가 웨이터에게 버너를 가져다 달라고 했다. 국물이 따뜻하게 데워지는 동안 진이는 자신의 앞에 놓인 화려한 초밥들을 보며 생각에 잠겼다.

도대체 내가 그를 위해 할 수 있는 일이 뭐가 있을까?

그때. 테이블 위에 오렌지 주스가 놓여졌다. 커피 전문점 포장지를 보아서는 일식집에서 파는 것이 아니었다.

또 졌다. 예진이 완패!

진이가 가만히 오렌지 주스를 보다가 뛰어갔다 왔는지 숨을 가쁘게 고르며 자리에 앉은 경을 보았다. 그는 앉자마자 버너 위에서 끓고 있는 국물을 보며 자신을 조금이나마 생각해 준 그녀의 마음을 읽은 듯 생긋 웃었다. 그런데.

그와 대비되는 그녀의 표정. 아랫입술이 부르르 떨리더니 급기야 눈에서 눈물이 펑 터져 버렸다. 갑작스런 그녀의 행동에 당황한 경은 어쩔 줄 몰라 하며 물었다.

"왜, 왜 그래?"

진이는 티슈를 마구 뽑아 눈물을 벅벅 닦아내며 그에게 물었다.

"너 어디다 적어놨어?"

"뭐야? 고작 오렌지 주스 하나로 감동받은 거야? 예진이가 오렌지 주스 없으면 초밥 못 먹는 거…… 적어놓을 정도로 중요한 건가?"

"그럼 도대체 이걸 어떻게 기억하냔 말이야……."

"그건…… 초밥 먹을 때마다 니 생각했으니까."

"……."

"뭐 할 때마다 니 생각을 안 한 적이 없어. 병이다…… 예진이 병. 약도 없는 이 병 고칠 수 있는 사람은 너밖에 없어. 그러니까 지금 하는 생각 다 부질없으니까 관두는 게 좋을 거야."

경은 마치 그녀가 흘리는 눈물의 의미가 무엇인지 다 아는 사람처럼 말했다.

"내가 무슨 생각을 했는지 알아?"

"부담스러워 죽겠다. 뭐 이런 생각? 하지 않았을까 조심스럽게 예상하고 있었어."

일부러 웃기려고 농담한 건지 그가 능청스럽게 말했다. 덕분에 진이가 웃어버렸다.

"드디어 웃었네."

그도 웃었다. 진이는 애써 마음을 진정시키며 말했다.

"있잖아, 경아…… 사람들의 시선이 의식되거나 불편하게 느껴지면…… 많이 아파?"

그녀의 물음에 경은 그녀가 죄책감 때문에 계속 우울해 있었다는 걸 알았는지 목소리를 낮게 깔고 그녀의 이름을 불렀다.

"예진이."

그의 부름에도 그녀는 말을 계속 이어나갔다.

"혹시 그때 런웨이에서의 일 때문에…… 생긴 트라우마야? 나 때문에…… 내가 너 억지로 무대 위에 올라가게 해서? 그래서 그런 거지? 나 미안해서 너 쳐다보지를 못하겠어."

안타까운 눈길로 바라보는 경의 시선을 그녀가 외면하려 고개를 돌렸다. 그때의 난 도대체 왜 그랬을까? 후회해도 소용없는 일이었다.

이미 지난 8년간 그는 많이 아팠으니까. 그때 뜨거운 두 손이 그녀의 얼굴을 감쌌다.

경은 그녀의 얼굴을 잡아 자신의 쪽으로 돌렸다.

"나 정말 이제 아무렇지도 않아!"

경은 울상이 된 그녀의 입술 양끝을 양쪽 엄지손가락으로 쭈욱 늘어뜨려 광대로 승천시켰다. 억지로 입을 웃게 만들었지만 눈에는 눈물이 그렁그렁. 그녀를 바라보던 경이 뭔가 떠올랐는지 외쳤다.

"그래! 내가 아무렇지 않다는 거 보여줄게! 그럼 됐지? 이번에 네가 기획한 브랜드 론칭쇼에서."

"경아, 아니야! 억지로 그러지 마!"

진이가 화들짝 놀라 고개를 절레절레 흔들었다. 하지만 그의 표정은 단호했다.

"아니. 보여줄 거야. 그러니까 그런 표정 짓지 마."

"알았어. 알았으니까 아까 한 말 없던 걸로…… 알았지?"

간곡히 부탁하는 진이의 말이 그에게 들릴 리가 없었다. 저 똥고집……. 진이는 미쳐 버릴 것만 같았다. 한번 한다면 하고 마는 저 고집을 꺾을 수가 없었다. 그때 경이 팔을 벌렸다.

"안아줘. 나 아까 오리고기 냄새 맡았더니 현기증이……."

그가 아픈 척 엄살을 부렸다. 진이는 그가 벌린 두 팔을 잡아끌어 그의 셔츠 소매 단추를 풀었다.

"뭐, 뭐 하는 거야!"

경이 당황하며 물었고 진이는 걷어 올린 소매 안에도 울긋불긋 두드러기가 난 그의 팔을 보자 뭔가 궁금한 점이 떠올랐는지 물었다.

"근데…… 너 학교 다닐 때 방학 때마다 오리농장에서 일하다 올라왔잖아. 오리고기 가지고……. 그땐 정말 집이 오리농장이었어?"

"아…… 그건 방학 때마다 외국에 가 있느라 연락 안 되면 네가 걱정할까 봐…… 둘러댄 건데."

"뭐? 그럼 그 오리고기는 뭐야? 니네 농장에서 가져왔다는 거."

"네가 오리고기 좋아하니까…… 연락 못한 거 미안해서. 나름 선물이었는데……."

정말 기가 막히고 코가 막혔다. 그 오리고기에 이런 숨은 의도가 있었다니. 이제는 그에게 미안해하는 것도 미안했다.

"나는…… 네가 집에 있는 거 다 퍼다가 나한테 나르는 줄 알고…… 그만 가져오라고 한 얘기였어. 너한테 오리 냄새 같은 게 날 리가 없잖아."

"그래? 다행이네. 내가 싫어서 그런 게 아니라니."

긍정의 아이콘답게 경은 웃으며 국물을 떠서 진이 앞에 내려놓았다.

"근데…… 넌 왜 한번도 안 물어봐? 그때 내가 왜 그랬는지……."

"너도 안 물어봤잖아…… 그때 내가 왜 사라졌는지……."

"미안. 네가 말하지 않았지만 알게 됐어…… 네 어머니 일……."

그가 누구의 외손자인지 알게 되면서 저절로 알게 된 그의 트라우마. 말하고 싶지 않은 자신의 상처를 날조된 기사나 뉴스로 주변 사람들에게 알려지는 기분은 어떨까? 그녀가 조심스럽게 그의 얼굴을 들여다보며 자신이 가장 말하고 싶지 않았던 이야기를 꺼내기로 마음먹으며 입을 열었다.

"그때 내가 너한테 왜 그랬냐면……."

"진이야…… 그때 많이 힘들었지?"

"응?"

"아버지 일…… 나도 네가 말해주지 않았지만 알게 됐어……."

그는 당시를 떠올렸다.

어머니의 장례를 치르고 시간이 조금 흐른 후 한국에 잠시 입국한 그는 진이를 찾아갔었다. 하지만 그녀는 꽤 오랜 기간 학교도 결석한 상태였고, 아버지의 빚 때문에 집도 빼앗겨 여관방을 전전한다고 들었다. 수소문 끝에 그녀가 지내는 고시원을 찾아간 경은 수면제를 먹고 의식을 잃은 그녀를 발견했다. 119가 도착하고 구급대원이 그녀를 싣고 병원으로 갔지만 경은 그녀를 따라갈 수가 없었다. 엄마처럼 자신을 놓고 그녀가 죽어버릴 것만 같아서 두려웠고, 그런 선택을 한 그녀가 원망스러웠다. 그녀가 무사하다는 연락을 받고도 경은 진이의 얼굴을 볼 수가 없을 것만 같았다. 위태로운 그녀의 옆을 지켜줄 용기가 없었고 두려웠다. 그래서 비겁하게 도망쳤었다. 그렇게 도망치고 나서는 그게 미안해서 도저히 그녀를 볼 낯이 없었다. 아마 김 회장이 반대 없이 법무감사팀에서의 근무를 허락해 줬다면 CU패션으로 가서 그녀와 달콤한 재회를 꿈꿀 생각도 하지 못했을 것이다.

경은 차마 그녀의 치부의 현장을 자신이 목격했다고 말하고 싶지 않았다.

"옆에 있어주지 못해서 미안했어…… 항상……. 그게 마음에 걸렸었어. 늦게 와서 미안해……."

그의 눈빛에 홀렸는지 진이는 자신도 모르는 진심이 튀어나왔다.

"널 다시 만났을 때부터 두려웠어. 다시 좋아질 것 같아서……."

"뭐라고?"

경은 자신의 귀를 의심하며 되물었다. 그러자 그녀가 절망적인 얼굴로 다시 속마음을 말했다.

"너 같은 사람을 만나고 싶었어…… 그런데 못 만났어. 그런데 생각해 보니까 나는 너를 기다렸던 것 같아. 널 만나고 싶었던 거야."

역시 군더더기 없이 깔끔한 고백이 꼭 그녀 같았다. 경은 날아갈 것만 같은 황홀한 표정으로 씨익 웃었다.

"진짜 회사로 다시 들어갈 거야?"

"왜?"

"피곤하지 않아? 내 오피스텔에서 한숨 자고 가. 너 그러다가 병나.”

“그거 정말 나를 위해서 하는 말이야?”

“아니. 사실 내가 병날 것 같아.”

그의 능청스러운 말에 그녀가 웃어버렸다.

어느덧 론칭쇼 준비로 사무실은 정신없이 돌아가고 있었다. 특히 여사원들은 론칭쇼 때 입을 드레스를 고르느라, 그 드레스에 맞게 몸매 관리하느라, 론칭쇼 명단에 남자 연예인은 누가 오는지 체크하느라. 정신이 없었다.

같은 날 열리는 경쟁사 론칭쇼에 관한 정보수집 보고서를 작성하던 진이는 며칠 밤을 샌 건지 알 수 없는 초췌한 얼굴로 자리에서 벌떡 일어났다.

이것들아! 론칭쇼 때 드레스 입고 인증샷 찍을 정신이 있을 것 같니? 라는 말이 목구멍까지 올라온 진이가 더 이상 내부에 적을 만들지 말자며 꾹 눌러 참으며 자리에 앉으려는 그때, 앙칼진 두 여자의 목소리가 들려왔다.

“이봐요, 거기! 휴게실 가서 떠들어요!”

“거기 조용히 좀 해요!”

은수민과 김지윤이었다. 만만치 않게 얼굴이 까칠해져 있는 은수민은 그렇다 쳐도 유난히 이번 론칭쇼 준비에 열심인 김지윤은 하이힐이 아닌 플랫슈즈를 신고 있었다. 지윤은 자신이 앉아 있는 자리가 너무 무겁다며 저번에 진이에게 하소연을 했었다. 그리고 일전에 진이가 말한 대로 절대로 부끄럽지 않게 열심히 하겠다고

다짐을 한 후로는 플랫슈즈를 신고 단정한 옷차림으로 출근을 했
다.

일어선 두 여자는 잠시 마주 보다가 뻘쭘했는지 다시 자리에 앉
았다. 진이는 그런 두 여자가 귀여웠는지 뿌듯한 얼굴로 바라보다
가 은수민과 눈이 마주쳤다.

은수민은 가느다랗게 한숨을 내뱉으며 진이를 위아래로 훑어봤
다.

"은 대리, 그 눈빛은 뭐야?"

"맨날 그런 꼴로 상무님 만나러 가는 거예요?"

못 만나니까 이런 꼴로 일하고 있지! 라는 말을 삼켰다. 나는 나
대로 론칭쇼 준비를 하느라 그는 이제야 제 적성에 맞는 일을 찾
았는지 일과 시간에는 전화 한 통을 하는 법이 없었다. 그를 이해
못하는 건 아니었다. 나도 그랬으니까……. 학교 다닐 때도 우린
시험기간이 되면 각자의 시간을 가졌었다. 그게 나를 위한 것도
있었지만 상대방을 위한 배려라고 생각했었다.

그런데…… 그래도 이건 너무하잖아. 회사에 사법고시 준비하
러 들어간 것도 아니고 어떻게 이럴 수가 있지?

진이는 홧김에 노트북 키보드를 부서져라 두드려 댔다.

드르륵드르륵.

잠잠해도 너무 잠잠해서 AS센터를 찾아갈까 심각하게 고민하
게 만들었던 핸드폰이 제 몸을 부르르 떨었다. 진이는 액정 확인
도 하지 않고 반갑게 전화를 받았다.

"여보세요!"

[고객님 안녕하세요. O웨딩입니다.]

"네?"

그녀가 놀라 저도 모르게 큰소리를 내며 자리에서 벌떡 일어섰다.

"야! 진짜 뭐 그런 게 어디 있냐?"

"내 말이……."

오늘도 어김없이 김 과장의 실내포차 구석에 자리 잡은 시연과 진이가 맥주를 들이켜고 있었다. 진이는 웨딩로또의 전말을 알고 있는 시연에게 오전에 O웨딩에서 전화가 왔었다는 사실을 털어놓았다. 믿을 수가 없었다. 양도했던 로또가 다시 내게 굴러들어 오다니.

"그러니까 네가 직접 와서 얘기한 게 아니라서 양도한다고 했던 게 인정이 안 된다고 했다고? 그러니까 이번 달까지 혼인관계증명서를 제출하면 예정대로 다음 달에 이벤트는 진행한다? 그게 사실이면 뭘 걱정해! 갱한테 말해!"

"사귄 지 얼마 되지도 않았는데 결혼하자고 하라고? 그건……마치……."

"그치. 꼭 웨딩로또 쓰려고 갱이 잡은 것 같은 냄새가 나긴 하지. 근데 어쩌겠어. 일이 이렇게 딱딱 들어맞았는걸."

정말 미쳐 버리겠다. 어느 드라마에서 과거로 돌아갈 수 있는 기회인지 저주인지 모를 향을 가지게 된 주인공이 '끝까지 향이 날 농락한다…….' 라고 대사를 치던 심정이 이해가 됐다. 이 웨딩

로또가 날 농락한다……. 끝.까.지. 버릴 수도 없고 덥석 쓸 수도
없고.

"너 갱이랑 결혼할 생각은 있는 거지? 근데 그 집안에서 이런
이벤트성 혼수를 어떻게 생각하려나……."

"아……."

진이의 얼굴이 흙빛으로 변했다. 그 집안. 그의 집안……. 문득
술에 취한 나를 못마땅한 눈빛으로 보며 혀를 내차던 꿈속…… 아
니, 보았던 김 회장의 얼굴이 떠올랐다.

그가 어떤 집안의 자식인 건 상관없었지만…… 요새 들어 그가
차라리 오리농장의 아들이었으면 하는 생각을 수없이 많이 했었
다.

"네? 병실을 옮겨요?"

론칭쇼를 앞두고 진이는 웨딩로또를 두고 엄마와 상의할 것이
있어 요양원을 찾았다가 간호사에게서 병실을 옮겼다는 말을 전
해 듣고는 화들짝 놀랐다.

"아, 아니, 왜요? 혹시 이번 분기 비용 납부 안 해서 그래요? 지
금 있는 병실도 햇빛도 안 들어오고 답답한데…… 더 안 좋은 곳
으로 간 거면 요양원을 옮……."

"특실로 옮기셨는데요."

"네?"

"완납도 하셨다던데."

도대체 누가? 라고 따져 물으려고 할 때 뒤에서 익숙한 목소리

가 들려왔다.

"진이야!"

진이가 뒤를 돌았다. 뒤에는 휠체어에 탄 엄마를 모시고 산책이라도 다녀왔는지 그가 말끔한 슈트 차림으로 손을 흔들고 있었다. 엄마는 저번에 왔던 태준이는 뭐고 이 천진난만한 남자는 또 뭐지? 약간 얼떨떨한 표정으로 진이를 바라보고 있었다.

진이가 두 사람이 있는 쪽으로 달려갔다.

"어떻게 된 거야? 네가 왜?"

"어머니! 봤죠? 진이 애인은 저예요! 저번에 온 그 남자는 깨끗하게 잊어주세요! 원래 지나간 사람은 빨리 잊어야 하는 법이니까요."

살갑게 구는 경이 귀여웠는지 엄마는 밝게 웃으며 갑자기 그의 손을 덥석 잡았다.

"믿을게…… 진이 잘 부탁하네……."

"네! 걱정 마세요!"

운동장같이 넓은 특실에 엄마를 부축하는 경의 손길이 조심스러웠다.

"저기…… 이 병실은 내가 너무 부담스러운데……."

"이제 곧 여름이고 더워질 텐데. 여기가 통풍도 잘되고 햇빛이 가장 잘 들어와요. 그래서 옮긴 거예요. 괜히 돈 자랑하려고 그런 거 절대 아니니까 어머니 건강해지라고 꼭 건강해져서 진이랑 저 이렇게 셋이 같이 살아요. 어머니 꼭 모시고 살았으면 좋겠어요."

진심 어린 얼굴로 말하는 그의 말을 어찌 뿌리칠 수 있겠는가. 엄마는 말없이 진이를 보며 고개를 끄덕였다. 그 안에는 많은 의미가 담겨 있음을 그녀는 알 수 있었다.

'이 남자라면 진이…… 널 행복하게 해줄 수 있을 거야.'

'너도 마음껏 사랑해 주고 사랑받으면서 행복하게 살아.'

진이는 울컥 눈물이 날 것만 같았다. 또 딸의 눈물 맺힌 눈을 보자 엄마의 눈에도 눈물이 고였다. 갑자기 두 모녀가 눈물을 흘리자 중간에서 당황한 경이 외쳤다.

"저기…… 두 분! 눈물 뚝!"

푸하하. 그 말에 엄마가 먼저 웃음을 터뜨렸다. 그리고 덩달아 진이도 웃어버렸다. 울다 웃는 모녀를 경은 어리둥절하게 바라볼 뿐이었다.

돌아가는 차 안에서 진이는 말없이 운전하는 경의 얼굴을 흘끔 훔쳐봤다. 그런데 갑자기 고개를 휙 돌려 그녀를 바라보는 경.

"깜짝이야!"

"앞모습도 보라고. 너도 오는 줄 알았으면 연락하고 올걸 그랬나?"

"응. 요새 많이 바빠?"

그녀가 눈을 흘기며 그를 바라보았다. 그는 다시 운전에 열중하며 말했다.

"뭐…… 그동안 많이 놀았으니까 열심히 해야지. 네가 나 열심히 하는 모습 보고 싶다고 했잖아. 사실 요새 하루에 3시간도 못 자고 있어. 내년에 우리 그룹 해외진출 확대한다고 공표했잖아.

그거 때문에 리스크 줄인다고 수십만 건에 달하는 민원분석에 무슨 놈의 비리는 그렇게 많은지 내가 몽땅 찾아내서 다 척결해 버릴 거야.”

경아…… 그걸 왜 니가 다 찾아서 척결을 해? 회사 일을 혼자 다할 생각이야? 젠장! 이렇게 바쁜 사람한테 결혼할 생각 없냐고 묻는 건 시간 낭비인 것 같았다. 그녀가 아무런 대꾸가 없자 그가 흘끔 그녀를 보며 말했다.

“왜 이렇게 말이 없어? 무슨 기분 나쁜 일 있어?”

“아니야…… 전혀. 네가 일 열심히 하는 모습이 아주 보기 좋네.”

“그치? 그래서 말인데 진이야…….”

“응?”

갑자기 머뭇대며 뜸을 들이는 경을 진이는 불안한 눈빛으로 바라보았다.

“나 이번 론칭쇼에 참석 못할 것 같아. 저번에 했던 약속은 못 지킬 것 같은데…….”

약속? 아…… 자신의 트라우마를 극복해 보겠다며 론칭쇼 행사에 참여하겠다고 강한 의지를 불태우던 그의 모습이 떠올랐다. 기어코 론칭쇼에 오겠다던 그가 걱정되었는데 못 온다니 다행이었다. 하지만 왠지 모르게 서운한 마음이 드는 것도 사실이었다.

“아니야. 잘 생각했어. 일이 우선이지.”

“응. 너라면 그렇게 얘기해 줄 줄 알았어. 고마워. 앞으로 너랑

한 약속은 꼭 지키도록 노력할게!"

"응······."

경은 뭐가 그렇게 즐거운지 휘파람까지 불어가며 차를 몰았다.

제14장. 신랑급구 마감합니다

CU호텔 야외 라운지에서 열린 론칭쇼에는 톱스타는 물론 각계 각층의 유명인사와 샐러브리티들이 참석했다. 중앙에 좌중을 압도하는 크리스털 런웨이가 반짝거리며 사람들의 시선을 빼앗았다.

그리고 백스테이지에서는 진이가 스태프 명찰을 목에 건 채 바쁘게 뛰어다니고 있었다.

"예 대리님! 내빈 중에 갑자기 오시겠다는 분이 계셔서. 자리 배치 어떡하죠?"

"내빈 누구?"

"김욱 회장님이요."

"뭐?"

같은 계열사라고 해도 고작 의류브랜드 론칭쇼에 김욱 회장님이 오신다고? 진이는 순간 정신이 아찔했다. 공식 석상에서 손녀 딸이 처음으로 프레젠테이션을 한다고 해서 오신 건가?

"은 대리! 빨리 시설관리실 가서 앞에 좌석 한 줄 더 만들어달라고 하고. 나는 나는…… 뭐 빠트린 거 없나? 없겠지? 실수하면 안 되는데!"

"왜 그러세요?"

그녀답지 않게 허둥지둥거리자 은수민은 이상하게 바라보다가 급하게 시설관리실로 달려갔다. 진이는 머릿속으로 행사 진행에 미숙한 점은 없는지 보완해야 할 것은 없는지 재빨리 계산하기 시작했다. 그리고 서둘러 행사장 입구부터 런웨이 밑까지 주변을 살피며 꼼꼼하게 행사 진행을 체크했다. 회장님이 오시기 전에 시작과 동시에 사라져야겠다는 일념 하나로 그녀는 미친 듯이 뛰어다녔다.

"진이야."

정신없는 그녀의 앞을 누군가 막아섰다. 진이는 고개를 들어 누군가를 바라보았다. 팸플릿을 하나 들고 들어온 태준이었다. 뭔가 할 말이 있는 듯 보이는 그는 여전히 태평스럽게 저 혼자 말문을 어떻게 열어야 할지 고민하고 있었다.

"저기, 태준아! 나 지금 바쁘……."

"미안…… 바쁘지? 난 인사부 대표로 왔어. 그동안 론칭쇼 기획하느라 힘들었지? 여전히 일에 열정적이고 보기 좋다."

태준의 표정을 보니 그는 아직도 감정이 정리가 안 된 것 같아 보였다. 요새 회사 일이 바빠 커피 한잔 같이 마실 여유도 없는 경을 보며 문득 태준이 떠올랐다. 내가 그랬었기 때문에 경을 이해

못하는 건 아니지만 이해하는 나도 가끔 섭섭한데 태준은 오죽했을까? 진이는 그를 바라보며 진심을 담아 말했다.

"태준아, 지난 1년 동안 정말 많이 미안하고 고마웠어……. 이제는 정말 너 이해해 주고 사랑해 줄 좋은 여자 만나길 진짜 진심으로 바랄게."

"아……."

태준은 정말 끝인 건가? 하는 표정으로 그녀를 바라보았다. 그녀의 표정을 보니 왜인지는 모르겠지만 홀가분해 보였다. 항상 뭐에 쫓기듯 바빠 보였던 그녀의 인상이 한결 부드러워져 있었다. 태준은 낙담했다. 자신은 왜 사귀는 동안 그녀를 마음 편하게 해주지 못했을까? 태준은 지금이라도 진이의 가벼워 보이는 표정에 자신의 마음도 가벼워진 것만 같았다. 그가 웃으며 인사를 건넸다.

"나도 미안하고…… 고마웠어."

그녀가 고개를 끄덕였다. 태준은 가느다랗게 한숨을 내뱉으며 행사장 안으로 들어갔다.

순간 장내가 웅성대기 시작했다.

"김욱 회장님 아니야?"

"정말?"

기자들이 쏜살같이 달려가 플래시를 터뜨려 대기 시작했다. 진이는 재빨리 될 수 있으면 김 회장과 마주치지 않도록 몸을 숨겼다.

김 회장은 사람 좋게 웃으며 행사장 안으로 진입했다. 그의 왼쪽에는 배 사장이 간신처럼 아부를 떨며 그를 보필하며 따라가고 있었다. 그런데 왠지 모르게 김 회장의 표정이 좋지 않았다.

"배 사장, 앞으로 쓸데없는 행동은 삼가게나."

"네?"

배 사장이 뭔가 켕기는 게 있는지 목소리가 떨렸다.

김 회장은 자리에 착석하며 옆에 앉은 배 사장에게 싸늘한 목소리로 말했다.

"내가 모를 줄 알았나?"

"그게 무슨 말씀이신지……."

"이번 주에 본사 법무감사팀에서 감사 나갈 걸세. 그리고 이번 달 주주총회에서 자네 해임을 논의할 테니 준비하고 있게나."

"회…… 회장님!"

배 사장의 얼굴이 하얗게 질렸다. 하지만 김 회장은 꿈쩍도 하지 않았다. 오히려 상당히 거슬리는 얼굴로 그를 보며 말했다.

"이 얘기를 왜 미리 하는지 모르겠나?"

"이번 주 내로 물러나겠습니다."

찍소리도 못하고 물러나가겠다고 하는 걸 보니 경의 말을 빌리자면 엄청 많이 해 먹은 게 분명했다. 김 회장은 쯧쯧 혀를 내차며 팸플릿을 펼쳤다. 그리고 배 사장은 휘청거리며 일어나 고개를 꾸벅 숙인 뒤 행사장을 빠져나갔다.

중요인사들이 자리에 착석하고 밖에서는 방명록을 확인한 스태프가 조명실에 무전을 쳤다. 그리고 동시에 조명이 한층 어두워졌다. 은은한 조명이 실내를 비추고 행사 시작을 알리는 음악이 깔렸다. 진이는 백스테이지로 향했다.

1부 순서는 브랜드 프레젠테이션이었다. 프레젠터는 김지윤이었다. 이번 브랜드 프레젠테이션은 지윤이 홍보부에 있을 때부터 만들었던 것으로 진이가 봐도 군더더기가 없는 완벽한 PPT였다.

"예 대리님! 나 어떡해요?"

지윤이 발을 동동거렸다. 이렇게 많은 사람들 앞에서 프레젠테이션은 처음이었기 때문이었다. 진정을 못하고 죽을상을 하고 있는 지윤에게 진이가 말했다.

"연습한 대로만 해요. 잘하잖아. 나보다 더 잘하던데 뭘."

처음엔 지윤이 샘이 났던 적도 있었다. 부족한 것 없이 자란 것도 모자라 모든 일을 착착 잘해냈다. 게다가 열심히까지 하니 당해낼 도리가 없었다. 은수민도 버거운데 지윤까지. 진이는 라이벌 두 명에게 뒤처지지 않으려고 열심히 했다. 덕분에 일에 매진한 탓에 승진에서 까인 아픈 사연도 점점 잊혀져 갔다.

지윤은 아자, 아자! 를 외치며 백스테이지를 벗어나 앞으로 나갔다. 그녀가 스크린 오른쪽에 서서 한 손에는 프레젠터 클립과 다른 한 손에는 마이크를 들고 프레젠테이션을 진행했다.

"저희 브랜드는 올해 1,000억 원의 매출을 목표로 2년 안에 단독매장 150개와 샵인샵 형태 매장 130개 총 280여 개 매장을 오픈할 계획입니다. 다음은 비전과 전략을 말씀드리겠습니다."

지윤의 표정이 굳어졌다. 다음 슬라이드로 넘어가는 버튼을 눌렀는데도 버튼이 작동을 하지 않는지 그녀의 얼굴빛이 하얗게 질렸다. 지윤은 너무 당황한 나머지 머릿속이 하얘져서 아무 말도 못하고 애꿎은 버튼만 눌러대다가 서둘러 컴퓨터가 있는 쪽으로 달려갔다. 젠장! 컴퓨터가 말썽이었다. 소프트웨어가 꼬였는지 먹통이 되어버렸다.

사람들은 어리둥절해하며 순간적으로 장내 분위기가 술렁거리기 시작했다. 지윤은 백스테이지 쪽 진이를 보며 도움의 손길을 내밀었다. 진이는 침착하라며 일단 관중들에게 잠시만 기다려 달라고 말하라고 입모양으로 전달했지만 지윤에게는 그럴 만한 여유가 없었는지 울먹이며 멈춰 버린 컴퓨터를 정상 작동시키기 위해 허둥지둥대고 있었다. 진이는 하는 수 없이 백스테이지를 나오며 무전으로 스크린에 브랜드 홍보 영상을 띄워달라고 말한 후 지윤에게로 향했다.

"예 대리님!"

"일단 컴퓨터 전원 껐다가 켜봐."

"PPT 파일이 문제인 것 같아요. 프로그램이 깨진 것 같아요…… 재부팅해도 소용없을 거예요."

지윤이 왜 그렇게 허둥지둥댔는지 알게 된 진이는 일단 관중들을 진정시켜야 할 것 같았다. 그녀는 지윤에게서 마이크를 넘겨받아 말을 이어나갔다.

"죄송합니다. 회의 자료에 이상이 생긴 것 같습니다."

앉아 있던 김 회장이 한숨을 크게 내쉬었다. 주변의 웅성거림이 더욱 커지자 진이가 다시 한 번 말을 이어나갔다.

"방금과 같은 실수를 스티브잡스도 한 적이 있는데 혹시 그 일화를 아시는 분 있으신가요?"

진이는 자연스럽게 청중의 시선을 끌며 이야기를 시작했다.

"그는 덕분에 불안정한 웹브라우저 대신 사파리 브라우저를 만

들었고 시연하려던 게임이 멈춰 버리는 바람에 더 나은 소프트웨
어를 만들 수 있었다고 합니다. 이번 저희 브랜드의 비전은 '더 나
은' 입니다. 소비자들의 다양한 요구에 맞게 매년 새롭게 컨셉에
변화를 준다는 것이 핵심입니다. 너무나도 발 빠른 21세기에 단
하나만을 추구하는 브랜드 컨셉은 맞지 않습니다. 저희 CU패션에
서는 기업의 고집보다는 실수는 인정하고 더 나은! 더 새로운 컨
셉을 탄생시켜 소비자들과 함께 갈 것입니다."

　안정된 목소리 톤과 차분한 인상이 듣는 사람도 보는 사람도 편
안하게 만드는 재주가 있었다. 여기저기서 박수갈채가 쏟아졌다.

　"괜찮아요?"
　무대를 내려온 지윤은 아직도 반쯤 정신이 나가 있었다.
　"표정을 보아하니 자책하고 있네. 조금 일찍 와서 시연해 볼걸.
내가 왜 그 순간 아무 말도 못했지?"
　"어, 어떻게 알았어요?"
　지윤이 두 눈을 동그랗게 뜨고 물었다.
　"나도 그랬으니까요."
　"거짓말…… 괜히 저 위로한다고 하는 말이죠?"
　"정말인데? 위에서 진짜 아무런 생각도 나지 않지? 그냥 땅을
파고 꺼져 버리고 싶고."
　"네! 맞아요!"
　지윤은 울먹였다. 진이가 신입사원 시절이 생각났는지 피씩 웃
어버렸다.

"근데 그때 예 대리님은 누가 도와줬어요?"

"안타깝게도 없었어. 도와주는 사람."

"왜, 왜요?"

"내가 잘하면 자신들 자리가 위태로우니까. 나 같아도 아마 김 과장이 상사가 아니었다면 고민했을 거야. 도와줘야 하는지 말아야 하는지."

"고마워요! 도와줘서……."

진이는 그동안 자신을 거쳐 간 수많은 상사들이 부하가 갖다 준 보고서로 성과급을 받고 승진을 해서 전근을 가고 그러면서도 그동안 고맙고 수고했다. 하는 상사는 드물었다. 그래서 그랬을까? 동료들에게 더 정 없이 빡빡하게 굴었다.

"김 과장님! 괜찮아요?"

은수민이 숨이 차게 달려왔다. 양손에는 기인열전이라도 할 생각인지 칵테일 세 잔을 손가락에 끼고서 말이다.

"PT도 끝났는데 한잔 마셔야죠!"

"은 대리! 우리 업무 중이거든?"

"사실 예 대리님이 제일 먹고 싶었으면서!"

은수민은 뭔가 홀가분한 얼굴로 지윤과 진이에게 칵테일 잔을 내밀었다. 진이는 그렇지 않아도 속이 탔는데 그래, 한번쯤은 나도 일탈을 해보자! 뭔가 마음먹은 표정으로 잔을 받아 허공을 향해 들어 올리며 외쳤다.

"짠!"

세 사람은 꺄르르 웃으며 칵테일 잔을 부딪쳤다.

그리고 두 사람은 안주를 먹겠다며 케이터링 쪽으로 달려갔고 그 래도 아직까지는 정신을 잘 붙잡고 있던 진이는 무대 쪽으로 향했다.

런웨이 위에서는 우리 브랜드 옷을 입고 모델들이 워킹을 하고 있었다. 옛날에는 저런 무대에서 내가 만든 옷을 모델이 입고 워 킹을 하는 것을 꿈꾸기도 했었는데. 그리고 최종적으로는 패션센 스가 전혀 없는 경을 위해 멋진 옷을 만드는 게 꿈이었었다는 걸 그는 알까? 진이는 그윽한 눈으로 무대 위를 바라보았다.

그.런.데.

진이는 자신의 두 눈을 의심했다. 지금 백스테이지를 나와 런웨 이를 어색하게 걷고 있는 모델들 사이에서도 유난히 빛나는 얼굴 의 소유자. 저 남자는 경이 확실했다.

경은 뭔가 어색한 듯 불편한 기색으로 런웨이를 걸었다. 그렇게 포인트 지점까지 당도한 그는 이제야 그녀를 발견했는지 환하게 웃었다.

진이가 울먹이는 표정으로 물었다.

'어떻게 된 거야?'

그녀의 마음속 말을 듣기라도 했는지 그는 포인트 지점에서 턴 을 돌며 백스테이지로 향하며 두 손을 뒤로 모아 하트를 그렸다.

못 살겠다 정말! 쟨 뭔데 점점 더 사랑스러워지는 거지? 나도 병 걸렸나? 황보 병?

그나저나 다른 사람들은 못 봤겠지? 진이는 주변을 살폈다. 다 행이도 많은 모델들 중에 경이 유독 눈에 빛나 보였던 사람은 예 진이 뿐이었…… 다가 아니었다.

한 사람. 무대 맨 앞에서 손자 녀석의 경망스러운 행동을 보고 앉아 있던 김 회장이 혀를 내찼다. 그리고 진이를 찾는지 주변을 두리번거리더니 맨 뒤쪽에서 주변 눈치를 보던 진이와 눈이 마주쳤다.

김 회장은 아까 경이 만들었던 하트 모양을 자기 손으로 직접 만들어 내보이더니 어깨를 으쓱였다. '이게 뭐니?' 라고 하는 것 같았다. 젠장. 젠장!

진이는 죄를 진 사람 마냥 허리를 꾸벅 숙여 인사를 드렸다. 그러자 김 회장은 콧김을 푹푹 내뱉으며 다시 무대 위로 고개를 돌렸다. 진이는 잔뜩 주눅이 든 얼굴로 뒤를 돌았다.

"으악!"

뒤를 돌자마자 누군가의 품 안에 코를 박았다. 진이는 고개를 들어 누군가의 얼굴을 살폈다. 방금 전까지만 해도 무대 위를 걷던 경이었다.

"나 봤지? 나 약속 지켰다?"

그래, 장하다 장해. 이런 서프라이즈를 내게 보여주려고 바쁘다는 핑계로 전화 한 통도 하지 않은 건가? 진이가 그를 예쁘게 흘겨봤다. 경은 그녀가 사랑스러워 죽겠다는 얼굴로 그녀의 얼굴을 쓰다듬었다. 그리고는 주변을 두리번거리기 시작했다.

"왜 그래?"

"어…… 잠깐만."

그 순간 파바밧! 런웨이 위 조명이 반짝거리며 피날레가 시작되었다. 지금까지 걸어나왔던 모델들이 무대 위로 걸어나왔다.

그리고 하늘에서는 형형색색의 꽃가루들이 내리고 있었다. 동시에 행사장 안을 피아노 선율과 함께 누군가의 노래 소리로 가득 메워졌다. 노래를 부르는 가수의 목소리가 굉장히 익숙하다고 느껴졌다. 좀 더 자세히 들어보려는 그때 그녀의 어깨에 그가 손을 올렸다.

빠르지도 느리지도 않은 음악 소리와 함께 그녀의 가슴도 쿵쾅쿵쾅 뛰었다.

"나 솔직히 아까…… 조금 두려웠어."

진이는 아까 전 무대 위에서 조금은 주춤거리는 그의 얼굴이 떠올랐다. 진이의 표정이 어두워지자 경이 다시 말을 이어갔다.

"아직은 극복하지 못했나 봐. 그런데 나 그 트라우마 극복할 수 있는 한 가지 좋은 방법이 생각났는데."

"뭔데?"

"같이해 줄 수 있어?"

"어! 뭐든지…… 나 뭐든지 다 할 수 있어!"

"약속했다?"

진이는 떨어져 나갈 정도로 미친 듯이 고개를 끄덕였다. 그러자 경이 씨익 웃더니 뒷주머니에서 접어진 종이 한 장을 꺼내 펼쳐서 그녀의 앞에 내밀었다.

진이가 종이의 내용이 뭔지 확인하는 동안 경이 말했다.

"많은 사람들이 보는 앞에서 넌 웨딩드레스 입고 난 턱시도 입고 같이 걸어줄 수 있어?"

진이는 그가 펼친 종이가 혼인관계증명서라는 사실을 확인하고는 화들짝 놀라 그를 바라보았다.

"너랑 같이 버진로드를 걷는다면 내 병은 말끔하게 치유될 것 같아."

"어…… 어떻게 된 거야?"

"시연 씨가 그러더라. 이거 있어야 너랑 결혼할 수 있다고. 넌 바쁜 것 같아서 어머니랑 같이 가서 도장 찍어버렸지."

진이는 얼떨떨한 표정으로 경의 얼굴을 들여다보다가 갑자기 귓가에 후렴구로 치닫는 Ra.D의 I'm in love 노랫소리가 들려오자 또 한 번 놀란 얼굴로 그를 바라보았다.

"설마…… 이 노래…… 네가 부른 거야?"

그가 들뜬 얼굴로 조금은 떨리는 목소리로 들려오는 노랫소리에 자신의 목소리를 덧입혀 노래를 불렀다.

그리고 노래가 끝나갈 때 즈음 그가 멜로디를 뺀 차분한 목소리로 진심 어린 얼굴로 말했다.

"어쩔 수 없어…… 내 맘을 숨기기엔 너는 너무 아름다우니까. 앞으로도 평생 나는 이 마음을 숨기지 않고 표현할 거야. 사랑해. 사랑해. 사랑해! 이 말로는 내 맘을 표현하기에는 너무 부족하지만…… 그래도 사랑한다고 매일 말하고 싶어."

그가 안주머니에서 반지 케이스를 꺼내 열어 반지를 빼내어 그녀의 손가락에 끼웠다. 그리고 같은 반지를 낀 자신의 손을 들어 올려 그녀의 눈앞에 보여줬다.

"예진이…… 강제 입성!"

그가 반지 낀 손을 흔들며 쑥스러운 듯 밝게 웃었다. 진이는 그의 손에 낀 반지를 바라보다가 그의 손을 잡아당겼다. 순간 당황한 경이 모양 빠지게 어어! 하며 그녀의 품에 안겼다.

"강제라니…… 나…… 자진해서 들어갈 거거든!"

경이 좋아 죽겠는 표정으로 그녀를 꽉 안았다. 그녀도 보답이라도 하듯 그의 허리를 꽉 끌어안았다.

"갱 잡았다…….""

"어? 그게 무슨 소리야?"

"나도 사랑한다고!"

그녀의 한마디에 환하게 웃는 경을 진이는 고개를 들어 바라보며 미소를 지었다.

현란한 조명과 시끄럽고 정신없는 행사장 한가운데에서 서로를 안은 두 사람 위로 형형색색의 꽃가루가 날리며 두 사람을 축하하고 있었다.

THE END

─네! 오늘 '세상 속으로!'에서는 기상천외한 이벤트 현장 속으로 찾아가 보겠습니다!

아이에게 젖병을 물리며 TV를 보던 시연은 고개를 갸우뚱하며 볼륨을 높였다.

─한 웨딩업체에서 이번 이벤트 1등 당첨자에게 식장부터 웨딩드레스 부대비용 그리고 신혼여행까지 수억 원 상당의 웨딩패키지를 사용할 수 있는 기회를 제공했는데요. 신부님! 웨딩로또를 맞은 소감 한 말씀 부탁드립니다!

시연은 제 눈을 비볐다. 그리고 더욱 크게 눈을 뜨고는 화면을 바라보았다.

식장 입장 도중 붙잡혀 인터뷰를 하는 모양인지 신부는 웨딩로또를 맞은 것에 감격스러워하며 흥분된 목소리로 너무너무 좋아요! 를 외치고 있었다. 하지만 그 신부는 예진이가 아니었다.

게다가 TV 속 신부가 입은 웨딩업체에서 제공한 웨딩드레스는 어제 진이가 식장에서 입었던 몰래 하나 떼서 꿀꺽하고 싶다는 생각까지 하게 만들던 진주가 덕지덕지 붙은 미치게 아름답던 그 웨딩드레스가 아니었다. TV 속 웨딩드레스는 진이의 그것과 비교하면 정말 남루했다.

그뿐만이 아니었다. 방송에서 보이는 웨딩로또의 실체는 정말 어제 진이의 초초호화 결혼식에 비해 초라하기 짝이 없었다.

신혼부부는 신혼여행까지 따라와서 홍보 영상을 촬영하는 게 얼핏 짜증나 보이기도 했다. 태국 어느 리조트에서 수영을 하며 물장난을 하던 신혼부부는 ‘이제 그만 따라오세요~’라며 이를 악물고 웃어 보였다. 공짜니까 뭐라고 따질 힘이 없었나 보다.

시연은 애기 젖병도 내팽개치고 핸드폰을 꺼냈다.

지금쯤 인디아의 꽃! 신혼부부들의 성지이며 선망의 대상인 그곳 몰디브에 도착했을 진이에게 전화를 걸어서 미친 듯이 떠들어대고 싶었다.

세상에! 어제 네 결혼식은 웨딩 이벤트 당첨 결과가 아니라 모든 게 경이 조작한 거였어!

하나부터 열까지 모두 그가 계획한 거였다고!

시연은 그의 치밀함에 새삼 놀랐다. 분명 어제 결혼식장을 돌아다니던 O웨딩 마크가 달린 카메라맨들은 뭐였으며 진이가 혼인관계증명서를 내러 갔을 때도 태연하게 동의서를 작성해 달라고 했으며 이벤트 약관도 꼼꼼하게 설명했다고 했다. 맞다. 진이가 나가는 길에 그들이 벌떡 일어나서 뜬금없이 감사하다고 90도로 인사를 했다던데 지금 생각해 보니 이벤트 당첨된 사람한테 왜 자기네들이 넙죽 엎드려 감사하다고 했을까?

그건 이마 수억 원 이상의 VVVIP 패키지를 경이 따로 구입한 게 아니었을까?

이 부러운 년! 이 갱 잡은 년!

에필로그 2

"그래. 이 비서. 수고했고. 그쪽에는 마지막까지 진이가 의심하지 않도록 마무리 잘하도록 하라고 전해. 그래. 이 이후로는 무슨 일이 있어도 나한테 전화하지 말고."

산호초 바다와 열대 원시 숲과 넓게 펼쳐진 화이트비치를 테라스에서 내다보며 통화를 하던 경은 통화를 끊고 핸드폰 배터리를 분리시켜 버렸다.

그리고 시원한 바람을 잠시 느끼며 룸 안을 들여다보았다. 침대 위에는 피곤했는지 도착하자마자 기절해 버린 진이가 누워 있었다. 경은 그녀가 조금 야속했는지 한숨을 픽 하고 내뱉고는 룸으로 들어갔다. 그런데 그때 마침 그녀의 전화벨이 울렸다. 경은 그녀가 깰까 싶어 서둘러 그녀의 짐 가방 안에 들어 있던 핸드폰을 받아 들었다.

"여보세요?"

[어? 상무님? 저예요! 저. 은수민!]

"아. 무슨 일로?"

[그게…… 예 대리님 컴퓨터 비밀번호를 몰라서요. 급하게 찾을 자료가 있는데…….]

경의 미간이 찌푸려졌다. 이놈의 CU패션은 무슨 놈의 회사가 신혼여행까지 온 사람한테 전화를 한단 말인가. 신경이 바짝 곤두 선 그가 날이 선 목소리로 말했다.

"많이 급한 겁니까?"

[네! 엄청요. 지금 예 대리님 전화받기 곤란하세요?]

경은 침대 위에서 자고 있는 진이를 보다가 뭔가 잠시 고민하는 듯 보이더니 다시 입을 열었다.

"1915 한번 눌러보세요."

[네. 잠시만요. 일…… 구…… 일…… 오……. 아! 됐다! 풀렸어요!]

피씩. 표정이 굳어 있던 경이 웃어버렸다. 그녀의 현관 비밀번호 회사 노트북 암호가 모두 자신과 연관되어 있다는 사실에 당장 그녀를 깨워 안고 싶은 충동이 들었다.

"은 대리, 남자친구 없죠?"

[네? 네…….]

"내 친구 중에 안과의가 있는데 부케 받는 은 대리한테 반했다 던데. 연락처 보낼 테니까 잘해봐요. 그러니까 지금부터 절대로 진이한테 전화하지 마요. 회사가 무너져도 전화하지 마세요. 알겠습니까?"

일종의 거래였다. 상사가 아무리 진이에게 전화를 하라고 닦달해도 절대로 전화하지 말고 알아서 처리해 달라는 무언의 압박이었다.

역시 이번에도 경은 전화를 끊고 핸드폰 배터리를 분리시켰다. 그리고 다시 짐 가방 속에 핸드폰을 넣고 닫으려는데 경이 멈칫했다.

그녀의 가방 속에서 궁금증을 유발시키는 무언가를 발견한 것이었다. 그것은 정사각형의 포장 속에 둥그런 형체가 눈에 띄는 그것이었다.

완벽하다 못해 비현실적으로 느껴지는 아름다운 청정 환경의 바다를 바라볼 수 있는 야외욕조 안에서 진이와 경은 시원한 바람과 밤하늘의 별을 감상하며 와인 잔을 기울이고 있었다.

그런데 왜인지는 모르겠지만 평소와 다르게 진이는 와인의 맛을 음미만 할 뿐이었다.

"와인이 별로야? 왜 그렇게 간만 봐? 양주로 가져올까?"

"아, 아니야!"

"왜?"

그가 그녀를 물끄러미 바라보며 물었다. 그러자 그녀가 손사래를 치며 어색하게 웃으며 변명했다.

"왜긴 왜야! 이렇게 아름다운 풍경을 멀쩡한 정신으로 마음껏

만끽해야지!"

"그게 아닌 것 같은데?"

눈치 빠른 놈. 그래, 그게 아니었다. 지금 술을 먹으면 자신이 먼저 그에게 달려들 것만 같았다. 참아야 하느니라! 술은 절대로 안 된다. 예진이!

경이 진이가 들고 있던 와인 잔을 뺏어 들어 바깥에 내려놓았다. 그리고 입을 맞추었다. 뜨거운 그의 혀가 닿자 달콤한 와인 맛이 느껴졌다. 그녀는 저도 모르게 혀에 힘을 주어 그의 혀를 빨아들였다. 그의 혀에서 와인이 샘솟듯 흘러나왔다. 그 맛에 취해 진이의 가슴이 쿵쾅거리기 시작했다. 지금 내가 갈구하는 것이 술인지 경인지 알 수가 없었다. 경의 손이 어느새 그녀의 가슴에 닿았다. 그리고 그가 그녀의 등 뒤의 수영복 버클을 풀었다. 어느새 물 위로 그녀가 입고 있던 수영복 상, 하의가 둥둥 떠다녔다.

첨벙!

"아! 자, 잠깐!"

완전히 그의 몸에 빨려 들어갈 뻔한 진이가 재빨리 정신을 차리고 그를 밀쳐 냈다.

잠시 당황하는 얼굴로 그녀를 바라보던 경은 투정부리듯이 그녀의 목에 달려들어 자신을 새기기 시작했다. 그녀가 벗어나려고 할수록 물이 첨벙거리며 심하게 일렁이기 시작했다. 그게 영 불편했는지 경은 그녀를 안아 들어 물을 뚝뚝 흘리며 처벅처벅 걸어 룸 안으로 들어가 그녀를 침대 위에 눕혔다. 완벽한 나체로 누워 있는 그녀의 몸을 본 경은 도저히 참기 힘든지 0.1초의 망설임도 없이 그녀의 위로 달려들어 가슴을 움켜쥐며 부드러운 입술로 애무하기 시작했다.

"경아……."

그녀의 부름에 대답 대신 그의 입술이 가슴을 타고 배꼽 밑으로 향했다.

"읍! 아! 안 돼!"

진이가 상체를 일으켜 그를 끌어안아 위로 올려 얼굴을 마주 보았다.

"키스 더 해달라고?"

살짝 눈이 풀린 그가 입맛을 다시며 입술을 내밀었다. 돌격해오는 그를 진이가 두 손으로 그의 얼굴을 잡았다.

진이는 뭐라고 말해야 할지 막막했다. 미안하지만 나 오늘 배란일이야. 아직 내 인생 계획에 아이는 없어. 승진도 아직 못했고 연말에 중요한 프로젝트도 있고. 그래서 말인데 피임을 하면 안 될까?

아…… 신혼 첫날밤 피임하자고 말하기도 뭔가 미안하고 진이는 미칠 것만 같았다. 아니야. 그라면 내가 원하는 대로 해줄 거야. 진이는 뭔가 결심했는지 입을 열려는 찰나에 그의 목소리가 들려왔다.

"콘돔 가져올까?"

"어?"

어떻게 알았지? 진이가 화들짝 놀란 얼굴로 그를 바라보았다. 그러자 경이 손을 뻗어 침대 옆 스탠드 밑 서랍 속에서 콘돔을 꺼냈다.

"네 가방에서 발견했어."

"미안……."

"왜 그러는지 말해주면 들어보고 네가 하자는 대로 할게."

"정말?"

그가 약간 뚱한 표정으로 인심 쓰듯 말했다. 그러자 진이는 희망에 찬 얼굴로 되묻더니 자신의 계획들을 읊어대기 시작했다.

"내 계획은…… 아이는 내년 즈음에 나랑 너 각자 회사에서 자리 잡고 가졌으면 좋겠어."

"왜?"

"아직까진 나 회사 일이 좋고 이번에 론칭한 브랜드 하반기 분기까지는 매출도 신경 써야 하고……. 그리고 너랑 좀 더 둘이 지내고 싶은 마음도 있고. 근데 오늘 진짜 기분인지 모르겠지만…… 생길 것 같아. 무슨 말인지 알지?"

"알았어."

"역시…… 이해해 줘서 고마워!"

진이가 그의 볼에 입을 맞추었다. 그러자 그의 얼굴이 발그레 달아올랐다. 경은 씨익 웃으며 말했다.

"네가 원한다면 뭐. 내가 조금만 고생하면 되니까. 대신 너 피임약 같은 거 절대 먹지 마. 알았지?"

"응!"

그녀가 환하게 웃으며 그의 목을 두 팔로 감싸 안아 입을 맞추었다. 그런 그녀의 입술을 받아들이며 그는 뭐가 그리 즐거운지 눈이 반달 모양으로 변했다.

경은 어쩌면 진이보다 훨씬 오래전부터 이번 계획을 세웠는지도 모른다. 그녀의 배란일에 맞춰 결혼식 날짜를 잡은 것도 계획 중 하나였다. 외롭게 자란만큼 아이는 될 수 있으면 많이 가지고 싶었다.

살짝 눈을 뜬 그녀가 그의 웃음이 만개한 얼굴을 보며 귀여운 듯 얼굴을 쓰다듬으며 물었다.

"뭐가 그렇게 좋아?"

"너. 니가 좋아."

"풉."

가지런한 하얀 치아를 드러내며 웃는 진이를 그가 밀쳐서 다시 침대 위에 눕혔다.

"예진이."

"응."

"원래 인생은 계획대로 되지 않는 법이야. 그러니까 너무 실망하지 마. 그 또 다른 길은 내가 계획한 거니까. 나 믿지?"

"응?"

얼굴에 장난기를 가득 담은 그가 물었다. 진이는 그의 웃음에 뭔가 다른 의도가 있는 것 같아 어리둥절한 표정으로 그를 바라보다가 갑자기 저돌적으로 달려드는 그에게 속수무책으로 당했다.

통유리로 된 천장 위로는 마치 하늘에서 금방이라도 쏟아져 내릴 것처럼 많은 별들이 저마다의 빛으로 반짝이고 있었다.

에필로그 3

"야! 너 나 누군지 알지?"

핑크색의 짧은 원피스를 입고 긴 생머리를 휘날리며 뽀얀 얼굴에 큰 눈과 핑크빛 도톰한 입술의 여학생이 달려와 한 남학생 앞을 가로막으며 시비조로 물었다.

"어? 어……."

약간 통이 넓은 청바지에 역시 조금 큰 듯한 검은색 남방을 입은 남학생은 옷차림과 어울리지 않게 날렵하고 세련된 인상의 얼굴이었다. 스타일에 조금만 변화를 준다면 지금 당장 런웨이를 걸어도 손색이 없을 만큼 뛰어난 기럭지와 잘생긴 얼굴.

"내 이름이 뭔데?"

그녀의 이름을 모를 리가 없었다. 입학식에 이어 교양수업에서도 그리고 심지어는 가끔 전공수업과 도서관에서도 경은 그녀의 얼굴을 자주 볼 수 있었다.

예뻐서 자꾸 눈에 띄는 건가? 경은 흘끔 그녀의 얼굴을 보다가 시선을 회피해 버렸다.

경은 지금 심장이 떨려 숨을 쉬는 것도 어려울 지경이었다. 그런 그의 모습을 보던 그녀는 가느다랗게 한숨을 내뱉으며 입을 열었다.

"성은 예, 이름은 진이야. 예. 진. 이. 그게 내 이름이야."

진이는 한 자 한 자 힘을 주어 자신의 이름을 어필했다. 그러더니 불쑥 한쪽 손을 내밀어 그에게 뿔테 안경을 하나 내밀었다.

경은 그녀가 내민 안경을 보다가 뭔지 모르겠다는 얼굴로 물었다.

"이게 뭐야?"

"너 쓰라구."

"아. 미안. 나는 안경이 필요 없어. 렌즈 착용하거든."

얼마 전부터 렌즈를 착용하게 된 경은 난처한 얼굴로 말하자 진이의 표정이 약간 상기되었다. 그가 얼마 전부터 렌즈를 착용하고 도서관에 출몰하자 여학우 몇 명이 경의 미모를 재발견한 것이다. 게다가 고백을 한다고 설레발을 치는 것들까지 나타났다.

안 되겠다 싶었던 진이는 오늘부터 그에게 꼭 안경을 다시 쓰게 만들겠다고 다짐하며 그의 뒤를 열심히 따라 달려왔지만 도통 뭐라고 얘기를 꺼내야 할지 막막했다.

저 똑똑한 놈을 어떻게 설득하지? 진이가 머리를 굴리기 시작했다.

"그러니까…… 너 말이야! 도서관에서 하루 종일 앉아 공부하면서 자기 관리는 영 엉망이구나? 렌즈가 얼마나 눈에 피로를 주는지 알아? 안경을 껴! 그게 다 널 위한 거야!"

"어? 어……."

경이 얼떨결에 대답하자 진이는 경의 한쪽 손을 잡아당겨 펴서 그 위에 안경을 내려놓았다.

"지금 껴!"

진이의 강압적인 말에 경은 안경을 귀에 걸치고 있었다. 그리고 그사이에 그녀가 재빨리 말했다.

"그 안경 끼면 나랑 사귀는 거야."

이미 안경을 낀 경은 놀란 얼굴로 그녀를 보며 물었다.

"어? 뭐라고?"

"사귀는 거라고. 왜? 싫어?"

"아, 아니!"

"그럼 좋아?"

"어? 어……."

"왜?"

"예뻐서……."

자신을 보고 예쁘다고 말해주는 경의 말에 진이의 가슴이 콩닥콩닥 뛰기 시작했다.

그. 런. 데.

"글씨가……."

경은 얼마 전 도서관에서 그녀가 흘린 노트 속 글씨를 본 적이 있었다.

"너 글씨가 참 예쁘더라…… 네……."

네 얼굴만큼! 이라는 말을 하려던 경이 순간 움찔거렸다.

네가 아니라 글씨가 예쁘다! 라고 그의 말을 오해한 진이가 약간 실망한 얼굴로 경을 흘겨보고 있었기 때문이었다.

"근데 이 안경은 왜 써야 하는데?"

"예뻐서."

"어?"

"네 눈이 너무 예뻐서."

경이 갸웃거리자 발그레한 볼을 한 그녀가 황급히 뒤를 돌아 총총걸음으로 달려가며 말했다.

"따라와! 나 해장하러 가게!"

"나 공부하러 가야 되는데……."

경이 머뭇거리며 가만히 있자 진이가 달려와 그의 손을 붙들고 씩씩하게 걸으며 말했다.

"보니까 너 밥도 안 먹고 공부만 하더라? 그리고 나도 공부하다가 너랑 밥 먹으려고 어렵게 시간 뺐거든? 내가 사는 거니까 메뉴는 내 맘대로 고를게. 다슬기 해장국 어때?"

경은 그날 태어나서 처음으로 다슬기 해장국이라는 것이 있다는 것을 알았고. 처음으로 해장국을 먹었다. 그리고 처음으로 내가 밥은 먹는지…… 잠은 자는지…… 걱정해 주는 사람이 나타났으며. 처음으로 내가 가진 것 이상으로 뭐든지 주고 싶은 여자를 만났다. ♥

작가 후기

며칠 사이에 시력이 굉장히 나빠졌습니다. 지금 하얀 워드창에 촘촘히 박히고 있는 이 글자들도 흐릿하게 보일 정도니 건강염려증이 슬금슬금 기어 올라오고 있습니다. 그럼에도 저는 계획형 인간답게 작년 새해가 밝아오던 날 제 자신과 했던 약속들을 지키기 위해 오늘도 눈꺼풀이 내려앉을 때까지 밤새 글을 쓸 작정입니다.

진이가 말했지요.

"위경련 일어나서 위액을 다 토해내면서도 밤새 야근했어요. 눈에 실핏줄이 터져도 회사 나와서 일했고. 왜 그랬을까요? 도대체 전 왜 그렇게 살았을까요?"

이 대사를 쓰면서 제게 물었습니다. 회사는 월급이라도 주지. 무보수에 너한테 편두통만 안겨주기만 하는 글을 도대체 왜 쓰는 거니? 왜 이렇게 사는 거야?

382

하루 24시간 중 눈뜨고 있는 시간 심지어 꿈속에서도 저는 습관적
으로 고민을 합니다.

어떤 이야기를 해볼까? 어떻게 해야 더 재미있을까?

쉽사리 답이 얻어지지 않으면 울컥 눈물이 나기도 합니다.

그럼에도 글을 쓰는 이유는…… 글을 쓰는 내가 가장 나답기 때문
입니다.

하지만 왠지 모르게 소설이라는 장르는 언제나 제게 부담으로 남
아 있었습니다.

그렇다 할 미사여구 없이 워드 160장이 넘는 이 이야기 마지막 장
에 엔딩이라는 글자를 새길 수 있었던 건 독자들과 소통이 가능했던
주인공이 있었기 때문인 것 같습니다.

미래의 혹은 과거의 나였던 예 대리가 제가 하려는 말들을 잘 전
달해 줘서 다행이라는 생각이 들었습니다. 그리고 그 말에 공감해 주
신 여러분들께 감사드립니다.

이제는 정말 글쓰기에 올인해 보겠다며 5년간 다니던 직장을 그만
둔다고 했을 때 아무런 질책 없이 나를 믿어주고 밀어준 가족들 감사
합니다.

바쁘다는 핑계로 연락 두절일 때도 이해해 주고 묵묵히 기다려 준
친구들 고맙다.

제자를 위해 끊임없는 조언과 배려를 해주신 손소아 작가님께 감사드리고 존경합니다!

마지막으로 이 이야기를 예쁘게 담을 수 있게 그릇을 만들어주신 예원북스 관계자분들께 감사 인사드립니다.

'시련도 글감이다.'

앞으로도 어떤 시련이 와도 무너지지 않고 글감이라 여기며 잘 견뎌내겠습니다.